ANITA TERPSTRA
ANDERS

ANITA TERPSTRA

ANDERS

Thriller

Aus dem Niederländischen
von Jörn Pinnow

blanvalet

Die Originalausgabe erschien 2014
unter dem Titel »Anders« bei Cargo,
einem Imprint von De Bezige Bij, Amsterdam.

Der Verlag weist ausdrücklich darauf hin, dass im Text enthaltene externe Links vom Verlag nur bis zum Zeitpunkt der Buchveröffentlichung eingesehen werden konnten. Auf spätere Veränderungen hat der Verlag keinerlei Einfluss. Eine Haftung des Verlags ist daher ausgeschlossen.

Verlagsgruppe Random House FSC® N001967

1. Auflage
Copyright © 2014 by Anita Terpstra
Copyright © 2016 für die deutsche Ausgabe
by Blanvalet Verlag, in der Verlagsgruppe Random House,
Neumarkter Str. 28, 81673 München
Umschlaggestaltung: © Johannes Wiebel | punchdesign
Redaktion: Ulrike Nikel
LH · Herstellung: sam
Satz: Buch-Werkstatt GmbH, Bad Aibling
Druck und Einband: GGP Media GmbH, Pößneck
Printed in Germany
ISBN: 978-3-7341-0257-8

www.blanvalet.de

Für Theodoor

1

Verzweifelt ließ Alma das Licht der Taschenlampe über die Bäume gleiten. Der Klumpen in ihrem Magen wuchs mit jeder Minute. Würde sie Sander hinter diesem Baum finden? Oder hinter dem nächsten? Seit Stunden spielte sie bereits dieses Spiel.

Er musste hier irgendwo sein. So groß war dieser Wald schließlich nicht. Sie waren verdammt noch mal nicht in Kanada, wo es Wälder gab so groß wie die Provinzen Groningen oder Utrecht. Hier konnte ein Kind nicht einfach so verschwinden. Ihr Kind.

Unmöglich.

In welchem Zustand sie ihn vorfinden würde, darüber wollte sie lieber nicht genauer nachdenken. Aber bitte, lieber Gott, lass es nicht so enden wie bei Maarten. Der arme Junge. Sander war klein, aber stark. Hatte keine Angst vor nichts und niemandem. Dass man ihn nicht in der Nähe seines Freundes entdeckt hatte, hielt ihre Hoffnung am Leben. Es bedeutete, dass er entkommen war. Geflohen. Jetzt musste sie ihn bloß finden. Warum er allerdings nicht zu dem Ferienhof zurückgegangen war, verstand sie nicht.

War er in blinder Panik einfach fortgerannt und hatte sich verlaufen? Inzwischen war er sicher müde. Zu Tode verängstigt. Unterkühlt. Und wartete auf sie.

Darauf, dass sie ihn in die Arme schließen würde.

Vor dem dunklen Himmel zeichnete sich der Vollmond ab. Für die Jahreszeit, Anfang Juni, waren die Nächte bitterkalt. Sie hatte kein Gefühl mehr in den Händen, und ihr klapperten die Zähne, ohne dass sie etwas dagegen unternehmen konnte. Gleichzeitig jedoch war ihr seltsamerweise schrecklich heiß. Eine tief sitzende Angst hatte sich ihr in die Eingeweide gebrannt. Das war ihr Treibstoff, so konnte sie noch Stunden weitermachen.

Sie stolperte über eine halb aus dem Boden ragende Baumwurzel und fand nur mit letzter Not ihr Gleichgewicht wieder. Genau wie der Rest des Suchtrupps rief sie alle paar Sekunden den Namen ihres Sohnes. Ihre Stimme war heiser, ihre Kehle fühlte sich rau an.

Ein heftiger Wind blies durch die Baumwipfel und ließ sie rhythmisch hin und her schwanken. In den Nachrichten hatten sie für das ganze Wochenende schlechtes Wetter vorhergesagt. Sogar Stürme.

Sie hatte Linc, ihren Mann, deshalb gefragt, ob es wirklich eine gute Idee sei, das Camp stattfinden zu lassen. Die Wochenendfahrt wurde vom örtlichen Jugendclub veranstaltet, der für Kinder zwischen elf und fünfzehn allerlei Aktivitäten bot, darunter sonntagnachmittags eine Disco und als Höhepunkt eben das alljährliche Camp im Juni.

Linc, der als einer der ehrenamtlichen Helfer die Gruppe begleitete, hatte ihr erklärt, dass es für eine Absage zu spät sei und dass es keinen Ausweichtermin gebe, weil sämtliche infrage kommenden Unterkünfte in der Gegend ausgebucht seien. Und nächste Woche war Ferienbeginn. Außerdem, meinte er, würden sie ja nicht zelten, sondern auf einem Bauernhof übernachten. Alles kein Problem also.

Alles kein Problem?

Warum war Maarten dann ermordet worden? Und warum war sie hier unterwegs, um ihr Kind zu suchen?

Ihre Schuhe waren schlammbedeckt. Weiße Turnschuhe. Das Erste, was sie zu fassen bekommen hatte, als die Polizistin vor ihrer Haustür aufgetaucht war und sie mit ernstem Gesicht gebeten hatte mitzukommen. Dabei standen in der Abstellkammer Gummistiefel griffbereit.

Aber vor ihren Augen hatte sich alles gedreht, und sie hatte sich am Türrahmen festgeklammert, um nicht von einem schwarzen Nichts verschlungen zu werden. Nur die Jogginghose hatte sie schnell gegen eine Jeans getauscht.

Eigentlich hatte sie gerade ins Bett gehen wollen. Zum ersten Mal seit Jahren hatte sie den Abend allein mit Wein und Chips vor dem Fernseher verbracht, denn außer Sander war auch Iris mit auf den Ferienhof gefahren.

Dass Linc auch dabei war, war ihr eine Beruhigung gewesen. Er würde schon aufpassen, dass den beiden nichts passierte.

Eine grundlose, irrationale Angst, das wusste Alma nur zu gut. Die Kinder waren fünfzehn und elf, und Linc erklärte ihr immer wieder, es sei an der Zeit, die beiden loszulassen, doch ihr Mutterinstinkt sagte ihr etwas ganz anderes. Sie waren noch jung, aber das würde sie nicht davon abhalten zu trinken. Und zwar zu viel. Oder zu kiffen. Etwas einzuwerfen, wenn ihre Freunde sie dazu drängten. Das wusste sie. Schließlich war sie auch einmal jung gewesen. Und als Krankenschwester hatte sie gesehen, was Menschen zustoßen konnte.

So hatte sie darauf vertraut, dass Linc ein wachsames Auge auf Iris und Sander haben würde, und sich entspannt aufs Sofa gelegt.

Wie um Himmels willen hatte so etwas geschehen können? So etwas passierte doch immer nur anderen. Anderen Familien. Nicht ihr.

Sie massierte ihre gefühllosen Hände, bis sie kribbelten, und versuchte, sich so genau wie möglich zu erinnern, was die Polizistin ihr im Auto erzählt hatte.

Nach dem Pfannkuchenessen habe neben der Nachtwanderung eine Playbackshow auf dem Programm gestanden, hieß es. Ja, das war seit Wochen Thema bei den Mädchen gewesen. Iris und ihre Freundinnen wollten mit einem Song von Rihanna auftreten. Alma konnte ihn inzwischen nicht mehr hören. *Please don't stop the, please don't stop the, please don't stop the music.* Die Suche nach einem passenden Outfit hatte doppelt so viel Zeit in Anspruch genommen wie das Üben der Tanzschritte und das Auswendiglernen des Textes. Iris hatte sich für ein Kleid entschieden, das der Vorstellungskraft nur wenig Raum ließ. Almas Proteste wurden vom Tisch gewischt. Sie sei altmodisch, konterte die Tochter, Sängerinnen liefen heutzutage nun mal so herum. Hatte sie sich überhaupt je einen Videoclip angeschaut?

Bei Sander dagegen sah die Sache anders aus. Alma hatte nicht die blasseste Ahnung, was er vortragen würde. Und ob allein oder mit jemand anders. Er äußerte sich einfach nicht dazu. Jedes Mal, wenn sie ihn darauf angesprochen hatte, brummte er bloß unverständliches Zeug vor sich hin. Mach dir keine Gedanken, sollte das wohl in Jungssprache heißen.

Der Wind wehte ihr das schulterlange braune Haar ins Gesicht. Sie wünschte, sie hätte ein Haargummi dabei. Wie konnte man nur eine Nachtwanderung abhalten, wenn ein Sturm im Anzug war? Man hatte die Kinder, die mitwollten, in Vierergruppen eingeteilt. Es gab vier davon, mit jeweils zwei Jüngeren und zwei Älteren. Die Betreuer hatten sie in den Wald gefahren und abgesetzt. Jetzt sollten sie auf eigene Faust den Weg zurückfinden. Ohne irgendeine Hilfestellung.

Sander und sein bester Freund Maarten waren Iris und ihrem Freund Christiaan zugeteilt worden, doch irgendwie hatten die beiden die Jungs aus den Augen verloren und sie trotz intensiver Suche nicht gefunden. Daraufhin rief Iris irgendwann ihren Vater an und erzählte ihm, sie hätten sich verlaufen, was Linc zunächst falsch verstand. Er ging davon aus, dass alle vier nach wie vor zusammen seien. Erst als er die beiden Jugendlichen völlig aufgelöst antraf, erkannte er seinen Irrtum und begriff, dass Sander und Maarten verschwunden waren. Er schickte Iris und Christiaan zum Hof zurück, damit sie die anderen alarmierten, und machte sich auf die Suche nach den beiden Jungs.

Dann hatte er Maarten aufgefunden. Tot.

Sander war nirgendwo zu entdecken.

2

Der Wind wurde stärker. Gras und Moos knirschten unter Almas Schuhen, die Blätter raschelten, und der Wind heulte. Die Geräusche des Waldes schienen ohrenbetäubend, und sie konnte kaum einen klaren Gedanken fassen.

Unzählige Male waren sie sonntags hier spazieren gegangen, vor allem als die Kinder noch kleiner waren. Der Wald lag kaum zwei Kilometer von ihrem Haus entfernt. Die beiden machten sich einen Sport daraus, vorauszurennen und sich zu verstecken. Vor allem Sander war sehr gut darin, sich mucksmäuschenstill zu verhalten. Sobald Alma die Kinder nicht mehr sehen konnte, geriet sie in Panik.

Sogar im Supermarkt passierte ihr das.

Aber das hier war mit nichts zu vergleichen, war um das Tausendfache schlimmer. Ihr Herz raste wie wild, ihr Magen fühlte sich wie ein Stein an, und das Zähneklappern wollte einfach nicht aufhören.

Von einer Lehrerin hatte sie erfahren, man habe Maarten mit bis zu den Knöcheln heruntergezogener Hose und Unterhose aufgefunden, aber sicher wusste Alma das nicht. Keiner der Polizeibeamten wollte sich näher äußern. Bei Almas Ankunft befanden sich alle in einem leicht hysterischen Zustand. Nicht nur die Kinder, auch die Lehrer und die ehrenamtlichen Helfer.

Die Erwachsenen. Dabei sollten die doch den Überblick behalten und Ruhe bewahren, oder?

Die Kinder und Jugendlichen hatten bleich und still in dem großen kahlen Gemeinschaftsraum gesessen, in dem sich früher der Stall befunden hatte. Manche trugen noch ihre Playback-Kostüme, andere waren im Schlafanzug. Ein paar weinten und wurden von ihren Freunden getröstet.

Alma hatte noch nicht einmal den Fuß über die Schwelle gesetzt, da war eine Lehrerin mit rotem verweintem Gesicht auf sie zugekommen. »Wir beten alle für Sander«, sagte sie, während Alma mit den Blicken den Raum nach Iris absuchte.

Die saß neben Christiaan auf einem verschlissenen, durchgesessenen Sofa. Ihre Augen wirkten in dem blassen Gesicht groß und dunkel, und das Muttermal, das einen Großteil ihrer rechten Wange bedeckte, stach dadurch noch deutlicher hervor. Die beiden hielten sich so fest an den Händen, dass ihre Knöchel weiß hervortraten, und schauten einander voller Verzweiflung an. Als Alma vor ihnen in die Hocke ging, wagte Iris kaum, ihre Mutter direkt anzusehen. Diese widerstand dem Drang, ihre Tochter tröstend in den Arm zu nehmen.

»Wir finden ihn«, sagte sie. »Mach dir keine Sorgen.«

»Es tut mir leid, Mama. Wir konnten nichts machen, auf einmal waren sie weg und …«

»Wie konnte das denn passieren?«

Sie merkte selbst, dass ihre Stimme irgendwie vorwurfsvoll klang. Dabei gab sie den beiden wirklich keine Schuld. Warum aber war kein Erwachsener bei den Gruppen im Wald geblieben, fragte sie sich. Welcher Idiot hatte es für eine gute Idee gehalten, zwei Fünfzehnjährigen die Verantwortung für zwei jüngere Kinder zu übertragen?

Iris starrte auf ihre Hände. »Ich weiß es nicht.«

Kurz nach Alma waren weitere Eltern eingetroffen. Sie wusste nicht, wer sie informiert hatte: die Polizei, die Organisatoren des Ferienlagers oder die Kinder selbst. Jedenfalls war ihnen die Sorge um die Sicherheit ihrer Söhne und Töchter anzumerken. An ihren Blicken konnte Alma erkennen, dass sie Bescheid wussten. Aber sie drängte die Tränen mit aller Gewalt zurück. Zum Weinen gab es schließlich gar keinen Grund. Sander konnte jeden Moment gefunden werden.

Einige Eltern reagierten aufgebracht, als sie erfuhren, dass sie ihre Kinder nicht sofort mit nach Hause nehmen durften. Alma konnte es ihnen nicht verübeln, denn an ihrer Stelle hätte sie dasselbe tun wollen. Nur weg von diesem Ort, an dem so Entsetzliches geschehen war. In die Wärme und Sicherheit des eigenen Zuhauses, wo man sie zumindest vor dem Bösen schützen konnte.

Aber erst mussten die Kinder befragt werden.

Sie fing ein paar Gesprächsfetzen auf: zwischen Kindern und Polizisten, zwischen Kindern und Eltern sowie zwischen den Kindern untereinander.

Hatten sie etwas Ungewöhnliches gesehen?

War seit ihrer Ankunft jemand in der Gegend gewesen, den sie nicht kannten?

Mehrere Kinder erklärten, sie hätten zwar niemanden gesehen, wohl aber jemanden gehört. Eine Person, die ihnen gefolgt sei. Die sich versteckt und sie beobachtet habe.

Ein Mädchen behauptete, einen Mann gesehen zu haben. Von hinten. Nein, keinen von den Betreuern, da war sie sich ganz sicher. Einen Fremden.

Auf der einen Seite wollte Alma alles hören, was geredet wurde, auf der anderen Seite ihre Ohren davor verschließen. Je mehr Einzelheiten sie erfuhr, desto größer wurde der Druck auf ihrer Brust. Am liebsten hätte sie laut aufgeschrien.

Der Täter sei geflohen, verkündete die Polizei. Möglich, dass er Sander mitgenommen habe. Die Nachricht traf sie wie ein Blitz aus heiterem Himmel, und beinahe wäre sie zusammengebrochen. Es hielt sie keine Minute länger in diesem Raum.

Sie war nach draußen gelaufen, Iris kam ihr nach. Entsetzt und wie betäubt hatten beide dem Treiben zugesehen. So viele Autos. So viele Menschen, die laut durcheinanderriefen. Die plötzliche Helligkeit. Wie Tageslicht, aber als Alma den Blick nach oben richtete, sah sie den pechschwarzen Himmel über sich.

Niemand achtete auf sie.

Alma kam es vor, als befänden sie und Iris sich im Auge eines Orkans, und alles um sie herum würde sich drehen. Ohne Richtung, ohne Ziel. Alle rannten nur herum, um überhaupt etwas zu tun. Als bekämen sie das Chaos so in den Griff. Aber auch sie waren der zerstörerischen Kraft ausgeliefert, die Leben ohne Vorwarnung von einer Minute zur anderen zugrunde richtete. Solche Überlegungen schossen ihr durch den Kopf. Alles war besser, als an Sander zu denken. Daran, dass er allein war und Angst hatte. Dass er auf sie wartete.

Aus den Augenwinkeln heraus sah sie Lex, Maartens Vater. Genau wie Linc war er als Betreuer mit ins Camp gefahren. Jetzt wurde er von zwei Polizisten zu einem Auto geführt, das mit laufendem Motor wartete. Er war leichenblass. Einen kurzen Moment lang trafen sich ihre Blicke. Eigentlich hätte sie zu ihm gehen, ein paar Worte sagen, ihn vielleicht umarmen und trösten müssen, sofern das überhaupt möglich war. Doch sie fühlte sich wie gelähmt.

Alma schlug als Erste die Augen nieder – sie konnte den Schmerz in seinen nicht ertragen.

»Was machen wir jetzt?«, wollte Iris wissen.

»Ich gehe ihn suchen.«

»Nein, bleib hier.«

Iris klammerte sich an sie. So etwas tat sie sonst nie.

Alma kannte niemanden, der so unabhängig war wie ihre Tochter, und fragte sich immer wieder, ob Iris ohne das Muttermal anders geworden wäre. Sie würde nie vergessen, wie schockiert ihr Gynäkologe und die Krankenschwestern in den ersten Sekunden nach Iris' Geburt ausgesehen und welch bedauernde Blicke sie gewechselt hatten. War das Kind tot, war Almas erster Gedanke gewesen. Oder behindert und missgebildet? Später hatte sie, das Neugeborene fest im Arm, den Kinderarzt gefragt, ob das Mal weggehen würde. Das wisse man nicht so genau, wahrscheinlich eher nicht, lautete die Antwort.

Jedenfalls schien Iris von Anfang an zu spüren, dass es ratsam war, sich gegen die Außenwelt zu wappnen und hart gegen sich selbst zu sein. Sie weinte nie, ließ sich nie trösten und wurde schnell selbstständig. Während andere Kinder, wenn sie auf dem Spielplatz hinfielen, heulend zu ihrer Mutter rannten, wartete man darauf bei Iris vergeblich. Sie fraß alles in sich hinein und bemühte sich, ihre Probleme allein zu lösen. Alma erinnerte sich noch lebhaft an den ersten Tag im Kindergarten. Ein Junge hatte lachend auf ihr Gesicht gezeigt und sie als hässlich bezeichnet – sie versetzte ihm sofort einen heftigen Stoß.

Alma hatte einem vorbeilaufenden Polizeibeamten mitgeteilt, sie wolle sich an der Suche beteiligen. Als er ihr erklärte, da müsse er erst seinen Vorgesetzten fragen, war sie explodiert. Wollte man ihr etwa verbieten, nach ihrem eigenen Kind zu suchen?

Iris ließ sie in der Obhut einer Lehrerin zurück. Das Mädchen weinte hysterisch und schrie, die Mutter solle nicht weggehen, sie nicht alleinlassen. Obwohl es Alma schmerzte, hatte sie keine Wahl. Ihr Sohn brauchte sie in diesem Moment dringender als ihre Tochter.

Ein tief hängender Ast schlug ihr ins Gesicht und riss sie aus ihren Gedanken.

Sie schaute sich nach den anderen um. Polizisten, Soldaten und Freiwillige, die man aus ihren warmen Betten geklingelt hatte, durchkämmten Seite an Seite die Gegend. Die Hunde liefen vorweg. Alma verstand nicht, warum die Tiere ihren Jungen nicht längst gefunden hatten. Schließlich waren sie dafür ausgebildet worden, vermisste Personen ausfindig zu machen, sobald sie entsprechend Witterung aufgenommen hatten. Warum also klappte das bei Sander nicht?

Er konnte ja nicht vom Erdboden verschwunden sein.

Sie beschloss, den Mann, der den Suchtrupp anführte, danach zu fragen, konnte ihn aber nicht einholen. Mit Linc hatte sie bislang nicht gesprochen. Er beteiligte sich natürlich ebenfalls an der Suche. Es gab so viele unbeantwortete Fragen. Aber zuerst mussten sie Sander finden. Alles andere war unwichtig.

Mit viel Lärm flog ein Hubschrauber über ihre Köpfe hinweg. Das grelle Licht der Suchscheinwerfer machte Alma für ein paar Sekunden blind, und sie kniff die Augen zusammen. Sander würde sich vielleicht vor dem Licht fürchten, kam ihr unwillkürlich in den Sinn. Er würde sich wegducken, sich verstecken.

Das sollte sie einem Polizisten erklären, überlegte sie und lief etwas schneller. Sie holte ein paar Leute ein, sah jedoch nirgends jemanden in Uniform – auch nicht, als sie die Taschenlampe, die ihr irgendjemand in die Hand gedrückt hatte, auf die Rücken der Gruppe vor sich richtete.

Sie wünschte sich, im Helikopter zu sitzen. Oder sich wie ein Adler über die hohen Bäume erheben und den Wald überblicken zu können. Um dann im Sturzflug herabzuschießen, ihren Jungen zu packen und ihn heim ins sichere Nest zu bringen.

Verzweifelt blieb sie stehen.

Sie hatte keine Vorstellung, wie viele Menschen es waren, die den Wald auf der Suche nach Sander durchkämmten. Dutzende, und dennoch fühlte sie sich entsetzlich allein. Sie merkte, dass sie kaum Luft bekam, und bemühte sich, ihre Atmung unter Kontrolle zu bringen. Jetzt bloß keine Panik, rief sie sich zur Ordnung. Du findest ihn.

Du musst ihn einfach finden.

Plötzlich hatte sie das Gefühl, dass das hier nichts als ein Albtraum war, aus dem sie bald erwachen würde. So musste es sein. Schließlich kam ihr alles hier so unwirklich vor, so fern. Als hätte das Ganze nichts mit ihr zu tun, sondern mit jemand anders. Als schaute sie sich selbst von Weitem zu und könnte alles mitfühlen.

Mit einem Mal erregte rechts von ihr etwas ihre Aufmerksamkeit. Sie hätte nicht einmal sagen können, ob es eine Bewegung oder ein Geräusch war.

Langsam ließ sie den Lichtkegel der Taschenlampe über die Bäume und Büsche gleiten, deren Umrisse bizarr und furchteinflößend wirkten. Statt den anderen weiter geradeaus zu folgen, bog sie ab. Nach ein paar Schritten hielt sie inne, lauschte wieder. Dann sah sie es.

Zwischen den Bäumen stand ein Mann.

3

Alma schrie. Es fühlte sich an wie in ihren Albträumen, wenn niemand sie hörte und kein Laut aus ihrer Kehle drang. Diesmal war das anders, denn von allen Seiten eilten Menschen auf sie zu.

Sie wies in die Richtung, wo sie die Gestalt gesehen hatte, doch der Mann war weg. Geflohen, vor ihr davongelaufen. Einige Polizisten nahmen die Verfolgung auf. Laute, erregte Stimmen hallten durch den Wald. Die Hunde, dachte sie, die sind viel schneller. Lasst die Hunde los.

Auch Alma begann zu rennen, gab aber auf, als sie die Beamten aus den Augen verlor. Verzweifelt blickte sie sich um. Keuchend und mit schlimmem Seitenstechen lehnte sie sich an einen Baum. Sie war kurz davor, sich zu übergeben, schluckte schwer.

Erschöpft legte sie ihre Stirn an den kühlen Stamm.

Sie hätte Sander nicht erlauben dürfen, auf den Ferienhof mitzufahren.

Dieser Gedanke ließ sie nicht mehr los. Warum war sie nicht ihrer Intuition, ihrem Gefühl, ihrer Eingebung gefolgt? Er hatte nicht die geringste Lust verspürt, noch mehr Zeit mit seinen Klassenkameraden zu verbringen. Er hatte es in der Schule nicht leicht, weil er der Kleinste und zudem schon immer ein bisschen pummelig war.

Alma selbst fand das nicht weiter schlimm, aber sogar der Schularzt hatte sie einmal darauf angesprochen. Und sein Klassenlehrer hatte bei einem Elternabend gemeint, Sander müsse seinen Platz noch finden.

Eine dumme Bemerkung, dachte Alma.

Immerhin war ihr Sohn seit dem Kindergarten mit ein und denselben Kindern zusammen. Ob er etwa gemobbt werde, hatte sie gefragt. Das war ihr herausgerutscht und eher als Scherz gemeint gewesen, aber der Lehrer hatte sie befremdet angesehen.

Alma hätte ihm gern erklärt, dass sie eher bei Iris Ausgrenzungen wegen des Muttermals befürchtete. Eine merkwürdige Laune des Schicksals, dass es nun nicht Iris treffen sollte, sondern Sander.

Ihr Sohn war es, der sich zurückzog, sich am liebsten allein beschäftigte und keine Freunde zu brauchen schien.

Sander war am liebsten draußen. Er fuhr allein mit seinem Fahrrad herum und erkundete die Gegend.

Nach der Schule nahm er sich gerade noch die Zeit, ein Glas Limonade hinunterzukippen und ein Stück Kuchen in sich hineinzustopfen, dann lockte das Abenteuer. Über die Felder und in die Wälder. Erst zum Abendessen tauchte er wieder auf, verdreckt und häufig voller blauer Flecken, Beulen und Schrammen.

Wenn Alma wissen wollte, was er getrieben habe, gab er nur vage Antworten. Jungszeug eben.

Fußball hasste er auch. Trainingsstunden und Turniere fand er schrecklich, und nach dem soundsovielten Streit hatten sie ihn schließlich abgemeldet. Für Linc gleichermaßen eine schwere Entscheidung wie eine herbe Enttäuschung. Zu gerne hätte er wie die anderen Väter jeden

Mittwochnachmittag und Samstag an der Außenlinie gestanden und sich mit den Leistungen seines Sohnes gebrüstet.

Alma wiederum fand Lincs Verhalten manchmal inakzeptabel. Kinder suchten sich ihren Charakter und ihre Neigungen schließlich nicht aus. Ihre Eltern dagegen konnten sich darauf einstellen. Das hatte sie ihrem Mann wieder und wieder vorgehalten, wenn er und Sander miteinander stritten. Zum Glück schien er es seit Kurzem begriffen zu haben, denn er gab sich mehr Mühe und nahm sich viel Zeit für Sander.

Iris war ihrem Vater viel ähnlicher. Sie hatte eine Clique netter Mädchen um sich geschart, mit der sie viel unternahm. Seit ein paar Monaten war sie mit Christiaan zusammen, dem Sohn eines Bauern, und steckte mehr bei ihm als zu Hause.

Inzwischen hatte es angefangen zu nieseln. Alma starrte ins Dunkel und wartete angespannt, dass etwas, irgendetwas passierte. Dabei wanderten ihre Gedanken zurück zu dem Tag, als Sander geboren wurde. Eine Krankenschwester, die das Neugeborene in ihren Armen wiegte, hatte bemerkt, sie werde mit diesem Würmchen noch einiges mitmachen.

Alma empfand das damals als kränkend – der Kleine war schließlich erst wenige Stunden alt.

Doch wie sich jetzt herausstellte, schien die Frau recht behalten zu haben.

Die zweite Entbindung sei immer leichter als die erste, jeder hatte ihr das gesagt. Bloß dass Sander nicht mitspielte. Es war, als hätte er nicht auf die Welt kommen wollen. Als hätte er geahnt, dass dort Unangenehmes auf ihn wartete. Oder war es anders gewesen? Hatte sie ihn nicht loslassen wollen?

Sie hätte schrecklich gerne mehr Kinder, eine große Familie gehabt, aber für Linc war das zweite Kind eigentlich schon eins zu viel gewesen. Sie hatte es ihm regelrecht abtrotzen müssen, sogar mit Trennung gedroht.

So kam Sander zur Welt.

Umso verblüffter war sie über die postnatale Depression nach der Geburt dieses Wunschkinds gewesen, gab lange Zeit nicht zu, dass etwas nicht stimmte. In den ersten Tagen war alles eitel Freude und Sonnenschein gewesen. Alma schwebte auf einer rosa Wolke, bis ihre Gefühle für Sander plötzlich umschlugen. Was so weit ging, dass sie nichts mehr mit ihm zu tun haben wollte.

Monatelang, und das Gefühl wurde immer stärker.

Der Tiefpunkt war an jenem Tag erreicht, als sie sich beim Baden des Babys ausmalte, es zu ertränken. All ihre Probleme wären mit einem Schlag verschwunden, überlegte sie, und sie könnte endlich wieder sie selbst sein. Ein Teil von ihr, ihr altes Ich, hatte jedoch gewusst, wie krank diese Gedanken waren, und weinend gestand sie endlich Linc, was in ihr vorging. Ihr Mann war zutiefst erschrocken, denn er wurde von seiner Arbeit in der Bank stark in Anspruch genommen und kümmerte sich wenig darum, was zu Hause ablief. Danach dauerte es noch rund ein halbes Jahr, bis sie ihre Probleme überwand und so etwas wie Liebe für Sander empfinden konnte. Nach wie vor allerdings machte sie sich bisweilen Vorwürfe wegen der Versäumnisse der ersten Monate und empfand ihrem Sohn gegenüber ein Schuldgefühl.

Seitdem hatte sie immer alles richtig gemacht.

Immer.
Alles.
Warum also geschah das hier überhaupt?

Ein Schluchzen drang aus ihrer Kehle. Schnell hielt sie sich die freie Hand vor den Mund, um das nächste zu unterdrücken. Sie durfte auf keinen Fall die Kontrolle über sich verlieren. Vor allem wollte sie nicht als hysterische, verheulte Mutter vor ihrem Sohn stehen, der doch bestimmt bald gefunden würde.

Der Wind blies ihr den Nieselregen ins Gesicht. Ihre Wangen waren eiskalt. Erneut ließ sie das Licht der Taschenlampe über die Bäume huschen. Nichts. Was sollte sie tun: hinter den Polizisten herlaufen, die den Mann verfolgten, oder zu dem Rest des Suchtrupps zurückgehen? Sie entschied sich für Letzteres. Die Gruppe machte gerade eine Pause. Alma wandte sich an einen Polizisten, der ihr jedoch zu ihrer großen Enttäuschung keine Auskunft geben konnte, weil kein Kontakt zu der Verfolgergruppe bestand und man nicht wusste, ob der Flüchtige inzwischen gefasst werden konnte.

Alma warf einen Blick auf die Uhr. Halb drei. Nicht mehr lange, dann würde die Morgendämmerung anbrechen. In ihrem Kopf herrschte ein Chaos aus besorgten Gedanken, sodass sie kaum nachrechnen konnte. Um halb zehn, als es dunkel wurde, waren die Kinder und Jugendlichen zu dem nächtlichen Abenteuer aufgebrochen, und bereits eine halbe Stunde später hätten sie zurück auf dem Ferienhof sein sollen. Um halb eins wurde Maarten gefunden. Also war Sander jetzt zwischen zwei und fünf Stunden verschwunden.

Wie viele Kilometer schaffte man wohl pro Stunde? Moment, Sander war noch ein Kind. Und das ansteigende Gelände mit den vielen herumliegenden Ästen und aus dem Boden ragenden Wurzeln unwegsam ... Es wollte Alma einfach nicht gelingen, eine sinnvolle Berechnung anzustellen. Sie hatte ja nicht einmal die geringste Ahnung, in welche Richtung er gelaufen war. Die Hunde hatten keine Spur aufnehmen können, und man hatte sich einfach so auf die Suche gemacht.

In der Kälte begann ihre Nase zu laufen, und Alma wischte sie am Jackenärmel ab. Ihr Mund war wie ausgedörrt. Ob Sander auch Durst hatte? Und Hunger? Zu Hause aß er ständig.

Alma sog den strengen Geruch ein, der in der Luft hing. Eine Mischung aus Kälte, matschigem Waldboden und verrottenden Pflanzen. Sie stellte sich vor, Sander riechen zu können, falls er in der Nähe wäre.

Nach seiner Geburt hatte sie von dem süßlichen Babyduft gar nicht genug bekommen. Hatte sich gewünscht, ihn in einem Döschen einfangen und aufbewahren zu können. Und später empfand sie es stets als eine Beruhigung, wenn sie nach Hause kam und sein Geruch im Haus hing. Wenn Kinder in die Pubertät kamen, rochen sie anders. Selbst bei Iris war es so gewesen, und bei Sander würde es auch so kommen. Schweißsocken und allzu flüchtiges Waschen sorgten dafür, wie sie von Marjo wusste, Maartens Mutter, die noch einen älteren Sohn hatte.

Marjo. Arme, arme Marjo.

Zitternd holte sie Luft. »Sander«, rief sie mit heiserer Stimme. »Wo bist du? Komm zu mir zurück. Bei mir bist du sicher.«

Hoffentlich hatte man wenigstens alle Zufahrtstraßen

gesperrt, durchsuchte alle Autos, dachte sie. Doch das schien ihr kaum zu bewältigen.

In ihrer Jackentasche klingelte das Handy.

Ihre Finger waren in der Kälte ganz steif geworden, und beinahe hätte sie es nicht geschafft, den Anruf entgegenzunehmen. *Linc* stand auf dem Display. Ihr Herz schlug mehrere Takte schneller.

Am anderen Ende hörte sie die Stimme ihres Mannes, und die Art und Weise, wie er ihren Namen aussprach, zog ihr den Boden unter den Füßen weg. Sie glaubte, seine Stimme in den siebzehn Jahren, die sie inzwischen zusammen waren, mit all ihren Nuancen zu kennen. Doch so hatte er ihren Namen noch nie ausgesprochen.

»Wir haben eine Jacke gefunden, Alma. Seine Jacke. Und es klebt Blut daran. Ich ...«

Ungläubig schüttelte sie den Kopf, und das Telefon fiel ihr aus den kraftlosen Fingern.

4

Sechs Jahre später

Er betrachtete die Grube, und der Mut verließ ihn. Sie war bei Weitem noch nicht groß und tief genug, um die Leiche aufnehmen zu können. Die Arbeit gestaltete sich schwieriger als erwartet. Die ersten Zentimeter waren einfach gewesen, doch dann kam harte Erde zum Vorschein, bei der es ihn viel Kraft kostete, den Spaten tief hineinzustechen. So langsam befürchtete er schon, nicht fertig zu werden, bevor die Sonne aufging.

Die Flamme der Öllampe, die er an einen Ast gehängt hatte, warf bizarre Schatten, aber nicht mehr lange, und sie würde verlöschen. Und die Batterien der Taschenlampe wollte er nach Möglichkeit für später schonen. Für den langen Marsch, der ihm noch bevorstand.

Die Augen im Dunkeln ließen ihn in Ruhe.

Trotz der Kälte schwitzte er stark. Seine Jacke hatte er bereits ausgezogen. Sobald das hier erledigt war und er sich auf den Weg machen konnte, sollte er trockene Kleidung anziehen. Sonst sank seine Körpertemperatur womöglich zu schnell und zu stark ab. Eine Unterkühlung konnte er nicht brauchen.

Er hielt kurz inne und trank einen Schluck Wasser, vermied es dabei sorgsam, den Leichnam anzuschauen.

Längst hatte er es sich abgewöhnt, sich Gedanken über das Leben dieses Mannes zu machen. Oder über das derjenigen, die er zerstört hatte. Über sein eigenes. Irgendwie hatte dieser Dreckskerl einen gnädigen Tod gehabt, obwohl er vielleicht bereits in der Hölle schmorte. Das einzig Gute an seinem Tod war, dass dadurch hoffentlich anderen Jungen ein Haufen Elend erspart blieb. Typen wie er hörten nämlich niemals auf, ganz egal was sie sagten, was sie sogar schworen.

Der tote Mann hatte nie viel über sich erzählt. Er wusste nur, dass er Eelco hieß, über fünfzig und früher einmal verheiratet gewesen war. Wahrscheinlich war Eelco damals noch normal gewesen. Mit einem ganz gewöhnlichen Beruf und einem ganz gewöhnlichen Haus. Er wusste nicht genau, was Eelco gearbeitet hatte. Vermutlich etwas, wofür man geschickte Hände brauchte. Und die hatte Eelco gehabt. Kinder hatte Eelco keine, soviel er wusste. Aber vielleicht hatte er die auch im Stich gelassen, als er dann den Entschluss fasste, sich aus der menschlichen Gemeinschaft zurückzuziehen. Warum Eelco wie ein Einsiedler im Wald lebte, wusste er nicht. War Eelco der Boden unter den Füßen zu heiß geworden? Er hatte nie gewagt, danach zu fragen, und der andere hatte es ihm nie erklärt.

Das Schlimme war, dass er hier im Wald ohne Eelco nie überlebt hätte. Wichtige Lektionen waren das gewesen. Und er lernte schnell, auch wenn Eelco verächtlich geschnaubt hatte, als er sich beim Häuten seines ersten Hasen übergeben musste. Aber bereits nach etwa einer Woche gingen ihm solche Dinge relativ leicht von der Hand. Fast so gut wie Eelco – so empfand er es zumindest selbst.

Eelco hatte ihm außerdem beigebracht, wie man Wasser aus dem Fluss trinkbar machte, welche Pflanzen essbar waren, welche nicht und welche sich medizinisch nutzen ließen. Wie man Fallen baute und legte, wie man die Spuren von Tieren finden und erkennen konnte und wie man richtig Feuer anzündete.

Erstaunlich rasch hatte er sich diesem Leben angepasst. Nur an die ausgedehnten Wälder konnte er sich nicht gewöhnen. Vor allem wenn es stürmte, wünschte er sich weit weg. Manchmal fiel ein Baum völlig unerwartet um, als hätte er genug von dem Wind, der seit Jahrzehnten an ihm rüttelte, und einfach beschlossen, den Widerstand aufzugeben. Auch schlugen von Zeit zu Zeit Blitze ein, doch das störte ihn weniger als die Tatsache, dass kaum Sonnenlicht durch das Blätterdach drang.

Am meisten allerdings hasste er die Nächte im Wald, wenn stärker als tagsüber die Geräusche in den Vordergrund traten. Unüberhörbar. Das Rascheln der Blätter, die Geräusche der wilden Tiere, das ständige Trommeln des Regens auf dem Dach der Hütte. Manchmal, wenn es durchregnete, hatte ihn Eelco mitten in der Nacht geweckt, damit er hinaufstieg und es reparierte. Anschließend war er dann klitschnass und bis auf die Knochen durchgefroren wieder unter die Decke gekrochen.

Auch wenn er sich an das Essen gewöhnt hatte, bekam er regelmäßig Bauchschmerzen davon. Es war nicht gerade angenehm, sich mit heruntergezogener Hose über ein Loch im Boden zu hocken und statt Klopapier Blätter zu benutzen.

Was Eelco an dieser Lebensweise so anziehend fand, hatte er nie verstanden, obwohl der Mann es ihm immer wieder zu erklären versucht hatte. Er finde diese Reduzierung auf das Wesentliche ursprünglich, naturgemäß, sagte er. Betrachte sie gewissermaßen als Rückkehr zu den Wurzeln. Und noch mehr Geschwurbel dieser Art. Abendelang, hin und wieder sogar bis tief in die Nacht hatte er Eelcos selbst erdachter Philosophie lauschen müssen. Die Welt außerhalb des Waldes sei oberflächlich und genusssüchtig. Voll mit Menschen, die einander bloß das Allerschlechteste wünschten und sich dabei anlächelten. Denen es nie um den Nächsten, sondern lediglich ums Geld gehe. Die sich gegenseitig aufschaukelten mit Fragen nach dem Status: wer das größte Auto, das tollste Haus besitze und wer die teuersten Urlaubsreisen mache. Ihre Habgier habe sie verdorben, klagte Eelco. Heutzutage sei das Geld der Apfel, der zur Vertreibung der Menschen aus dem Paradies führe. Es vergifte die Seele des Menschen durch Missgunst und lasse sie schrumpfen. Bis auf Kirschkerngröße, wetterte Eeolco. Dass diese Entwicklung noch aufzuhalten sei, daran glaubte er nicht. Weil niemand die Wahrheit hören wolle, weil die Menschheit blind auf ihren eigenen Untergang zusteuere.

Zum Glück allerdings, da war er sich sicher, seien ein paar Menschen rechtzeitig aufgewacht und hätten das Joch des Kapitalismus abgeschüttelt. Nein, nein, er sei kein Kommunist, pflegte er sogleich zu beteuern – zu viele Regeln und Vorschriften, darauf habe er keine Lust. Eher sehe er sich und die wenigen anderen, die so lebten und dächten wie er, als eine verkannte Minderheit. Niemand höre auf sie. Vielfach stemple man sie gar als Irre ab. Manche hielten das nicht aus und flüchteten sich in Alkohol und Drogen. Er nicht, betonte er gerne. Nein,

nein, er brauche das nicht, weil er begriffen habe, dass die Natur die Seele reinigen könne. Deshalb habe er sich hier sein eigenes Paradies erschaffen. Tiere könnten einen nicht verraten, Felsen einen niemals beschuldigen und Bäume nicht hinter dem Rücken über einen herziehen. Das Einzige, worüber man sich Sorgen machen müsse, sei die Frage, ob man jeden Tag genug zu essen bekommen würde. Und wenn nicht – nun, er habe gelernt, dass man von einem Tag Hunger nicht gleich starb. Er jedenfalls fühle sich so gesund und fit wie nie zuvor. Das Geschwätz eines Idioten.

Die Hütte hatte Eelco eigenhändig errichtet, wie er immer wieder stolz betonte. Dass er dafür Materialien aus der Zivilisation verwendet hatte, erwähnte er nicht. Auch nicht, dass er Töpfe, Tassen, Teller, Messer, Löffel und Gabeln besaß oder Kleidung und Decken. So unabhängig, wie er dachte oder es gerne darstellte, war er nicht. In regelmäßigen Abständen verließ er in aller Frühe die Hütte und kehrte am Ende des Tages mit vollen Taschen zurück. Streichhölzer, Tabak, Draht, Schrauben, Munition.

Er nahm das schweigend zur Kenntnis. Er sagte auch nicht, dass Eelco gar keine unschuldige Seele haben konnte, weil er nicht in der Lage war, die Finger von kleinen Jungs zu lassen. Ein einziges Mal hatte er es gewagt, den Mund aufzumachen – es war ihn teuer zu stehen gekommen. Bis heute erinnerte die Narbe auf seiner Wange ihn daran, wie die Flasche an der Wand hinter ihm zersprang und ein Splitter sich in sein Gesicht bohrte. Ein paar Zentimeter höher, und es hätte sein Auge getroffen. Irgendwann gab er es auf, diesen Mann verstehen zu wollen. Der Typ war verrückt. Punkt.

Eelco brannte selbst Schnaps und wurde immer fröhlich, wenn er davon trank. Ein einziges Mal hatte er davon probiert und es am nächsten Tag bitter bereut. Niemals zuvor war ihm so übel gewesen. Als säße sein Kopf nicht mehr auf dem Rumpf und als würden seine Eingeweide unbefestigt im Körper herumfliegen. Einmal und nie wieder, hatte er sich damals geschworen.

Daraufhin war er als Schwächling ausgelacht und verspottet worden. So werde er nie ein echter Mann, hatte Eelco gehöhnt.

Das machte ihm nichts aus. Er wusste, dass er nicht hierhergehörte. Es würde nicht ewig dauern. Daran hielt er sich fest, und nur so konnte er alles aushalten. Zwar dachte er des Öfteren daran aufzugeben, aber er wusste, dass es der falsche Weg wäre.

Schließlich verfolgte er einen Plan.

Das Licht der Lampe flackerte noch ein paarmal und erlosch. Sein Herz begann zu rasen. Er widerstand dem Drang, die Taschenlampe anzuschalten, und zwang seine Augen, sich an die Dunkelheit zu gewöhnen. Schon bald vermochte er Schatten zu unterscheiden.

Widerwillig löste er sich von dem Baum. Er konnte den Toten nicht so liegen lassen. Die Tiere würden ihn finden und anfressen. Was Eelco selbst übrigens kaum schlimm gefunden, sondern als natürlichen Prozess betrachtet hätte.

Verbissen trieb er die Spitze des Spatens in den Boden. Ein Geruch nach Schmutz stieg ihm in die Nase. Seine Hose und die Schuhe waren schwarz. Sand knirschte ihm zwischen den Zähnen.

5

Stunden später war die Grube endlich groß und tief genug. Er machte die Probe aufs Exempel, indem er sich selbst hineinlegte. Wenn es für ihn reichte, dann für Eelco, der kleiner war, erst recht. Die Erde war eiskalt, und die Kälte drang durch seine Kleidung. Außerdem drückten ihn die Unebenheiten des Bodens im Rücken und am Hintern. Der Wind trieb die Zweige über seinem Kopf auseinander, sodass er den schwarzen Himmel sehen konnte, der wie mit flackernden Diamanten verziert schien. Es war fast Vollmond. Je länger er schaute, desto mehr Sterne wurden sichtbar.

Seine Muskeln protestierten, als er sich aufrichtete und den Schmutz abklopfte, und erst nach einigen Versuchen gelang es ihm, sich über den Rand der Grube zu ziehen.

Mühsam schleifte er den bereits steifen Körper zum Grab und stieß ihn hinein. Eelco landete mit dem Gesicht nach unten im Schlamm. Das fand er doch irgendwie pietätlos. Erneut sprang er in die Grube und zerrte so lange an dem Toten, bis dieser mit dem Gesicht nach oben lag. So konnte Eelco den Himmel und die Sterne sehen.

Er traute sich nicht, Eelcos Gesicht anzufassen, um den Schmutz abzuwischen, darum blieb alles so, wie es war. Gleich würde der Tote sowieso mit Erde bedeckt sein, sagte er sich. Aber er faltete ihm die starren Hände und schob eine Flasche Selbstgebrannten dazwischen.

Dann kletterte er wieder aus dem Erdloch. Das Geräusch der Erde, die auf den Leichnam fiel, als er die Grube zuschüttete, beruhigte ihn ungemein. Anschließend stampfte er alles gut fest, ohne allerdings ganz zufrieden mit dem Resultat zu sein. Selbst der Dümmste würde erkennen, dass hier etwas nicht stimmte. Der Boden war uneben. Also schleppte er Äste, Blätter und trockenes Laub herbei und verteilte alles sorgfältig.

Zum Schluss sprach er ein kurzes Gebet, an das er sich aus der Schulzeit erinnerte. Vater unser im Himmel ... Der nächste Satz bereitete ihm die meiste Mühe: Dein Wille geschehe ... War es wirklich Gottes Wille, was er hier tat? Er zwang sich, an dieser Stelle seine Gedanken nicht weiterzuspinnen, und bekreuzigte sich. Das schien ihm als Zeremonie ausreichend zu sein für den Mann, der ihm seine Jugend geraubt hatte.

Auf dem Rückweg zur Hütte überlegte er kurz, ob er das Grab markieren sollte. Suchend blickte sich um, sah jedoch nirgends einen Stein. Dann eben nicht, beschloss er. Er hatte plötzlich mehr als genug von diesem Ort. Es war an der Zeit, ihn zu verlassen.

In der Hütte fiel ihm ein, dass er noch nicht ganz fertig war. Als er Eelcos Sachen durchwühlte, stieß er auf einen Stapel abgegriffener Fotos, die mit einem Gummi zusammengehalten wurden, außerdem auf einen abgelaufenen Pass und einen ungültigen Führerschein.

Die Fotos in den beiden Dokumenten zeigten einen ganz anderen Eelco. Ohne den ungepflegten Bart und das wettergegerbte Gesicht, dafür mit mehr Haaren auf dem

Kopf. Er wirkte wie ein braver Durchschnittsbürger, nach dem niemand sich auf der Straße umgedreht hätte.

Er sehnte sich nach einer heißen Dusche, nach der Wärme eines Ofens, einem weichen Bett, einem Fernseher. Nach dem Luxus, einfach einen Wasserhahn aufzudrehen. Hier dauerte alles so verdammt lange. Man musste zu dem kleinen Fluss laufen, die Kanister mit Wasser füllen, Wasser kochen; erst dann konnte man Kaffee und Tee trinken. Er vermisste Elektrizität. Licht. Das Geräusch eines Schalters.

Klack.

Er fand etwas Geld und steckte es zusammen mit einer Flasche Wasser, ein bisschen Schinken und zwei Äpfeln in seinen Rucksack. Das Geld würde er möglicherweise noch gut brauchen können. Dann zog er saubere Kleidung an, entfachte vor der Hütte ein Feuer und verbrannte Eelcos persönlichen Besitz.

6

Den Rest der Nacht lief er durch den Wald. So schnell er konnte und dennoch fortwährend auf der Hut. Die Geräusche und die Schatten jagten ihm immer noch Angst ein. Obwohl er wusste, dass es Unsinn war, schien es ihm, als wäre Eelcos Geist ihm auf den Fersen. Als würde er ihn nicht fortlassen wollen.

Einige Male glaubte er, sich verirrt zu haben. Dann lief er ein Stück zurück, um sicherzugehen, dass die Richtung noch stimmte. Seit einer ganzen Weile war er hier nicht mehr gewesen, und das ließ ihn unsicher werden. Er hätte besser aufpassen müssen. Hier musste Eelcos Auto stehen, aber wo genau, wusste er nicht. Allerdings würde der Wagen ihm so oder so nichts nützen, weil er nicht fahren konnte und die Schlüssel nicht hatte finden können.

Schneller als erwartet sah er vor sich einen breiten Trampelpfad, der plötzlich zwischen den Bäumen und Sträuchern hervorkam, und neugierig folgte er ihm. Bald stieß er auf weitere Wege. Ein Zeichen, dass die Zivilisation nicht mehr weit entfernt sein konnte. Menschen kamen hierher: zum Spazierengehen, zum Fahrradfahren oder mit dem Hund.

Die Vorstellung, dass er nun jederzeit jemandem begegnen könnte, verursachte ihm ein kribbelndes Gefühl in der Brust und ließ ihn schwindlig werden.

Was sollte er dann sagen?

Aber er traf niemanden.

Und auf einmal war da ein breiter Sandweg. Rechts und links davon zwei asphaltierte Wege. Er reagierte, als hätte er einen Stoß in den Magen bekommen. Ließ sich zu Boden sinken. Wartete, bis die Übelkeit abebbte, holte ein paarmal tief Luft. Er war fast am Ziel.

Es gab keinen Weg zurück.

Bevor er weiterging, legte er eine kurze Pause ein, trank etwas und aß einen Apfel. Seit gestern Abend hatte er nichts mehr gegessen. Hunger und Durst verspürte er zwar nicht, doch er wusste, es war wichtig, seinem Körper Energie zuzuführen.

Die Rast verschaffte ihm zugleich Gelegenheit, sich über die Richtung klar zu werden, die er einschlagen wollte. Rechts oder links. Intuitiv beschloss er, sich erst einmal rechts zu halten. An einer Kreuzung ohne Wegweiser ging er nach rechts.

Langsam erwachte der Wald. Immer mehr Vögel begannen zu singen, als würden sie sich gegenseitig wecken, und kleine Tiere huschten durch das Gebüsch. Der Himmel war strahlend blau, und es versprach ein ebenso warmer, sonniger Tag wie gestern zu werden.

Er kam zu einer Lichtung und widerstand der Versuchung, sich auf die verwitterte Bank zu setzen, die dort stand, und sich den Tau anzusehen, der wie eine Decke über allem lag. Zwischen den Bäumen glaubte er, ein paar friedlich äsende Rehe zu erkennen. Erleichterung durchströmte ihn bei dem Gedanken, von nun an keine Tiere mehr fangen und töten zu müssen. Das Fleisch war für ihn selbst gewesen; ohne hätte er nicht überlebt. Eine Zeit lang hatte er versucht, sich mit dem Gemüse, dem Obst und den Kartoffeln aus Eelcos Garten zu begnügen, aber es hatte einfach nicht gereicht, um seinen quälenden Hunger zu stillen.

Inzwischen lief er schneller. Infolge des Schlafmangels sah er alles nur verschwommen. Ein bisschen so wie nach den paar Schlucken von Eelcos Selbstgebrautem.

Ein lautes Brummen hinter ihm ließ ihn aufschrecken. Ein grüner Jeep näherte sich. Stocksteif blieb er stehen und sah zu, wie der Wagen langsam an ihm vorbeiholperte. Der Fahrer hob die Hand, doch er vergaß, den Gruß zu erwidern.

Zumindest schien er in der richtigen Richtung unterwegs zu sein, machte er sich selbst Mut. Im Wald wurde es immer stiller, und nach einer Weile begriff er auch den Grund: Die Geräusche des Waldes wurden vom Lärm des Straßenverkehrs überlagert.

Die letzten hundert Meter legte er noch schneller zurück.

Er grinste.

Asphalt.

Zivilisation.

Vor lauter Freude lief er ein paarmal im Kreis.

Ein Auto hupte, fuhr so dicht an ihm vorbei, dass er erschrocken einen Schritt zurück zur Seite auf den grasbedeckten Randstreifen sprang. Er hatte es geschafft. Der Geruch der Autoabgase stieg ihm in die Nase und ließ ihn husten. Farben flimmerten an ihm vorbei, ohne eine feste Form anzunehmen.

Er folgte der zweispurigen Autostraße nach Norden, und jedes Mal, wenn er hörte, wie sich ihm ein Wagen näherte, streckte er den Daumen raus. Die entgegenkommenden Scheinwerfer blendeten ihn.

Beim vierunddreißigsten Wagen leuchteten die Bremslichter auf. Das Auto hielt ein Stück vor ihm in einer kleinen Parkbucht an. Er rannte hin. Der Fahrer, ein etwa vierzigjähriger Mann in einem dunkelblauen Anzug mit beginnender Glatze und randloser Brille, ließ die Scheibe herunter und fragte ihn, wohin er denn wolle.

»Weet ik niet«, antwortete er.

Der Fahrer runzelte die Stirn.

Er verstand ihn nicht. Natürlich nicht. Er kratzte sein bestes Deutsch zusammen, das er sich durchs Radiohören selbst beigebracht hatte. »Wo fahren Sie hin?«

»Nach Stuttgart.«

»Prima«, sagte er. »Können Sie mich mitnehmen?«

Der Mann nickte.

Er öffnete die hintere Tür und warf den Rucksack mit seinen armseligen Besitztümern auf die Rückbank. Dann setzte er sich auf den Beifahrersitz. Ihm entging nicht, dass der Mann ein wenig das Gesicht verzog. Dann nahm er seinen eigenen Körpergeruch wahr, den der Wind nicht mehr davontrug.

»Entschuldigung«, murmelte er.

Hier im Auto roch es ganz anders. Neu und nach Leder. Auf dem Armaturenbrett gab es viele verschiedene Knöpfe und Lampen, und er starrte gebannt darauf.

»Woher kommst du?«, wollte der Mann wissen.

Er deutete vage in Richtung des Waldes.

»Du bist im Wald gewesen?«, fragte der Mann, als sie weiterfuhren. »Wo denn da?«

»Irgendwo.«

»Allein?«

»Nein, nicht allein. Mit Eelco.«

»Wer ist denn Eelco?«

»Ein Typ, der im Wald lebt.«

Der Fahrer lachte und sah ihn prüfend von der Seite an. »Im Wald wohnen so viele Leute. Meinst du eines der Dörfer oder richtig im Wald?«

»Richtig im Wald.«

»Bei welchem Dorf in der Nähe?«

»Weiß ich nicht.«

»Und woher kennst du ihn?«

Da er nicht wusste, was er darauf antworten sollte, zuckte er mit den Schultern. Der Mann sah ihn noch einmal von der Seite ein, bohrte aber nicht weiter nach.

»Müsstest du jetzt nicht eigentlich in der Schule sein?«

Er wollte etwas erwidern, aber der Mann kam ihm zuvor: »Ach lass, das geht mich nichts an. Je weniger ich weiß, umso besser. Bist du vielleicht von zu Hause weggelaufen?«

»Nein.«

»Entschuldige, wenn ich schon wieder neugierig bin.«

»Macht nichts.«

»Das sehe ich anders. In deinem Alter gibt es nichts Schlimmeres als Erwachsene, die alles besser zu wissen glauben. Du brauchst mir nicht zu antworten, aber falls du wirklich abgehauen bist, dann solltest du deinen Eltern unbedingt Bescheid geben. Ich habe selbst einen Sohn in deinem Alter und würde vor Sorgen verrückt werden, wenn er davongelaufen wäre wie du. Verstehst du?«

Er nickte. Das schien den Mann zu beruhigen, denn er lächelte ihn an.

Es war angenehm warm im Auto und der Sitz herrlich weich. Alles war so sauber. Das Radio lief leise, und die Geräuschkulisse erinnerte ihn an die gedämpften Stimmen seiner Eltern, wenn er oben im Bett lag. Er musste sich anstrengen, um nicht einzudösen, und er konnte ein Gähnen nicht unterdrücken

Jetzt bogen sie rechts ab unter einer Überführung durch und fädelten sich auf einer viel befahrenen Schnellstraße in den Verkehr ein. Die Namen der Städte und Orte, die dort ausgeschildert waren, sagten ihm nichts. Hoffentlich verlor er nicht völlig die Orientierung, dachte er. Und hoffentlich hatte er genug Geld dabei.

»Ich fahre diese Strecke jeden Tag hin und zurück«, erklärte ihm der Mann. »Eine Fahrt dauert anderthalb Stunden, manchmal zwei, wenn es mit dem Verkehr oder dem Wetter Probleme gibt. Meine Frau will nicht in der Stadt wohnen. Zu voll, zu laut, sagt sie. Woher kommst du?«

»Aus den Niederlanden.«

»Niederlande, na klar.« Routiniert überholte er einen Lastwagen. »Du redest nicht gerne, oder?«, fragte er und stellte das Radio ein wenig lauter.

Er fasste dies als Zeichen auf, dass er sich nicht länger anstrengen musste, wach zu bleiben, und dämmerte weg. Erst als das Auto anhielt, schrak er auf.

»Ich setze dich dann hier ab.«

Er richtete sich auf und rieb sich den Schlaf aus den Augen. Er fühlte sich benommen. »Ja«, sagte er. »Ja, vielen Dank.«

»Gern geschehen. Pass auf dich auf.«

7

Unsicher blickte er sich um. Rechts von ihm standen hohe, schmale Gebäude mit viel Beton und kleinen Fenstern. Auf der gegenüberliegenden Seite nicht weniger hässliche Gebäude.

Er hatte nicht aufgepasst und deshalb keine Ahnung, wo er sich befand. Sein ganzer Körper war schlaff, und ihm knurrte der Magen.

Eine vorbeifahrende Straßenbahn brachte ihn auf die Idee, den Gleisen zu folgen. Am liebsten wollte er wieder sitzen, wagte aber nicht, die Straßenbahn zu nehmen. Dann hätte er vielleicht nicht mehr genug Geld für ein belegtes Brötchen und etwas zu trinken. Er wollte unbedingt eine Cola. Außerdem wusste er nicht, wohin er hätte fahren sollen.

Mit schweren, schlurfenden Schritten schleppte er sich den Gehweg entlang. Vor einer Glasfront blieb er stehen und betrachtete sein Spiegelbild. Er sah schlimmer aus, als er gedacht hatte. Auf Oberlippe und Wangen entdeckte er erste Bartschatten. Die Haare standen ihm in dunklen fettigen Büscheln vom Kopf ab, und seine Klamotten gehörten dringend gewaschen. Genau wie er selbst, denn seine abgebrochenen Nägel hatten Trauerränder, und ein Schmutzfilm überzog seine Haut vor Dreck.

Wie ein Obdachloser sah er aus, stellte er erschrocken fest.

Abgesehen von den Leuten in den Autos und in den Büros war da niemand außer ihm. Als er an einer Straßenbahnhaltestelle einen kleinen Kiosk entdeckte, erkundigte er sich bei der Verkäuferin nach dem nächsten Polizeirevier. Die ältere Frau sah ihn mit hochgezogenen Augenbrauen an. »Weiß ich nicht«, sagte sie.

»Gibt es hier irgendwo einen Supermarkt?«

Sie schien ihm nicht weiterhelfen zu wollen, und so ging er weiter. Hinter seinen Augen meldete sich ein stechender Kopfschmerz. Er musste dringend etwas trinken, doch seine Flasche war leer.

Um nicht den ganzen Tag ziellos durch die Stadt zu irren, hängte er sich an ein paar Leute, die aus einer gelben Straßenbahn stiegen. Aber auch hier hatte er kein Glück. Die meisten beachteten ihn nicht oder schüttelten bloß den Kopf, bevor sie weitereilten. Erst der Fünfzehnte, ein älterer Mann, der nicht mehr übermäßig gut zu Fuß war, gab ihm die gewünschte Auskunft.

Das nächste Revier war bloß ein paar Straßenblocks entfernt. Er prägte sich die Wegbeschreibung des Mannes gut ein.

Von den Abgasen wurde ihm übel. Das Gedröhne und Gehupe der Autos taten ihm in den Ohren weh. Der Neubau, zu dem auch das weiß verputzte Polizeibüro gehörte, schien endlos lang. An der Eingangstür aus Glas vegetierte ein bemitleidenswertes Bäumchen in einem kleinen Stückchen Erde dahin und lehnte sich kraftlos an die Wand.

Er ging zum Empfang. Ein Polizist kam hinter seinem Schreibtisch hervor und schob die Glasscheibe auf.

»Womit kann ich Ihnen helfen?« Der Beamte hatte eine Glatze, einen runden Kopf und ein glänzendes faltenloses Gesicht mit kleinen Augen. Seine Finger waren dick und sein Bauch ebenfalls. Er wirkte sympathisch.

»Ich möchte nach Hause«, sagte der Junge.

Der Uniformierte zog die Augenbrauen hoch. »Ich habe nichts dagegen.«

»Ich weiß nicht, wie ich zurückfinden soll.«

»Wie bist du denn hergekommen?«

»Sie meinen, hierher auf die Wache? Zuerst bin ich durch den Wald gelaufen, dann hat mich jemand in seinem Auto mitgenommen.«

Der Mann runzelte die Stirn und griff nach einem Kugelschreiber. »Woher kommst du denn?«

Er nannte seinen Geburtsort.

Der Stift schwebte über dem Papier. »Wo liegt das?«

»In den Niederlanden.«

»Und wieso hat es dich hierher verschlagen?«

»Wegen Eelco.«

»Wer ist Eelco?«

Als er mit den Schultern zuckte, tat ihm die kleine Bewegung weh. Wahrscheinlich Muskelkater vom Graben, dachte er. Plötzlich wurde ihm sehr heiß.

»Eelco hat mich in den Wald mitgenommen.«

»Und wann war das?«

»Vor ein paar Jahren.«

»Und wo sind deine Eltern?«

»Zu Hause. Glaube ich.« Die Härchen in seinem Nacken stellten sich auf.

»Gehört Eelco zu deiner Familie?«

»Nein.«

»Aber er hat dich mitgenommen?«
»Ja.«
»Vor ein paar Jahren, sagst du?«
»Ja. Jetzt ist Eelco tot«, erklärte er. »Er hat gesagt, ich soll ihn begraben, wenn er gestorben ist, und mich anschließend auf einem Polizeirevier melden.«
»Wie heißt du denn?«
»Sander. Sander Meester.«

8

Tag 1

Mit dem dreijährigen Bas auf dem Arm sah Iris zu, wie ihre Mutter die Arme nach Sander ausstreckte. Der lächelte vorsichtig.

»Darf ich dich in den Arm nehmen?«, fragte Alma mit roten verweinten Augen.

Sander nickte, und sie schlang ihre Arme behutsam um ihn, als könnte er bei der geringsten Berührung zerbrechen. Nur zögernd legte er seinerseits die Arme um sie.

Der kleine Bruder hing schwer an ihrem Hals, und Iris verlagerte sein Gewicht auf die andere Hüfte. Bas war müde, schlecht drauf und weinerlich und weigerte sich zu laufen. Es war eine lange Fahrt für ihn gewesen. Während sie beobachtete, wie ihre Mutter Sander losließ und der Vater ihn zaghaft umarmte, kam ihr die Frage in den Sinn, ob sie ihm ebenfalls um den Hals fallen musste.

Sie atmete so tief ein, dass sie der Brustkasten schmerzte.

Mit Mühe riss sie ihren Blick los und sah sich in dem leeren Raum um. Braune Wandtäfelung, ein hellblauer Teppichboden voller Flecken, ein Tisch und ein paar Stühle. An den Wänden entlang standen eine Reihe Polizisten und Polizistinnen herum, von denen einige gerührt blinzelten oder sich zulächelten. Manche schienen sogar stolz zu sein. Als ob sie irgendeinen Anteil an Sanders Rückkehr hätten, verdammt noch mal. Er war schließlich von sich aus in ihre Wache marschiert – sie hatten bloß die holländischen Kollegen informieren müssen.

Iris dachte an den Anruf ihrer Mutter zurück.

Seit Jahren hatte sie auf diese Nachricht gewartet und Hunderte Varianten durchgespielt. Die Fragen, die sie stellen wollte, die Antworten, die sie bekäme, die Gefühle, die in ihr aufkommen würden.

Doch dieses Szenario war neu.

Sander war aufgetaucht und am Leben.

Zunächst hatte sie gar nichts verstanden, so wirr war Almas Gestammel gewesen, und nicht einmal realisiert, dass der Anruf von ihrer Mutter kam. Es dauerte einen Moment, bis die Bedeutung des Gesagten zu Iris durchdrang.

Man habe Sander gefunden, berichtete die Mutter, aber noch immer begriff Iris nicht, weshalb sie darüber so glücklich war. Erst dann wurde ihr klar, dass Sander lebte. All die Jahre habe er zusammen mit seinem Entführer in einem Wald gehaust. Bis der Mann gestorben war. Sie würden ihn abholen. Jetzt gleich.

Der Vater sei bereits auf dem Weg nach Amsterdam, um sie aufzusammeln. Ihre Mutter hatte nicht einmal gefragt, ob sie überhaupt mitwollte.

Sie hatte gedacht, dass ihr der Anruf ausgerechnet heute ungelegen kam. Für diesen Abend war nämlich ein Konzertbesuch mit Freundinnen vorgesehen. Als krönender Abschluss des Studienjahrs. Am Sonntag wäre sie ohnehin für eine Woche nach Hause gefahren, um ein bisschen Zeit mit ihren Eltern und Bas zu verbringen. Sie hatte den Kleinen schon viel zu lange nicht mehr gesehen. Und das gerade jetzt, wo er sich so schnell veränderte. Jedes Mal staunte sie, wie groß er seit dem letzten Besuch geworden war.

Nach einer Woche sollte es dann eigentlich weitergehen nach Terschelling, wo sie einen Ferienjob in einer Strandbar angenommen hatte. Damit verdiente sie sich das Geld für die Studiengebühren.

Zwar drängten sie die Freundinnen, die letzte Woche vor Semesterbeginn mit nach Spanien zu fahren, aber sie war unentschlossen. Wenn auf Terschelling das Wetter schön blieb, würde sie aber lieber dortbleiben und ihren Job verlängern. Strand und Sonne konnte sie auch neben der Arbeit genießen. Und nette Jungs gab es auf dem Campingplatz, wo sie immer ihr Zelt aufschlug, genauso wie in Spanien.

Würde das alles jetzt so stattfinden können? Oder würde sie zu Hause bleiben müssen? Sie wusste es nicht. Auch nicht, was sie eigentlich selbst wollte. Es wäre doch eine normale Reaktion, jetzt bei ihrer Familie sein zu wollen. Oder?

Sie hatte Bauchschmerzen und einen schrecklichen Druck auf der Blase. Hörte ihre Mutter zu Sander sagen, dass sie nie die Hoffnung aufgegeben und immer gewusst habe, dass er eines Tages zurückkommen werde.

»Hab ich es dir nicht gesagt, Linc«, wandte sie sich an ihren Mann, als hätte der all die Jahre Gegenteiliges behauptet. Zumindest sagen durfte er es nicht, selbst wenn er es gedacht haben sollte – das war ihm von seiner Frau schnell ausgetrieben worden. Iris selbst übrigens ebenfalls.

Glücklicherweise konnte ihr die Mutter nicht hinter die Stirn schauen.

Iris nahm all ihren Mut zusammen und sah den Jungen

an. Sander, korrigierte sie sich augenblicklich. Ihren Bruder. In den vergangenen Jahren hatte er gewaltig an Größe zugelegt, überragte sie um einen Kopf und war schlank und muskulös. Nichts mehr erinnerte an den kleinen pummeligen Jungen von früher. Seine Haare waren länger und etwas dunkler, seine Augenbrauen voller. Auf Wangen und Oberlippe sprossen erste Bartstoppeln. Sein Lachen klang verlegen, und immer wieder schlug er die Augen nieder. Er trug eine verblichene Jeans, die ihm zu klein war, die Hosenbeine reichten ihm knapp bis an die Knöchel.

Er ähnelte dem alten Sander und auch wieder nicht. Eigentlich sah er aus wie auf den Phantombildern, auf denen ihn Polizeizeichner von Jahr zu Jahr älter gemacht hatten.

Als die Mutter sie heranwinkte, trat Iris zögernd näher, ignorierte aber Almas Versuch, ihr Bas abzunehmen. Sanders Lächeln erwiderte sie nicht.

»Woher wissen wir überhaupt, ob das Sander ist?«, fragte sie.

Das Geflüster ringsum erstarb.

»Iris«, rief die Mutter entsetzt.

Sander starrte schweigend auf seine Füße.

»Entschuldige, schließlich kann jeder kommen und sich als Sander ausgeben.«

9

Mit offenen Mündern starrten ihre Eltern sie an. Ihr wurde heiß. Ihr Herz klopfte schneller, und ihr Atem beschleunigte sich. Obwohl die deutschen Beamten ihre Worte nicht genau verstanden hatten, schienen sie zu spüren, dass die Stimmung umgeschlagen war.

Hans, der niederländische Polizist, der sie begleitet hatte, sah sie halb erstaunt, halb mitleidig an. »Sander hat ein besonderes Kennzeichen.« Er räusperte sich. »Eine fehlende Kuppe am kleinen Finger.«

Ach ja, daran hatte sie gar nicht mehr gedacht. Sein Freund Roel war mit schuld gewesen. Auf dem Heimweg von der Schule hatten sie auf einer Weide einen Stier entdeckt und sich gegenseitig herausgefordert, wer sich am dichtesten heranwagte. Am Ende zogen sie gemeinsam los.

Sie waren vielleicht bis auf zwanzig Meter heran, als der Stier sie witterte und auf sie zustürmte. Die Jungs flüchteten. Roel war als Erster am Gatter und hielt Sander das Tor auf. Bloß warf er es vorschnell zu, als der Freund danach greifen wollte. Mit der Folge, dass der eiserne Riegel ein Stück von Sanders rechtem kleinem Finger abschnitt. Sie hatten noch danach gesucht – ohne Erfolg.

Ein halbes Jahr nach diesem Vorfall war Roel ertrunken.

»Bitte ihn um Entschuldigung«, forderte Alma.

»Nicht nötig«, warf Sander mit rotem Kopf ein.

»Dann zeig uns den Finger«, erwiderte Iris erregt.

Erneut protestierte die Mutter. »Jetzt reicht es wirklich.«

»Also, was ist?«

Iris ließ sich nicht von ihrem Misstrauen abbringen. Selbst wenn es bereits überprüft worden war, wollte sie es mit eigenen Augen sehen.

Mit geballten Fäusten stand Sander vor ihr, sah unsicher zu Alma hin. Die nickte wohl, denn er streckte die rechte Hand aus und spreizte die Finger.

»Dann also Hallo. Schön, dich wiederzusehen«, sagte Iris. Ihr Mund war wie ausgetrocknet.

»Lange her«, antwortete er.

Da sie nicht wusste, was sie sonst sagen sollte, deutete sie auf das Kind, das seinen Kopf an ihrem Hals versteckte. »Das ist Bas, dein kleiner Bruder. Du kennst ihn noch nicht.« Iris hätte sich die Zunge abbeißen können. Natürlich kannte er den Jungen nicht. Wäre Sander nicht verschwunden, würde es Bas überhaupt nicht geben. Entführt, korrigierte sie sich selbst. Sander war nicht verschwunden, sondern entführt worden. Verschwinden konnte man auch freiwillig.

Sie drehte ihren Oberkörper so, dass Sander den Kleinen sehen konnte, doch der klammerte sich noch fester an sie.

»Das macht nichts. Vielleicht später. Für ihn bin ich ein Fremder«, meinte Sander.

Für mich auch, wollte sie ergänzen.

Unterdessen unterhielten sich die Eltern mit einigen der deutschen Polizisten. Erneut fing ihre Mutter an zu weinen. Freudentränen. Ab und an blickte sie zu Sander hinüber, als würde sie fürchten, er könnte sich vor ihren Augen in Luft auflösen.

»Wie geht es dir?«, wollte Iris wissen und setzte Bas ab, der jetzt ohne Protest auf einen Tisch zusteuerte, auf dem Wasserflaschen, Plastikbecher und ein Teller mit Kuchen standen. Niemand hielt ihn auf, als er den Teller zu sich heranzog und sich ein Stück nahm.

»Na ja, gut. Und dir?«

»Auch«, erwiderte sie und verstummte.

Was sagte man in einer solchen Situation? Dass sie ihn vermisst hatte? Dass es ihr leidtat? Iris' Nerven waren bis aufs Äußerste gespannt. All die Jahre hatte sie die Wahrheit über diese Nacht in sich vergraben, und nun war er zurück. An was konnte er sich erinnern? Wann würde er erzählen, was passiert war?

Ihre Mutter griff nach ihrem Handy und reichte es Hans. »Würdest du bitte ein Foto von uns machen?«, bat sie und winkte alle zu sich heran.

Sie selbst stellte sich neben Sander und lächelte ihn glückstrahlend an. Iris schaute zu ihrem Vater hinüber.

Während der Autofahrt hatte Linc wenig gesprochen, jetzt sah er blass aus. Seit Sanders Verschwinden war er vollständig ergraut und hatte sich einen Bart wachsen lassen, was ihm gut stand. Lieber grau als kahl, behauptete er immer. Sie vermutete aber, dass es ihn nicht kümmerte, denn er war längst nicht mehr so eitel wie früher. Da pflegte er dreimal pro Woche zu joggen, lief stets modisch gekleidet herum und legte Wert auf seine Frisur. Jetzt schob er ein Bäuchlein vor sich her und vernachlässigte sein Äußeres. Auch heute trug er einen ausgeblichenen Schlabberpullover und eine Hose mit Loch.

Nach dem Vorfall mit Sander schien er zerbrochen zu sein. Langsam auseinandergefallen.

Iris sah, wie ein hereinkommender Beamter ihre Mutter wohlwollend musterte. Obwohl sie keinerlei Aufwand betrieb, war Alma nach wie vor eine attraktive Frau. Das interessierte sie nicht, aber sie war einfach mit guten Genen gesegnet, denen sie neben den hohen Wangenknochen und den Grübchen an den richtigen Stellen eine glatte Haut und ein jugendliches Aussehen verdankte. Doch der Schein trog: Ihre Mutter war eine echte Bauerntochter, die es nicht gewohnt war, sich zu schonen. Die vielmehr nach dem Motto lebte: Anpacken, ohne zu jammern.

Iris fragte sich, wann ihre Eltern Sander mitteilen würden, dass sie sich inzwischen getrennt hatten.

Niemandem außer ihr fiel in der allgemeinen Wiedersehenseuphorie auf, dass Bas auf dem Foto fehlte. Sie sagte nichts. Je schneller das hier vorbei war, umso besser.

Alma schickte das Foto sofort an ihre Schwiegermutter in England, die schon weit über achtzig war. »Schade, dass deine andere Oma, meine Mutter, das nicht mehr miterleben kann«, bedauerte sie. »Sie hätte sich so gefreut.«

»Unser letztes gemeinsames Foto haben wir an ihrem Fünfundsiebzigstem gemacht – bei der Feier in diesem Restaurant, weißt du noch, Mama? Dir haben die Tintenfischringe da überhaupt nicht geschmeckt«, erwiderte Sander.

»Dass du dich daran nach all den Jahren erinnerst!« Alma war hin und weg.

»Ich weiß noch alles«, erklärte Sander. »Na ja, natürlich nicht wirklich alles«, räumte er mit schiefem Grinsen ein. Er wurde rot.

Ihre Mutter strahlte ihn an. Seit Jahren hatte Iris sie nicht mehr so glücklich erlebt.

Ein deutscher Polizist trat auf sie zu und räusperte sich. »Mit Ihrer Zustimmung würden wir gerne eine Pressekonferenz organisieren. Vielleicht möchte unser niederländischer Kollege ebenfalls daran teilnehmen …«

»Ich will nicht ins Fernsehen. Oder in die Zeitung. Ich will nur nach Hause. Sonst machen sie am Ende einen Freak aus mir«, widersprach Sander und wirkte mit einem Mal panisch.

»Muss das sein?«, wandte die Mutter sich an den Beamten.

»Alma, du hast jahrelang jedem Journalisten, der es hören wollte, gemeinsam mit Marjo die Geschichte erzählt. Und jetzt willst du sie auf Abstand halten?«, fragte der Vater.

Auf Almas Stirn erschien eine steile Falte. »Wir könnten vielleicht eine Erklärung verlesen und die Medien bitten, uns ein wenig Privatsphäre zu gönnen.« Sie blickte Sander an. »Wir müssen uns alle ganz in Ruhe erst wieder kennenlernen.«

»Er ist noch minderjährig«, warf Hans ein. »Das ist ein Glück in diesem Fall. Denn so dürfen sie sich nicht vor eurem Haus auf die Lauer legen, um Fotos zu schießen. Außerhalb der privaten Sphäre könnt ihr allerdings nichts dagegen unternehmen. Vergesst das nicht.«

Das Gerede ging noch eine ganze Zeit lang weiter.

Hans und die Deutschen besprachen sich. Iris konnte nicht gut Deutsch, meinte aber, etwas von Krankenhaus und Untersuchungen zu verstehen. Man wollte sicher sein, dass Sander körperlich nichts fehlte. Bislang hatte er sich geweigert, sich einem Arzt vorstellen zu lassen. Ob die beiden ihn überreden könnten? Er wehrte sich immer noch, willigte aber schließlich ein. Seine Mutter würde ihn ins Krankenhaus begleiten, die anderen sollten in einem Hotel warten.

Am liebsten hätte sie protestiert. Eingewendet, dass sie nichts dabeihabe. Keine Zahnbürste, keinen Pyjama, keine Kleidung zum Wechseln. Aber dann schien es ihr nicht der richtige Augenblick zu sein, sich querzustellen.

Als sie hinter den anderen den Raum verließ, sah sie, wie ihre Mutter Sander noch einmal um den Hals fiel. »Ich kann nicht glauben, dass das hier wirklich passiert. Ich kann nicht glauben, dass du wieder zurück bist.«

»Ich auch nicht«, antwortete Sander.

»Bis später«, sagte Iris. Sie hob ihre Hand zum Gruß, und er tat es ihr nach. Dabei glaubte sie, kurz ein Flackern in seinen Augen zu sehen, das sofort wieder verschwand.

10

Tag 3

Alma sah in den Rückspiegel. Ihre drei Kinder auf der Rückbank. Endlich waren sie vollzählig. Sander hatte ihr dunkles Haar und die grünen Augen geerbt, genau wie Bas. Iris dagegen ähnelte mit den blonden, fast rötlichen Locken und den blauen Augen ihrem Vater. Sander blickte durchs Fenster nach draußen, Iris mit Stöpseln im Ohr ebenfalls. Bas schlief in der Mitte zwischen den beiden, sein Mund stand ein Stück offen.

Sie fühlte sich wie im Rausch vor Freude und Glück. Seit Sanders Rückkehr hatte sie kaum geschlafen. Sie kam einfach nicht zur Ruhe. Von dem Augenblick an, als er verschwunden war, hatte sie jeden Abend gebetet: Bring ihn mir zurück. Und nun war er wieder da.

Ein Blick in den Spiegel bestätigte ihr, dass das Lächeln und Strahlen in ihren Augen anhielten. Sie schaute zu Linc auf dem Beifahrersitz, und er lächelte ihr zu. Zum ersten Mal seit langer Zeit waren sie zusammen, ohne dass Streit ausbrach.

Sie überlegte, wann sie Sander von der Scheidung erzählen sollte. Meistens verstand sie selbst nicht, dass es so weit gekommen war. Es war der einzige Schatten, der ihre Wiedersehensfreude trübte.

Linc und sie hatten sich während eines Skiurlaubs in Österreich kennengelernt. Sie war mit Freundinnen unterwegs gewesen, er mit Kollegen. Almas vorherige Beziehung war erst kurz zuvor in die Brüche gegangen, und sie hatte geglaubt, der Flirt mit Linc sei eine Urlaubsromanze, mehr nicht. Vor allem weil er aus England kam und in London arbeitete. Doch zu Hause musste sie immer weiter an ihn denken.

Eines Tages stand er dann unangekündigt vor der Tür. An diesem Tag wurden sie ein Paar. Dreiundzwanzig Jahre war das her. Für sie ließ Linc eine vielversprechende Bankerkarriere in der Londoner City sausen und zog in die Niederlande. Manchmal beschlich sie das Gefühl, dass er es bereute. Und sie selbst dachte bisweilen, es wäre besser gewesen, zu ihm nach London zu ziehen. Wenn sie in England gelebt hätten, dann ...

Wenn.

Es gibt kein Wenn, hörte sie Marjo widersprechen. Akzeptiere endlich, dass es ist, wie es ist. Es gibt nur diese eine Realität, eine Parallelwelt existiert nicht.

Nach Sanders Verschwinden war Linc depressiv geworden. Er nahm noch immer Medikamente.

Freunde und Bekannte betrachteten Alma mit der Zeit als die Stärkere, die sich nicht aufgab, und so galten die besorgten Fragen der Mitmenschen nicht länger ihr, sondern Linc. Wie geht es ihm, hält er durch? Er ist nie mehr geworden wie früher, oder?

Erneut schaute sie in den Rückspiegel. Sander lächelte Iris an, doch die wandte den Kopf ab. Alma biss sich auf die Lippe. Ob ihre Hoffnung, dass sie sich jetzt besser verstanden als vor Sanders Verschwinden, sich je erfüllte? Das musste sie einfach. Schließlich hatten sich beide verändert, waren älter und reifer geworden.

Heimlich betrachtete sie Sander. Er hatte die Nacht im Krankenhaus verbracht, nach allerlei Untersuchungen und Tests, und sie war nicht von seiner Seite gewichen. Irgendwann war er vor Übermüdung eingeschlafen. Sie hatte sich einen Stuhl herangezogen und ihren schlafenden Sohn betrachtet. Sie konnte nicht genug von ihm bekommen. Von den kräftigen Augenbrauen, der breiten Nase, den Haaren auf seinen Wangen, den Bartstoppeln. Den großen rauen Händen. Er ähnelte ihr abgesehen von der Farbe der Haare überhaupt nicht. Und Linc auch nicht. Schon früh war ihnen das aufgefallen, und sie hatten Witze gemacht, dass er bestimmt im Krankenhaus vertauscht worden war. Sie erkannte das Kind von damals in ihm, zugleich aber auch wieder nicht. Alles an ihm war so groß geworden.

Ein unangenehmer Gedanke hatte im Krankenhaus plötzlich von ihr Besitz ergriffen. Einmal angenommen, er wäre ihr auf der Straße begegnet, hätte sie ihn dann als ihren Sohn erkannt? Kalter Schweiß brach ihr aus, als sie sich die Frage stumm beantwortete, und es gelang ihr nicht, sich wieder zu beruhigen. Vor lauter Elend war sie in das angrenzende Badezimmer geflohen, um die Handgelenke unter kaltes Wasser zu halten. Beim Blick in den Spiegel stellte sie fest, dass sie kreidebleich war. Sie hatte versucht, sich die erste Minute des Wiedersehens ins Gedächtnis zurückzurufen. Ein Moment der reinen Euphorie. Oder? Das war eine Reaktion auf die intensiven, heftigen Emotionen. Morgen würde bestimmt alles besser werden, hatte sie sich eingeredet.

Und genauso war es auch gewesen. Am nächsten Morgen schienen die Sorgen der Nacht weit weg. Eigentlich hätte man gerne weitere Untersuchungen durchgeführt, aber Alma mochte nicht bleiben, und auch Sander wollte so schnell wie möglich nach Hause.

Aber so ohne Weiteres ging das nicht. Sander musste bei der Polizei noch eine Reihe Fragen über sich ergehen lassen. Was war in jener Nacht geschehen? Kannte er Eelcos Nachnamen? Besaß er einen Pass oder einen Führerschein? Wo genau im Wald hatten sie gewohnt?

Ob er missbraucht worden sei, fragten sie nicht. Ein Psychologe, der bei den Gesprächen anwesend war, hatte im Vorfeld davon abgeraten, und im Übrigen war der Missbrauch bei den Untersuchungen im Krankenhaus ohnehin festgestellt worden. Außerdem hatte Sander an diesem zweiten Tag versucht, die Polizei zu dem Ort zu führen, an dem er gefangen gehalten worden war. Sie waren ein Stück in den Wald gegangen, hatten die Aktion jedoch abgebrochen, weil Sander eine Panikattacke erlitt und sich übergeben musste.

In der Ferne tauchte bereits das Dach ihres Hauses auf. Sie bewohnten einen dieser typischen friesischen Bauernhöfe, dessen Form an eine liegende Kuh erinnerte. Große Bäume und eine Steinmauer schützten die Bewohner vor neugierigen Blicken. Es war das Haus ihrer Kindheit und ihr ganzes Leben lang ein sicherer Hafen gewesen. Und in den letzten Jahren wurde es zudem zu einem Rückzugsort, wo sie frei atmen konnte und vor mitleidigen Blicken geschützt war. Ein Graus, ins Dorf zu gehen und Sanders Klassenkameraden zu begegnen, die im Gegensatz zu ihm zu jungen Burschen heranwuchsen.

Der Bauernhof befand sich seit Generationen im Besitz

ihrer Familie. Als sie fünfzehn war, starb ihr Vater bei einem Unfall – sein Traktor war in einen Straßengraben gekippt. Damals fiel ihr das Erbe zu, doch kümmerte sich die Mutter zunächst weiter darum, alles am Laufen zu halten. Irgendwann verliebte sie sich auf einem Klassentreffen in einen früheren Schulkameraden und zog zurück in ihren hundert Kilometer entfernten Geburtsort.

Nach dem Abschluss von Almas Ausbildung zur Krankenpflegerin bauten sie und Linc das Anwesen zu einer Einrichtung um, in der Menschen mit leichter geistiger Behinderung, Patienten mit beginnender Demenz oder mit psychischen Problemen tagsüber betreut und in die Arbeit auf einem Hof eingebunden wurden. Hier bekamen sie ihren Möglichkeiten entsprechende Aufgaben zugeteilt wie etwa das Füttern der Hühner, Schafe, Schweine, Kaninchen und Ziegen, das Reinigen der Ställe oder die Arbeiten im Gemüsegarten. Während der monatelangen Vorbereitungsphase hatte die Familie in einem alten Wohnwagen gehaust, was Alma ein ständiges Urlaubsgefühl gegeben hatte.

Nach Sanders Verschwinden hatte Alma das Projekt aufgegeben. Zum Glück war das Erbe ihres Vaters groß genug, um davon leben zu können.

Sie bog in den schmalen, nicht asphaltierten Weg ein, der zu ihrem Hof führte, und sah kurz darauf eine Menschentraube vor der Mauer stehen, die das Anwesen umgab. Unwillkürlich stieß sie einen leisen Fluch aus. Das hatte ihr nach der langen Fahrt gerade noch gefehlt. Sie war steif und müde, hatte riesigen Hunger. Die Mauer hatte ihr Großvater eigenhändig errichtet, und nach Sanders Verschwinden hatte Alma in der Öffnung ein hohes

Holztor installieren lassen, um aufdringliche Presseleute fernzuhalten – und die Außenwelt mit ihrer Neugier und ihrem Mitleid dazu.

»Hast du davon gewusst?«, fragte sie Linc. Während sie mit Sander im Krankenhaus gewesen war, hatte ihr Exmann von dem Hotel in Deutschland aus eine Menge Leute in der Heimat angerufen – keiner sollte die Neuigkeit aus den Nachrichten erfahren.

Von da an hatte ihr Handy unentwegt geklingelt. Journalisten, Freunde, ehemalige Kollegen und Dorfbewohner riefen an, hinterließen Nachrichten auf der Mailbox, schickten SMS oder WhatsApp-Nachrichten. Bis sie beschloss, das Telefon einfach abzustellen. Sie hatte sich noch nicht getraut, es wieder einzuschalten.

»Nein«, lautete Lincs Antwort. »Aber ich schicke die Leute weg.«

Alma drehte sich seufzend zu Sander um. »Sie wollen dich unbedingt alle sehen. Fändest du es sehr schlimm?«

Sander reckte den Kopf. »Nein, nein. Natürlich nicht. Ich hoffe, dass ich mich zumindest an einige erinnere.«

Alma kniff die Augen zusammen. »Ehrlich gesagt weiß ich selbst nicht, wer sich da alles versammelt hat.«

So viele Menschen hatte sie in all den Jahren insgesamt nicht gesehen. Dass ein Verlust die Menschen wegtrieb, war eine ernüchternde Erfahrung für Alma gewesen. Sie reagierten vor allem so, wenn sie merkten, dass man diesen entsetzlichen Verlust nicht kampflos hinnahm. Dass sie den Mann, der für den Mord an Maarten im Gefängnis saß, für unschuldig hielt, hatte sich auch nicht gerade positiv auf ihre sozialen Kontakte ausgewirkt.

Alma schickte ein Stoßgebet zum Himmel: Hoffentlich

befanden sich in der Menge keine Journalisten. Am Morgen hatte man in Deutschland eine Pressekonferenz einberufen, zu der auch Vertreter niederländischer Medien erschienen waren. Nach kurzen Statements der deutschen und der niederländischen Polizei hatte Alma auf Lincs Drängen mit zittriger Stimme einen im Krankenhaus vorbereiteten Text verlesen:

»Wir sind unsagbar glücklich darüber, dass wir Sander zurückhaben. Mit seiner Heimkehr geht eine lange Periode voller Unsicherheit, Schmerz und Trauer zu Ende. Wir sind jedem, der Polizei, der Presse und der Öffentlichkeit, sehr dankbar für die Unterstützung, die wir erfahren haben. Das hat uns in den schweren Jahren sehr geholfen und uns immer wieder Mut gemacht, die Hoffnung nicht aufzugeben. Die Polizei wird Ihnen alle Fragen über Sanders Verbleib beantworten. Zweifellos hat unser Sohn Schlimmes durchgemacht. Geben Sie ihm deshalb Zeit, sich davon zu erholen und seine Familie neu kennenzulernen. Wir haben nicht vergessen, was die Medien für uns getan haben, und sind zu gegebener Zeit zu weiteren Auskünften bereit. Vorerst jedoch bitten wir um Rücksichtnahme. Unsere Gedanken sind bei all den Eltern, die ihre Kinder noch immer suchen. Sie brauchen weiterhin große öffentliche Aufmerksamkeit. Bitte lassen Sie diese Kinder nicht im Stich. Ich danke Ihnen.«

Anschließend war sie mit Fragen bombardiert worden. Was sie geantwortet hatte, wusste sie nicht mehr. Die Augen taten ihr vom Blitzlichtgewitter der Kameras immer noch weh.

Alma sah zur Mauer hin, die jemand mit Girlanden und Luftballons geschmückt hatte und an der ein Transparent hing, auf dem in großen Buchstaben stand: WILLKOMMEN ZU HAUSE, SANDER.

Die Menge machte ihnen Platz.

Bevor sie das Tor öffnete, holte sie ein paarmal tief Luft. Ihre Hände waren feucht.

»Dann mal los.«

Sie wurden mit lautem Jubel und Applaus begrüßt. Alma hatte schützend einen Arm um Sander gelegt. Man küsste sie, gratulierte ihr, fiel ihr um den Hals. Sander ließ geduldig alles über sich ergehen.

Und dann entdeckte sie Marjo. Tränen stiegen ihr in die Augen, als sie Maartens Mutter dort stehen sah. Es musste schrecklich für sie sein, und dennoch war sie gekommen. Sie umarmten sich ganz fest.

Wie immer wirkte Marjo wie frisch aus dem Ei gepellt. Ein schlichter roter Rock, roter Lippenstift, der den ganzen Tag über weder zu verschmieren noch blasser zu werden schien. Schulterlanges Haar, das wie immer sorgfältig und ohne den geringsten Ansatz blondiert war. Eine Frau, neben der die meisten Menschen verblassten. Ein Großstadtmädchen aus gutem Haus, war Almas Urteil gewesen. Alma hätte nie gedacht, dass sie einmal gute Freundinnen werden könnten, weil sie so verschieden waren.

Marjo, Tochter eines Arztehepaars, wirkte ein wenig eingebildet. Wie sich jedoch herausstellte, war sie in ihrer Jugend eine Rebellin gewesen: Mit sechzehn hatte sie nämlich die Schule geschmissen, um mit einem deutlich älteren Freund zu einer Weltreise aufzubrechen. Auf Curaçao lernte sie ihren späteren Mann kennen, der dort gerade ein Praktikum absolvierte.

»Ist Lex auch da?«, wollte Alma wissen.

»Er konnte nicht, entschuldige. Er muss arbeiten.« Marjo machte eine vage Bewegung mit dem Kopf. »Ich hoffe, du findest das hier nicht allzu schlimm. Wir sind alle so glücklich, dass Sander wieder zurück ist. Mach dir keine Sorgen, ich räume später auf und schicke alle weg. Wir verstehen, dass ihr erst mal Zeit füreinander braucht.«

Ein Kloß in der Kehle hinderte Alma daran, etwas zu sagen. Alles wirkte so fröhlich, so festlich und einladend. Lampions an den Bäumen, Luftballons und Girlanden, Tücher auf dem Boden, auf denen bunte Teller mit kleinen Häppchen und Kuchen standen, daneben Gläser mit Wein- und Limonadeflaschen.

Alma konnte gar nicht aufhören zu lächeln. Dass all diese Leute hergekommen waren, um diesen Tag mit ihr zu feiern, bedeutete ihr sehr viel.

Alma schwebte von einem zum anderen und konnte gar nicht genug davon bekommen, die ganze Geschichte ein ums andere Mal zu erzählen. Immer wieder. Um ihre Heiserkeit zu bekämpfen, trank sie ein Glas lauwarmen Weißwein, der nach gar nichts schmeckte, und sofort wurde ihr ganz leicht im Kopf. Sie hörte sich selbst lachen. So herrlich sorglos.

Nachdem sie eine Weile mit einigen Leuten gesprochen hatte, sah sie sich um. Seit ein paar Minuten hatte sie Sander nicht mehr gesehen, und so machte sie sich auf die Suche nach ihm. Der riesige Garten war voller Sträucher und Obstbäume und dennoch relativ pflegeleicht. Alma ließ einfach alles vor sich hin wachsen. Die Ziege und das Kaninchen fungierten bei Bedarf als lebende Rasenmäher, und nur ab und an beschnitt sie die Bäume und Sträucher. Der Efeu auf der Mauer machte noch die meiste Arbeit.

Im Sommer bot der Garten viele herrlich schattige Plätzchen, und im Herbst duftete er betörend nach allerlei wilden Blumen. Bloß im Winter vermochte sie ihm nichts abzugewinnen. Dann war es, als hielte er Winterschlaf.

»Hast du Sander gesehen?«, fragte sie Marjo. Doch die schüttelte den Kopf.

Alma wurde abgelenkt: Aus den Augenwinkeln nahm sie eine Frau wahr, die ihr vage bekannt vorkam und die sie anstarrte.

Verwirrt musterte Alma sie genauer. Sie musste sich getäuscht haben. Die Frau kam mit festen Schritten auf sie zu. Es war zu spät, um sich zu verstecken. Sofort ermahnte Alma sich selbst – warum sollte sie das tun?

Sobald sie näher heran war, fiel es Alma wie Schuppen von den Augen. Vor ihr stand Ylva, die Mutter von Roel. Zu einer schwarzen verwaschenen Bluse trug sie einen langen, sackartigen rotorangefarbenen Rock, der ihr bis zu den Knöcheln reichte. Das Haar trug sie kürzer als früher, etwa schulterlang. Und sie kam ihr erheblich dünner vor. Zerbrechlich fast. Ihre Schlüsselbeine stachen scharf hervor.

»Kennst du mich noch?«

»Ylva, natürlich. Wie geht es dir?« Oh Gott, was für eine dumme Frage, dachte Alma sofort. Wie oft hatten andere Menschen sie ihr gestellt? Sie hatte nie genau gewusst, was gemeint war – Sanders Verschwinden oder ihr Leben im Allgemeinen?

»Meinen Glückwunsch. Was für ein Wunder.«

»Ich habe gewusst, dass er noch lebt, ich habe es einfach gewusst.« Wieder spürte sie, wie ein enormes Glücksgefühl ihren Körper überschwemmte.

»Ich beneide dich, dass du deinen Sohn zurückhast«, sagte Ylva.

Was sollte sie darauf antworten? »Wer hat dich eigentlich eingeladen?« Ihre Reaktion klang heftiger als beabsichtigt.

Wieder ging Ylva nicht darauf ein. »Kann ich mit dir reden?«, fragte sie stattdessen. »Nicht jetzt, mit den ganzen Leuten hier. Später vielleicht?«

»Worum geht es denn?«

»Das erkläre ich dir später, aber es ist sehr wichtig.«

Noch bevor sie nachhaken konnte, drehte Ylva sich um und verschwand. Trotz der Wärme durchlief Alma ein Frösteln, und sie schlang die Arme um ihren Oberkörper.

11

Drinnen sah es noch genauso aus wie in dem Moment, als der Anruf gekommen war. Eine Teetasse auf dem Tisch, daneben ein Teller mit einem angebissenen Toastbrot, ein zur Hälfte gegessenes Ei. Auf dem alten Sofa stapelte sich Wäsche, die sie gerade hatte zusammenlegen wollen. In der Ecke stand der Staubsauger.

War Sander oben? Behutsam öffnete Alma die Tür zu seinem alten Zimmer. Er stand mit dem Rücken zu ihr und schaute aus dem Fenster. Erneut überfiel sie das Gefühl, das sie zum ersten Mal auf dem Polizeirevier in Deutschland empfunden hatte. Als der Anruf kam, hatte sie sich auf das Schlimmste vorbereitet. Sicher war Sander traumatisiert, hatte sie gedacht. Hatte mit einem verschlossenen, scheuen und unsicheren Einzelgänger gerechnet. Stattdessen trat ihr ein selbstsicherer junger Mann mit freundlichem, offenem Blick entgegen, der ihr sogar stolz vorkam. Und dessen Auftreten zu signalisieren schien, dass alles gut werden würde. Als sei es nicht eigentlich ihre Aufgabe als Mutter, ihm genau dieses Gefühl zu vermitteln. Eine Erkenntnis, die sie aus dem Gleichgewicht gebracht hatte.

»Hier bist du also.«

»Entschuldige. Ich bin so viele Menschen nicht mehr gewohnt.«

»Macht nichts. Die Mutter von Maarten schickt gleich alle weg. Kannst du dich noch an Marjo erinnern?«

Er nickte. »Ich kam mir vor wie ein Affe im Zoo.«

Sie legte ihm kurz den Arm auf den Rücken. »Wir haben dein Zimmer so gelassen, wie es war. Aber du möchtest sicher nicht länger unter einer Decke mit Dinosauriern schlafen, und die blaue Tapete mit den Autos gefällt dir bestimmt auch nicht mehr. Wenn du willst, können wir alles streichen. Es sind ja Ferien. Und neue Bettwäsche kaufen wir auch«, schlug sie vor und war sich darüber im Klaren, dass sie einfach drauflosredete, um überhaupt irgendetwas zu sagen.

»Das wäre schön«, meinte Sander, »aber es eilt nicht.«

Eigentlich sollte sie jetzt gehen, damit er zur Ruhe und mit sich ins Reine kommen konnte, doch sie schaffte es nicht. Das Bedürfnis, ständig in seiner Nähe zu sein, war einfach zu stark. Es war, als glaubte sie, ihn für die mutterlosen Jahre entschädigen zu müssen. Vielleicht aber steckte auch die Angst dahinter, ihn noch einmal zu verlieren.

Er ist kein Kind mehr, sagte sie sich immer wieder, sondern fast ein Mann. Ein heftiger Schmerz durchfuhr ganz unerwartet ihren Körper. Nach all den Jahren hätte sie daran gewöhnt sein müssen, aber er überfiel sie immer wieder.

Seit dem Anruf, der Nachricht von Sanders Wiederauftauchen, spürte sie trotz ihrer überschäumenden Freude eine neue Art des Schmerzes. Ausgelöst wurde diese Empfindung von der Erkenntnis, dass sich die Jahre, die ihr mit ihm entgangen waren, nicht zurückholen ließen und dass ihr Sohn nicht mehr derselbe war. Wie stark hatte das Erlebte ihn traumatisiert? Im Krankenhaus hatte ein Psychiater kurz mit Sander gesprochen, aber viel hatte das nicht ergeben. Ein Teil von ihr wollte Einzelheiten wissen, ein anderer Teil fürchtete sich davor, weil es ihr neuen Kummer bereiten würde.

Von dem Tag seines Verschwindens an hatte Alma der Gedanke gequält, er könnte tot sein, und sie würde ihn nie wiedersehen. Sie warf sich vor, als Mutter versagt zu haben, nicht in der Lage gewesen zu sein, ihn vor dem Bösen zu beschützen. Doch der Gedanke an seinen Tod war manchmal leichter zu ertragen als der, dass er noch lebte, nach ihr rief, weil es ihm schlecht ging und er sie brauchte, und dass sie nicht zur Stelle war, um ihn zu trösten und ihm zu helfen.

Die ersten Monate nach seinem Verschwinden waren chaotisch und verwirrend gewesen. Alma erinnerte sich kaum an diese Zeit. Wie betäubt war sie sich vorgekommen, distanziert, gleichgültig fast. Das verstörte sie, bis ihr Arzt ihr erklärte, das sei eine ganz normale Reaktion. Kein Mensch könne sich vierundzwanzig Stunden am Tag seinem Elend und seiner Trauer hingeben – sie sei einfach körperlich und seelisch ausgebrannt.

Das Leben ging irgendwie weiter, auch wenn ihr das schrecklich, falsch vorkam. Wie konnte sie überhaupt essen, trinken, Luft holen? Warum explodierte nicht die ganze Welt mit einem lauten Knall?

Wenn sie allein war, schlugen die nackte Angst und die schwarzen Gedanken zu, die ständig auf der Lauer lagen. Grauenhafte, teuflische Bilder spukten ihr dann durch den Kopf.

Wie er gequält, wie er missbraucht wurde.

Die unermüdlichen Nachforschungen nach ihm hatten

ihr Kraft gegeben und sie vor dem totalen körperlichen und seelischen Zusammenbruch bewahrt. Sie musste für ihr Kind durchhalten.

Sie musste ihm sagen, dass sie die Suche nie aufgegeben, sich nie mit dem Gedanken abgefunden hatte, er könnte tot sein. Dass sie die Hoffnung nie verloren hatte.

Aber jetzt war nicht der richtige Augenblick.

Im Zimmer war es stickig. Schon seit über einer Woche stiegen die Außentemperaturen über dreißig Grad. Obwohl sie normalerweise die Wärme lieber nicht ins Haus ließ, öffnete sie jetzt das Fenster.

Nicht zum ersten Mal in den letzten Stunden empfand sie eine tiefe Unsicherheit, weil sie nicht wusste, wie sie mit diesem Jungen umgehen sollte. Als die Ärzte im Krankenhaus ihr vorgeschlagen hatten, die Familie von einem Psychologen betreuen zu lassen, war ihre spontane Antwort ein Nein gewesen. Sie fand, dass die vielen Therapeuten und Sozialdienste, die sie in den letzten Jahren notgedrungen hatte in Anspruch nehmen müssen, für den Rest ihres Lebens reichten.

Nach Sanders Verschwinden hatte Iris ein Jahr lang nicht gesprochen. Kein einziges Wort. Sie waren mit ihr bei unzähligen Ärzten, Psychiatern und Psychologen gewesen, doch keiner der vielen Tests hatte ein Ergebnis gebracht. Körperlich fehle ihr nichts, es sei der Schock, hieß es. Sie werde irgendwann von selbst wieder anfangen zu reden. Und so war es auch. Nach etwa einem Jahr kam sie nach unten und fragte, ob es noch Croissants gebe. Einfach so. Über den Grund ihres langen Schweigens sprach sie nie.

Aber Alma sah ein, dass sie alle Hilfe nötig hatten, die

sie bekommen konnten. Allein Sanders Weigerung, über das zu reden, was ihm zugestoßen war, machte das mehr als deutlich.

Alma wandte sich um und richtete den Blick wieder auf den bunten Bettbezug. In den ersten Monaten war sie regelmäßig in sein Zimmer gekommen, um an seiner Decke zu riechen, Sanders Duft in sich aufzunehmen. Hin und wieder hatte sie sogar in dem Bett geschlafen. Bis sie eines Tages bemerkte, dass sein Geruch verschwunden war.

Auch die Kleidung, die noch im Wäschekorb lag, hatte sie lange Zeit nicht gewaschen. Weil sie wusste, wie es ihr mit der Bettwäsche ergangen war, gestand sie sich nur in den allerschlimmsten Momenten zu, an einem T-Shirt oder einer Hose zu riechen. Und selbst bei diesen Kleidungsstücken verflog Sanders Duft rasch.

Sie freute sich, dass er von nun an wieder das Zimmer mit seinem Geruch erfüllen würde.

Sander ging durchs Zimmer, nahm seine Spielsachen hoch und stellte sie wieder hin.

»Was willst du jetzt tun?«, fragte sie.

»Was willst du, dass ich tue?«, erwiderte er.

»Wie meinst du das?«

»Eelco hat mir immer gesagt, was ich machen soll.«

»Ich bin nicht Eelco. Ich meine, du bist nicht mehr bei Eelco. Er kann nicht mehr über dich bestimmen.«

Sander sah sich um. »Wo ist denn meine Videokamera geblieben?«

Alma lächelte. Sander und seine Kamera. Ohne sie ging er nirgendwohin. Ein Geschenk von Lincs Vater zu seinem zehnten Geburtstag. Von diesem Augenblick an war Sander mit ihr verwachsen, legte sie kaum aus den Händen. Mehr als einmal hatte er erklärt, dass er später ein berühmter Regisseur werden wolle.

»Ich weiß es nicht. Schätzungsweise hat dein Vater sie. Entschuldige, ich weiß, es ist deine.«

Sein Gesicht verdüsterte sich ein wenig. »Das macht nichts. Papa dachte sicher, dass ich nicht zurückkomme. Außerdem wäre es Verschwendung gewesen, so ein teures Ding unbenutzt herumliegen zu lassen.«

Darum sei es gar nicht gegangen, wollte sie entgegnen. Für Linc war es eine Möglichkeit gewesen, seinem Sohn weiterhin nahe zu sein. Ihn an sich zu binden.

»Er hat damit gar nicht selbst gefilmt«, sagte sie, »sondern sich bloß die Filme angesehen, die du aufgenommen hast.«

»Ich hätte sie gerne zurück.«

»Natürlich«, beeilte sie sich zu erklären, bevor sie all ihren Mut zusammennahm: »Sander, dein Vater und ich ...« Sie hielt inne. Sollte sie ihm wirklich jetzt von der Scheidung erzählen?

»Ja?«

»Wir ... Nun, wir sind nicht mehr zusammen.« Sie sah ihn an, wusste nicht, wie sie seinen Blick interpretieren sollte. »Nachdem du verschwunden ...« Nein, ganz falsch. So dachte er womöglich, es sei seine Schuld gewesen. »Wir haben uns auseinandergelebt – wir lieben uns nach wie vor, nur eben auf eine andere Art und Weise«, fuhr sie mit unsicherer Stimme fort. Mein Gott, bei Iris war es ihr weit weniger schwergefallen. Allerdings hatte ihr da Linc zur Seite gestanden. Bestimmt war er verärgert, dass sie diesmal nicht auf ihn gewartet hatte. »Es tut mir leid«, fügte sie schnell hinzu. Er hatte sich seine Rückkehr nach Hause vermutlich anders vorgestellt.

»Das wusste ich schon«, sagte Sander und sah sie mit unbewegter Miene an.

»Was?«

»Eelco hat es mir erzählt. Er sagte, es stand in der Zeitung. Ich dachte aber, er hätte mich angelogen. Wie so oft. Aber es stimmt also.«

Plötzlich hatte sie das Gefühl, eine Zentnerlast drücke ihre Brust nieder, und ihr zitterten die Hände. Zum Glück schien Sander es nicht zu bemerken, denn er inspizierte gerade seinen Kleiderschrank. Nichts von all den Sachen würde ihm passen, überlegte sie erschrocken.

Während er im Krankenhaus untersucht wurde, hatte sie schnell Unterwäsche, Jeans und Shirts, Turnschuhe für ihn besorgt. In verschiedenen Größen, denn sie wusste nicht, was er brauchte.

»Wir könnten morgen in die Stadt fahren und nach Anziehsachen schauen.«

»Muss das sein?«

»Mit den paar Klamotten aus Deutschland kommst du nicht weit.«

»Wo ist denn das Zeug, das ich anhatte?«

»Keine Ahnung.«

Sie hoffte, jemand im Krankenhaus hatte die Sachen verbrannt – Eelco hatte sie besorgt.

»Ich bin nicht gern in der Stadt.«

Typisch Kind vom Land, dem die Stadt zu voll und zu laut war, dachte sie und lächelte.

»Ich würde das ja gerne für dich erledigen, bloß weiß ich nicht, was dir so gefällt.«

»Ist mir eigentlich egal«, sagte er rasch. »Ich weiß ja doch nicht, was gerade angesagt ist und was nicht. Hauptsache warm. Im Wald habe ich oft gefroren. Kann ich duschen gehen? Warmes Wasser, das hab ich so sehr vermisst.«

Ihr Herz drohte bei diesen Worten zu zerspringen. Er konnte das nicht wissen, aber die Erkenntnis, was er in den letzten Jahren alles hatte durchstehen müssen, ließ sie die Fäuste ballen, und sie grub sich die Nägel in den Handteller. Sie blinzelte wütend, um die Tränen zurückzuhalten.

»Natürlich kannst du duschen. Oder dich in die Wanne legen. Wir haben das Badezimmer komplett renoviert.« Als er nickte, fügte sie hinzu: »Komm, ich zeige dir, wo alles ist.« Als hätte sie Besuch, den sie im Haus herumführte, schoss es ihr durch den Kopf. Im Badezimmer ließ sie warmes Wasser einlaufen, legte ihm Handtücher heraus. Sander sah furchtbar verloren aus, wie er da so stand. Am liebsten hätte sie ihn umarmt und ihm zugeflüstert, dass alles gut würde.

Ein wenig erinnerte er sie an die Orientierungslosigkeit ihrer Mutter, die im Alter dement geworden war und oft mitten im Zimmer stehen blieb, weil sie nicht mehr wusste, was sie hatte tun wollen. Sie hatte Alma oft um ein Glas Wasser gebeten, weil sie mit dem Wasserhahn nicht mehr zurechtkam.

Obwohl der Psychologe in Deutschland ihr davon abgeraten hatte, ihn ohne psychologischen Beistand nach der Zeit im Wald zu fragen, tat sie es jetzt. Sie konnte einfach nicht anders.

»Hat er dich gut behandelt?«
»Gut?«

»Entschuldige, das ist wohl kaum der richtige Ausdruck. Bestimmt war es ganz furchtbar. Er hat dich mitgenommen, von uns weggeholt, aber ...« Alma biss sich auf die Lippen, wusste nicht, wie sie es formulieren sollte. »Warum hat er dich mitgenommen?«, fragte sie schließlich.

»Das weiß ich nicht.«

»Hast du ihn nie danach gefragt?« Stopp, Alma, rief sie sich zur Ordnung. Langsam. Das hatte vorwurfsvoll geklungen.

»Ich glaube, er war einsam.«

»Wie kommst du darauf?«

»Weil er mich nie zurückgebracht hat. Am Anfang habe ich viel geweint und ihn angefleht, mich nach Hause zu bringen, aber er hat es nicht gemacht.«

Seine Worte trafen sie wie ein Schlag in den Magen. Sie versuchte, sich ihr Entsetzen nicht anmerken zu lassen.

»Wenigstens hat er mich nicht umgebracht. Viele Kinder würden bei Männern wie ihm leben, sagte er oft, und die würden irgendwann getötet. Ich sollte froh sein, dass ich zu ihm gekommen bin.«

Alma schluckte mühsam. »Was ... hat er denn gemacht ... mit dir? Was hast du tun müssen?«

»Wie meinst du das?«

»Hat er dir wehgetan?«

Sander errötete. »Ja. Manchmal wollte ich nicht, und dann wurde er böse und hat mich geschlagen. Mit seinem Gürtel.«

Wie durch einen Schleier sah Alma ihren Sohn an und spürte, dass sie kurz davor war, in Tränen auszubrechen.

»Tut mir leid«, sagte Sander. »Ich wollte dich nicht traurig machen.«

Sie fuhr sich über die Augen. Griff nach einem Handtuch, um etwas zu tun zu haben. »Hauptsache, du bist wieder da. Hast du ...«

Ob er gehofft habe, sie würde kommen und ihn holen, wollte sie eigentlich fragen, doch es kam ihr nicht über die Lippen. Der Psychiater hatte ihr erklärt, dass ein neues Vertrauensverhältnis aufgebaut werden müsse. Alma hatte erst nicht verstanden, was er damit meinte, aber jetzt begriff sie es. Nahm Sander es ihnen vielleicht übel, ihn nicht beschützt zu haben?

»Wir haben dich gesucht«, fügte sie deshalb nach einer kurzen Pause hinzu.

»Wo?«

»Überall.« Sie umklammerte das Handtuch.

»Er hat mich zuerst in seinem Haus versteckt«, erklärte er fast beiläufig, als würde das erklären, warum sie ihn nicht hatten finden können.

Sie konnte nicht anders, presste sich das Tuch an die Lippen. »Ich ...«

»Die Wanne läuft über«, unterbrach er sie.

Sie drehte sich um und stellte schnell das Wasser ab. Ganz automatisch steckte sie die Hand hinein, um zu prüfen, ob es nicht zu heiß war. Sie wäre gerne bei ihm geblieben, um mit ihm zu reden, aber sie konnte nicht einfach neben ihm sitzen, während er in der Wanne lag.

»Wenn du gebadet hast, können wir bald essen. Worauf hast du Appetit?«

»Das ist mir egal.«

»Such dir etwas aus, damit wir deine Rückkehr feiern können.«

»Was schmeckt mir denn?«

»Weißt du das nicht mehr?«

Sander zuckte mit den Schultern, und Alma überlegte, ob sie noch wusste, was sie als Kind am liebsten gegessen hatte. Nein, definitiv nicht.

»Soll ich Pizza bestellen?«

Sander nickte. »Muss ich eigentlich in die Schule?«

»Darüber können wir später nachdenken. Jetzt sind sowieso Ferien.«

In diesem Sommer war für seine alten Klassenkameraden die Schulzeit zu Ende gegangen. Das hatten sie auch ordentlich gefeiert. Die Eifersucht, die Alma deswegen empfand, hatte sie ganz unvorbereitet getroffen. Sanders ehemalige Klassenkameraden würden im Herbst zur Uni gehen. Sie schon.

»Ich will nicht zurück in die Schule.«

»Warum nicht?«

Sander zuckte mit den Achseln.

»Das sehen wir dann, wenn es so weit ist, okay?«, sagte sie besänftigend. »Jetzt badest du erst mal, und anschließend essen wir Pizza.«

Als er sich umdrehte und sein T-Shirt auszog, entdeckte sie auf seinem Rücken dicke weiße Striemen. Man musste kein Arzt sein, um sie als Narben zu erkennen. Sander hatte erzählt, dass Eelco ihn mehrere Male mit dem Gürtel verprügelt habe. Schon im Krankenhaus hatte sie die Narben gesehen, doch das machte ihren Anblick jetzt nicht weniger schrecklich. Im Gegenteil.

12

Alma war nervös. Die erste Mahlzeit mit der ganzen Familie. Mit allen Familienmitgliedern. Zu ihrer großen Erleichterung hatten sich bislang weder Journalisten noch Fotografen oder Kameraleute blicken lassen. Nicht zum ersten Mal war sie froh darüber, dass ihr Hof so abgelegen war.

Es war bereits halb neun, doch nach wie vor sehr warm. An einem normalen Tag würde Bas längst im Bett liegen und schlafen, aber heute sollte er dabei sein. Auch Linc war noch da, würde erst nach dem Essen in sein Haus im Dorf zurückkehren, wo er seit der Scheidung wohnte.

Zur Pizza hatte sie schnell einen Salat zubereitet und eine Flasche Rotwein aus dem Keller geholt. Sie rief zum Essen. Ihre Stimme klang seltsam dabei. Linc trat mit Bas auf dem Arm durch die offene Terrassentür, dicht gefolgt von Iris.

Er stellte sich neben Alma.

»Hast du heute Nachmittag Ylva gesehen?«, fragte er.

Alma nickte.

»Was wollte sie denn?«

»Gute Frage«, erklärte sie achselzuckend. »Mit mir reden.«

»Worüber?«

»Das hat sie nicht gesagt. Sie will sich später wieder melden.«

»Wirst du sie treffen?«

»Ich bin schon neugierig, was sie zu erzählen hat.«

»Möchtest du, dass ich mitkomme?«

Alma schüttelte den Kopf. »Danke, das schaffe ich schon.«

»Lex war gar nicht da.«

»Ich weiß. Marjo sagte, er habe etwas Dringendes zu erledigen.« Sie hob die Schultern.

Es schien, als wollte Linc etwas erwidern, aber dann drehte er sich um und setzte Bas in den Kinderstuhl.

Alma machte sich auf den Weg nach oben, um Sander zu rufen. Als sie keine Antwort erhielt, klopfte sie an die Badezimmertür. Nichts. Sie ging zu Sanders Zimmertür, die ein Stück offen stand.

»Sander, kommst du essen?« Worte, die ihr inzwischen fremd vorkamen und gleichzeitig ein euphorisches Gefühl erzeugten.

Sie warf einen Blick durch den Türspalt. Er lag auf der Bettdecke, auf dem Rücken, Arme und Beine gespreizt, und schlief. Als Kind konnte er nur einschlafen, wenn die Decke bis zu den Ohren hochgezogen war. Im Sommer wie im Winter. Jeden Morgen musste sie das Bett ganz neu machen.

Egal, sagte sie sich. Kleine Jungs wurden eben groß.

Wie oft hatte sie sich in den letzten Jahren gewünscht, diesen Anblick erleben zu können: Sander zurück in seinem eigenen Bett. Unzählige Male. Und jetzt war es Wirklichkeit. Um ein Haar hätte sie sich selbst gekniffen. Er war hier und in Sicherheit. Bei ihr, in seinem Zuhause.

Sie legte die Hand auf seine warme Schulter und rüttelte ihn sanft. »Sander, kommst du zum Essen?«

Als hätte ihn eine Schlange gebissen, schoss er hoch und schlug wild um sich. Unwillkürlich sprang Alma ein paar Schritte zurück, stieß mit dem Hintern an den Schreibtischstuhl. Ihr Herz klopfte wie wild. Sander schaute sich panisch um, und sie hob begütigend die Hände. »Entschuldige, ich wollte dir keinen Schreck einjagen.«

Langsam ließ sich Sander aufs Bett zurücksinken und rieb sich die Augen. »Ich bin zu Tode erschrocken.«

»Wir können essen, wollte ich dir bloß sagen.«

Viele Fragen lagen ihr auf der Zunge, doch sie stellte sie nicht.

Dann erhob Sander sich, und einen Moment lang standen sie einander unbehaglich gegenüber.

Er roch auch nicht mehr wie früher, schoss es ihr durch den Kopf. Nicht mehr nach Gras, Sonne und Wind und Jungenschweiß. Jetzt war sein Geruch durchdringender, schärfer. Alma musste plötzlich daran denken, dass sie nach Iris' Geburt nicht genug bekommen konnte vom Duft ihrer kleinen Tochter. Sobald sie mit Sander schwanger war, wurde ihr hingegen übel, wenn sie Iris roch. Es hatte sie befremdet, aber dann sagte sie sich, dass es wahrscheinlich etwas völlig Natürliches war. Weil ihr Körper ihr signalisierte, dass sie sich nun auf ein neues Kind vorbereiten musste. Ob es anderen Müttern ebenfalls so erging, wagte sie nicht zu fragen. Jedenfalls verschwanden diese Anwandlungen von Übelkeit nach der Entbindung.

»Komm, sonst wird deine Pizza kalt«, sagte sie schließlich.

Sander drehte sich um und lief die Treppe hinunter. Alma holte ein paarmal tief Luft, damit sich ihr wild klopfendes Herz beruhigte, und folgte ihm nach unten.

»Wo soll ich sitzen?«, fragte er. Drei Stühle waren noch leer.

»Ganz egal«, antwortete Alma.

»Wo habe ich denn früher gesessen?«

»Weißt du das nicht mehr?«, hakte Iris prompt nach.

Alma suchte den Blick ihrer Tochter, aber Iris tat, als würde sie es nicht bemerken.

»Der Stuhl, auf dem ich jetzt sitze, war deiner«, erklärte Linc, der sich schräg gegenüber von Iris befand.

»Als ihr kleiner wart, musste man euch am Tisch möglichst auf Distanz halten. Sonst gab's ständig Streit«, fügte Alma hinzu.

»Wir werden uns schon benehmen«, versprach Iris.

»Setz dich einfach irgendwohin«, sagte Alma. »Wo du magst.«

Sander setzte sich neben Iris. Die rückte brüsk ihren Stuhl zur Seite.

»Nimm dir, worauf du Lust hast, ich habe verschiedene bestellt«, ermunterte sie ihn und goss Wein in die Gläser.

Die Stimmung blieb angespannt.

»Wieso Wein?«, fragte Iris.

»Weil das heute ein besonderes Essen ist«, betonte Alma und sah verstohlen zu Sander hinüber. Die verschiedenen Gefühle, die in ihrem Inneren explodiert waren – Dankbarkeit, Glück, Freude –, ließen sich nicht in Worte fassen, und dennoch verspürte sie den Drang, es zumindest zu versuchen. Allerdings wusste sie nicht, ob Sander das überhaupt wollte. Letztlich klang alles so banal.

Wir haben dich so unglaublich vermisst.
Wir sind so froh, dass du wieder da bist.
Ohne dich war nichts so wie sonst.

Und doch gab es keine größere Wahrheit.

Alma hob ihr Glas. »Auf Sander«, sagte sie.

Linc und Iris taten es ihr nach. Alle stießen miteinander an.

»Wir sind so unglaublich glücklich, dass du ...« Ihre Stimme brach, und mit einem Mal rannen ihr Tränen über die Wangen. »Entschuldigt«, stammelte sie und wischte sich mit einer Serviette übers Gesicht, aber es kamen immer neue Tränen nach. Sander starrte verlegen auf das Tischtuch. Alma stand auf, wandte dem Tisch den Rücken zu und stellte sich an die Spüle, um sich wieder zu fassen.

»Ist schon in Ordnung, Mama«, sagte Iris.

Auch Bas fing an herzerweichend zu weinen und rief nach ihr. Iris nahm den Kleinen aus dem Hochstuhl, aber Alma zog ihn an sich, um ihn zu trösten. Oder sich selbst, genau hätte sie das nicht sagen können. Sie barg sein Köpfchen an ihrem Hals. Er fühlte sich warm an. Unsicher setzte sie sich mit ihm auf dem Schoß wieder hin.

»Es ist einfach überwältigend«, brachte sie mit zittriger Stimme heraus. »Ich weiß nicht, was ich sagen soll.«

Die ganze Anspannung der letzten Tage schien sich mit einem Mal Bahn zu brechen. Aber das allein war es nicht, was sie aus der Fassung brachte, gestand sie sich ein. Sie musste dem Ganzen Zeit geben, ermahnte sie sich zum wiederholten Male.

Sander saß noch immer mit gesenktem Kopf auf seinem Stuhl und zeichnete das Muster der Tischdecke nach, während sein Vater die Pizza auf den Tellern verteilte. Früher hatte Linc die Pizza im eigenen Steinofen gebacken, dachte Alma.

»Ich möchte ebenfalls etwas sagen. Nämlich dass ich

sehr froh bin, zurück zu sein. Davon hab ich all die Jahre jeden Tag geträumt. Ich wollte euch keinen Kummer machen«, erklärte Sander.

Erneut kamen Alma die Tränen. »Um Gottes willen, es war ja nicht deine Schuld. Das weißt du doch, oder?«

»Vielleicht wäre es eine gute Idee, bald einen Termin mit Maartje zu machen«, warf Linc leise ein.

Sie hatten die Therapeutin damals wegen ihres Namens ausgesucht. Maartje klang so familiär, so vertraut. Als würde man von einem Nachbarmädchen sprechen. Sander war nach Roels Tod ein paar Monate lang jede Woche zu ihr gegangen. Das Erlebnis hatte ihn sehr verändert. Man konnte kaum noch mit ihm fertigwerden. Er war renitent geworden, uneinsichtig, schwänzte die Schule und prügelte sich mit anderen Kindern. Auch Iris musste einiges ertragen. Nachdem Linc darauf gedrängt hatte, schalteten sie endlich professionelle Hilfe ein.

»Warum?«, fragte Sander.

»Um zu reden. Du, aber wir auch«, erwiderte Linc. »Du hast viel durchgemacht. Wir würden gerne erfahren, wie es für dich war und …«

»Ich will nicht darüber reden. Nie«, erklärte Sander.

»Warum nicht?«, hakte Alma vorsichtig nach.

»Das ist Vergangenheit. Vorbei.«

Alma trank einen großen Schluck Wein. Der Alkohol brannte ihr in der Kehle. »Vielleicht denkst du noch einmal darüber nach, und wir reden später darüber.«

»Nicht nötig«, beharrte Sander.

»Es geht dabei nicht allein um dich«, warf Linc ein. »Auch um uns. Das ist schließlich für uns alle eine neue Situation.«

»Tut mir leid, ich will nicht undankbar erscheinen oder mich euch in den Weg stellen. Trotzdem will ich mit niemandem darüber sprechen. Was soll mir das nützen? Diese Jahre sind verloren.« Endlich schaute Sander auf. »Ich will einfach ganz normal leben. Ich bin doch nicht blöd. Ich habe Jungs in meinem Alter gesehen, die eine Freundin hatten, die studierten. Und was hab ich? Ich müsste so viel nachholen und ...«

»*Gesehen?*«, unterbrach ihn Iris, und die Hand mit der Gabel voll Salat verharrte auf halbem Weg zu ihrem Mund.

Fragend sah Sander sie an.

»Du hast gesagt, du hättest Jungs in deinem Alter *gesehen*«, erklärte sie.

»Ich weiß, was Jungs in meinem Alter tun ...«

»Woher bitte, wenn du im Wald gelebt hast?«

»Eelco hat mir ab und an deutsche Zeitschriften mitgebracht. Und wir hatten ein Radio, das ich manchmal anschalten durfte.«

Warnend blickte Alma ihre Tochter an. Versuchte sie etwa, ihren Bruder zu verhören?

»Du hast jede Menge Zeit, dir zu überlegen, was du künftig tun willst«, beruhigte sie ihn. »Träumst du eigentlich noch immer davon, Filme zu drehen?«

Sander zuckte mit den Schultern. »Ich will einfach nicht der Junge bleiben, der entführt wurde. Könnt ihr das verstehen?«

»Schon, nur dürfen wir nicht so tun, als wäre das alles nie geschehen«, gab Alma sanft zu bedenken.

»Aber genau das habe ich vor.«

Verzweifelt blickte Alma zu Linc hinüber, aber der sah genauso verblüfft drein wie sie selbst.

»Ich will kein Opfer sein«, fuhr Sander fort.

»Das behaupten wir auch gar nicht.«

»Ihr behandelt mich aber so. Als wäre ich aus Glas. Als würde ich bei der geringsten Berührung zerspringen.«

Iris schwieg als Einzige, spießte weiterhin mit ihrer Gabel Salat auf und schaufelte ihn sich in den Mund.

»Ist ja gut«, sagte Alma. »Entschuldige.«

»Und ihr braucht euch auch nicht ständig zu entschuldigen. Schließlich könnt ihr nichts dafür.«

Alma presste die Lippen zusammen. Ihr war drückend heiß, zumal mit dem unruhigen Bas auf dem Schoß, der quengelte und gerade Pizza auf die Tischdecke spuckte.

»He, lass das«, ermahnte sie ihn.

»Er gehört längst ins Bett«, entschuldigte Linc ihn.

»Das weiß ich. Ich fand es bloß schön, ihn heute Abend dabeizuhaben.«

»Dann hätten wir eben früher essen sollen.«

»Danke, dass du mitdenkst«, erwiderte Alma spitz, »aber dafür ist es jetzt ein bisschen zu spät.«

»Das hast du bestimmt nicht vermisst, oder?«, wandte Iris sich an Sander.

»Iris!«, rief Alma.

»Entspann dich. Ich werde bald in Amsterdam wieder meine Ruhe haben, er hingegen steckt mittendrin. Da ist es besser, er merkt rechtzeitig, was in diesem trauten Heim so abgeht.«

Alma starrte ihre Tochter an. Wehe, du vermasselst es jetzt, besagte ihr Blick.

»Vielleicht gehe ich ja auch nach Amsterdam«, meinte Sander.

»Was?«, entfuhr es Alma etwas lauter als beabsichtigt. »Warum denn, was willst du denn dort?«

»Studieren. Einfach leben.«

»Ich dachte, du verabscheust die Stadt. Bist viel lieber draußen in der Natur.«

»Das hat sich geändert«, erklärte Sander. »Ich kann keinen Wald mehr sehen und will Menschen um mich haben.«

»Er ist siebzehn«, sagte Linc zu Alma. »Andere Jungs in seinem Alter ...«

»Andere Jungs in seinem Alter wurden auch nicht ...« Gerade rechtzeitig unterdrückte sie den Rest ihrer Bemerkung. »Aber jetzt mal langsam. Es gibt keinen Grund, vorschnelle Entscheidungen zu treffen. Wir haben Zeit genug, über deine Zukunftspläne zu sprechen.« Sie schob den Teller mit der kalten Pizza von sich weg – ihr war der Appetit vergangen.

»Ich hatte im Wald alle Zeit der Welt, darüber nachzudenken, und habe mich nie abgefunden mit dem, was man Schicksal oder so nennt. Eelco wusste, dass ich ihm eines Tages entwischen würde – schließlich musste er es sich immer wieder anhören. Du stirbst oder ich, habe ich gesagt. Aber hier bleibe ich nicht. Und dann ist er wirklich gestorben.«

Er hatte bei der Polizei zu Protokoll gegeben, dass er an jenem Morgen vor ein paar Tagen von Eelco geweckt worden sei, dem es nicht besonders gut ging. Blass habe er ausgesehen, sich übergeben müssen und stark geschwitzt. Sander meinte, dass er am vorhergehenden Abend sehr viel getrunken hatte. Kaum eine halbe Stunde später sei er umgefallen, so Sander. Und er habe keinen Puls mehr finden können.

»Warum hast du eigentlich nie versucht zu fliehen?«, wollte Iris wissen.

»Das war nicht so einfach. Er hat mich nie aus den Augen gelassen. Und anfangs hatte er einen Hund, der mich bewachte. Ein richtiges Monster, einen Kuvasz ...«

»Einen was?«

»Einen Kuvasz, eine ungarische Rasse. Eelco hat mir damit gedroht, den Hund auf mich zu hetzen, wenn ich davonlaufen würde. Ich habe es trotzdem ein paarmal probiert, aber er hat mich jedes Mal gefunden. Er war schneller als ich und konnte gut Spuren lesen. Nachts hat er mich mit Handschellen ans Bett gefesselt, und wenn er in den Dörfern der Umgebung einkaufen ging, hat er mich auch festgebunden. Essen für den ganzen Tag bekam ich hingestellt und einen Eimer, in den ich ...« Er hielt inne. »Und ich hatte Zeitschriften oder hörte den ganzen Tag Radio.«

Bas schien zu spüren, dass die Atmosphäre sich entspannt hatte, wurde seinerseits ruhiger und steckte den Daumen in den Mund. Schläfrig spielte er mit einer Strähne von Almas Haar.

»Irgendwann wurde ich natürlich größer und stärker«, fuhr Sander lebhafter fort. »Und da wusste ich, dass die Zeit mir davonlief.«

»Was meinst du damit?«, fragte Alma.

Sander schlug die Augen nieder. »Nun, er hatte ... kein Interesse mehr an mir. Er liebte kleine Jungs, denke ich. Und als ich in der Hütte Fotos von Kindern entdeckte, die viel jünger waren als ich, bekam ich Angst, dass ich für ihn zu alt werden würde ...«

»Warum Angst?«, unterbrach Alma ihn, die nicht sofort begriff, was er damit sagen wollte.

»Na ja, dass er mich umbringen und sich einen neuen Jungen suchen würde. Damit hat er mir immer gedroht, wenn ich nicht tat, was er verlangte. Oft hab ich deswegen wach gelegen. Aus Angst zu sterben, aber auch weil ich nicht wollte, dass ein anderer Junge das Gleiche durchmachen musste wie ich.«

Alma war froh, nichts gegessen zu haben, denn sie spürte, wie ihr ein bitterer Geschmack in den Mund stieg.

Sander erzählte weiter, als würde er von einem ganz gewöhnlichen Tag berichten. »Manchmal war er beinahe normal«, sagte er mehr zu sich selbst als zu den anderen. »Er hat dann wie ein Vater für mich gesorgt. Auf seine eigene merkwürdige Art und Weise, meine ich. Er gab mir zu essen, redete mit mir, brachte mir Dinge bei. Er war einsam, das habe ich gespürt, und meine Gesellschaft war ihm wichtig. Zumindest schien es so. Abgesehen von den Malen, wenn er ...«

Eine eisige Faust griff nach Almas Herz. »Wenn er was?« Sie wollte laut herausschreien, dass dieser Mann ein Monster war, dass er die Schuld trug an all ihrem Kummer und Schmerz. Er verdiente kein Mitgefühl, keine Gnade, keine Fürsprache.

Etwas in ihrer Stimme schien Sander wieder zu sich zu bringen. »Ich will nicht darüber reden«, erklärte er entschieden und fügte fast feindselig hinzu: »Niemand kann es verstehen. Ihr seid nicht dabei gewesen. Ihr wisst nicht, wie das war. Mit ihm. Er hat Dinge gemacht ... Trotzdem war er nicht nur ein schlechter Mensch. Er hat sich um mich gekümmert, wenn ich krank war, er hat mich getröstet, wenn ich geweint habe, er ...« Sander ballte die Faust.

»Du brauchst dich nicht zu verteidigen«, warf Alma

schnell ein. »Sicher hast du recht. Allerdings bin ich nicht deiner Meinung, dass wir nicht darüber reden sollten.« Vor allem nicht nach dem, was er ihnen gerade erzählt hatte, fügte sie im Stillen hinzu. »Wie sollen wir denn je verstehen, was du erlebt hast, wenn wir nicht wissen, was überhaupt passiert ist? Überleg dir bitte gut, ob du dabei bleiben willst. Lass dir Zeit, es eilt nicht. Okay?«

Sander nickte. »Darf ich aufstehen?«

»Selbstverständlich. Aber du hast ja kaum etwas gegessen. Hattest du keinen Hunger?«, fragte Alma.

»Ich bin müde. Es war ein langer Tag.«

»Ich stelle dir was in den Kühlschrank, falls du es dir anders überlegst.«

Wieder nickte Sander, schob den Stuhl zurück und verschwand nach oben. Seine Schritte klangen, als würde das Treppensteigen ihm Mühe bereiten.

Alma seufzte. Dieses Wiedersehen war nicht ganz so abgelaufen, wie sie gehofft hatte. Sie stand auf, und Bas lag schwer in ihren Armen.

»Lass mal, ich bringe ihn schon ins Bett«, sagte Iris und nahm ihr den schläfrigen Bruder ab.

Schweigend trank Alma ihren Wein aus und goss sich ein neues Glas ein, wobei sie Lincs Blick auswich. Das Kleid klebte ihr am Rücken. Eine Mücke surrte ihr um den Kopf, schnell schloss sie die offen stehenden Türen und wollte den Tisch abdecken, als sie eine warme Hand auf ihrem Arm spürte.

»Das hast du gut gemacht.«

»Ach ja? Er hat uns nur eine Sache, ein winziges Detail aus der Hölle erzählt, und gleich breche ich vor seinen Augen zusammen. Was ist daran gut?« Erneut nahm sie einen großen Schluck und stellte das Glas so fest auf den Tisch zurück, dass es überschwappte. »Ich hätte ihn eben viel stärker unterstützen müssen. So habe ich ihm das Gefühl vermittelt, er sei verrückt. Scheiße. Dabei will ich unbedingt alles richtig machen.« Sie massierte sich die Schläfen. »Ich kann ihn gut verstehen. Er hat mit Psychologen einfach nichts am Hut. Wegen uns musste er damals hin. Das hat er offenbar nicht vergessen.« Sie griff nach einem Geschirrtuch.

»Meinetwegen, meinst du wohl.«

»Wir haben schon so oft darüber gesprochen.«

»Er war damals völlig von der Rolle.«

»Der Tod von Roel hatte ihn eben furchtbar mitgenommen.«

Linc öffnete den Mund, schloss ihn jedoch wieder, ohne etwas zu sagen.

»Und?«, fragte sie ärgerlich. Sie wusste, was jetzt kommen würde.

»Lass nur. Ich will das nicht noch einmal aufwärmen.«

Dafür war es auch zu spät, dachte Alma. Sie nahm es ihm übel, dass er in diesem Augenblick, der doch ein Moment der Freude hätte sein sollen, davon anfing. »Ich weiß, wie das damals war. Ich habe es schließlich miterlebt«, konnte sie sich nicht verkneifen zu sagen.

»Du warst einverstanden damit, dass ich für ein Jahr nach London gehe.«

»Trotzdem: Der beste Freund deines Sohnes ertrinkt, und du ...«

»Ich bin zurückgekommen.«

»Für kurze Zeit, ja, gerade mal für die Beerdigung.«

»Du hast selbst gesagt, dass ich nicht länger bleiben muss. Ich bin doch da, hast du gesagt.«

Sie holte tief Luft, um nicht zu explodieren.

»Willst du damit sagen, es ist meine Schuld?«, fuhr sie ihn an.

»Du hattest viel um die Ohren ...«

»Ja, ich hatte immerhin auch noch einen Beruf.« Erst später, nach Sanders Verschwinden, hatte sie ihn aufgegeben, um sich ganz auf die Suche nach ihrem Sohn konzentrieren zu können. »Außerdem habe ich dir deinen Willen gelassen und ihn zu Maartje geschickt. Aber ist es ihm dadurch besser gegangen? Na?«

Linc schwieg und sah sie bloß verärgert an.

»Lass gut sein, das bringt ohnehin nichts. Ich möchte dich um einen Gefallen bitten. Sander hat nach seiner Videokamera und den DVDs gefragt. Weißt du, wo die Sachen sind?«

»Die was?« Er schrie die Worte fast heraus.

Erschrocken blickte Alma ihn an.

»Entschuldige«, sagte er sofort und massierte sich die Stirn. »Die letzten Tage waren anstrengend.«

»Suchst du sie ihm heraus?«

»Jetzt gleich?«

»Ich glaube, Sander würde sich sehr darüber freuen.«

Linc trat in den Flur. Mit der Hand an der Türklinke blieb er stehen. »Nach dem, was wir eben gehört haben ...«

»Ja?«

»Was ist, wenn Sander Eelco getötet hat? Er behauptet zwar, der Mann sei tot umgefallen, aber was, wenn er ihn umgebracht hat?«

Dieser Gedanke war Alma auch schon gekommen. Linc konnte es in ihren Augen lesen. Ohne ein weiteres Wort zu sagen, stieg er die Treppe hinauf.

13

Mehr als einmal hatte Linc überlegt, die Aufnahmen zu löschen. Es wäre besser gewesen, es zu tun, aber er hatte sich einfach nicht dazu durchringen können. Auf die eine oder andere Art hielten die Filme ihn am Leben.

Ohne etwas zu sehen, starrte er auf den Computerbildschirm. Von dem Moment an, als Alma ihn angerufen und ihm erzählt hatte, man habe Sander lebendig und wohlauf gefunden, befand er sich in einer Art Schockzustand. Anders konnte es nicht sein, denn sonst wäre es ihm unmöglich, überhaupt zu funktionieren. Zumindest was seinen Körper betraf. Sein Geist hingegen hatte große Mühe, mit den Ereignissen der letzten Tage klarzukommen, und er war sich nicht sicher, ob es ihm überhaupt gelang. Manchmal glaubte er, durchzudrehen und endgültig verrückt zu werden. Völlig irre.

Nicht zum ersten Mal beneidete er Alma darum, wie sie mit der Situation umging. Und mit Sander.

Schon die Hartnäckigkeit, mit der sie jahrelang dem Verlust ihres Sohnes die Stirn geboten hatte, hatte ihn mit Bewunderung erfüllt. Nicht mal für einen winzigen Moment war sie versucht gewesen, die Hoffnung aufzugeben. Bisweilen schien es sogar, als habe Sanders Verschwinden bei ihr sämtliche Kraftreserven mobilisiert.

Er hingegen war vollständig in seinem Kummer versunken, und es schien, als hätte sich ein kompletter Rollentausch vollzogen. Vorher war er es gewesen, der trotz seiner stressigen Tätigkeit als Direktor einer Bank überall mitgemischt und sich engagiert hatte. Als Elternvertreter in der Schule, als Mitglied im Gemeinderat und als Trainer des Mädchenfußballteams. Nebenbei spielte er selbst Tennis. Alma hingegen hatte sich um derlei Dinge so gut wie gar nicht gekümmert. Das änderte sich grundlegend nach Sanders Verschwinden. Nach seiner Verhaftung und dem Ausbruch seiner Depression zog er sich immer mehr zurück. Alma hingegen knüpfte und pflegte Kontakte zur Außenwelt. Um ihrem Zuhause zu entfliehen, wo sie alles an Sander erinnerte, war sie ständig auf Achse.

Sie startete eine nicht enden wollende Suche nach Sander. Wie oft hatte sie die Polizei in Gesprächen gedrängt, den Fall nicht zu den Akten zu legen? Ungezählte Male war sie im Fernsehen zu sehen gewesen oder für Zeitungen und Zeitschriften interviewt worden. Hatte in der Hoffnung, dass sich dadurch neue Hinweise ergaben, die schließlich zu dem einen, dem alles entscheidenden Durchbruch führten, unermüdlich ihre Geschichte an die Öffentlichkeit getragen.

Es gab nichts, was sie nicht versucht hätten. Einschließlich Privatdetektiv und Hellseherin. Verdammt, sie waren sogar nach Mallorca geflogen, weil irgendein Idiot beim Leben seiner Mutter geschworen hatte, Sander dort gesehen zu haben. Natürlich entbehrte die Behauptung jeder Grundlage, wie sich vor Ort rasch herausstellte.

Trotzdem ließ Alma in ihren Anstrengungen nicht nach.

Es verging kein Tag, an dem er sich nicht wünschte, sie würde damit aufhören. Er hatte sie sogar darum gebeten.

Sie angefleht. Ihr gedroht. Es tat ihm weh, sie so zu sehen. Alles war seine Schuld, seine ganz allein. Ein Vater musste für seinen Sohn sorgen. Ihn beschützen. Das jetzt verstand er als gerechte Strafe.

Und er nahm sie an.

Seine daraus resultierende Tatenlosigkeit brachte Alma auf die Palme. An manchen Tagen hatte er es nicht einmal gewagt, ihr unter die Augen zu treten. Zu groß war die Furcht, sie könnte in seine Seele schauen und erkennen, dass er als Ehemann und Vater auf der ganzen Linie versagt hatte.

Schließlich hatte sie ihn zu einem Psychologen geschickt.

Die Antidepressiva vermochten zwar die zähen, dunklen Nebel, die ihn umgaben, etwas aufzuhellen, machten ihn jedoch auch dick. Behäbig. Alt. Wenn er in den Spiegel sah, erkannte er sich nicht einmal mehr selbst.

Es hatte ihn nicht überrascht, als er verhaftet wurde. Das war nur eine Frage der Zeit. Immerhin war er als Erster bei dem toten Maarten gewesen, das machte ihn verdächtig. Und das Blut des Jungen an seiner Jacke schien ihn eindeutig zu überführen. Dass er angab, Wiederbelebungsversuche gemacht zu haben, änderte nichts. Die Polizei fand es *sonderbar,* dass er vor Ort gewesen war – eine Formulierung, die die Beamten bei jedem Verhör verwendeten. Warum er denn ganz allein dort gewesen sei?

Seine Erklärung, dass Iris ihn angerufen und ihn gebeten habe, sie abzuholen, half ihm nicht. Obwohl andere Betreuer das bestätigen konnten. Hingegen machte ihn verdächtig, dass er das Angebot anderer Erwachsener, ihn zu begleiten, abgelehnt hatte. Dabei war daran nichts Geheimnisvolles. In sein Auto passten genau fünf Personen. Und zu diesem Zeitpunkt war Linc davon ausgegangen, dass sich alle vier verirrt hatten und noch zusammen waren. Denn die Verbindung war unterbrochen worden, bevor Iris ihm Einzelheiten erzählen konnte. Ansonsten hätte er sicherlich mehr Helfer zusammengetrommelt.

Die Polizei glaubte ihm nicht.

Dass er nach einer Woche wieder freigelassen worden war, änderte nichts. Es gab nach wie vor genug Leute in der Umgebung, die davon überzeugt waren, dass er und nur er allein verantwortlich sei für den Tod von Maarten und den seines eigenen Sohnes.

Außerdem wurde ihm jetzt alles Mögliche angehängt. Hinter vorgehaltener Hand flüsterten Eltern, ihre Tochter habe gesagt, Linc würde so merkwürdig schauen, wenn die Mädchen nach dem Training duschten. Und dass sie schon öfter gedacht hätten, er fasse ihr Kind zu häufig an oder verfolge es mit seinen Blicken.

Er hatte alle möglichen Theorien gehört. Dass er Maarten missbraucht und ermordet und Sander ihn dabei überrascht hatte. Dass sein eigener Sohn deshalb auch sterben musste.

Völliger Unsinn. Aber es interessierte ihn nicht. Nach diesem unheilvollen Abend hatte er alles verloren, was ihm wichtig gewesen war. Seinen Job. Seine Freunde. Seine Frau.

Nicht einmal wirklich unglücklich war er darüber. Ihm kam vor, sein Leben sei an diesem Tag angehalten worden. Er hatte keine Vorstellung, was mit ihm werden sollte. Eigentlich lebte er bloß weiter, weil er zu feige war, Selbstmord zu begehen. Vielleicht waren es bloß die Medikamente, die das verhinderten. Sie machten ihn lethargisch und führten dazu, dass er sich innerlich leer fühlte. Was ihn ebenfalls nicht störte.

Erst Gewissensbisse, dann Schuld, nun Leere.

Linc überlegte kurz, Lex anzurufen. Um mit ihm ein Bier zu trinken Er brauchte jemanden zum Reden. Doch irgendetwas sagte ihm, dass es momentan keine gute Idee wäre. Er glaubte nicht an Marjos Entschuldigung, Lex habe etwas Dringendes zu erledigen gehabt.

Um eine Suche nach der Kamera vorzutäuschen, räumte er im Zimmer herum, bevor er sich an den Computer setzte und ihn hochfuhr. Seit er arbeitslos geworden war, hatte er seine Tage damit verbracht, sich Sanders Videofilme anzuschauen. Weil die DVDs manchmal nicht mehr richtig funktionierten, hatte er alles digitalisiert.

Die Kamera hatte Sander von seinem englischen Großvater bekommen, als er zehn Jahre alt war. Selbst ein leidenschaftlicher Fotograf und Filmer, bedeutete es für Lincs Vater eine große Freude, dass sein Enkel diese Passion teilte. Linc hatte protestiert, denn eigentlich handelte es sich um eine Profikamera, zu kompliziert und zu wertvoll für ein Kind. Auch aus anderen Gründen war Linc von diesem Geschenk nicht begeistert gewesen. Er hätte es lieber gesehen, wenn Sander mit anderen Kindern zum Fußball oder zum Spielen gegangen wäre. Ihm gefiel nicht, dass er sich ständig allein herumtrieb.

Alma störte das nicht. Er solle sich deswegen nicht so viele Gedanken machen, meinte sie. Jedes Kind sei eben anders, und nicht jeder Sohn schlage dem Vater nach, hatte sie immer wieder gesagt. Außerdem habe er doch einen besten Freund. Roel. Und später dann Maarten. Ob das nicht reiche?

Linc drückte auf Play. Auf dem Bildschirm erschien in Großaufnahme der Rasen hinter dem Haus. Sander hatte die neue Kamera sofort ausprobieren wollen. Im Hintergrund hörte man Alma fragen, ob die Kamera bereits eingeschaltet sei oder ob sie ihm helfen solle. Dann Sanders Stimme: Ja, und er komme allein zurecht. Das Gras verschwand, die Familie kam ins Bild. Es war ein sonniger Tag, und sie saßen alle draußen im Garten.

Als Nächstes erschien sein eigenes, mürrisches Gesicht. Er hatte Sander aufgefordert, die Kamera für eine Weile wegzulegen und sich um seine Gäste zu kümmern.

Linc fühlte sich schon damals in seiner Überzeugung bestätigt, dass die Kamera nicht gut für Sander war, weil sie ihm noch mehr Möglichkeiten bot, sich aus der Wirklichkeit zurückzuziehen beziehungsweise sie durch die Linse quasi als Außenstehender zu betrachten. Die Kamera war eine perfekte Ausrede, nichts mehr tun zu müssen. Alles nur noch aufzunehmen.

Seine Mutter hatte ihm kurz eine Hand auf den Arm gelegt, wie um zu sagen, er solle Sander gewähren lassen. Das hatte er auch getan und war hinübergegangen zu dem Steinofen, den er im Sommer zuvor an der Mauer errichtet hatte, um ihn anzuheizen.

Alma schleppte inzwischen alles heran, was er für die Zubereitung der Pizza brauchte, stellte es auf den hölzernen Küchentisch, den Linc an einem freien Samstagnachmittag selbst gezimmert hatte: den vorbereiteten Teig, Mozzarella, Tomaten, Salami, Käse, Oliven, Kapern.

Auf dem Computerbildschirm ging Sander mit seiner

Kamera zu den anderen. Er experimentierte mit den Einstellungen, indem er die Kamera auf seinen Großvater richtete. Sein Opa solle lachen, forderte er ihn auf, und der tat es. Dann schwenkte er zu Iris, die sich gerade ein Stück Wurst in den Mund schob. Sie rief, lass das, und drehte den Kopf weg.

Anschließend lief Sander nach drinnen, in sein Zimmer, filmte sein Bett, den Schrank, seinen Schreibtisch und das Skelett einer Maus, das er einmal gefunden und zum Entsetzen von Mutter und Schwester gesäubert hatte. Ein weiterer Schwenk, und im Ausschnitt des offenen Fensters erschien die Familie, die lachend und redend im Garten saß. Sander ließ die Kamera immer weiterlaufen.

Kurz darauf kam Linc wieder ins Bild, wie er unter anerkennendem Beifall stolz eine Pizza in die Höhe hielt und in die Runde fragte, wer Hunger habe.

Der Steinofen wurde ein Hit, und bei schönem Wetter kamen so viele Freunde zum Essen, dass Alma den ewigen Besuch schon leid war. Sie wolle nicht so viele Gäste, erklärte sie. Schließlich kamen tagsüber immer schon genug Leute.

Linc entpuppte sich als ebenso begeisterter wie talentierter Pizzabäcker und ließ sich mitreißen, scherzte bisweilen, er sollte das vielleicht zu seinem Beruf machen.

Mehr und mehr hasste er seinen Job bei der Bank, der nicht nur viel Verantwortung, sondern zudem jede Menge Stress und Hektik bedeutete. War es da nicht ungleich geruhsamer, in großem Maßstab Pizza zu produzieren und zu vertreiben? Für Betriebsausflüge, Junggesellenabschiede, Gartenpartys, als eine Art Catering-Service?

Als er seinen Job verlor, hatte er sogar kurz mit dem Gedanken gespielt, diese Idee in die Tat umzusetzen, doch wer würde schon Pizza bei einem Mann bestellen, den man beschuldigte, sich an einem Kind vergangen und es anschließend ermordet zu haben?

Inzwischen war der Steinofen von Efeu überwuchert. Im ersten Sommer nach Sanders Verschwinden hatte Alma die Ranken noch tapfer abgeschnitten, damit alles beim Alten blieb. Ab dem zweiten Jahr gab selbst sie auf.

Auf dem Video beugten Sander und Roel sich gerade kichernd über eine tote Maus. Stachelten sich gegenseitig an, das tote Tier anzufassen. Schließlich nahm Sander die Maus am Schwanz und hielt sie vor die Kamera, schwenkte sie hin und her.

»Papa?«

Linc wandte sich zu Sander um.

Kann ich eine Mauspizza haben, fragte der, und die Jungs schütteten sich aus vor Lachen.

»Mensch, Sander, wo hast du die denn her?«, hatte er gefragt.

»Die lag da auf der Erde.«

»Wirf sie in den Müll. Na los. Nicht über die Schalen halten, wir werden noch alle krank. Und dann gehst du dir die Hände waschen.«

Das tote Tier stank bestialisch, erinnerte sich Linc.

Nach dieser Szene hielt er den Film an und vergrößerte Sanders Gesicht. Erforschte wie unzählige Male zuvor jedes Detail, als ließe sich irgendetwas erkennen, das auf das spätere Unheil hinwies.

Wie immer fand er nichts, sosehr er sich auch anstrengte.

14

Wie oft hatte er sich die Filme in den letzten sechs Jahren angeschaut? Allein. Alma ertrug es nicht, und ihr wäre es am liebsten gewesen, auch er hätte darauf verzichtet. Warum quälst du dich so damit, hatte sie immer wieder gefragt.

Aber so war es ja nicht, im Gegenteil. Nur konnte er ihr das nicht erklären. Die Filme waren für ihn das Einzige, was ihn über Wasser hielt.

Das war nur eines der vielen Dinge, über die sie sich nicht einigen konnten. Bas. Wenn es nach ihm gegangen wäre, hätte es sowieso kein weiteres Kind mehr gegeben. Alma jedoch wollte nach Sanders Verschwinden unbedingt eins, und so hatte er am Ende eingewilligt. Weil er Alma einfach nichts verweigern konnte. Er wollte sie von dem Schmerz befreien, ihn zumindest ein wenig erträglicher machen.

Alma hatte sich einen Jungen gewünscht, er sich ein Mädchen. Als sie in der zwanzigsten Woche beim Ultraschall erfuhren, dass es ein Junge wurde, war er aus dem Raum gewankt und hatte sich auf der Toilette übergeben.

Er hasste sich noch immer dafür. Trotzdem war es ihm unmöglich gewesen, Alma wie bei den ersten beiden Kindern zu den Untersuchungsterminen, der Schwangerschaftsgymnastik und der Geburtsvorbereitung zu begleiten. Wagte es kaum, ihren immer runder werdenden Bauch anzusehen, geschweige denn zu berühren. Er konnte sich noch sehr gut daran erinnern, wie viel Freude es ihm bei Iris und Sander bereitet hatte, die Bewegungen eines Füßchens oder Ellenbogens unter der Handfläche zu spüren.

Er traute sich einfach nicht, Bas zu lieben. Er hatte sich – wie Alma sicher auch – immer wieder gesagt, das werde sich nach der Geburt ändern.

Auch darüber stritten sie. *Du wolltest schließlich ein Kind, ich nicht. Also kümmere dich drum. – Sei nicht albern. Du trägst genauso die Verantwortung für ihn.*

Er hörte Schritte, die er nicht kannte. Also waren es weder die von Alma noch von Iris. Sander, es musste Sander sein. Er stand auf und öffnete die Tür.

Der Junge wirkte erschrocken. »Oh hallo«, sagte er.

Linc schaute nach draußen. Es wurde langsam dunkel. »Ich dachte, du seist total müde.«

»Weiß nicht. Jedenfalls kann ich nicht schlafen. Darf ich fernsehen?«

»Natürlich, kein Problem.«

Schweigend standen sie einander gegenüber.

»Deine Mutter sagt, dass du deine Videokamera suchst.«

Sander nickte.

»Warte kurz.« Er griff nach der Kamera und überreichte sie Sander.

»Und die DVDs mit den Filmen, die ich gemacht habe? In meinem Zimmer sind sie nicht.«

»Die hab ich auf die Schnelle noch nicht gefunden. Ich suche noch mal gründlicher. Eine leere DVD ist drin.«

»Okay, danke.«

»Was willst du überhaupt damit?«

»Sie mir anschauen. Ich kann mich an vieles nicht mehr richtig erinnern. Wie es war, als ich noch zu Hause war, meine ich.«

»Du kannst uns immer fragen.«

»Ja. Ja klar. Aber findest du das nicht lästig?«

»Nein, warum sollte ich?«

»Du warst früher immer so gestresst.«

»Gestresst?« Das Wort kam missbilligender aus seinem Mund als beabsichtigt.

Sander blinzelte und nickte dann schüchtern.

»Jetzt nicht mehr«, sagte Linc. »Ich hab alle Zeit der Welt.«

»Ich auch«, erwiderte der Junge und lächelte scheu.

Linc zögerte. »Es gibt da etwas, das du wissen solltest. Damals hat mich die Polizei verhört. Sie glaubten, ich hätte etwas mit dem Tod von Maarten und deinem Verschwinden zu tun.«

»Warum?«

»Das weiß ich nicht. Vermutlich weil es praktisch war und weil es sonst niemanden gab, den sie hätten verhaften können.«

»Aber jetzt bin ich ja wieder da. Jetzt sieht jeder, dass du es nicht gewesen sein kannst.«

Sie wirft ihr Fahrrad auf den Kies und stürmt nach drinnen. Durst, sie hat furchtbaren Durst. Nie im Leben wird sie sich daran gewöhnen, an fünf Tagen in der Woche mit dem Rad in die Stadt zur Schule fahren zu müssen. Zehn Kilometer hin und zehn Kilometer zurück. Vor allem nicht bei diesem Mistwetter. Mit Mühe schält sie sich aus dem nassen Regenanzug und lässt ihn einfach in der Waschküche liegen.

Sie ruft, dass sie wieder da sei, bekommt jedoch keine Antwort. Es ist kalt im Haus. Ihr Vater betrachtet es als Geldverschwendung, den ganzen Tag die Heizung laufen zu lassen, wenn niemand da ist. Sie dreht die Heizung trotzdem hoch, bis auf zweiundzwanzig Grad. Wenn Papa das sieht, wird er meckern und sagen, sie soll sich einen zweiten Pullover anziehen.

Der Kühlschrank ist leer. Ihre Mutter hat natürlich wieder vergessen einzukaufen, und sie hat keine Lust, bei dem Regen noch mal ins Dorf zu fahren. Vielleicht findet sie ja was im Keller. Sie macht die Tür auf, sieht ganz hinten im Regal einen letzten Karton mit Saft stehen. Weil sie zu faul ist, die Treppe runterzugehen, hält sie sich am Türpfosten fest und lehnt sich gefährlich weit nach vorn, wo es steil nach unten geht. Die Tür mit dem Sprungfedermechanismus drückt sie mit einem Fuß nach hinten weg auf, damit sie nicht von selbst zufällt. Das hat ihr Vater ausgetüftelt, damit die Tür nicht immer offen steht.

Plötzlich spürt sie eine Hand im Rücken. Fast hätte sie das Gleichgewicht verloren. Empört dreht sie sich um. Da steht er, mit einem dämlichen Grinsen im Gesicht.

»Idiot«, blafft sie ihn an.

»Turn du lieber nicht auf der Treppe rum – du hättest runterfallen können.«

»Ja, weil du mich so erschreckt hast. Du bist ein echter Mistkerl.«

»Und du bist eine Zicke.«

»Das sage ich Mama.«

»Mach das, die steht sowieso auf meiner Seite.«

Damit hat er wahrscheinlich sogar recht, und deshalb streckt sie ihm bloß die Zunge heraus. Er schlendert weiter in die Küche, und weil sie ihm nicht traut, steigt sie runter in den Keller.

Gerade als sie nach dem Saft greifen will, fällt die Tür ins Schloss.

Sie flucht. Kann nichts mehr sehen, denn der Lichtschalter ist draußen. Vorsichtig tastet sie sich die Treppe hinauf, verfehlt fast eine Stufe, rüttelt an der Tür. Zu.

»Lass mich raus«, ruft sie wütend und hämmert gegen die Tür. Nichts zu hören. »Hör auf mit dem Quatsch und mach die Tür auf«, schreit sie, »und zwar sofort.«

Das Einzige, was sie hört, sind seine sich entfernenden Schritte. Dass er sich das traut! Sie bewegt die Klinke hin und her, weiß aber, dass es sinnlos ist. Sie kann nicht raus. Ihr Herz klopft wie wild, ihr Mund wird trocken. Ruhig bleiben, ermahnt sie sich selbst. Im Keller gibt es nichts Gruseliges. Du kannst zwar nichts sehen, aber das heißt nicht, dass du Angst haben musst. Konzentrier dich auf etwas anderes.

Sie setzt sich auf die oberste Stufe und lehnt den Kopf an die kalte Mauer. Sie weiß nicht, wann ihre Eltern nach Hause kommen. Das ist jeden Tag anders. Wer weiß, wie lange sie hier unten festsitzt.

Sie muss eingeschlafen sein, schreckt auf, als sich die Tür plötzlich öffnet. »Was machst du denn hier?«, fragt ihre Mutter verblüfft.

»Dieser Dreckskerl hat mich eingesperrt«, stößt sie voller Wut hervor.

»Wer?«

»Wer wohl? Mein blöder Bruder natürlich.«

Ungläubig sieht ihre Mutter sie an, zitiert ihren Sohn zu sich. »Stimmt es, dass du deine Schwester eingeschlossen hast?« Resolut stemmt sie beide Hände in die Hüften.

»*Du lügst! Warum sollte ich das denn tun?*«

»*Weil du ein kleiner Scheißkerl bist.*«

»*Nicht solche Schimpfwörter, die will ich in meinem Haus nicht hören*«, weist ihre Mutter sie scharf zurecht.

»*Okay, ich hab ihr einen kleinen Schubs in den Rücken gegeben, mehr nicht. Die Tür ist wahrscheinlich von selbst hinter ihr zugefallen.*«

Clever, denkt sie. Das eine zugeben, damit einem das andere geglaubt wird.

»*Wenn es so gewesen wäre, warum war die Tür dann abgeschlossen?*«

»*War sie ja nicht*«, warf ihre Mutter ein.

»*Dann hat er sie später heimlich, still und leise wieder aufgesperrt*«, stößt sie hervor. Wie kann ihre Mutter so naiv sein, nicht selbst draufzukommen.

»*Entschuldige dich bei deiner Schwester.*«

»*Entschuldige.*«

»*Das soll alles sein?*«, fragt sie. »*Ich saß den ganzen Nachmittag im Keller und konnte nicht raus.*«

»*Ich glaube, du bist in Panik geraten, mein Schatz, und hast die Tür deshalb nicht aufbekommen.*«

»*Scheiß drauf.*«

»*Vorsicht, junge Dame.*« Ihre Mutter verschränkt die Arme vor der Brust. »*Du sagst, es war so, dein Bruder bestreitet es. Wem soll ich also glauben?*«

15

Tag 4

Alma fuhr aus dem Schlaf hoch. Ihr Herz raste wie wild. Sie fühlte sich, als wäre sie erst vor Kurzem eingeschlafen. Von dem Moment an, als sie ins Bett gefallen war, hatte sie sich hin und her geworfen. Jetzt spürte sie, dass durch das leicht geöffnete Fenster eine erfrischende Brise hereinwehte. Der Wecker zeigte halb vier. Vergeblich versuchte sie, wieder einzuschlafen.

Sie überlegte, was sie überhaupt geweckt hatte. Irgendein Geräusch. Eine Tür? Eine Holzdiele im Flur?

Auf einmal fiel es ihr ein. Es war das Quietschen der Briefkastenklappe gewesen.

Alma stand auf, zog sich ein T-Shirt und Shorts an und eilte nach unten und zur Tür hinaus. Der Briefkasten befand sich außen am Zaun, direkt an der Mauer. Das Gras unter ihren nackten Füßen fühlte sich kühl und feucht an. Es war keine sehr dunkle Nacht.

Im ersten Jahr nach Sanders Verschwinden hatten sie viel Post bekommen. Briefe voller Anteilnahme, in denen die einen ihnen Mut machten, die Hoffnung nicht zu verlieren, während andere rieten, lieber zu akzeptieren, dass Sander tot war. Daneben gab es auch völlig absonderliche

Schreiben – sie sollte Linc verlassen, den Täter. Dann wieder hieß es, Sander sei von Außerirdischen entführt worden. Oder es gab abenteuerliche Verschwörungstheorien. Sie hatte mehrfach überlegt, den Briefkasten zu entfernen, denn ein paar Verrückte warfen ihre Schreiben sogar persönlich ein, wie sie an der fehlenden Briefmarke erkannte. Doch einige hielten jahrelang durch, und das fand sie dann wieder bewundernswert. Durchhaltevermögen, damit konnte Alma sich identifizieren.

Jetzt, nach Sanders Rückkehr, musste sie sich wohl auf eine neue Briefflut gefasst machen.

Sie öffnete den Briefkasten. Nein, sie hatte sich nicht geirrt – da lag ein Umschlag für sie, auf dem ihr Name stand. Sonst nichts.

Die Handschrift war dieselbe wie bei den anderen. Ihr wurde schwindlig. Sie hatte nicht damit gerechnet, dass noch ein Brief kommen würde. Ob der Verfasser nicht wusste, dass Sander wieder da war? Das konnte aber gar nicht sein. Die Person wohnte doch hier in der Nähe, warf die Schreiben selbst ein.

Der erste Brief, der vor einem halben Jahr gekommen war, bestand nur aus einer einzigen Zeile.

Es tut mir leid.

Natürlich hatte sie das Schreiben der Polizei übergeben. Die Untersuchungen auf Fingerabdrücke und andere Spuren blieben ergebnislos. Wochenlang war sie wie besessen von der kurzen Nachricht gewesen und hatte sich nicht davon abbringen lassen, dass sie von Sanders Entführer stammte. Spielte er ein Spielchen mit ihr? War es denn nicht genug, dass er ihr den Sohn geraubt und sie an den Rand des Wahnsinns getrieben hatte? Sie verrannte sich dermaßen in diese Idee, dass sie sich sogar einbildete, in dem Satz sei ein Code versteckt – und sie müsse ihn bloß entschlüsseln, um ihren Sohn zurückzubekommen.

Das war natürlich völliger Unsinn.

Dann kam der zweite Brief. Darin wurde der erste Satz wiederholt und ein zweiter hinzugefügt.

Es tut mir leid. Ich habe gelogen, was diese Nacht angeht.

Sie hatte erst hysterisch gelacht, um gleich darauf bitterlich zu weinen. Die Vorstellung, dass jemand die Wahrheit kannte und sie ihr vorenthielt, machte sie schier wahnsinnig. Wie eine Besessene nahm sie erneut alle Leute unter die Lupe, die an jenem schicksalhaften Ort gewesen waren. Nicht die Kinder, denen traute sie eine solche Tat nicht zu. Aber die Erwachsenen.

Den meisten zeigte Alma sogar den Brief, und ihre Beteuerungen, nichts damit zu tun zu haben, wirkten glaubhaft.

Schließlich gelangte sie wieder zu der Überzeugung, dass es sich bei dem Verfasser der Nachricht um einen geistig verwirrten Menschen handeln musste, der sein Spiel mit ihr trieb. Und dass seine Botschaft genauso viel oder genauso wenig zu bedeuten hatte wie der Hinweis auf die Außerirdischen in anderen Briefen.

Trotzdem war sie auf die nächste Zeile gespannt. Blickte sich um, als erwarte sie tatsächlich, dass der Briefschreiber sich noch in der Nähe aufhielt. Eine einsame Wolke schob sich vor den Mond. Hinter ihr raschelte etwas, aber sie drehte sich nicht um. Ein Tier oder der Wind.

Zurück im Haus, trank sie ein Glas Wasser, bevor sie den Umschlag öffnete. Diesmal würde sie ihn nicht in einer Plastiktüte zur Polizei bringen – wenn der Absender die ersten beiden Male keine Spuren hinterlassen hatte, würde ihm auch diesmal kein Fehler unterlaufen. Mit einem Messer schnitt sie den Umschlag auf.

Ein einziges Blatt, wie erwartet.

Eine Stimme in ihrem Kopf mahnte sie, den Bogen ungelesen wegzuwerfen. Sander war schließlich wieder da.

Sie konnte sich also dafür entscheiden, den Brief zu ignorieren. Es war sehr gut möglich, dass er ihr schlaflose Nächte bescheren würde. Weil sie trotz allem wissen wollte, wer dahintersteckte.

Sie nahm das Blatt zwischen Daumen und Zeigefinger, zog es aus dem Umschlag. Ein paar Sekunden später bereute sie tatsächlich, nicht auf ihre Intuition gehört und das Schreiben weggeworfen zu haben.

Es tut mir leid wegen Sander. Ich habe gelogen, was diese Nacht anging. Es ist alles meine Schuld.

Ihr wurde so schwindlig, dass sie den Kopf zwischen den Knien barg, um nicht ohnmächtig zu werden. Das war ihr noch nie passiert. Als sie sich besser fühlte, las sie die Sätze immer wieder. Immer wieder. Mit jedem Mal setzten sie ihr stärker zu. Sie spürte, wie ihr zerbrechliches Glück ihr wie Sand zwischen den Fingern zerrann.

16

»Mama, wann kommen die blöden Kartons aus meinem Zimmer?«, rief Iris ihrer Mutter zu, die mit einem Buch in der Hand im Schatten eines Apfelbaums lag.

»Welche Kartons?«, fragte sie schläfrig.

»Die von Oma.«

»Ich muss die Sachen noch sortieren«, rief ihre Mutter ihr zu.

»Kannst du sie dann nicht auf den Dachboden bringen? Ich komme kaum mehr in mein Zimmer rein.«

»Ich wusste ja nicht, dass du den ganzen Sommer über hierbleibst.«

»Sonst jammerst du ständig, ob ich nicht für ein paar Tage nach Hause kommen kann, und jetzt bin ich mal da, und es ist auch wieder nicht recht.«

»So habe ich das nicht gemeint, mein Schatz. Stell sie einfach in mein Zimmer.«

»Wieso ich? Es sind deine Kartons und nicht meine.«

»Okay, dann schlaf eben im Gästezimmer.«

»Warum hast du die Kartons eigentlich nicht gleich dorthin gebracht, da hätten sie am wenigsten gestört?«

»Weil ich keine Lust hatte, die schweren Kartons noch fünf Meter weiter durch den Flur zu schleppen. Außerdem herrscht dort eine furchtbare Unordnung, und ich war mir nicht sicher, ob sie überhaupt noch hineinpassen.

Aber jetzt lass mich bitte erst mal in Ruhe weiterlesen. Ich hoffe, das ist nicht zu viel verlangt?«

»Na ja, ich muss gleich weg«, entgegnete Iris.

»Dann ist das Ganze ja wohl nicht so eilig.«

»Mama«, seufzte Iris.

»Wohin willst du denn?«

»Eine Runde im See schwimmen. Vielleicht kommt Sander ja mit.« Sie hoffte es zumindest, denn sonst würde sie nie unter vier Augen mit ihm sprechen können. Das hatte sie sich letzte Nacht überlegt.

»Würdest du das machen?«

»Er kann ja wohl schlecht die ganzen Ferien über im Haus bleiben, oder? Im Übrigen haben wir einen Jahrhundertsommer. Vielleicht sind die anderen ja auch da.« Damit meinte sie die Freunde von früher.

Alma war noch nicht hundertprozentig überzeugt. »Das soll er selbst entscheiden«, meinte sie zögernd. »Und falls er will, passt auf, ob Fotografen auf der Lauer liegen, okay? Man weiß ja nie.«

Noch bevor ihre Mutter ihre wahren Beweggründe durchschauen konnte, drehte Iris sich um und lief ins Haus, trommelte an Sanders geschlossene Zimmertür.

»Kommst du mit zum Schwimmen? Es ist irre heiß.«

Die Tür wurde einen Spalt geöffnet. »Muss ich?«

»Was heißt müssen? Ich dachte, es würde dir Spaß machen.«

»Ich bleibe lieber hier.«

»Du kannst dich nicht ewig verstecken.«

»Was meinst du damit? Das tue ich doch gar nicht.«

»Du bist noch nicht ein einziges Mal vor die Tür gegangen.«

Gleichmütig zuckte er mit den Schultern. »Ich bin eben nicht wie du.«

»Wie bin ich denn?«

»Du hast Freundinnen. Hattest du schon immer.«

»Früher warst du eigentlich immer draußen unterwegs.«

»Ich bin kein Kind mehr.«

»Gib dir einen Ruck, oder soll ich den ganzen Tag vor deiner Tür stehen bleiben?«

»Ich habe aber gar keine Badehose.«

»Dann zieh einfach Shorts an. Los, mach endlich. Wir treffen uns in fünf Minuten.«

Unten packte sie eine Flasche Orangensaft und eine Tüte Chips zusammen mit zwei großen Handtüchern in eine Tasche, holte ihr Fahrrad aus dem Schuppen, legte die Tasche in den Korb vor dem Lenker und klingelte nachdrücklich.

Kurz darauf erschien Sander in einer kurzen Hose, einem weißen T-Shirt und mit Slippers an den Füßen. Außerdem trug er eine Schirmmütze, sodass der obere Teil seines Gesichts nicht zu erkennen war.

»Ich hab kein Rad.«

Iris stieg ab. »Fahr du, ich nehme mit dem Gepäckträger vorlieb.« Sie drückte ihm das Rad in die Hände. »Los jetzt, oder hast du es verlernt?«

Er hängte die Plastiktüte, die er in den Händen hielt, an den Lenker, schwang sein Bein über den Sattel und fuhr los. Trat so kräftig in die Pedale, dass Iris rennen musste. »Warte auf mich!«

Lachend sah Sander sich um und hielt an. »Witzbold«, sagte sie, während sie sich hinter ihn setzte.

»Wo fahren wir hin?«

»Zum See hinter dem Wald. Weißt du den Weg noch?«

»Sag mit lieber, wo ich langfahren muss.«

»An der Gabelung links.«

Es gab noch einen anderen Weg durch den Wald zum See, aber der führte nicht an dem Hof vorbei, wo das Ferienlager stattgefunden hatte. Sie wollte seine Reaktion beobachten, musste wissen, an was er sich erinnerte. Und ob er vorhatte zu erzählen, was in jener Nacht geschehen war.

Die Reifen hatten nicht genug Luft und federten die Schlaglöcher auf dem holprigen Weg nicht ausreichend ab, sodass sie beinahe vom Gepäckträger gerutscht wäre.

»Pass ein bisschen auf.«

»Entschuldigung«, murmelte Sander schuldbewusst.

Schweigend fuhren sie weiter. Unbarmherzig brannte die Sonne auf sie nieder. Iris hatte ihre Sonnenbrille vergessen. Schön dumm. Selbst als sie die Augen schloss, bildeten sich hinter ihren Augenlidern bizarre orangerote Muster. Sie hatte fast das Gefühl, die Sonnenstrahlen riechen zu können. Ihre Oberschenkel klebten aneinander, und sie öffnete sie ein bisschen, um sie vom Fahrtwind kühlen zu lassen.

Sander wurde langsamer.

»Bist du müde?«, fragte sie, die Augen nach wie vor geschlossen.

»Ist das da der Ferienhof?«

Sie öffnete die Augen wieder und sah über die rechte Schulter. Obwohl der Hof nicht weit von ihrem Zuhause entfernt lag, war sie seit jenem Abend nie wieder dort gewesen. Hatte den Ort ganz bewusst gemieden. Auch jetzt überlief sie ein kalter Schauer.

»Genau«, sagte sie. »Halt mal an – von hier ist es fast schneller, wenn wir zu Fuß weitergehen. Auf dem sandigen Weg kann man schlecht Fahrrad fahren.«

Geschickt sprang sie vom Gepäckträger. Sander lehnte das Rad an einen Baum, hängte sich die Tasche über die Schulter und folgte ihr.

»Hier ist es damals passiert. Ist es schlimm für dich, wieder hier zu sein?«

»Macht mir nichts aus.«

Eine Weile stapften sie schweigend nebeneinander durch den warmen Sand, waren froh über die Bäume am Wegesrand, die ihnen ein wenig Schatten spendeten. Warum hatte er ihren Eltern bislang nichts erzählt? Was führte er im Schilde?

»Was weißt du noch von dem Abend?«, fragte sie ohne Umschweife.

»Alles.«

»Und was hast du der Polizei erzählt?«

»Alles.«

»Und das wäre?«

»Dass Maarten und ich uns verlaufen haben, weil wir uns den Weg zurück in der Dunkelheit nicht richtig gemerkt hatten und deshalb nicht zum Ferienhof zurückfanden. Ich glaube, wir sind in die falsche Richtung gelaufen.« Sander schluckte hörbar. »Wir ruhten uns gerade ein bisschen aus und überlegten, was wir jetzt tun sollten. Wie wir uns orientieren sollten. Maarten schlug vor, auf einen hohen Baum zu klettern, ich fand es besser, einfach zu bleiben, wo wir waren. Ich hatte Angst, wir würden uns noch schlimmer verlaufen. Aber Maarten wollte unbedingt weitergehen.«

Sander verstummte.

»Und dann?«, drängte Iris.

»Äh, dann haben wir jemanden gesehen. Einen Mann. Er ist auf uns zugekommen. Erst dachten wir, dass es einer der Betreuer wäre, und haben uns riesig gefreut. Uns sogar High Five gegeben. Auch als wir merkten, dass er nicht zu unserer Gruppe gehörte, haben wir uns keine Sorgen gemacht. Ich jedenfalls nicht. Wir erzählten ihm, wer wir waren und was wir hier im Wald taten, und fragten ihn, ob er uns zurückbringen könne. Das könne er schon, meinte er, bloß müssten wir dafür auch etwas für ihn tun.« Den letzten Satz flüsterte er beinahe.

Ihr Herz begann so heftig zu klopfen, als würde es jeden Moment zerspringen.

»Wir sollten die Hosen runterlassen, und als Maarten sich weigerte, wurde der Mann, Eelco also, sehr böse. Plötzlich hatte er einen Stein in der Hand, packte Maarten am Arm und schlug ihm mit dem Stein auf den Kopf, bis Maarten zu Boden sackte. Selbst da hat er noch ein paarmal auf ihn eingeschlagen.«

»Warum bist du nicht weggelaufen?«

»Bin ich ja. Habe es zumindest versucht, aber ich kam nicht weit, da hatte er mich wieder und zerrte mich mit sich. Ich habe um Hilfe gerufen, aber er sagte, ich solle den Mund halten. Den Stein hatte er noch in der Hand, und ich habe mich so gefürchtet. Dann musste ich mit ihm zu seinem Auto gehen. Er sagte, er würde mich nach Hause bringen. Ich sagte, nicht nötig, aber er ließ mich nicht weg. Hat mich in den Kofferraum gesperrt. Aber wir sind nicht nach Hause gefahren, sondern zu ihm. Da war ich dann eine Zeit lang. Erst im Keller. Und später nahm er mich mit in den Wald.«

Der Knoten in ihrem Magen schien immer größer zu werden. »Hast du auch erzählt, was vorher passiert ist?«

»Vorher?«

»Bevor ihr euch verirrt habt. Als wir zu viert im Wald waren.« Ihre Stimme zitterte, und sie wagte es nicht, ihn anzusehen.

»Du weißt wohl selbst am besten, was vorher passiert ist«, sagte er nach einem Augenblick des Schweigens.

»Verrätst du es?«

»Willst du das?«

17

Ohne Vorankündigung rannte sie los, und Sander blieb nichts anderes übrig, als ihr zu folgen. Sander durfte sie nicht einholen. Sie lief so schnell, dass sie kurz davor war, sich zu übergeben. Der Schweiß floss ihr in Strömen über Gesicht und Hals, das Kleid klebte ihr am Körper. Auf einer Lichtung hielt sie an.

Was sollte sie machen?

Keuchend kam kurz darauf Sander heran.

»Es ist viel zu heiß zum Rennen.«

»Nein, natürlich nicht.«

Fragend sah er sie an, verstand nicht, was los war.

»Du hast gefragt, ob ich will, dass du es verrätst«, sagte sie und schüttelte den Kopf. »Natürlich nicht.«

Kaum war es heraus, bedauerte sie ihre Worte bereits. Welchen Preis würde sie dafür zahlen müssen?

»Ich will einfach mein Leben weiterleben, okay?«

Sie nickte, ohne dass ihr klar war, was er genau damit meinte. Sie zeigte auf die Grasfläche am See. »Da sind meine Freunde.« Was nicht wirklich stimmte.

Zwar waren Joos und Lienke, die sie in der Ferne zu erkennen glaubte, sogar eine Weile für sie die allerbesten Freunde gewesen, aber nach Sanders Verschwinden hatte sie sich von den beiden abgeschottet. Oder ihr Schweigen hatte dafür gesorgt, dass die Freundschaft endete. Nach dem Abitur war sie nach Amsterdam gezogen. Weg, an einen Ort, wo niemand sie kannte. Erst war sie Iris mit dem Muttermal gewesen. Dann Iris, die Schwester des verschwundenen Jungen. Sie wollte irgendwo leben, wo sie einfach Iris sein durfte. Ohne Ballast. Wo sie weder beim Bäcker noch im Supermarkt mit der Frage belästigt wurde, wie es ihren Eltern ging. Nie wollte jemand wissen, wie es *ihr* ging.

Und vor allem war sie das ewige Geflüster über Sander leid gewesen. Dass man ihr nachstarrte.

Deshalb hatte sie in Amsterdam niemandem von ihrem Bruder erzählt. Ihren Studienkollegen und ihren Mitbewohnern nicht, auch nicht den Angestellten des Cafés, in dem sie jobbte, nicht einmal ihren Freundinnen und Freunden. Den Freunden auch nicht, weil ihre Beziehungen nie von langer Dauer waren. Sie dachte gar nicht daran, einen von ihnen mit nach Hause zu nehmen. Zu gut erinnerte sie sich daran, wie sich die Blicke der Menschen veränderten, abweisend wurden, sobald sie erfuhren, wer sie war. Nie hätte sie geglaubt, dass sie sich einmal die Zeiten zurückwünschen würde, in denen sie Iris mit dem Muttermal gewesen war.

Am See war es unglaublich voll. Die Erwachsenen schmorten in der Sonne, die Kinder spielten mit Eimerchen und Schaufeln im Sand. Eine Gruppe Jugendlicher vertrieb sich die Zeit mit Volleyball. Ein Radio dröhnte. Es roch nach Sonnencreme. Alle schrien fröhlich durcheinander. Der See war wie ein übervolles Schwimmbecken.

Ihr Herz machte einen Sprung, als sie eine vertraute Gestalt aus dem Wasser kommen sah. Christiaan. War er also wieder zu Hause? Vor ein paar Monaten war er über einen Studenten hergefallen, hatte dabei immer wieder geschrien, der Junge sei gefährlich und müsse aufgehalten werden. Daraufhin war er eingewiesen worden, wie sie von ihrer Mutter wusste. Ein Nervenzusammenbruch, eine Depression oder etwas Ähnliches. Details kannte Alma nicht. Gewissermaßen aus heiterem Himmel sei er ausgerastet. Ohne Vorwarnung. Einfach so, ganz plötzlich, hatte sie am Telefon gesagt.

Iris, die sich im Gegensatz zu ihrer Mutter durchaus Gründe vorstellen konnte, wollte ihn damals besuchen, aber es durfte niemand zu ihm. Nur seine Angehörigen.

Sie musste ihm unbedingt von Sander erzählen. War gespannt, wie er reagieren würde. Aber nicht heute. Nicht hier.

»Sollen wir ein Stück weitergehen? Vielleicht ist es woanders weniger voll«, schlug sie Sander vor, um nicht unvermittelt vor Christiaan zu stehen.

»Wolltest du nicht zu deinen Freunden?«

»Ein andermal.«

Obwohl sie es nicht direkt geplant hatte, lotste sie Sander zu dem angrenzenden See, in dem vor sieben Jahren Roel ertrunken war. Seine Mutter stammte aus dem Dorf, war aber nach Rotterdam gezogen und wurde dort schwanger, doch der Vater, ein Mann von den Antillen, ließ sie wegen einer anderen sitzen. Sie kehrte ins Dorf zurück. Iris hatte keine Ahnung, wohin es sie nach Roels Tod verschlagen hatte.

Verstohlen sah sie Sander von der Seite an, ohne in seinem Gesicht eine Gemütsbewegung zu entdecken.

»Hast du mit Christiaan noch Kontakt?«, wollte er wissen.

Sie erschrak. Hatte er Christiaan etwa gesehen?

»Nein«, antwortete sie betont gleichmütig.

»Schade. Ihr wart so verliebt.«

Das Klingeln ihres Handys ersparte Iris eine Antwort.

»Hallo, Mama, rufst du an, um uns zu kontrollieren? In den Büschen liegt kein Fotograf. Und Sander ist nach wie vor bei mir. Er wurde nicht entführt oder so.«

Sie wartete die Reaktion ihrer Mutter gar nicht erst ab, sondern überließ Sander das Telefon, während sie die Handtücher ausbreitete, ihr Kleid auszog und zwischen spielenden Kindern hindurch über den Sandstrand ins Wasser lief. Auf dem Rücken treibend, blickte sie in den grellblauen Himmel über sich, ließ das Wasser durch die Finger gleiten. Ab und an spürte sie, wie etwas ihre Beine streifte. Sie stellte sich vor, dass es Roels kalte Finger waren.

Als sie Sander winken wollte, ebenfalls ins Wasser zu kommen, sah sie, dass er sie filmte. Sie erstarrte. Schwamm schnell zum nächsten Steg und rannte zu ihm hin.

»Was machst du da?«, schrie sie.

Verdutzt ließ Sander die Kamera sinken.

»Stell das Ding ab, stell es sofort ab.«

Iris war völlig außer sich. Dass andere sie verwundert beobachteten, war ihr völlig egal.

»Ich darf doch wohl ...«

»Hast du nicht gehört?«

Da Sander keine Anstalten machte, ihrer Aufforderung Folge zu leisten, machte sie einen Schritt auf ihn zu und versuchte, ihm die Kamera aus der Hand zu reißen. Instinktiv hob er sie weit über seinen Kopf, sodass sie nicht herankam.

»Was ist bloß los mit dir? Warum führst du dich so auf?«

»Wie kommst du an die Kamera?«
»Die hat Papa mir gegeben.«
»Du lügst! Das würde er nie tun.«
»Es stimmt aber.«

Heftig stieß sie ihn gegen die Brust, schnappte sich ihr Kleid und rannte weg.

18

Tag 5

Alma stellte ihr Auto auf dem Parkplatz der Justizvollzugsanstalt in Scheveningen ab und zwang sich auszusteigen. Einmal pro Monat kam sie hierher, gewöhnen würde sie sich nie daran. Kurz überlegte sie, einfach weiterzufahren und sich am Strand ein Café zu suchen. Um die Sonne zu genießen. Den Lärm. Das Leben.

Es gab überhaupt keinen Grund mehr herzukommen, aber ihr Pflichtgefühl trieb sie an. Ernst de Vries wartete auf sie. Anderen Besuch bekam er nicht. Seine Mutter hatte bereits vor langer Zeit den Kontakt zu ihm abgebrochen, genau wie seine beiden älteren Schwestern. Und sein Vater war gestorben, bevor er miterleben musste, dass sein Sohn auf die schiefe Bahn geriet. Ganz gewiss war Ernst kein Mensch, der viele Freunde hatte.

Männer wie er wurden getrennt von den anderen Gefangenen untergebracht, damit sie nicht gelyncht wurden. Kinderschänder und Kindermörder galten als Abschaum und waren demzufolge hinter Gittern ihres Lebens nicht sicher.

Alma wusste ganz genau, was sie tat. Ernst war alles andere als ein Unschuldslamm, denn man hatte ihn in der Vergangenheit mehrfach wegen Pädophilie verurteilt. Bei jedem Besuch wurde ihr klar, dass er sich im Gefängnis nicht an weiteren Kindern vergreifen konnte. Solange er hinter Schloss und Riegel saß, waren sie vor ihm sicher.

Sie verabscheute ihn aus vollem Herzen. Kotzübel wurde ihr bei dem Gedanken daran, dass er die Leben junger, unschuldiger Kinder für alle Zeit zerstört hatte.

Nach jedem Besuch schrubbte sie sich geradezu zwanghaft unter der Dusche ab, steckte die Kleidung in die Waschmaschine. Als fürchte sie, er könne sie mit seinem kranken Geist anstecken.

Es widerte sie an, sich für seine Freilassung einzusetzen, immer wieder zu betonen, dass sie an seine Unschuld glaubte. Denn sie war überzeugt, dass er in Freiheit wieder seiner krankhaften Neigung frönen würde.

Viele Nächte lang hatte sie wach gelegen, das Für und Wider abgewogen. Es wäre besser gewesen, den Kampf aufzugeben. Sie wollte nicht, dass andere Mütter dasselbe durchmachen mussten wie sie und dass andere Kinder ein ähnliches Schicksal ereilte wie Maarten und Sander.

Aber Ernst war nicht der Mörder, den sie suchten, und er hatte nichts mit Sanders Verschwinden zu tun. Aber solange die Polizei davon ausging, den Richtigen geschnappt zu haben, würde man Sanders Fall nicht wiederaufnehmen. Und allein aus diesem Grund zwang sie sich zu kämpfen.

Linc machte das sehr wütend. Er war überzeugt, dass Ernst ihren Sohn ermordet und den Leichnam irgendwo versteckt hatte. Unzählige Mal waren sie darüber in Streit geraten. Ihr einziger Trost war, dass Marjo ähnlich dachte wie sie. Genau wie Alma fand sie die Beweislage äußerst dürftig.

Ernst war dreiunddreißig, als man ihn wegen des Verdachts, Maarten ermordet und mit Sanders Verschwinden zu tun zu haben, verhaftete. Er stammte aus einem Dorf in der Nähe und war wegen Besitz und Verbreiten von Kinderpornografie, den Versuchen, Kinder zu sexuellen Handlungen zu überreden, und seine Vorstrafen polizeibekannt. An jenem Abend hatte er sich im Wald beim Ferienhof aufgehalten und der Polizei sogar anfangs beim Suchen geholfen. Wie sich später herausstellte, war er es, den Alma zwischen den Bäumen hatte stehen sehen.

In den Fokus der Ermittlungen geriet er allerdings erst, als die Polizei erkannte, welch peinlicher Schnitzer ihr mit Lincs Verhaftung unterlaufen war. Das war einen Monat später.

Zu dieser Zeit befand sich Ernst mal wieder in Haft, da er ein minderjähriges Mädchen via Internetchat zum Sex zu überreden versucht hatte. In diesem Zusammenhang begann man ihm ebenfalls den Mord an Maarten zur Last zu legen, und nach mehreren Verhören gab er die Tat zu. Wenig später widerrief er das Geständnis allerdings. Obwohl die Polizei keinerlei DNA von ihm am Tatort gefunden hatte, wurde er zu fünfzehn Jahren Haft verurteilt.

Die Erklärung der Polizei, Ernst habe möglicherweise einen Komplizen gehabt, der Sander mitgenommen hatte, tat sie als Unsinn ab. Bei seinen bisherigen aktenkundigen Verfehlungen war er stets alleine in Erscheinung getreten.

Mehr und mehr kam es Alma vor, als wollte die Polizei den wirklichen Täter gar nicht finden, sondern den Fall abschließen. Der Vorfall, wie sie es hartnäckig nannten – als wäre es eine Plage, die aus heiterem Himmel über sie gekommen war –, sorgte ohnehin für viel zu viel Aufregung.

Die Leute hatten Angst, behielten ihre Kinder sooft wie möglich im Haus, und der Druck auf die Polizei wuchs. Ein Verantwortlicher musste her, damit die Gemüter sich wieder beruhigten.

Alma stieg aus, betrachtete in der Scheibe des Autos neben sich ihr Spiegelbild: gesenkter Kopf, hochgezogene Schultern, die Augen auf den Boden gerichtet.

Und sie war viel zu warm angezogen. Weil sie bei ihren Gefängnisbesuchen kein Stückchen Haut zeigen durfte, trug sie eine lange Hose, ein T-Shirt und darüber eine dünne Jacke. Schon jetzt schwitzte sie in dieser Aufmachung.

Durch die große Holztür des beeindruckenden Vorbaus im Stil der Neorenaissance, der von zwei mächtigen, konisch zulaufenden Säulen flankiert wurde, betrat sie die Haftanstalt. Sie fühlte sich immer an ein mittelalterliches Schloss erinnert.

Inzwischen kannte man sie hier, aber nur wenige verstanden ihr Anliegen – Letzteres traf nicht nur auf das Wachpersonal zu, sondern auf Menschen im ganzen Land. Sie bekam nicht nur ermutigende Zuschriften, sondern auch Drohbriefe. In den letzten Jahren hatte sie ihren Wortschatz an Beschimpfungen deutlich erweitern können.

Alma gähnte. Sie war todmüde. Nachdem sie den Brief gelesen hatte, konnte sie einfach nicht einschlafen. Ihre Panik war langsam verebbt. Jetzt, im hellen Licht des neuen Tages, kam ihr ihre Reaktion ziemlich albern vor. Irgendein Verrückter, dem es Genugtuung verschaffte, das Glück anderer zu zerstören, nichts weiter. Sicher hatte er aus der Zeitung von Sanders Rückkehr erfahren und beschlossen, noch mehr Schaden anzurichten.

Sie reihte sich in die Schlange ein. Die Wartenden

schauten einander nicht an – praktisch, dass heutzutage jeder ein Handy hatte.

Nachdem man die persönlichen Sachen abgegeben hatte, durchsucht und durch den Scanner geschleust worden war, schlurften die Besucher in den nächsten Raum. Dort nahmen alle ihre Plätze ein, meist waren es immer dieselben. Der kahle, unfreundliche Raum war lang und rechteckig. An der hohen Decke hingen Leuchtstoffröhren, der Boden war mit blauem abgetretenem Linoleum belegt. Die Sonne fiel durch die kleinen Fenster, und in den Lichtbahnen tanzten Staubpartikel.

Als sie das allererste Mal zu Ernst gekommen war, hatte sie den Fehler begangen, sich auf den Stuhl einer Frau zu setzen, die hier seit zwanzig Jahren ihren Sohn besuchte. Um nicht noch einmal solchen Zorn auf sich zu ziehen, hatte Alma beim nächsten Mal brav allen anderen den Vortritt gelassen. Inzwischen gehörte ihr ein Stammplatz in der rechten hinteren Ecke.

Dieses eine Mal noch, sagte sie sich. Danach musste es zu Ende sein. Das würde Ernst ja wohl begreifen. Und mit etwas Glück kam er ja vielleicht vorzeitig frei.

Weil sie ohne Handys dasaßen, hatten die meisten Wartenden den erwartungsvollen Blick direkt auf die Tür gerichtet. Dann kamen die Gefangenen herein. Quietschende Schuhsohlen, das Rücken von Stühlen, unterdrückte Schreie. Alle drängelten, um möglichst rasch bei ihrem Besuch zu sein. Es war fast rührend – bis einem wieder einfiel, wo man sich befand. Da längerer direkter Körperkontakt nicht erlaubt war, wurden schnell ein paar Küsse und Umarmungen getauscht oder die Hände gedrückt.

Wie üblich kam Ernst nach den anderen. Nahm ihr gegenüber Platz. Er steckte voller nervöser Energie. Wenn er nicht mit den Füßen wippte, trommelte er mit den Fingern auf den Tisch. Anfangs hatte es sie viel Mühe gekostet, sich trotzdem mit ihm zu unterhalten – inzwischen war sie es fast gewohnt. Wie daran, dass er ihr nur selten direkt in die Augen sah.

Mit dem runden Gesicht, der molligen Figur, der großen randlosen Brille auf der breiten Nase und der Ponyfrisur wirkte er fast kindlich für sein Alter. Entweder trug er ein kariertes oder ein gestreiftes Hemd. Immer Kurzarm, immer ordentlich in die Jeans gesteckt und dazu immer Turnschuhe.

»Glückwunsch. Ich habe von den guten Neuigkeiten gehört«, begrüßte er sie.

»Für Sie sollten es ebenfalls gute Nachrichten sein«, antwortete sie.

»Ja, mein Anwalt hat mich bereits angerufen und mir erzählt, dass wir auf Schmerzensgeld klagen können. Das wäre nur gerecht, wissen Sie. Schließlich werde ich wohl nirgends mehr eine Chance bekommen.«

Alma nickte widerwillig. Als ob das vorher anders gewesen wäre, dachte sie. Sie mochte seine Neigung nicht, sich als Opfer zu betrachten. Das stand ihm trotz allem nicht zu. Sie hoffte sehr, dass ihr Glaube an seine Unschuld in diesem Fall ihn nicht darin bestärkt hatte.

Sie überlegte, ob sie ihm erzählen sollte, dass seine Freilassung keinesfalls beschlossene Sache sei. Ihre Gedanken schweiften ab, zu ihrem Gespräch mit Hans, dem Polizisten, im Krankenhaus.

»Was wird jetzt aus Ernst?«, hatte sie ihn gefragt. »Er ist doch unschuldig.«

»Nicht unbedingt«, lautete seine Antwort. »Wir müssen erst klären, wer der Mann ist, bei dem Sander all die Jahre gewohnt hat. Ob es eine Verbindung zwischen ihm und Ernst gibt. Theoretisch könnte er ihn weiterverkauft haben.«

Der Abscheu, den diese Worte in Alma auslösten, hatte sie überrascht. Seit Sanders Verschwinden hatte Alma sich ausführlich mit dem Thema Kindesmissbrauch beschäftigt und eine Fülle grauenhafter Geschichten gelesen. Über Fälle, bei denen es nicht allein um Missbrauch ging, sondern auch um Kinder, die entführt und an einschlägige Organisationen verkauft wurden, die mit ihnen Pornos drehten. Am schlimmsten waren die Filme, in denen die Opfer zu Tode kamen. Sie hatte sich alles in der idiotischen Hoffnung angesehen, Sander dort irgendwo zu entdecken. Danach fühlte sie sich immer sterbenselend, und eine innere Stimme sagte ihr, es wäre besser für Sander, tot zu sein, als so leiden zu müssen. Der Blick in den Augen dieser Kinder ließ sich mit Worten nicht beschreiben. Leer. Zerstört. Wie tot.

Alma beschloss, Ernst doch zu warnen, dass er sich nicht zu früh freuen sollte.

»Die Polizei hält es immer noch nicht für ausgeschlossen, dass Eelco Ihr Handlanger war.«

»Das weiß ich.«

»Sie haben mich doch nicht angelogen, oder?«

»Nie.« Er schüttelte heftig den Kopf.

Sie kam nicht nur hierher, weil sie an seine Unschuld glaubte. Irgendwo in ihrem Inneren war ihr immer klar gewesen, dass die Theorie mit dem Komplizen stimmen konnte. Vielleicht hatte sie die ganze Zeit gehofft, irgendwann die Wahrheit von ihm zu erfahren.

Ernst legte ihr die Hand auf den Arm. Alma fühlte etwas leicht Schwitziges. Sie presste die Zähne fest aufeinander und widerstand der Versuchung, den Arm zurückzuziehen. Verzweifelt sah sie auf. Merkte die Wache denn nichts?

»Ich werde Ihnen immer dankbar sein. Sie waren die Einzige, die mir geglaubt hat.«

Ernsts Worte trübten ihr Glück.

»Sie müssen mir nicht danken«, wehrte sie mit belegter Stimme ab.

»Können wir uns weiterhin sehen, wenn ich hier rauskomme? Wir sind schließlich so was wie Freunde geworden, finden Sie nicht? Deshalb würde ich Sie gerne später mal besuchen.«

Bitte nicht, dachte Alma inbrünstig und rutschte unruhig auf dem Stuhl hin und her, sah unauffällig auf die Uhr. Noch mindestens fünf Minuten. Am liebsten hätte sie Kopfschmerzen vorgetäuscht, aber Ernst war meisterlich darin, einen zu durchschauen. Wahrscheinlich traf das auf alle Pädophilen zu. Es war gar nicht so einfach, Kinder zu täuschen. Der reinste Balanceakt. Wenn man es mit der Freundlichkeit übertrieb, waren schnell alle Bemühungen umsonst.

»Haben Sie denn schon darüber nachgedacht, wo Sie wohnen möchten?«, wechselte sie das Thema.

»Das eilt nicht. Selbst im günstigsten Fall wird es einige Wochen dauern, sagt mein Anwalt. Sie müssen erst herausfinden, wer dieser Eelco war und ob wir uns gekannt haben. Alles geht seinen Gang. Und dann muss ich ganz von vorn beginnen, wissen Sie. Man hat mir alles genommen.«

Alma ekelte es vor seinem Selbstmitleid. Was hatte er schon groß verloren? Vor seinem Gefängnisaufenthalt hatte er Sozialhilfe bezogen und den ganzen Tag zu Hause vor dem Computer gehockt, um sich an Bildern von nackten Kindern aufzugeilen.

Neben ihr war ein helles melodisches Lachen zu hören.

»Sie sollten nicht ständig anderen die Schuld geben«, erklärte sie streng. »Versuchen Sie lieber, Ihrem Leben eine neue Richtung zu geben. Was geschehen ist, ist geschehen.«

»Sie haben sich doch auch nicht mit der Situation abgefunden«, wandte er ein, und es erfüllte Alma mit Entsetzen, dass Ernst offenbar meinte, sie beide hätten ein Recht auf dieselben Gefühle.

»Vielleicht wäre es gut für Sie, einen Psychologen zu konsultieren. Mit einer aggressiven Einstellung ist der Gesellschaft nicht gedient.«

Schon oft hatte sie ihn vom Nutzen einer Therapie zu überzeugen versucht, auch für ihre eigene Gemütsruhe. Doch Ernst war bei seiner hartnäckigen Weigerung geblieben. Bei ihrem vorletzten Besuch war er sogar wütend aufgestanden und hatte den Raum verlassen. Und beim letzten Mal erschien er zwar, machte es aber gleich zu Beginn zur Vorbedingung, dass sie nicht wieder auf dieses Thema zu sprechen kam.

Er zog die Stirn in Falten.

»Tut mir leid, ich bin schon still.«

»Meines Wissens gehen Sie auch nicht zu einem Psychologen.«

Nein, aber sie zerstörte auch keine Kinderseelen, hätte sie am liebsten geantwortet. In ihrem Fall war ihr eigenes

Leben kaputt und das ihrer Familie. Ein Psychologe hätte ihr bloß geraten, den Verlust von Sander zu akzeptieren. Hinzunehmen, dass er weg war, und für den Erhalt ihrer Familie zu kämpfen. Doch all das konnte sie nicht. Es fühlte sich wie Verrat an. Schließlich hatte sie Sander schon einmal im Stich gelassen – und das würde sie nicht wieder tun, indem sie einfach ihr Leben weiterlebte und so tat, als gäbe es ihn nicht mehr.

Es war kindisch, aber plötzlich wünschte sie sich, jedem, der ihr seinerzeit zu einer Therapie geraten hatte, zurufen zu können: Ich hatte recht, ich habe gewusst, dass er zurückkommt. Ihr Mutterinstinkt hatte sie nicht getrogen.

Der Summer ertönte, die Besuchszeit war zu Ende. Ernst sprang wie ferngesteuert auf.

19

Alma entschied sich dafür, noch zum Strand zu fahren. Wegen der Ferien und des schönen Wetters waren die Straßen voll, und sie fand nur mit Mühe einen Parkplatz. Es wehte ein kräftiger Wind, der hier und da Sand aufwirbelte.

Nach einem Besuch in der Haftanstalt kam sie öfter her. Vor ihrer Heimkehr sollte der Wind Ernsts Worte mit sich forttragen, hinaus aufs Meer, weit weg, bevor sich das Gehörte zu sehr in ihrem Kopf festsetzte.

Sie zog die Schuhe aus und ging barfuß zwischen Sonnenbadenden und spielenden Kindern hindurch ans Wasser, lief ein Stück in der Brandung. Eine Frau mit Hund kam ihr entgegen. Alma und sie hatten etwa das gleiche Alter, und beide waren sie nicht so gekleidet, als hätten sie einen Tag am Meer geplant. Als die Frau sie im Vorübergehen anlächelte, überlegte Alma, wie wohl ihr Leben aussah. Lange Strandspaziergänge assoziierte sie stets mit Sorgen, die man vergessen wollte. Es hieß ja nicht umsonst »sich den Kopf auslüften«.

Unzählige Male hatte sie das probiert. War gelaufen und gelaufen, kilometerweit, stundenlang. Der Schmerz war geblieben. Der Kummer wegen Sander war wie ein Tunnel. Nicht wie ein tiefes Loch, denn aus einem Loch konnte man herausklettern und Licht sehen. Aber hier war kein Licht. Sie lief immer weiter, aber die Dunkelheit war endlos. Es gab kein Ende.

Außer dem Tod vielleicht. Nach diesem schwarzen Loch sehnte sie sich manchmal. Bas' Geburt hatte ihren Schmerz zwar ein wenig gelindert, aber das Dunkel war nie ganz gewichen. Jedes Mal, wenn sie den Kleinen ansah, wurde sie daran erinnert, wie es mit Sander gewesen war. Und von Anfang an fürchtete sie den Tag, an dem Bas älter sein würde als Sander bei seinem Verschwinden.

Dennoch hatte sie nie ernsthaft erwogen, ihrem Leben ein Ende zu setzen. Schon deshalb nicht, weil sie unbedingt wissen wollte, was mit Sander geschehen war. Ihn unbedingt finden musste. Mit aller Kraft klammerte sie sich an die Geschichten von Angehörigen, die nach Jahren erfuhren, was ihren Lieben zugestoßen war.

Zum ersten Mal seit Jahren lief sie unbeschwert diesen Strand entlang, genoss die Sonne auf dem Gesicht, den Wind in den Haaren und den Geruch des Meeres in ihrer Nase. Ob andere, die Frau zum Beispiel, das auch so empfanden?

Am furchtbarsten war es früher gewesen, wenn ihr eine Familie wie ihre begegnete. Vater, Mutter, Sohn und Tochter. Ein Königsgespann nannte man das hierzulande. Dann musste sie immer daran denken, wie glücklich sie früher gewesen waren und wie wenig sie das letztlich zu schätzen gewusst hatten. Achtloses Glück. Sie war so glücklich gewesen, als nach Iris ein Junge kam. Nun ist unsere Familie komplett, hatte sie nach Sanders Geburt gesagt und diese Worte später verflucht. In ihren dunkelsten Momenten war sie überzeugt gewesen, damit das Unheil heraufbeschworen zu haben.

Wenn sie, nichts als ein Häufchen Elend, in Sanders Bett lag, hatte sie es in Lincs Beisein laut ausgesprochen. »So viel Macht haben deine Gedanken nicht«, versuchte er sie dann zu beruhigen.

Mit einem Mal verspürte sie das Bedürfnis, nach Hause zu fahren – ein neues Gefühl für sie. Sie zwang sich aber, weiter am Strand entlangzulaufen. Linc achtete auf Sander, und sie selbst hielt es für eine gute Idee, wenn die beiden etwas Zeit miteinander verbrachten. Zumal Linc ja nicht mehr bei ihnen wohnte und bislang auch nicht allzu häufig vorbeigekommen war. Was vermutlich an ihr lag und daran, dass sie und er nicht besonders freundschaftlich auseinandergegangen waren. Alma nahm sich vor, ihn darauf anzusprechen und sich mehr Mühe zu geben. Sander brauchte jetzt beide Elternteile.

Die Ereignisse hatten sie alle aus der Bahn geworfen. Gestern war Iris verschwitzt und mit roten Augen nach Hause gekommen. Ohne Sander. Sie sei nach Hause gerannt, erklärte sie, doch es war mehr als deutlich, dass sie geweint hatte. Was passiert war, darüber weigerte sie sich zu sprechen, und schloss sich für den Rest des Tages in ihrem Zimmer ein. Kurz darauf war Sander heimgekehrt, hatte Alma ganz belämmert berichtet, was vorgefallen war. Seine Worte hallten in ihrem Kopf nach.

Sie ist ausgeflippt, als ich angefangen habe zu filmen.

Weit oben drehten ein paar Möwen ihre Runden. Sie machten einen Mordskrach. Gefahr, Gefahr, Gefahr schienen sie ihr zuzurufen. Trotz der Sonne, die ihr auf die Wangen brannte, begann sie zu frösteln.

20

Barfuß betrat Iris den Garten. Das Gras war braun und trocken und stach ihr in die Fußsohlen. Es wurde Zeit, dass es wieder regnete. Die Bauern klagten bereits über diesen heißen Sommer. Wenn sie in der Stadt war, dachte sie kaum an solche Dinge. Dort gab es nur sehr wenig Gras.

Ihr Vater saß im Sandkasten und half Bas, eine Sandburg zu bauen. Der Kleine trug eine Kappe zum Schutz gegen die Sonne, riss sie sich aber ständig vom Kopf. Er wurde groß. Ein paar Monate lang hatte sie ihn nicht gesehen, und plötzlich stand ein richtiger Junge vor ihr. In einem Jahr würde er in den Kindergarten gehen. Dass plötzlich ein großer Bruder aufgetaucht war, schien ihn wenig zu kümmern. Vielleicht steckte so er von ihnen allen die Veränderungen am leichtesten weg.

Der Summer ertönte, und Iris öffnete das Tor. Ihre Mutter war zurück.

Miesje, ihr viel zu dickes Kaninchen, hoppelte durch das Gras. Bas nutzte die Gelegenheit, griff zu und schleuderte es weg. Wie durch ein Wunder landete das Tier auf allen vieren, sah sich kurz um und hoppelte schnell davon.

Plötzlich kam mit großen Schritten ihr Vater angerannt, packte Bas am Arm und schüttelte ihn.

»Bist du jetzt völlig verrückt geworden? Das darfst du nicht. Tieren wehtun, das ist gar nicht lieb«, schrie er.

Vor Schreck brach der Junge in Tränen aus.

»Hast du mich verstanden? Und damit du dir das ein für alle Mal merkst, musst du jetzt zur Strafe ins Haus«, fügte er streng hinzu und versetzte Bas einen Schubs.

»Er hat doch nur gespielt«, verteidigte die Mutter, die gerade aus dem Auto gestiegen war, ihren Jüngsten. »Außerdem ist er noch viel zu klein, um zu verstehen, was du von ihm willst.«

»Dann wird es höchste Zeit, dass er es lernt.« Das Gesicht ihres Vaters war verzerrt vor Wut.

Heulend lief Bas zu seiner Mutter. »Ich hab gar nichts gemacht«, jammerte er.

»Das hast du sehr wohl«, schimpfte Linc.

»Na ja, komm schon«, sagte ihre Mutter und nahm Bas auf den Arm.

»Ab ins Haus mit dir. Na los.«

Ihre Mutter drehte sich weg, sodass ihr Vater nicht an Bas herankam. »Und du solltest dich erst mal beruhigen.«

»Ich bin ganz ruhig. Er muss seine Strafe bekommen. Setz ihn ab.«

»Der Junge ist doch ganz durcheinander.«

»Das wird ihm nichts schaden. Mach schon.«

»Erst wenn du dich beruhigt hast.«

»So läuft das doch immer, Alma. Ich will ihn bestrafen, und du nimmst ihn in Schutz. Wie soll er es denn so jemals lernen?«

»Jetzt übertreibst du aber – immer! Wann denn zum Beispiel?«

»Keine Diskussion. Setz ihn ab. Diesmal kommt er mir nicht ohne Strafe davon.«

»Ich denke, Bas hat längst eingesehen, dass es nicht richtig war. Stimmt's Bas?«

Der Junge vergrub den Kopf an der Schulter seiner Mutter, weigerte sich aufzusehen und krallte sich an ihr fest, damit sie ihn nicht absetzte. Selbst wenn Alma es gewollt hätte, wäre es schwer gewesen, seine Fingerchen zu lösen.

Iris verspürte den Drang, sich einzumischen, ihrem Vater zur Seite zu stehen, wusste jedoch, wie wenig Sinn das hatte. Also kehrte sie der Szene den Rücken zu und sah sich unvermittelt Sander gegenüber, stieß fast mit ihm zusammen.

»Linc, kannst du dich jetzt bitte zusammenreißen«, hörte sie ihre Mutter sagen. »Mir platzt der Kopf nach dem Besuch bei Ernst, und ich würde gerne duschen gehen und mich dann hinlegen.«

Sie setzte Bas ab, der sich augenblicklich aus dem Staub machte, gefolgt von seinem Vater.

»Warum fährt Mama zu diesem Mann?«, fragte Sander.

»Weißt du, wer Ernst ist?«

»Ja, sie hat es mir erzählt.«

»Sie hat nie an seine Schuld geglaubt – offensichtlich hatte sie recht damit.«

»Ich habe gehört, dass damals sogar Papa verhaftet wurde.«

»Von wem weißt du denn das?«

»Von ihm selbst.«

»Ja, das war eine riesige Blamage für die Polizei. Sie hatten nichts in der Hand, wirklich gar nichts. Keinen Beweis, keine Idee, aber der Druck nahm zu. Nur deshalb haben sie ihn festgenommen. Und kurz darauf wieder freigelassen. Sie hatten nicht den kleinsten Anhaltspunkt. Ernst kam ihnen da gerade recht.«

»Und er ist auch unschuldig.«

»Zumindest hat er euch nichts getan. Mama setzt sich seit Jahren für seine Freilassung ein. Sie hat nie geglaubt, dass er etwas damit zu tun hatte.«

Fragend sah Sander sie an.

»Man hat keine DNA-Spuren von ihm gefunden, gar keine.«

»Von Eelco aber schon?«

»Das können sie doch erst wissen, wenn es Vergleichsmaterial gibt. Also wenn sie Eelcos Leiche haben.«

»Ob sie unbekannte DNA gefunden haben, wollte ich eigentlich wissen«, sagte Sander. »Egal. Wir wissen ja, wer es gewesen ist.«

»Nicht gerade viel, oder? Nur dass er tot ist. Ich wüsste gern ...«

»Ich nicht. Ich weiß mehr als genug, das reicht mir. Was möchtest du denn wissen? Los, stell deine Fragen.« Eindringlich blickte er sie an, und in seinen Augen blitzte Zorn auf.

Es geschah nicht oft, dass Iris nicht wusste, was sie sagen sollte. »Ich ...«

»Na? Willst du wissen, ob ihm die Hand oft ausgerutscht ist, ob er sich wochenlang nicht gewaschen und seine Zähne nicht geputzt hat? Sag schon, ich fülle gern deine Wissenslücken.«

»So habe ich es nicht gemeint«, sagte Iris zerknirscht und fühlte sich ganz klein.

»Doch, genau so. Du willst es wissen, alles. Und die anderen auch.« Er machte eine weit ausholende Armbewegung. »Nur traut ihr euch nicht, mich zu fragen. Zumindest nicht direkt.«

»Ist das so schlimm? Stell dir vor, dass es andersherum wäre, würdest du es dann nicht wissen wollen?«

Plötzlich wirkte er niedergeschlagen. »Manchmal denke ich, dass es besser wäre, wenn ich wegginge. An einen Ort, an dem mich niemand kennt.«

»Amsterdam eignet sich sicher dafür«, schlug Iris vor.

»Aber es würde Mama das Herz brechen.«

»Ich kann schließlich nicht ewig hierbleiben.«

»Wer spricht denn von ewig? Du bist noch nicht mal achtzehn!«

»Bloß hab ich schon viel mehr Zeit verloren als andere.«

»Von ein paar Monaten mehr stirbst du sicher nicht.« Sie senkte die Stimme. »Papa und Mama haben Angst, dass du etwas mit dem Tod von Eelco zu tun haben könntest.«

Er sah sie völlig überrascht an. »Was? Das haben sie dir gesagt?«

»Du bist nicht der Einzige, der durchs Haus schleicht und den anderen nachspioniert.«

Iris hatte nach Sanders Verschwinden damit angefangen. Weil sie nie den Eindruck loswurde, dass man ihr etwas verschwieg. Es war zum Verrücktwerden gewesen. Erst später begriff sie, dass die Eltern sie schützen wollten. Das Getuschel, das abbrach, sobald sie das Zimmer betrat. Papiere, die schnell umgedreht wurden. Telefonate, die abrupt endeten. Eine Website, die sofort weggeklickt wurde. Behandelt mich nicht wie ein Kind, hätte sie am liebsten gerufen. Denn das war sie bereits lange nicht mehr, nicht einmal mehr in jener Nacht, die ihr Leben auf den Kopf stellen würde.

»Und: Haben sie recht mit ihrem Verdacht? War es so?«

»Nein, natürlich nicht. Ich glaube, dass es eine Alkoholvergiftung war oder so. Eelco hat seinen eigenen Fusel gebrannt und Unmengen davon getrunken. Auch in der letzten Nacht. Ich hab ihn begraben. Das musste ich. Und dann bin ich losgelaufen. Er hat gesagt, ich solle zur Polizei gehen und meinen Namen nennen.«

»Das hast du erzählt, ja.«

21

Tag 6

Iris fuhr so schnell auf ihrem Fahrrad, dass sie ins Schwitzen kam. Doch das ungute Gefühl im Magen ließ nicht nach. Bas saß vor ihr auf dem Kindersitz und kreischte vor Vergnügen. Dann und wann erhaschte sie den Blick entgegenkommender Radfahrer und wusste genau, was sie dachten. Sie hatte Bas durchaus schon bewusst eingesetzt, um allzu aufdringliche Verehrer abzuschrecken. Ich habe ein Kind, sagte sie dann. Der Junge wächst bei meinen Eltern auf und denkt, ich sei seine große Schwester.

Es machte ihr nichts aus, wenn man über sie redete. Wenn jemand so mutig war und sie direkt darauf ansprach, stritt sie es eiskalt ab. Lügen konnte sie wie kaum eine Zweite. Manchmal war es recht mühsam, sich an all die Geschichten zu erinnern, die sie sich ausgedacht hatte, aber ansonsten liebte sie ihr Fantasieleben.

Während sie sich dem Bauernhof von Christiaans Eltern näherte, überkam sie wieder das vertraute Kribbeln im Bauch. Am liebsten hätte sie umgedreht, doch es musste sein. Schon längst hätte sie mit ihm reden sollen. Um ihre Nervosität zu überspielen, begann sie laut zu singen. Bas schien es zu gefallen.

Die Landschaft flimmerte in der Hitze. Es war totenstill. Kein Geräusch, keine Bewegung. Nur sie und Bas. Der Himmel war so strahlend blau, dass es ihr in den Augen wehtat.

Bas warf die Arme in die Luft. Im Grunde wusste sie gar nicht, warum sie ihn überhaupt mitgenommen hatte. Vielleicht weil sie hoffte, dass er Christiaan gnädig stimmen würde und der sie dann nicht wegschickte? Bei ihrer letzten Begegnung hatte er ihre Beziehung beendet und ihr erklärt, sie nie, nie wiedersehen zu wollen.

Nie wiedersehen zu können.

Warum hatte sie bloß kein Wasser mitgenommen. Ihre Kehle war so ausgedörrt, dass das Schlucken ihr schwerfiel. Sie bog rechts ab, zum Hof der Familie. Im Asphalt waren mehr Löcher als vor ein paar Jahren, stellte sie fest. Auf dem Feld tuckerte ein Traktor. Ob Christiaan in der Fahrerkabine saß, ließ sich nicht erkennen. Am Ende des Weges lag zwischen hohen Bäumen der Hof.

Langsam fuhr sie auf das Grundstück, das größtenteils im Schatten lag. Die Kühle tat ihr gut, insbesondere ihren erhitzten Wangen. Ein Hund undefinierbarer Rasse lief ihnen laut kläffend entgegen. Bas bekam Angst, und Iris beruhigte ihn. Auch sie kannte den Hund nicht. Als sie noch regelmäßig hierherkam, hatte die Familie einen Stabyhoun, eine aus wilden Mischungen entstandene Rasse, die in den ländlichen Regionen der Niederlande fast auf jedem Bauernhof zu finden war.

Sie lehnte ihr Fahrrad an eine Mauer und hob Bas aus dem Sitz. Prompt weigerte er sich zu laufen, und sie musste ihn sich auf die Hüfte setzen. Im Stall muhten die Kühe. Selbst denen war es draußen zu heiß. Die Tiere wirkten lustlos, und ihre Kiefer mahlten noch langsamer als sonst.

Iris sog den vertrauten Geruch nach Dung und Heu ein. Früher hatte sie sich ein Leben auf einem Bauernhof vorstellen können, heute nicht mehr. Sie wusste nicht, ob sie das bedauern sollte oder nicht.

Durch die Waschküche, in der verschiedene grüne und blaue Overalls an Haken hingen und Holzschuhe und Gummistiefel ordentlich in einer Reihe standen, betrat sie die Diele und machte durch Rufen auf sich aufmerksam. Sie fand Christiaans Mutter in der Küche beim Kartoffelschälen. Von Freekje wurde sie nicht mit drei Küsschen begrüßt, wie es die meisten Eltern ihrer Freunde in Amsterdam taten, wenn sie sie eine Weile nicht gesehen hatten.

Sie kannte niemanden, der in einem solchen Tempo Kartoffeln schälte wie Freekje.

»Hallo, ist Christiaan zu Hause?«, fragte sie stattdessen gespannt.

Sie erntete einen durchdringenden Blick.

»Er ist auf dem Feld«, antwortete die Bäuerin schließlich.

Iris suchte nach Worten. »Wie geht es Ihnen?«

»Könnte besser sein«, gab Freekje knapp zurück und fügte, als würde sie ihre schroffe Bemerkung bedauern, rasch hinzu: »Schön, dass dein Bruder wieder zu Hause ist.«

Iris nickte.

»Lass den Kleinen ruhig hier.« Die Bäuerin stellte den Topf mit Kartoffeln auf den Küchentisch und wandte sich an Bas. »Bestimmt hast du Lust auf ein Eis, oder?«

Damit war das Zauberwort gefallen. Bas riss sich von seiner Schwester los und würdigte sie keines Blickes mehr, als sie sich Richtung Feld entfernte. Dieses Mal hob der Hund bloß kurz den Kopf.

Sobald sie auf hundert Meter heran war, hielt Christiaan den Traktor an, stellte den Motor aber nicht ab. Ganz kurz fürchtete sie, er würde nicht anhalten. Dann öffnete er die Tür zur Fahrerkabine. Iris packte die große Hand, die er ihr entgegenstreckte, und ließ sich hochziehen. Er trug nichts als einen Overall, dessen Oberteil er heruntergezogen und sich um die Hüfte geknotet hatte. In der Kabine war es unerträglich heiß und stickig. Der Schweiß lief Christiaan in Bächen vom Körper. Er nahm eine Flasche Wasser, die vor seinen Füßen stand, und trank durstig ein paar große Schlucke.

Sie setzte sich auf ihren alten Stammplatz neben ihm und dachte an die vielen Stunden, die sie hier gemeinsam verbracht hatten. Während er seiner Arbeit nachging, wurde die Zeit für lange Gespräche genutzt. Manchmal hatte sie auch schweigend das Gras betrachtet, das sich im Wind bewegte, oder die friedlich wiederkäuenden Kühe, die ruhig vorbeiziehenden Wolken. In diesen Momenten hatte sie sich völlig sicher gefühlt und war überzeugt gewesen, alles würde gut, solange Christiaan bei ihr war.

»Er ist zurück«, sagte sie.

»Ich weiß.« Er stellte den Motor ab.

»Hast du damit gerechnet, dass ich herkomme?« Nervös blickte sie ihn an, versuchte aber, sich nichts von ihrer Unruhe anmerken zu lassen.

»Du bist schon immer unberechenbar gewesen.«

»Genau das fandest du früher so toll an mir, oder?«

Christiaan antwortete nicht, kratzte Schmutz unter einem Fingernagel hervor. Schließlich sah er sie an, als könnte er ihre Gedanken lesen.

»Er erinnert sich an alles«, fuhr sie zögernd fort. »Aber er hat nichts gesagt.«

Noch nicht.

22

»Du musst mit deinen Eltern sprechen«, sagte Christiaan und blickte sie eindringlich an.

»Nein.«

»Warum nicht?«

»Du weißt, dass ich das nicht kann, Chris.«

»Christiaan.«

»Entschuldige. Christiaan.«

»Warum nicht? Das ist doch unlogisch.«

»Ich weiß.«

»Traust du dich nicht?«

»Das ist nicht die Frage.« Wie konnte sie ihm erklären, dass nach Sanders Verschwinden ein neues Gleichgewicht in der Familie entstanden war? Zwar auf den Ruinen ihres alten Lebens erbaut, völlig instabil und ständig einsturzgefährdet, aber sie wollte nicht diejenige sein, die mit einem Tritt alles zerstörte.

»Wir müssen die Wahrheit sagen.« Er mied ihren Blick.

»Warum?«

»Weil man an Geheimnissen zugrunde geht.«

Ich nicht, wollte sie einwenden, doch sie durfte nicht bloß an sich denken.

»Außerdem bin ich nicht mehr da, um dich …«

»Das brauchst du auch nicht. Damals nicht und heute nicht«, unterbrach sie ihn.

Sobald es heraus war, bereute sie ihre Worte. Weil sie nicht der Wahrheit entsprachen. Wenn er sie nur anschauen würde. Die toten Fliegen auf der Windschutzscheibe hatte er jetzt wirklich lange genug studiert.

»Bist du gekommen, um sicherzustellen, dass ich meinen Mund halte?«, fragte er nach langem Schweigen.

Mit dieser Bemerkung traf er ins Schwarze. Sie nahm die Hitze beinahe als Geräusch wahr, als ein Summen. »Ich dachte einfach, du solltest es wissen. Mehr nicht.«

»Du hättest mich anrufen oder mir schreiben können.«

Sie hatte vergessen, wie sehr seine Art sie manchmal reizte. Dann war es, als flösse alles Blut in ihrem Körper zu ihrem Herzen und drohte, es zu überschwemmen.

»Und was willst du jetzt von mir?« Ihre Stimme klang eisig.

Er zuckte mit den Schultern. »Wie gefällt es dir in Amsterdam?«

»Gut. Den Sommer über bleibe ich hier, seinetwegen, zu Semesterbeginn fahre ich dann wieder. Und du?«

»Das Studium gefällt mir, es ist irgendwie das Richtige für mich.«

Er hatte sich für Architektur entschieden, wusste sie von ihrer Mutter. Das passte tatsächlich zu ihm, fand sie. Heimlich hatte sie gehofft, dass er ebenfalls nach Amsterdam ziehen würde, doch es war Delft geworden. Sie hätte wissen können, dass Amsterdam ihn nicht lockte. Die Hauptstadt war nichts für jemanden wie Christiaan. Wenn er nach oben schaute, durften keine hohen Wohnhäuser den Blick auf den Himmel versperren.

»Du übernimmst also nicht den Hof deiner Eltern?«

»Nein, ich will weg von hier. Vielleicht mache ich ein

Praktikum in Neuseeland. Das Land fasziniert mich. Oder in Kanada. In beiden Ländern könnte ich als Architekt arbeiten oder einen Bauernhof bewirtschaften.«

»Klingt gut.«

»Und du?«

»Ich?«

»Was hast du vor?«

Hast du vergessen, dass meine Pläne sich ständig ändern, hätte sie am liebsten geantwortet. Heute will ich bis zu den Sternen und morgen mit der Decke überm Kopf im Bett bleiben. Christiaan war es immer gewesen, der sie geerdet hatte.

»Erst will ich Philosophie zu Ende studieren, dann sehe ich weiter. Ich habe einen Job als studentische Hilfskraft an der Uni. Mit etwas Glück kann ich anschließend eine Assistentenstelle ergattern.« Sie gab sich Mühe, munter zu wirken.

Ihre Eltern waren überrascht gewesen, als Christiaan und sie damit herausrückten, dass sie sich getrennt hatten. Gleichzeitig hatten sie es verstanden. Die beiden gingen seit ihrem fünfzehnten Lebensjahr miteinander und passten gut zusammen. Zumindest sagten das alle. Natürlich hatte es auch skeptische Stimmen gegeben: ob sie sich nicht zu jung festgelegt hätten und ob es nicht besser sei, sich umzusehen, sich mit anderen Partnern zu treffen und sich erst mal die Hörner abzustoßen. Es wäre günstiger gewesen, wenn sie sich erst später kennen gelernt hätten. Iris hatte das einmal ihre Mutter zu ihrem Vater sagen hören.

Iris war davon überzeugt, dass sie ohne die Sache mit Sander zusammengeblieben wären. Wenn sie ihn nicht gebeten hätte zu schweigen. Und nun war Sander zurück.

Alles war anders.

Es schien beinahe, als könnte er ihre Gedanken lesen. »Jeden Tag denke ich daran. Oder fast jeden Tag. Irgendwie ist es immer in meinem Kopf – ich komme nicht dagegen an. Darum will ich auch weg.«

»Das kann ich verstehen«, antwortete sie, und das stimmte. Vielleicht ging er die Sache sinnvoller an. Gelegentlich hatte sie ebenfalls überlegt, dass Amsterdam zu nahe war, um zu vergessen und wirklich neu anzufangen.

»Seit Jahren leide ich unter Albträumen – es frisst mich von innen auf.«

»Es war nicht unsere Schuld. Wir haben nichts falsch gemacht.« Ein warmer Wind drang in die Kabine; sie spürte ihn auf den Armen. Verzweifelt sah er sie an, und sie wusste, dass sie in diesem Moment beide dasselbe dachten.

Sie wandte den Blick als Erste ab. »Ich muss los. Bas ist bei deiner Mutter und wundert sich sicher, wo ich bleibe.«

Als sie sich an ihm vorbeizwängte, legte sie versehentlich ihre Hand auf seine Schulter, um nicht das Gleichgewicht zu verlieren, und wollte sie schon wegziehen, als sie es sich anders überlegte. »Du hast damals Schluss gemacht.«

»Ich konnte nicht anders.«

»Doch.« Du hast mich nicht genug geliebt, wollte sie hinzufügen, brachte aber den Mut nicht auf, wie immer. Ausgerechnet sie, die sonst so beherzt war. Die als Erste von einer hohen Brücke ins Wasser sprang. Die ohne Führerschein das Auto ihrer Eltern nahm, um ihre Freundinnen zur nächsten Disco und wieder zurück zu fahren. Die ohne Zögern eingegriffen hatte, als ein Junge auf der Straße zusammengeschlagen wurde. Dennoch wagte sie nicht zu fragen, warum er sie nicht genug geliebt habe.

»Ich kriege es einfach nicht aus meinem Kopf«, wiederholte Christiaan.

Trotz der Hitze bekam sie eine Gänsehaut. »Und du denkst, du kommst besser damit klar, wenn du es erzählst? Ist das der Unterschied?«

»Ich weiß es nicht.«

»Wir haben nichts falsch gemacht.«

»Das hast du damals gesagt und gerade eben wieder.«

»Warum glaubst du es mir dann nicht einfach?« Sie ließ ihn los und ballte die Hand zur Faust.

»Ich wünschte, es wäre alles anders gelaufen.«

»Ich auch.«

Voller quälender Gedanken lief sie über das Feld zurück zum Hof, wo Bas und Freekje gerade aus dem Kuhstall kamen.

»Das hat ihn nicht interessiert«, erklärte ihr Christiaans Mutter.

»Er ist es nicht gewohnt.«

»Und das als Enkel eines Bauern.«

»Wir haben keine Kühe mehr.«

Iris nahm den Kleinen bei der Hand und zog ihn mit sich zum Fahrrad. Sie wollte weg von hier. Der Besuch war ein Fehler gewesen. Bas protestierte lauthals. Unnachgiebig hob sie ihn hoch, zwang ihn in den Kindersitz.

»Ich weiß nicht genau, warum du hergekommen bist. Jedenfalls scheint es mir ratsam, dass du nicht wiederkommst«, hörte sie Freekje leise hinter sich sagen. »Es geht ihm inzwischen viel besser.« Mitfühlend sah die Bäuerin sie an. »Du erinnerst ihn nur an diese Nacht. Seitdem fühlt er sich schuldig. Noch nie hat er mit uns darüber gesprochen. Selbst dort nicht.«

Damit meinte sie zweifellos die psychiatrische Einrichtung, in der er eine Weile untergebracht gewesen war.

Iris wusste nicht, was sie sagen sollte. Es hatte eine Zeit gegeben, da war dieser Hof für sie ein zweites Zuhause und Freekje eine zweite Mutter gewesen. Obwohl sie wusste, dass es nicht böse gemeint war, empfand sie die Worte als Ohrfeige.

Sie fuhr davon, so schnell sie konnte. Der Traktor war nirgends mehr zu sehen.

Sie überlegte, ob ihre Kinder später ebenfalls Geheimnisse vor ihr haben würden und ob nicht jedes Kind Geheimnisse vor seinen Eltern hatte.

Sie klappt die Dachbodentreppe herunter. Hier oben müssen die Spiele irgendwo liegen. Sie kann sich an das letzte Mal, dass sie zu viert gespielt haben, gar nicht mehr erinnern. Dreimal darf man raten, wer nie verlieren konnte.

Kaum zu glauben, dass Naomi so eine dämliche Party veranstaltet. Einen Spieleabend. Hurra. Ohne Mühe wären ihr unzählige schönere Dinge eingefallen. Sie waren doch keine zehn mehr!

Sie hatte gehofft, sie würden wieder zur Diskothek in die Stadt gehen, so wie an Jasmijns vierzehntem Geburtstag. Das war un-be-schreib-lich gewesen. Einen ganzen Abend lang tanzen und trinken. Sie waren natürlich viel zu früh dort gewesen, schon um halb zehn, weil sie keine Ahnung hatten, wie das normalerweise lief. Kein Schwein war da, aber sie hatten sich auf der Tanzfläche trotzdem köstlich amüsiert. Schade nur, dass Jasmijn kotzen musste. Und dass sie schon um ein Uhr von ihren Eltern abgeholt worden waren. Da hatte es gerade angefangen, lustig zu werden. Rifka hatte einen Jun-

gen geküsst, als Erste in ihrer Clique, auch wenn sie sich nicht mehr an seinen Namen erinnern konnte. Sie war unglaublich eifersüchtig gewesen! Auf der Rückfahrt im Auto hatten sie nichts davon gesagt, damit Rifkas Mutter nichts mitbekam, aber zu Hause im Bett wurden endlos SMS verschickt, und noch Tage später war es das *Gesprächsthema auf MSN.*

Zu ihrem vierzehnten Geburtstag wird sie genau so eine Party veranstalten und dann vielleicht endlich auch einen Jungen küssen. Es wird langsam Zeit, denkt sie. Sonst bin ich am Ende eine der Letzten.

Auf dem Dachboden ist es dunkel, und es riecht seltsam. Als ob etwas verbrannt wäre. Sie schaltet die Taschenlampe ein und blinzelt ein paarmal im grellen Licht. Überall stehen Kartons ohne Beschriftung herum, sie hat keine Ahnung, was sich in jedem einzelnen befindet. An der Längswand steht ein niedriges Regal mit Büchern. Sie passt gerade so aufrecht unter die Schräge. Staub wirbelt auf, und sie hustet. Sie öffnet ein paar Kartons und schaut hinein. Kleidung. Noch mehr Bücher. Spielzeug.

Keine Spiele. Vielleicht sollte sie ihre Mutter fragen, wo sie die Spiele hingeräumt hat, auch wenn die Wahrscheinlichkeit groß ist, dass sie es nicht mehr weiß. Aufräumen gehört nicht gerade zu ihren Stärken. Sie fragt sich manchmal, ob ihre Mutter bei der Arbeit genauso chaotisch ist. Dann möchte sie lieber keine Patientin von ihr sein.

Der Geruch wird stärker. Zumindest ist es nichts, was hier verrottet. Den Gestank kennt sie nämlich. Einmal lag wochenlang eine tote Katze auf dem ehemaligen Heuboden. Neugierig, was hier wohl so stinkt, schaut sie in weitere Kisten. Spielsachen. Puppen. Als sie klein war, konnte sie sich stundenlang mit ihren Puppen beschäftigen. Eine war ihr besonderer Liebling, sie sah aus wie ein echtes Baby. Sie erinnert sich an die verwunderten Blicke der Erwachsenen, wenn sie mit ihr draußen herumlief. Sie wühlt in der Kiste, kann die Puppe aber nicht finden.

Ihre Barbies hingegen sind noch da. Sie zieht eine heraus und lässt sie vor Schreck gleich fast wieder fallen. Jetzt versteht sie, woher der Gestank kommt. Vom blonden Haar ihrer Barbie ist nichts mehr übrig außer ein paar verbrannten Stoppeln. Die Kleidung ist ebenfalls versengt oder gänzlich verkohlt, der Plastikkörper an manchen Stellen geschmolzen. Die Nase und eine Hälfte des Gesichts sind verschrumpelt.

Ein dumpfes Gefühl macht sich in ihrem Magen breit, während sie weitere Barbies aus der Kiste holt. Alle neun haben dasselbe Schicksal erlitten. Eine sieht schlimmer aus als die andere. Den einen fehlt ein Bein, andere haben keine Augen mehr, keine Nase, Ohren oder Hände. Sie spürt die vertraute Angst wie eine Welle über sich zusammenschlagen, ihr Herz beginnt zu rasen, und Tränen steigen ihr in die Augen.

Sie sammelt alle Barbies zusammen und nimmt sie mit nach unten. Ihr fällt nur einer ein, der ihre Puppen so zugerichtet haben kann.

Ihre Mutter ist schon daheim, schenkt sich gerade in der Küche ein Glas Wein ein. Mit einem Knall legt sie die Barbies auf den Tisch. Erschrocken dreht ihre Mutter sich um.

»Was ist denn mit denen passiert?«

»Genau das frage ich mich auch. So habe ich sie auf dem Dachboden in einer Kiste gefunden.«

Ihre Mutter nimmt eine Barbie nach der anderen hoch und betrachtet sie voller Abscheu. »Fürchterlich«, sagt sie.

»Nicht dass ich noch mit ihnen spiele, aber das geht wirklich zu weit.«

»*Es gibt bestimmt eine Erklärung dafür.*«

Sie rollt mit den Augen. »*Mama, also echt. Er hat meine Puppen total ruiniert.*«

Just in diesem Moment kommt er in die Küche. Sieht, um was es geht, und will sich sofort wieder aus dem Staub machen, aber Mama packt ihn am Kragen.

»*Bleib hier. Was hast du da gemacht? Und warum?*«

Schuldbewusst schaut er sie an. »*Entschuldigung, das war ein Unfall. Ich wollte es euch erzählen, aber ich hatte Angst, ihr würdet mit mir schimpfen.*«

»*Was sage ich dir immer? Wenn du es ehrlich zugibst, wird niemand böse*«, *hört sie zu ihrem großen Entsetzen die Mutter sagen und denkt hasserfüllt, dass es eigentlich an der Zeit wäre, mal richtig böse zu werden mit diesem Mistkerl.*

»*Ich knacke mein Sparschwein und kaufe neue.*«

»*Das brauchst du nicht, deine Schwester spielt sowieso nicht mehr damit.*«

Sie explodiert, kann sich nicht mehr zurückhalten. »*Darum geht es doch gar nicht! Warum hast du meine Barbies kaputt gemacht, du Idiot?*«

»*Du sollst ihn nicht beschimpfen*«, *mischt sich ihre Mutter ein.* »*Und?*«, *hakt sie dann an ihren Sohn gewandt nach.*

»*Ich weiß es nicht*«, *erklärt er schulterzuckend.*

»*Du weißt es nicht?*«, *wiederholt sie.* »*Sie sind sicher nicht von ganz allein in Brand geraten.*«

»*Das hab ich im Fernsehen gesehen*«, *sagt er.*

»*Was hast du im Fernsehen gesehen?*«, *will ihre Mutter wissen.*

»*Auf* Discovery *gibt es so eine Sendung mit zwei Wissenschaftlern. Die machen ganz viele Tests, um herauszufinden, was funktioniert und was nicht. Und einmal haben sie was mit Barbies vorgeführt, das wollte ich auch probieren. Bloß ist es schiefgegangen.«*

»Was für Tests, welche Sendung?«, fragt ihre Mutter. Sie versteht gar nichts.

»Weiß ich nicht mehr so genau. Jedenfalls tut es mir schrecklich leid.«

»Dir ist schon klar, dass du nicht ungestraft davonkommst.« Ihre Mutter nimmt einen großen Schluck Wein.

»Aber ich hab es doch zugegeben, und du hast gesagt ...«

»Ja, aber erst, nachdem du erwischt worden bist«, ruft sie.

»Ich spreche mit deinem Vater darüber«, wendet sich ihre Mutter erst an ihn und dann an sie: »Wirf die Puppen in den Mülleimer. Mit denen kannst du sowieso nichts mehr anfangen.«

Nach diesen Worten dreht ihre Mutter sich um. Ein deutliches Zeichen, dass für sie die Diskussion beendet ist. Das Grinsen auf seinem Gesicht sieht nur sie. Er fährt sich mit dem Finger den Hals entlang. Sofort weiß sie, was er damit meint, und streckt ihm den Mittelfinger entgegen. Das sieht ihre Mutter natürlich – wie alles, was sie tut.

»Das war jetzt völlig überflüssig.«

»Er hat gelacht.«

»Stimmt nicht, du lügst.«

»Aufhören, alle beide. Und ab auf eure Zimmer.«

»Ich bin zu alt, um aufs Zimmer geschickt zu werden«, ruft sie empört.

»Das sehe ich anders«, antwortet ihre Mutter.

»Prima, hier will ich sowieso nicht länger bleiben.« Verärgert stapft sie die Treppe hinauf und knallt die Tür hinter sich zu. Lässt sich aufs Bett fallen und unterdrückt die Tränen.

23

»Ein Bier?« Linc gab Lex eine Flasche.

Nach längerem Zögern hatte er den Freund angerufen und ihn eingeladen vorbeizukommen, nachdem von Iris eine Absage gekommen war. Auf seine SMS, ob sie nicht Lust habe, mit ihm essen zu gehen, hatte sie geantwortet, sie habe keine Zeit. Linc schien es, als würde sie ihm ausweichen, denn seit Deutschland hatten sie einander kaum gesprochen.

»Danke dir«, sagte Lex und legte die Füße auf den Gartenstuhl gegenüber.

»Du warst gar nicht bei dem Empfangskomitee, das sich zu unserer Begrüßung eingefunden hatte«, fing Linc an. »Ich kann mir gut vorstellen, dass du dir das nicht antun wolltest.«

Lex reagierte nicht sofort, nahm erst einen langen Schluck aus der Flasche und sah zum Sternenhimmel hoch. »Ich hatte bislang immer das Gefühl, es letztlich besser getroffen zu haben als du. Ich wusste wenigstens, was mit meinem Sohn geschehen ist. Nicht zu wissen, ob das eigene Kind lebt oder tot ist, fand ich furchtbar. Oder keine Ahnung zu haben, wie es gestorben ist. Und wo es sein könnte, falls es noch lebt, und bei wem. Beneidenswert ist das nicht, habe ich mir so gedacht.« Er sah den Freund an. »Entschuldige, ich …«

Linc hob die Hand. »Ich verstehe schon, du musst dich nicht entschuldigen.«

»Jetzt allerdings beneide ich dich, weil du deinen Sohn zurückbekommen hast.« Lex räusperte sich.

»Ja, ich kann es selbst kaum fassen.«

»Ich freue mich für euch, versteh mich bitte nicht falsch, aber das hat bei mir wieder alles hochkommen lassen. Der Schmerz ist nie verschwunden, natürlich nicht, bloß hatten wir einen Weg gefunden, halbwegs damit umzugehen. Mal besser, mal schlechter. Je nachdem.«

»Wie geht es Marjo?«

»Sie weint viel. Sie würde gerne mit Sander sprechen. Darüber, was an diesem Abend genau passiert ist. Alma hat uns zum Grillen eingeladen.«

Linc fühlte sich getroffen. War er etwa nicht eingeladen? Zum Glück bekam Lex seine Reaktion nicht mit. Um seine Verwunderung zu verbergen, wandte er sich dem offenen Kamin auf der Terrasse zu. Die Nacht wurde langsam kühl.

Lex und er kannten sich über die Bank. Sie waren anfangs nur Kollegen gewesen, die einander grüßten und sich bei zufälligen Begegnungen auf dem Flur oder in der Kantine unterhielten, nicht mehr. Als Linc erfuhr, dass Lex mit seiner Familie in ihr Dorf ziehen wollte, hatte er alle zum Grillen eingeladen. Marjo und Alma freundeten sich ebenfalls an. Auch die beiden gleichaltrigen Jungs kamen zu Lincs großer Freude gut miteinander aus.

Alles sah damals so hoffnungsvoll aus, so normal.

Erstaunlicherweise hatte Maartens Tod keinen Bruch nach sich gezogen, was vielleicht vor allem daran lag, dass Linc sich jetzt noch stärker als vorher an Lex anlehnte.

Schon immer hatte er ihn bewundert. Wegen seiner Fähigkeit, Rückschläge wegzustecken. Lex gab nie auf. Es war, als würde etwas von dieser Kraft auf Linc abstrahlen. Und das brauchte er.

Lex hatte nach Maartens Tod seinen Job gekündigt und sich mit Marjo und Daan, dem älteren Sohn, einen lang gehegten Wunsch erfüllt: Sie waren zwei Jahre lang um die Welt gesegelt. Inzwischen verdiente Lex sein Geld mit dem Anlegen von Gärten. Dann und wann half Linc ihm und bekam das Geld bar auf die Hand.

»Wie hat Daan reagiert?« Maartens Bruder, der die Hotelfachschule besuchte, machte gerade ein Praktikum in Südafrika.

»Ich weiß es nicht, wir haben bloß kurz gesprochen. Demnächst skypen wir mal, dann kann ich zumindest sein Gesicht sehen«, sagte Lex achselzuckend und trank sein Bier aus. Linc reichte ihm eine neue Flasche. »Er hat davon geredet, dass er noch ein bisschen länger bleiben will. Marjo hat schreckliche Angst, dass er womöglich nicht zurückkommt.«

»Und du?«

»Ich verstehe ihn. Dort darf Daan er selbst sein und wird nicht ständig als der große Bruder des ermordeten Jungen betrachtet. Für Marjo ist es schwieriger. Sie leidet mehr darunter, dass kein Kind mehr im Haus lebt.«

»Wie läuft es zwischen euch?«

Linc traute sich das zu fragen, weil Lex das Zerbrechen seiner Ehe hautnah mitbekommen hatte. Sie müssten gerade jetzt aneinander festhalten, vor allem wegen Bas, sagte er ihnen immer wieder, doch es war ihnen einfach nicht gelungen. Nein, das stimmte nicht ganz. Linc hatte losgelassen. Oder hatte Alma sich von ihm gelöst, weil sie nicht anders konnte? Er war zu einer Last geworden, die sie niederdrückte.

Als Linc ihm erzählt hatte, Alma und er würden sich scheiden lassen, war Lex wütend auf ihn geworden. Sie hatten schon einen Sohn verloren – und jetzt auch noch einander?

»Es ist nicht leicht«, antwortete Lex nach kurzem Nachdenken, »aber wir haben gemeinsam schon Schlimmeres überstanden.«

»Hast du noch etwas von der Polizei gehört?«

Langsam schüttelte Lex den Kopf. »Das ist auch nicht nötig. Der Scheißkerl ist tot. Und wenn er nicht tot wäre, würde ich ihn eigenhändig erledigen.«

24

Tag 7

Es klingelte. Nur zaghaft, als würde sich der Besucher nicht recht trauen, dann ein paar Sekunden später noch einmal. »Ja, ja«, brummte Alma und lief zum Tor, um es zu öffnen. Früher war es nie geschlosssen gewesen, jetzt schon.

Sie war auf dieses Gespräch nicht gerade scharf gewesen und wollte es so schnell wie möglich hinter sich bringen. Roels Mutter trug dieselben Kleider wie bei ihrem letzten Besuch. Sie sah angespannt aus und knetete nervös ihre Finger. Ihre Haut war blass, und ihr Gesicht wirkte verquollen, als hätte sie geweint.

»Wollen wir in den Garten gehen?«, schlug Alma vor. »Es ist so schönes Wetter.«

»Gerne, aber lieber in den Schatten. Direkt in der Sonne ist es mir viel zu heiß.«

Ylva könnte durchaus etwas Sonne vertragen, dachte Alma, während sie ohne Hilfe zwei Stühle in den Schatten unter die Apfel- und Birnbäume schleppte.

»Wer ist das?« Ihre Besucherin machte eine Kopfbewegung in Richtung von Bas, der in einem Planschbecken spielte. Sein Körper glänzte unter einer dicken Schicht Sonnencreme, und Alma meinte fast, sie bis hierher riechen zu können.

»Bas, unser jüngster Sohn.«

»Oh, dass du dir das noch einmal zugetraut hast«, sagte Ylva leise. »Den Mut hätte ich nicht gehabt.«

Alma wusste nicht, was sie antworten sollte. In ihr stieg eine ihr wohlbekannte Mischung aus Mitleid und Verärgerung auf. Sander und Roel waren dicke Freunde gewesen, doch zwischen ihr und Ylva war nie ein Funke übergesprungen. Alma hatte immer den Eindruck gehabt, dass sie nicht wirklich gut für ihren Sohn sorgte. Sie war zu … schwach, hatte ihn gegenüber ihrem Ehemann, der sie und den Stiefsohn geschlagen hatte, nicht beschützt. Es waren ihre Eltern gewesen, die Tochter und Enkelkind schließlich aus Rotterdam wegholten und danach weitgehend die Erziehung des Enkels übernahmen. Gleichzeitig schien Ylva zu verkümmern. Alma hatte nie genau verstanden, warum. Und warum sie nicht die Chance genutzt hatte, im Schutz des Heimatdorfs noch einmal neu anzufangen.

»Bas war ein Geschenk«, erklärte Alma mit einem Lächeln. »Aber nun zu dir: Du wolltest mich sprechen?«, versuchte sie, dem Gespräch eine andere Richtung zu geben.

»Mir kam es immer wie ein grausames Spiel des Schicksals vor, dass das Unheil ausgerechnet unsere beiden Söhne getroffen hat.«

Unsicher blickte Alma sie an und spürte, wie sich ihr Magen zusammenzog. Sie hatte keine Ahnung, worauf Ylva hinauswollte.

»Danke übrigens für die Blumen«, fügte Ylva hinzu.

Alma nickte. Jedes Jahr schickte sie an Roels Todestag Blumen. Das war das Mindeste, was sie tun konnte. Das Einzige.

»Die meisten haben ihn längst vergessen.«

»Ich weiß. Mit Sander war es genauso.«

»Mit dem Unterschied, dass du deinen Sohn zurückhast.«

Ein Windhauch fuhr durch die Bäume hinter ihnen, drückte die Blätter auseinander und ließ das helle Sonnenlicht hindurch. Alma schirmte mit einer Hand ihre Augen ab. »Wie geht es dir?«

»Ich vermisse Roel.« Ylva wippte unaufhörlich mit dem Fuß, was Alma nervös machte.

Trotz des Schattens wurde ihr immer wärmer, und die Hitze drückte auf ihre Brust, machte ihr das Atmen schwer.

»Möchtest du etwas trinken?«

Die Besucherin schüttelte den Kopf, ließ die Schultern noch mehr hängen. »Nein, mach dir keine Umstände.«

»Das sind keine Umstände«, sagte Alma, blieb jedoch sitzen.

»Ist Sander da?« Ylva sah sich um.

Alma schüttelte den Kopf. Sie wusste nicht, weshalb sie log. Warum sie nicht zugab, dass Sander oben in seinem Zimmer saß, wo er viel Zeit verbrachte. Zu viel Zeit, in ihren Augen. Andererseits sollte sie ihn lassen, ermahnte sie sich. Schließlich war er gerade erst zurückgekommen. Was hatte sie denn erwartet? Trotzdem fühlte es sich eher so an, als lebte ein Fremder bei ihr im Haus und nicht ihr Sohn.

»Wie schade, ich hätte gerne kurz mit ihm gesprochen.« Ylva schwieg ein paar Sekunden und fuhr dann fort: »Sander war der einzige Freund, den Roel je gehabt hat.«

»Hatte er denn in Rotterdam keine Freunde?«

»Die falschen. Du weißt ja, was passiert ist.«

Alma nickte. Roel war damals auf Abwege geraten, mit den falschen Jungs herumgezogen und mit zehn wegen Ladendiebstahl aufgefallen. Deshalb war sie anfangs auch besorgt gewesen, als Sander sich mit ihm anfreundete. Was, wenn Roel einen schlechten Einfluss auf Sander hatte? Linc und sie hatten stundenlang darüber diskutiert, doch dann war alles viel besser gelaufen als erwartet.

Bis zu dem Vorfall mit dem Huhn.

Eine Frau aus dem Dorf, die mit ihrem Hund unterwegs war, hatte gesehen, wie Roel und Sander eines ihrer Hühner töteten. Sie hatten das arme Tier eingefangen, festgebunden und dann so lange mit Steinen beworfen, bis es verendete.

Sander behauptete später, es sei Roels Idee gewesen. Auf die Frage, warum er denn mitgemacht habe, antwortete er, aus Angst – und dann kam eins nach dem anderen ans Licht. Roel fordere ihn heraus, auf Bäume zu klettern, Roel kämpfe mit ihm. Roel hier, Roel da. Linc und sie hatten vorsichtig eingewandt, dass es vielleicht besser sei, wenn er sich nicht mehr mit Roel treffe, aber das wollte Sander nicht. Roel sei der einzige Junge in der Klasse, der mit ihm spiele.

Ein paar Wochen später war Roel ertrunken. Vor Sanders Augen. Er sei noch ins Wasser gesprungen, sagte er, habe seinen Freund aber nicht retten können. Sander war untröstlich gewesen, und kurz darauf hatten die Schwierigkeiten begonnen. Damals fing das ganze Unglück an, und Linc und sie hielten es für klüger, sofort professionelle Hilfe in Anspruch zu nehmen.

»Ich hatte gehofft, dass es hier für Roel besser laufen

würde, aber er war nicht mehr er selbst«, erklärte Ylva, während sie weiterhin Bas beobachtete.

Sie beugte sich vor, als hätte sie Magenschmerzen. Ihre ganze Haltung strahlte Ratlosigkeit aus. »Roel fing wieder an, ins Bett zu nässen. Er hatte Albträume. In den Wochen vor seinem Tod erklärte er mir mehrfach, er wolle sterben. Warum, das hat er mir nicht verraten, aber er schien … Angst zu haben. Roel konnte nicht schwimmen, er hasste diesen See und war nie dort. Am liebsten machte er mit dem Fahrrad einen großen Bogen drumherum. Was hatte er da bloß verloren?«

Alma spürte, wie ihre Besorgnis zunahm. Wohin steuerte dieses Gespräch?

»Sie haben doch oft am Wasser gespielt«, erinnerte sie Ylva.

»Welche Mutter bringt ihrem Sohn heutzutage nicht schwimmen bei?«

Als Fünfjähriger sei Roel beinahe ertrunken und habe von diesem Tag an panische Angst vor Wasser gehabt, hatte Ylva ihr einmal erzählt.

Er und ein Freund waren an jenem verhängnisvollen Tag zu einer Entdeckungstour aufgebrochen. Sie hatten Roels Gokart mitgenommen. Die Eltern dachten, ihre Kinder seien bei dem jeweils anderen. Bis der Freund klitschnass bei Ylva auftauchte und keuchend stammelte, Roel liege im Wassergraben. Der Stiefvater, der gerade unter die Dusche gehen wollte, rannte in Unterhose los in die Richtung, die ihm der andere Junge gewiesen hatte. Sie waren mit dem Gokart in den Graben gefahren, und Roel steckte darunter fest. Sein Freund hatte vergeblich versucht, ihn zu befreien. Also war er schnell losgerannt, um Hilfe zu holen. Ylvas Mann sprang dann in den Graben, tastete nach dem Jungen, bekam ihn zu packen und begann mit Wiederbelebungsversuchen, während Spaziergänger den Notarzt riefen. Roel wurde kurz darauf mit einem Rettungshubschrauber ins Krankenhaus geflogen und überlebte wie durch ein Wunder.

»Ich habe ein weißes Licht gesehen«, erklärte er später. Wasser mied er seit diesem Tag wie die Pest.

»Quäl dich nicht so. Es war ein Unfall«, sagte Alma.

Ylva schien sie nicht zu hören. Mit einer abrupten Bewegung nahm sie ihre Tasche, zog einen Zettel daraus hervor und reichte ihn Alma.

»Das hat mir jemand geschickt.«

Verblüfft griff Alma nach dem Blatt Papier. Ihre Hände zitterten. Sofort erkannte sie die Handschrift. Es war dieselbe wie in den sonderbaren anonymen Briefen, die sie bekommen hatte.

Lass dir von Sander die Wahrheit über Roels Tod erzählen. Schau dir den Film an.

Es war, als würde jemand einen Eimer Eiswasser über ihr ausschütten, und sie rang nach Luft.

»Was ist das?«, brachte sie endlich mühsam hervor.

»Das frage ich mich auch.«

Alma zwang sich zur Ruhe. »Ich verstehe das nicht. Was soll ich damit, warum kommst du damit zu mir?«

»Ich muss mit Sander sprechen.«

Resolut schüttelte Alma ihren Kopf. »Nein. Er ist noch viel zu verletzlich. Das geht auf keinen Fall.«

»Es geht um meinen Sohn, ich habe das Recht ...«

»Und ich habe das Recht, *meinen* Sohn zu beschützen«, erwiderte Alma harsch, mit erhobener Stimme.

»Ich muss diesen Film sehen.«

»Welchen Film, wovon sprichst du?«

»Der Film, von dem in dem Brief die Rede ist.«

Verzweifelt schrie Ylva die Worte heraus, sodass Bas verstört zu ihnen herüberschaute. Alma lächelte ihm beruhigend zu.

»Hör zu, es gibt keinen Film. Linc hat nach Sanders Verschwinden alle Aufnahmen digitalisiert. Er hätte es ganz sicher erzählt, wenn …«

Sie verstummte. Ja, was? Was wollte der Verfasser des Briefes eigentlich andeuten? »Wer hat dir den überhaupt geschickt?«

»Ich weiß es nicht. Er wurde bei meinen Eltern eingeworfen.«

»Das heißt gar nichts. Ich finde es furchtbar, dass irgendjemand ein übles Spielchen mit dir treibt.«

Sie dachte an die Briefe, die sie selbst bekommen hatte. Worauf wollte der Absender hinaus? Was um Himmels willen hatte das zu bedeuten? In ihrem Kopf drehte sich alles. Und warum erzählte sie Ylva nicht von ihren eigenen Briefen?

»Ich muss mit Sander sprechen«, wiederholte Ylva. »Ich muss wissen, was passiert ist.«

»Aber das wissen wir doch.«

»Das sieht der, der den Brief geschrieben hat, anders.«

»Da steht ja gar nichts Konkretes. Was willst du damit erreichen?«

Plötzlich stand Ylva von ihrem Stuhl auf, strich sich mit beiden Händen den Rock glatt und murmelte erst etwas Unverständliches, bevor sie zu sprechen begann. »Roel hat immer beteuert, es sei Sanders Idee gewesen, das Huhn zu töten. Ich habe ihm geglaubt. Mein Sohn hat mich nie angelogen.«

»Dein Sohn war ein kleiner Krimineller. Hast du vergessen, weshalb ihr aus Rotterdam hierhergezogen seid?«

»Gut, dann gehe ich zur Polizei.« Ruckartig stand Ylva auf und ging, mit geradem Rücken und gestrafften Schultern.

25

Gott sei Dank ging Linc sofort an sein Handy, was nicht immer der Fall war. Einen Festnetzanschluss besaß er nicht, und manchmal ließ er sich tagelang Zeit, bis er zurückrief. Sie war sogar schon mal bei ihm vorbeigegangen, weil sie die Vorstellung quälte, er könnte tot in der Wohnung liegen. Obwohl sie sich hatten scheiden lassen, waren sie einander durch die Kinder für immer verbunden geblieben.

»Hast du Sander die DVDs gegeben, die er haben wollte?«, fiel sie sofort mit der Tür ins Haus.

Linc klang schläfrig. »Nein, vergessen. Mache ich noch, so schnell wie möglich. Die Kamera hat er aber schon.«

»Ja, das weiß ich. Iris hat Sander zum See mitgenommen und ist ausgerastet, als er angefangen hat zu filmen.«

»Warum?«

»Keine Ahnung. Mir will sie nichts sagen. Aber deswegen rufe ich nicht an. Du hast doch gesagt, du suchst die Filme?«

»Ja, ja, habe ich neulich schon. Als ich wegging, habt ihr alle im Bett gelegen.«

»Also hast du sie gefunden?«, bedrängte sie ihn und musste sich Mühe geben, die Ungeduld in ihrer Stimme zu unterdrücken. Manchmal sah sie wenig Unterschied zwischen einem Gespräch mit Linc und einem mit Bas.

»Nein, die DVDs noch nicht. Ich weiß nicht mehr genau, was ich damit gemacht habe, aber die Aufnahmen sind alle auf dem Computer.«

Sie verstand gar nichts mehr und musste einen Seufzer unterdrücken. »Was ist auf dem Computer?«

»Habe ich dir das nicht erzählt? Es schien mir sicherer, die Filme zu digitalisieren – die Discs gehen leicht kaputt.«

»Hast du dir alle angesehen?«

»Klar.«

Ist dir dabei etwas Merkwürdiges aufgefallen, hätte sie am liebsten gefragt. Doch dann müsste sie ihm eine Erklärung geben, und dazu verspürte sie keine Lust. Außerdem hätte er es ihr vermutlich gesagt, wenn er Ungewöhnliches entdeckt hätte. Das glaubte sie zumindest.

Sie dankte ihm und legte auf, bevor er nachfragen konnte, sagte dann zu Bas, sie müsse kurz nach oben und er solle sie rufen, wenn er etwas brauche. Klopfte an Sanders Tür.

»Komm rein«, rief er.

Er lag auf dem Bett und setzte sich bei ihrem Eintreten auf.

»Könntest du dich kurz um deinen Bruder kümmern? Er spielt draußen im Sandkasten.«

»Fährst du weg?«

»Nein, aber ich muss hier drinnen ein paar Dinge erledigen.«

Er nickte und lief an ihr vorbei in den Flur.

»Sander …«

Mit einem fragenden Blick drehte er sich zu ihr um.

Alma zögerte. Was sollte sie sagen? »Wenn du reden willst, dann weißt du, wo du mich finden kannst, okay?«

Erneut nickte er.

»Oder wenn du mal etwas unternehmen willst … In die Stadt oder so. Ins Kino.«

»Ist gut.«

Sie lächelte, obwohl sie sich nur wenig besser fühlte. Seit er zurück war, hatte sie kaum eine Verbindung zu ihm aufbauen können. Wenn sie ihn etwas fragte, antwortete er zwar, von ihm selbst allerdings kam wenig. Womöglich erwartete sie auch zu viel.

Nachdenklich ging sie den Flur hinunter zu Lincs ehemaligem Arbeitszimmer. Jetzt verdiente es diesen Namen nicht mehr, denn lediglich der Computer erinnerte an diese Funktion. Seit sie sich getrennt hatten, fungierte es eher als Abstellkammer und als Raum, in dem sie Wäsche zusammenlegte und wo das Bügelbrett stand – obwohl es nicht mehr gebraucht wurde seit Lincs Auszug, denn außer seinen Oberhemden war nichts gebügelt worden. Sogar das Bett, das für eventuelle Gäste bereitstand, verschwand unter Gerümpel. Hier landeten all die Dinge, von denen sie nicht wusste, wohin sonst damit. Und weil das Durcheinander sie selbst wahnsinnig machte, kam sie so selten wie möglich hierher.

Durchs Fenster sah sie unten im Garten Bas im Sandkasten sitzen und eine Burg bauen. Mit einer kleinen Schaufel klopfte er den Sand fest. Sander saß neben ihm.

Das Sonnenlicht strömte ins Zimmer, und sie schloss rasch die Vorhänge. Für einen Moment redete sie sich ein, dass es keinen Grund zur Unruhe gebe. Sie brauchte sich nicht durch den Brief irgendeines Idioten verunsichern zu lassen. Bloß hatte er – wer immer es auch sein mochte – nicht nur ihr, sondern auch Ylva geschrieben. Warum? Was in jener Nacht im Wald geschehen war, hatte doch nichts mit Roels Unfall zu tun, oder?

All diese Fragen verursachten ihr Kopfschmerzen.

Der wackelige Schreibtischstuhl knarrte, als sie sich darauf niederließ. Sie schaltete den Computer an, der daraufhin laut protestierend zum Leben erwachte. Die Hitze war kaum auszuhalten. Nach ein paar Klicks fand sie den Ordner, in dem die Filme gespeichert waren. Eigentlich hatte sie erwartet, dass es viel mehr wären. Schließlich war Sander unentwegt mit seiner Kamera unterwegs gewesen.

Sie rief den ersten Film auf, beobachtete, wie die Bilder fast widerstrebend zu laufen begannen. Bereits jetzt klebte sie am Leder des Sessels fest und hätte gern geduscht, aber nach fünf Minuten würde sie wieder genauso verschwitzt sein wie vorher. Stattdessen hielt sie nach dem Ventilator Ausschau, der ihrer Meinung nach hier irgendwo herumstehen musste, konnte ihn aber nirgendwo entdecken. Die Suche wäre bei dem ganzen Durcheinander sowieso nur schweißtreibend gewesen.

Allerdings auch ein Aufschub, die Filme wirklich anzuschauen. In den vergangenen Jahren hatte sie sich stets geweigert, sich den Bildern zu stellen. Sein Lachen zu sehen, seine Stimme zu hören, das hätte sie nicht ausgehalten. In dieser Welt war er noch sichtbar, in der wirklichen nicht mehr. Und sie wollte sich auf keinen Fall selbst erleben, sorglos, glücklich und unbekümmert. Pass auf, würde sie der Frau jetzt zurufen müssen. Halt dein Glück fest, gib acht, denn du wirst alles verlieren.

Zum Teil war ihre Angst unbegründet. Sander selbst tauchte eher selten auf, da er meistens gefilmt hatte, und bloß hin und wieder hörte man sein Atmen, seine Stimme.

Was hatte sie überhaupt erwartet? Also schaute und hörte sie einfach aufmerksam hin. Filme von einem Grillabend, von einer Fahrradtour und von einem Angelausflug mit Roel. Außerdem einen von einem Tag im Freizeitpark Efteling und einen von Sanders Geburtstag, da hatte sie selbst die Kamera in die Hand genommen. Dann ein ziemlich gruseliger Streifen, in dem zu sehen war, wie sich Sander und Roel bemühten, einen halbtoten Hasen aus einer Schlinge zu befreien. Sander forderte seinen Freund auf, das verschreckte, heftig zuckenden Tier loszumachen. Roel berührte es zaghaft, wich jedoch immer wieder zurück, wenn der Hase sich wand.

»Tu du es«, sagte Roel.

»Du bist dran. Ich hab's beim letzten Mal gemacht.«

»Es war deine Idee.«

»Traust du dich nicht?«, hörte sie Sander fragen.

»Der Hase tut mir leid.«

»Er kann uns erst recht leidtun, wenn wir ihn hier so liegen lassen. Wir müssen ihn töten.«

»Von seinen Schmerzen erlösen, meinst du?«

»Mmh.«

Ein Rascheln war zu hören. Sanders Hand erschien im Bild. Er hielt einen Stein. »Hier.«

»Was soll ich damit?«

»Du weißt schon.«

»Wir können ihn auch einfach liegen lassen«, gab Roel zögernd zurück.

»Du bist so ein Baby.«

Damit endete der Film. Sander hatte die Kamera ausgeschaltet.

Beim letzten Mal, hatte er gesagt. Welches letzte Mal?

Spielte er auf den Vorfall an, bei dem sie erwischt worden waren?

Alma sah nach, ob sie irgendwo ein Datum entdecken konnte. 2. März. Also nach dem Vorfall mit dem Huhn. Linc, Ylva und sie hatten ein Gespräch mit den Jungs geführt, die daraufhin Besserung gelobten. Sie schienen begriffen zu haben, dass sie zu weit gegangen waren, dass sie Tiere nicht quälen durften. Damals hatte sie geglaubt, es sei nur ein Dummer-Jungen-Streich gewesen.

Dieser Film allerdings sprach eine andere Sprache.

Sie hatten einfach weitergemacht.

Ein unbehagliches Gefühl breitete sich in Alma aus. Hatten sie das Tier zufällig gefunden oder die Falle vielleicht sogar selbst gestellt? Möglich, dass die Schlinge von jemand anders stammte. Fallenstellen war zwar verboten, aber es gab immer wieder Leute, die das ignorierten. Oder könnte es sich sogar um eine uralte Schlinge gehandelt haben?

Sie spielte den Film ein zweites Mal ab und versuchte zu erkennen, wer von beiden hier der Anführer war. Immerhin hatte Sander bei der Sache mit dem Huhn dem Freund die Schuld in die Schuhe geschoben. Hier nun sagte Roel, es sei Sanders Idee gewesen. Meinte er damit das Fangen des Hasen, den Entschluss, sich das verletzte Tier anzuschauen, oder den, sein Leiden zu beenden? Sanders Aussage, dass es ihm leidtue, das Tier einfach so liegen zu lassen, könnte auf Letzteres hindeuten.

Als Sander mit dem Filmen anfing, war Alma durchaus neugierig gewesen, was er so drehte. Doch trotz wiederholter Bitten hatte er sich stets geweigert, ihr etwas zu zeigen. Einmal wollte sie sich deshalb heimlich die Aufnahmen ansehen, während er in der Schule war, und hatte dabei aus Versehen die ganze DVD gelöscht, die sich in der Kamera befand. Sander war – zu Recht – wütend geworden und hatte die Filme von diesem Tag an versteckt.

Erst nachdem Linc nach Sanders Verschwinden sein Zimmer durchsucht und Wände wie Möbel abgeklopft hatte, kamen sie dahinter. Die DVDs befanden sich im Einbauschrank. Sander hatte auf dem Boden zwei Bretter gelöst. Darüber hatte er einige Schuhkartons gestapelt, sodass man nichts sah.

Alma nahm sich den nächsten Film vor. Er war im Haus gedreht worden und begann im Flur. Bei Dunkelheit. Die Kamera schwenkte hin und her, dann stieg Sander schweigend die Treppe hinauf, hielt irgendetwas vor die Kamera. Was, ließ sich nicht ausmachen. Mal war es da, mal nicht. Plötzlich flackerte die Aufnahme.

Sie beugte sich vor und sah konzentriert hin, aber die Bewegungen waren zu schnell, um den Gegenstand zu identifizieren. Nicht einmal als sie die Pausetaste drückte, gelang es ihr. Okay, dachte sie, spulte ein kleines Stück zurück und ließ den Film weiterlaufen.

Jetzt sah sie, wie die Tür zum Badezimmer geöffnet wurde. Jemand duschte, der Duschvorhang war zugezogen. Sander hob seinen Arm, und nun sah sie, was er in der Hand hielt.

Ein Messer.

Das, mit dem sie Gemüse schnitt – das einzig wirklich scharfe Messer im Haus.

Eine Weile verharrte Sander in dieser Position. Jetzt hörte sie jemanden leise summen. Iris. Mit der Messerhand schob Sander langsam den Duschvorhang auseinander. Almas Herz begann zu rasen.

Iris ahnte nichts. Mit geschlossenen Augen hielt sie den Kopf unters Wasser, um sich die Haare zu waschen. Von ihrem Körper war nicht viel zu sehen. Das befremdete Alma. Seit Jahren hatte sie ihre Tochter nicht mehr nackt gesehen. Früher war das anders gewesen. Da hatte sie, ohne fragen zu müssen, das Badezimmer betreten, und umgekehrt verhielt es sich genauso. Sie war es von zu Hause nicht anders gewohnt, doch Iris begann irgendwann, die Tür abzuschließen.

Sie versuchte, sich ins Gedächtnis zu rufen, wann das angefangen hatte, und fragte sich, ob es wohl nach diesem Vorfall gewesen war. Wohl schon, denn sonst hätte Sander das Bad nicht problemlos betreten können.

Das Messer wurde gehoben. Iris öffnete plötzlich die Augen und stieß einen Schrei aus, der einem durch Mark und Bein ging. Packte den Duschvorhang und zog ihn wieder zu. Sander lachte. Den Vorhang ängstlich an ihren Körper gepresst, steckte Iris den Kopf aus der Dusche.

»Bist du jetzt völlig irre geworden?«, fuhr sie ihn mit vor Wut verzerrter Miene an.

»War bloß ein Scherz«, gab Sander zurück.

»Du bist verrückt, weißt du das? Echt total verrückt.«

»Hast du dich erschreckt?«

»Scher dich zum Teufel, Sander, oder ich nehme dir das Messer weg und stecke es dir in ...«

Alma klickte auf Pause und wischte sich die schweißnassen Hände an ihrer Shorts ab. Iris hatte über diese Geschichte nie ein Wort verloren. Was für ein ekelhafter, bescheuerter Scherz. Wirklich nicht zum Lachen.

Ein paarmal holte sie noch tief Luft, wartete, bis ihr Herz einigermaßen zur Ruhe gekommen war, und sah sich den Film zu Ende an.

»Das ist aus dem Hitchcock-Film, den wir gestern Abend gesehen haben«, erklärte Sander. »Ich will später auch Regisseur werden.«

»Du bist ein Freak.«

»Danke schön. Und du eine Zicke.«

»Verschwinde, oder ich rufe Mama.«

»Tu's ruhig, sie glaubt dir sowieso nicht.«

Iris zog den Kopf zurück, um einen Moment später wieder aufzutauchen. Diesmal hielt sie die Dusche in der Hand und richtete den Wasserstrahl auf Sander. Jetzt kamen die Fliesen ins Bild – offenbar hatte er sich weggedreht.

»Meine Kamera, du machst meine Kamera kaputt«, schrie er.

»Selber schuld, das hast du davon.«

Dann wurde das Bild schwarz.

Alma sah sich das Datum an. Dezember. Der nächste Film stammte vom August. Ratlos schüttelte sie den Kopf, war sich sicher, dass es dazwischen weitere geben musste.

Wieder rief sie Linc an, aber dieses Mal nahm er nicht ab.

26

Tag 8

Alma zog die schweren Vorhänge beiseite und öffnete das Fenster einen Spalt, um frische Luft hereinzulassen. Sie schnaufte. Die Sonne schien schon hell, der Himmel war blau und wolkenlos. Es versprach erneut, ein schöner Tag zu werden.

Obwohl es noch früh am Morgen war, fühlte sich die Luft bereits warm an – sie durfte das Fenster und die Vorhänge nicht lange offen lassen, sonst würde es unerträglich heiß im Zimmer. Ein Blick auf das Thermometer zeigte ihr, dass die vergangene Nacht ohnehin kaum Abkühlung gebracht hatte. Die feuchte, schwere Hitze hing überall. Allerdings war es hier vermutlich weniger schlimm als im Dorf, weil die Bäume rund ums Haus für Schatten sorgten und der Wind in der offenen Landschaft heftiger blies.

Im Slip ging sie zum Kleiderschrank, machte aber sofort wieder zwei Schritte zurück ans Fenster. Etwas hatte ihre Aufmerksamkeit erregt. Ein Schatten, der dort nicht hingehörte. Sie kniff die Augen zusammen und suchte mit dem Blik das Weideland ab.

Dann sah sie es: Unter einem Baum stand ein Mann, der zum Haus herüberschaute.

Erschrocken sprang sie zur Seite, aus seinem Blickfeld.

Mit einem Schlag war sie hellwach. Sah vorsichtig wieder hin.

Er war immer noch da. Ein Fotograf? Aus dieser Entfernung ließ sich kaum erkennen, ob er etwas in den Händen hielt, aber ihr schien es eher nicht der Fall zu sein. Sechs Uhr. Wer konnte hier so früh etwas zu suchen haben?

Irgendwie kam ihr die Haltung des Mannes vertraut vor, ohne dass sie auf Anhieb gewusst hätte, warum. Ihr Herz klopfte zum Zerspringen, wollte sich nicht beruhigen. Als wäre es sich einer Gefahr bewusst, die Alma selbst nicht wahrzunehmen vermochte. Fast ängstlich wich sie vom Fenster zurück. Dabei war sie normalerweise kein furchtsamer Typ.

Nachdem sie rasch geduscht und sich angezogen hatte, ging sie erneut zum Fenster. Der Mann stand noch an derselben Stelle wie zuvor. Mittlerweile irritierte die Sache sie gewaltig, zumal weit und breit kein Auto zu sehen war. In keiner Richtung, sosehr sie auch Ausschau hielt. Beunruhigt ging sie nach unten, kochte Kaffee, machte sich ein Brot und sah sich die Morgennachrichten an.

Der Gedanke an den Mann unter dem Baum ließ sie jedoch nicht los.

Inzwischen war es sieben Uhr. Auch wenn er sich nicht auf ihrem Grundstück befand, gefiel ihr die Vorstellung nicht, dass dort draußen jemand herumlungerte und heimlich ihr Haus beobachtete. Durch die Terrassentür betrat sie den Garten und überquerte den Hof. Die Steine fühlten sich unter ihren nackten Füßen angenehm kalt an. Alles war so friedlich um diese Zeit. So ruhig. Nur ein paar Vögel zwitscherten.

Sie schlug den Weg über das Gras zu dem schmiedeeisernen Tor in der Mauer ein, das sie wenig benutzten und das deshalb inzwischen von Efeu überwuchert war. Vorsichtig schob sie die Blätter zur Seite, um auf das dahinterliegende Weideland schauen zu können.

Es kam ihr vor, als würde er sie direkt anblicken.

Unsinn, ermahnte sie sich und atmete tief durch. Auf keinen Fall durfte sie sich derart anstellen. Entschlossen öffnete sie das Tor, drehte sich ein letztes Mal um und vergewisserte sich, dass sie niemanden geweckt hatte. Dann trat sie hinaus auf den Kiesweg. Obwohl die Steinchen unter ihren nackten Füßen schmerzten, wollte sie nicht zurückgehen, um Schuhe anzuziehen. Nicht dass am Ende der mysteriöse Mann verschwunden war.

Sie sprang über den schmalen Graben zwischen Weg und Weide, streckte den Rücken durch und schob ihr Kinn vor. Es war ihr gutes Recht, hier zu sein. Schließlich spionierte er ihnen nach, und sie wollte wissen, warum.

Der Mann hob die Hand, wie um zu signalisieren, dass er nichts Böses im Sinn habe. Sie tat es ihm nach. Als sie sich ihm bis auf wenige Meter genähert hatte, erkannte sie plötzlich, wer da vor ihr stand.

»Christiaan, was tust du denn hier?«

»Guten Morgen, Frau Meester.«

»Alma«, verbesserte sie ihn automatisch, genau wie damals, als er Iris' Freund gewesen war. Trotzdem hatte er sie weiterhin mit *Sie* und *Frau Meester* angesprochen.

»Ist alles in Ordnung bei dir?«

Über Umwege hatte sie gehört, dass Christiaan einige Monate in einer psychiatrischen Klinik verbracht hatte. Die genauen Umstände kannte sie jedoch nicht. Verwundert war sie gewesen, das schon, weil sie früher nie etwas

Auffälliges an ihm bemerkt und ihn vielmehr für einen fröhlichen, optimistischen jungen Mann gehalten hatte. Einmal mehr nahm sie es als Beweis, wie wenig man seine Mitmenschen letztlich kannte.

»Alles okay. Und bei Ihnen?«

»Ebenfalls«, antwortete sie. »Sander ist zurück ...«

»Das habe ich gehört, ja.«

Seine dunkelbraunen, fast schwarzen Augen ruhten unverwandt auf ihr, ohne dass er ein Wort sagte. In seinem Blick lag etwas, das sie nicht genau benennen konnte, etwas wie Vorsicht, Wachsamkeit. Er war ein Mann geworden, stellte sie fest. Größer und breiter. Genau wie Sander. Vielleicht waren junge Burschen in diesem Alter am attraktivsten, schoss es ihr durch den Kopf. Flacher Bauch, schlanke Beine, volle Haare. Kein Fett, keine Falten. Robust und sorglos.

»Geht es dir wieder besser?« Sie erschrak über ihre plumpe Frage. Als Krankenschwester sollte sie es eigentlich besser wissen.

»Sie haben mich rausgelassen.«

Die Antwort konnte alles bedeuten. Trotzdem beschloss sie, nicht weiter in ihn zu dringen.

»Das ist schön.« Alma zögerte kurz, bevor sie weitersprach. »Möchtest du mit Iris reden?« So früh am Morgen?

Entschieden schüttelte Christiaan den Kopf. Eine Reaktion, die sie als Verlegenheit auslegte.

»Sie würde sich freuen, dich zu sehen.«

Was nicht ganz der Wahrheit entsprach. Sie hatte keine Ahnung, was Iris tun oder sagen würde. Das reichte unter Umständen von *Schön, dich zu sehen* bis hin zu *Verpiss dich.* Soweit Alma wusste, waren sie beide der Meinung gewesen, dass es besser sei, ihre Beziehung zu beenden, was jedoch nicht zwangsläufig hieß, dass kein Groll mehr zwischen ihnen bestand.

»Ich habe schon mit ihr gesprochen.«

»Ach. Wann denn?« Iris hatte ihr nichts davon erzählt.

»Gestern, glaube ich.«

»Und warum bist du dann hier?«, fragte sie und merkte, dass sie innerlich auf der Hut war. Eine weitere Verhaltensweise, die ihr an sich selbst neu war.

»Um zu schauen.«

»Aha, zu schauen ... Und warum?«

Plötzlich packte er ihren Arm und hielt ihn fest umklammert. »Sie sind nicht sicher.«

Alma erschrak und versuchte sich loszumachen. »Christiaan, du tust mir weh.«

»Können Sie es denn nicht sehen?«

»Wovon redest du?« Sie zwang sich zu einem Lächeln, um ihn zu beruhigen.

»Ihr seht die Gefahr nicht. Keiner von euch. Und deshalb bin ich hier.«

Sie entschied sich, ihn gewähren zu lassen. Ruhig bleiben, das war wichtig. Ihr Blick glitt zu seiner freien Hand. Hatte er etwa eine Waffe bei sich?

»Das ist sehr lieb von dir, Christiaan, aber du musst dir keine Sorgen machen. Niemand ist in Gefahr.«

»Ich werde euch beschützen.«

»Bist du deshalb hier?«

Sie verkniff sich den Kommentar, dass er sie außerhalb ihres Anwesens kaum beschützen konnte. Wovor auch immer. Während ihrer Ausbildung hatte sie ein paar Monate in einer psychiatrischen Einrichtung hospitiert. Obwohl sie das meiste vergessen hatte, wusste sie eines noch: dass die Patienten zwischen Fantasien und Wahnvorstellungen meist nicht zu unterscheiden vermochten und dass man nicht versuchen durfte, ihnen ihre eigene Wirklichkeit zu zerstören.

»Wie lange bist du eigentlich schon wach?«, wechselte sie daher das Thema. »Vielleicht solltest du nach Hause gehen, um noch ein bisschen zu schlafen.«

»Ich bin nicht müde. Außerdem zählt jeder Augenblick, sonst ist es vielleicht zu spät. Es darf nicht noch mal passieren.«

Von was faselte er da? »Was darf nicht noch mal passieren?«

Er schüttelte heftig den Kopf.

»Chris?«

»Darüber darf ich nicht sprechen.«

»Wer sagt das?«

»Iris.«

»Iris?«

»Ja. Ich habe ihr versprochen, dass ich nichts sage. Es wäre gefährlich, wenn ich es täte.«

Sein Griff um ihren Arm erschlaffte. Schnell entzog sie sich ihm und rieb mit den Fingern über die schmerzende Stelle. Das würde einen blauen Fleck geben.

»Soll ich dich nach Hause bringen?«

»Nicht nötig.«

»Wissen deine Eltern, dass du hier bist? Sie machen sich sicher Sorgen.«

Ohne zu antworten, lief er um sie herum und sprang über den Graben. Fassungslos sah Alma ihm nach. Ob sie seine Eltern anrufen sollte? Es war deutlich zu erkennen, dass es ihm nach wie vor nicht wirklich gut ging.

Ein Schauer rieselte ihr über den Rücken, und unwillkürlich schlang sie die Arme um den Oberkörper. Dann kehrte sie verwirrt und aufgewühlt zum Haus zurück. In der Küche traf sie auf Iris, die total verschlafen und zerstrubbelt aussah und sich gerade ein Brot schmierte.

»Wo kommst du denn her?«, wollte sie wissen.

»Von draußen. Christiaan war auf der Weide.«

»Haha.«

»Ich mache keine Witze.«

»Was wollte er denn da?«

»Ich weiß es nicht. Er stand eine ganze Weile dort und starrte zum Haus herüber. Ich dachte, er will zu dir.«

»Dann hätte er doch einfach klingeln können, etwas später am Tag. Außerdem habe ich ihn gestern erst besucht.«

»Das hat er erzählt, ja. Wie auch immer: Er war ziemlich durcheinander. Vielleicht sollte ich seinen Eltern Bescheid geben.«

»Das schlag dir ganz schnell wieder aus dem Kopf.«

»Aber ich mache mir Sorgen um ihn.«

»Dann gehe ich eben noch mal bei ihm vorbei«, schlug Iris vor.

»Das schlag du dir ganz schnell wieder aus dem Kopf«, wiederholte Alma die Worte ihrer Tochter.

»Warum?«

»Er hat lauter Unsinn von sich gegeben. Und mich festgehalten. Schau, hier.« Sie zeigte ihr die roten Flecken auf ihrem Arm.

»Was hat er denn genau gesagt?«

»Dass wir hier nicht sicher seien und er uns beschützen müsse. Er mir aber nicht sagen dürfe, worin die Gefahr besteht, weil du es ihm verboten hättest.« Sie fixierte Iris mit ihren Blicken, damit ihr nur ja keine Reaktion entging.

»Ich? Das ist doch absurd.«

Bildete sie es sich lediglich ein, oder lag eine gewisse Anspannung in Iris' Stimme?

»Und worüber habt ihr euch gestern unterhalten?«

»Über nichts Besonderes«, antwortete Iris achselzuckend. »Über seine Einweisung und darüber, wie es mir geht, was er für Pläne hat. Sein Studium fortsetzen oder bei seinem Vater anfangen ... So was eben. Nichts, worüber du dir Sorgen machen müsstest. Auf jeden Fall hat er sich ganz normal verhalten.«

»Ich rufe seine Eltern an.«

»Dann geben sie bloß wieder mir die Schuld.«

»Wie kommst du darauf?«

»Seine Mutter hat sich über meinen Besuch nicht wirklich gefreut.«

»Rufst du bitte deinen Bruder? Wir können essen. Er ist irgendwo draußen. Ich habe ihm gesagt, er soll in der Nähe bleiben.«

Widerwillig sieht sie von ihrer Zeitschrift auf, seufzt. »Kannst du das nicht selber machen?«

Demonstrativ stemmt ihre Mutter die Hände in die Hüften. Sie weiß genau, was jetzt kommt: eine Gardinenpredigt. Und tatsächlich: »Ich habe einen wahnsinnig anstrengenden Tag hinter mir, dann komme ich nach Hause und muss euer Durcheinander aufräumen, Essen kochen und den Tisch de-

cken, also ist es wohl das Mindeste, wenn du deinem Bruder Bescheid sagst, dass er reinkommen soll.«

Sie würde ihre Mutter gerne darauf hinweisen, dass es nur ein Fertiggericht ist, das in der Mikrowelle warm gemacht werden muss, aber sie schweigt vernünftigerweise.

Da es für die Jahreszeit noch frisch draußen ist, zieht sie eine Jacke über, bevor sie in den Garten geht. Weder dort noch in der Scheune findet sie ihn. Sie sucht weiter, läuft das ganze Grundstück ab. Wieder nichts, auch nicht auf dem Weg hinter dem Hof. Gerade will sie seinen Namen rufen, als eine Bewegung am Wassergraben ihre Aufmerksamkeit erregt. Es dämmert schon, und ganz kurz zweifelt sie, ob es stimmt, was sie da sieht.

Sie erkennt die grüne Jacke ihres Bruders. Er hockt am Straßenrand und hält ein weißes Bündel in der Hand, das er unter Wasser drückt und wieder hochzieht. Es dauert ein Weilchen, bis sie realisiert, dass es eines ihrer Hühner ist, die frei herumlaufen. Wie wahnsinnig schlägt das Tier mit den Flügeln und hackt mit dem Schnabel um sich.

Sie rennt auf ihn zu und schreit. Erschrocken sieht er auf.

»Was für einen Mist machst du denn da? Lass das arme Tier los.«

»Es ist ins Wasser gefallen.« Er steht auf und hält das Huhn in die Luft. Kopf und Gliedmaßen hängen schlaff herunter.

»Du hast es ertränkt«, ruft sie.

»Wirklich nicht. Ich hab versucht, es zu retten.«

Kurz ist sie sich unsicher. Was genau hat sie gesehen? »Du lügst, du hast es unter Wasser gedrückt. Das sage ich Mama.«

Bevor er etwas erwidern kann, läuft sie zurück. Halb außer Atem stolpert sie in die Küche.

»Mama, er ...«

»Zieh die Gummistiefel aus. Wie oft soll ich dir das noch sagen? Du machst den ganzen Boden dreckig.«

Sie packt ihre Mutter am Ärmel. »Hör bitte mal zu.«

Dann kommt ihr Bruder herein, das Huhn in der Hand. In seinen Augen stehen Tränen.

»Was ist passiert?«, fragt ihre Mutter.

»Er hat das Huhn ertränkt«, sagt sie.

»Das Huhn ist ins Wasser gefallen«, sagt er gleichzeitig.

»Nicht beide auf einmal, bitte«, ermahnt ihre Mutter.

»Er hat das Huhn umgebracht, es unter Wasser gedrückt. Ich hab es selbst gesehen.«

»Das stimmt nicht! Es ist ins Wasser gefallen, und ich wollte es retten, aber es war schon tot.«

»Du lügst. Wie kann ein Huhn ins Wasser fallen? Das wäre ja was ganz Neues. Die laufen da immer rum, und keins ist je ertrunken.«

Mittlerweile laufen ihm die Tränen über die Wangen. Eindringlich blickt sie ihre Mutter an. Sie wird doch hoffentlich nicht auf so eine Show hereinfallen? »Das war so furchtbar.« Er hält das Huhn am ausgestreckten Arm. »Es war genau wie ... wie bei Roel. Den konnte ich auch nicht retten.«

Zu ihrem namenlosen Entsetzen kniet sich die Mutter vor ihren Bruder und nimmt ihn in die Arme. »Ach, mein lieber Schatz. Es war nicht deine Schuld.« Auch in ihren Augen stehen jetzt Tränen. »Schsch, nicht weinen. Das kann passieren, kleiner Mann.«

»Aber Roel ...«

»Das war ein Unfall, Liebling. Ein furchtbares, trauriges Unglück. Iris, leg das Huhn in die Waschküche oder so, ich

kümmere mich später darum. Und dann wasch dir gründlich die Hände.«

»Das ist alles?«, fragt sie entsetzt. »Glaubst du ihm etwa?«

»Siehst du nicht, wie durcheinander er ist? Du hast dich getäuscht. Er wollte das Huhn retten, genau wie Roel. Ach Gott, wie furchtbar.« Ihre Mutter steht auf, reißt ein Blatt von der Küchenrolle ab und reicht es Sander.

»Ich weiß, was ich gesehen habe. Ich lüge nicht.« Sie unterdrückt den Wunsch, mit dem Fuß aufzustampfen.

»Das behaupte ich ja auch gar nicht«, sagt ihre Mutter besänftigend.

»Immer glaubst du ihm. Und nicht mir. Ich rufe Papa an.«

»Papa hat eine Sitzung. Er ist heute erst spät zu erreichen. Und dann ist er müde.«

»Nie glaubst du mir.«

»Jetzt tu nicht so dramatisch, Iris. Du siehst doch, wie schlimm es für deinen kleinen Bruder ist. Gerade ging es wieder ein bisschen bergauf mit ihm. Komm, bring das Huhn weg, dann essen wir.«

»Ich hab keinen Hunger mehr.« Sie rennt nach draußen, packt ihr Fahrrad und fährt davon.

27

Zu ihrem Erstaunen bemerkte Alma, dass sie Hunger hatte. Sie schnitt sich eine Scheibe von der Gurke ab, die vor ihr auf dem Brett lag, steckte sie sich in den Mund und fuhr mit den Vorbereitungen fürs Abendessen fort.

Sie versuchte, sich daran zu erinnern, wann sie zum letzten Mal mit Freunden gegrillt hatten. Früher hatte ihre Tür ständig für alle Welt offen gestanden. Grillabende, Geburtstage, Partys. Was immer es zu feiern gab, wurde gefeiert. Sie machten Skiferien, Städtereisen, ein paarmal pro Jahr waren sie unterwegs. Zu zweit oder zu viert.

Bisweilen hatte sie damals gedacht, dass sie zu viele Stücke vom großen Kuchen Glück abbekam und es eines Tages damit vorbei sein könnte. Zumindest wenn allen Menschen die gleiche Portion zustand. Dann wäre ihr Anteil verbraucht, und sie würde für den Rest des Lebens davon zehren müssen. Natürlich wusste sie, was für ein Unsinn das war. Und trotzdem. Sanders Verschwinden begriff sie als Preis für ihre Unersättlichkeit.

Draußen standen Linc und Sander am Grill. Ihr Gespräch kreiste um die Frage, wie man das Feuer am besten anfachte.

»Glaub mir, ich verstehe was davon. Im Wald musste ich immer ohne Kohlen Feuer machen«, erklärte der Junge. »Und das Fleisch gar bekommen, ohne dass es anbrannte.«

»Dann leg mal los, du Neunmalkluger«, erwiderte Linc und verschränkte demonstrativ die Arme.

Es sah beinahe normal aus, fand sie. Als wäre Sander immer hier gewesen. Vielleicht würden Vater und Sohn jetzt besser miteinander auskommen als früher. Zumindest bekamen sie eine zweite Chance. Sie konnte die Augen nicht von den beiden lassen. Bis sie sich dabei ertappte, wie sie wieder nach Ähnlichkeiten zu suchen begann. Aufhören, Alma.

Warum gelang es ihr nicht, diese dummen Gedanken zum Schweigen zu bringen?

Sie erklärte sich das Gefühl der Distanz damit, dass sie kaum Kontakt zu Sander fand. Er redete nicht viel, und ihre wiederholten Versuche, ein Gespräch mit ihm zu beginnen, liefen ins Leere. Oft saß er einfach in seinem Zimmer herum oder hockte vor dem Fernseher. Was sollte er auch sonst tun? Freunde hatte er ja keine.

Bald würden Marjo und Lex hier sein. Mit Marjo hatte sie in den letzten Jahren unzählige Male über jenen Abend gesprochen. Maartens Mutter wollte alles, wirklich alles wissen, was mit ihrem Sohn von dem Augenblick an, als er das Elternhaus verließ, bis zu seinem Tod passiert war. Sie hatte mit jedem Teilnehmer des Ferienlagers gesprochen. Nur ein einziger Zeuge fehlte – und das war Sander.

Alma hingegen verspürte kein Bedürfnis, bis ins Detail zu erfahren, was vorgefallen war. Das hätte ihre Qual bloß vergrößert. In Marjos Augen eine Dummheit, was vermutlich stimmte. Denn weil sie nichts Genaues wusste, malte sie sich zahllose Szenarien aus, eines schauriger als das andere. Marjo wollte dieser Unsicherheit ein Ende bereiten, auf diese Weise zur Ruhe kommen.

Sie hatte Linc vorgeschlagen, bei diesem Treffen mit Lex und Marjo wie in alten Zeiten Pizza zu backen, aber der hatte abgewinkt. Es würde zu viel Zeit kosten, den seit Jahren nicht mehr benutzten Steinofen zu säubern, meinte er.

Sie sah auf die Uhr und fragte sich, wo Iris blieb. Alma hasste es, wenn ihre Tochter verschwand, ohne Bescheid zu geben. In diesem Moment betrat Linc die Küche.

»Wie läuft es bei euch?«, fragte sie.

»Er kommt zurecht, glaube ich. Und wie war es bei Ernst?«, wechselte er das Thema.

»Er ist froh, dass er bald freikommt«, gab sie zurück und hoffte, dass sie nicht allzu triumphierend klang, weil sie recht behalten hatte.

Ihr wurde bewusst, dass sie eigentlich auf eine Entschuldigung von Linc wartete. Immerhin hatte sie diese verdient. Doch da kam nichts.

»Dann bist du ihn ja endlich los«, stellte Linc stattdessen fest.

»Lieber heute als morgen«, stimmte sie zu.

»Was passiert, wenn er draußen ist? Hast du mal darüber nachgedacht?«

»Was meinst du?«

»Wird er hier auftauchen?«

»Warum sollte er das tun?«, sagte sie und erwähnte nicht, dass Ernst exakt so etwas angedeutet hatte.

»Weil du die Einzige bist, die ihn unterstützt hat. Nicht nur hier, sondern im ganzen Land, denke ich.«

»So schlimm wird es nicht werden.«

Sie tat betont locker, musste sich allerdings eingestehen, dass sie nicht alle Konsequenzen bedacht hatte, als sie sich für seine Freilassung einzusetzen begann. An den Schläfen meldete sich ein vertrauter Kopfschmerz.

Linc machte eine Kopfbewegung in Richtung Grill. »Ich gehe Sander helfen.«

»Warte kurz. Ich wollte dich noch etwas wegen der Filme fragen. Ein paar habe ich mir angeschaut. Bist du sicher, dass sie alle auf dem Computer gespeichert sind?«

»Ja.«

»Es fehlen bestimmt keine?«

Linc schüttelte den Kopf. »Wie kommst du darauf?«

»Ich habe mir die Entstehungsdaten angesehen. Manchmal liegen Monate zwischen den einzelnen Filmen. Dabei weiß ich mit Sicherheit, dass Sander ständig gefilmt hat. Zum Beispiel auch am Geburtstag meiner Mutter.«

Gelassen sah er sie an. »Er könnte einen Teil der Aufnahmen gelöscht haben.«

»Aber du hast doch alle auf dem Computer gespeichert, dachte ich.«

»Digitalisiert, heißt das.«

Sie machte eine wegwerfende Bewegung. »Egal wie das heißt.«

»Ja, alle, die ich gefunden habe.« Er wirkte plötzlich ärgerlich. »Ich verstehe nicht, um was es dir eigentlich geht.«

Wenn ich das bloß selber wüsste, hätte sie am liebsten geantwortet. Statt überglücklich zu sein, ihren Sohn wiederzuhaben, war sie von nagenden Zweifeln erfüllt, die einfach nicht verschwanden. Sie biss sich auf die Lippe. Sollte sie Linc von Ylvas Besuch erzählen, von den Briefen, die sie beide erhalten hatten? Sie war kurz davor gewesen, Hans anzurufen und ihn zu fragen, ob Ylva tatsächlich zur Polizei gegangen war. Dann hätte sie ihm jedoch alles erklären müssen, und das wollte sie nicht. Sie würde es noch früh genug erfahren, falls Ylva mit ihrer Drohung wirklich Ernst machte.

Bevor sie sich dazu durchringen konnte, Linc ins Vertrauen zu ziehen, nahm er sich eine Scheibe Tomate und kehrte an den Grill zurück. Offenbar hatte er ihr Schweigen so verstanden, dass die Diskussion beendet war.

Alma putzte gerade die Champignons, als die Gäste eintrafen. Sie sah, wie Marjo Sander ein rechteckiges Päckchen überreichte, und ging mit zwei Schalen in den Garten, die sie auf einer mit einem Tischtuch bedeckten Holzplatte abstellte. Sander packte sein Geschenk aus. Ein Foto von Maarten und ihm, das kurz vor dem Aufbruch zum Ferienhof im Haus von Marjo und Lex aufgenommen worden war. Maartens Eltern hatten Sander mitgenommen, weil Linc bereits vorausgefahren war, um dort Vorbereitungen zu treffen, und Alma keine Zeit gehabt hatte.

Sie kannte das Foto. Es stand in Marjos Wohnzimmer. Marjos Angebot, es für sie nachzubestellen, hatte sie abgelehnt. Es hätte ihr zu sehr wehgetan, das Bild so vor sich zu haben. Als die Aufnahme gemacht wurde, hatten die Kinder nicht den Hauch einer Ahnung, was sie erwartete, und wenig mehr als vierundzwanzig Stunden später war Maarten tot und Sander verschwunden.

»Du findest es nicht zu belastend, Sander, oder?«, erkundigte Marjo sich. »Ich dachte, jetzt würde es passen.«

»Nein, es ist okay.«

Auf dem Foto grinsten die Jungs breit in die Kamera und hatten sich die Arme um die Schultern gelegt. Beste Freunde.

Alma erinnerte sich, wie glücklich sie gewesen war, als Sander nach Roels Tod wieder einen Freund mit nach Hause brachte. Sie hatte es als Zeichen genommen, dass alles wieder gut werden würde.

Sander bedankte sich und fügte hinzu: »Es tut mir leid, dass ich nichts für Maarten ...«

Alma fühlte die Spannung, die in der Luft lag, wie eine Welle ansteigen.

»Schon gut«, unterbrach Marjo ihn mit erstickter Stimme. »Entschuldige, ich hatte mir fest vorgenommen, nicht zu weinen.«

»Wir ... wir würden gerne mit dir über diese Nacht sprechen«, warf Lex ein. »Du warst bei ihm, als Letzter ...«

Sander sah sich um, schien sie zu suchen. Zweifel lagen in seinem Blick. Alma hatte gewusst, dass dieses Gespräch unausweichlich war. Marjo hatte so viele Fragen, und ihr die Gelegenheit zu einem Gespräch mit Sander zu geben war das Mindeste, was sie für die Freundin tun konnte. Deshalb hatte sie die beiden eingeladen. Fast unmerklich nickte sie Sander zu, lächelte ihn an.

»Natürlich«, beeilte sich Sander zu versichern. »Was wollt ihr genau wissen?«

»Du musst nicht, wenn du nicht magst ... Wir sind natürlich auch gekommen, um dir zu sagen, wir sehr wir uns über deine Rückkehr freuen.«

»Und um meine fantastischen Koteletts zu probieren«, ergänzte Linc in dem Bemühen, die Stimmung ein bisschen zu lockern.

Marjo lächelte bemüht. »Aber ja doch.«

»Es ist kein Problem für mich«, versicherte Sander.

»Wirklich nicht. Mir ist bloß nicht klar, was ihr von mir wissen wollt.«

»Alles, woran du dich erinnerst«, erklärte Marjo schnell, fast begierig.

»Dann übernehme ich derweilen das Feuer«, sagte Linc und deutete auf den Grill.

Sie suchten sich einen Schattenplatz und setzten sich in die Gartenstühle, die Linc aus Bootsstegholz gebaut hatte. Mit solchen und ähnlichen Arbeiten verdiente er hin und wieder ein wenig Geld. Schwarz. Genau wie Lex. Nur waren die Stühle eigentlich missraten und völlig unbrauchbar, denn kleinere Leute wie Alma bekamen nicht einmal die Füße auf den Boden.

»Wir haben nie verstanden, warum Maarten bei der Nachtwanderung mitmachen wollte – er hat sich doch immer im Dunkeln gefürchtet«, begann Marjo. »Wir haben es nie jemandem erzählt, aber er schlief nach wie vor mit einem Nachtlicht im Zimmer. Ich habe mir deshalb Sorgen gemacht – im Lager konnte er schließlich nachts keine Lampe brennen lassen.«

Sander wirkte unsicher. »In der ersten Nacht hatte er keine Angst. Zumindest habe ich nichts gehört, und wir haben ja im selben Zimmer geschlafen. Vielleicht machte es einen Unterschied, dass er nicht allein war.«

Marjo nickte heftig.

In Alma stieg ein vager Gedanke auf, der sich allerdings wieder verflüchtigte, bevor sie ihn in Worte zu fassen vermochte.

Als Nächstes erzählte Sander in groben Zügen, was er auch bei der Polizei zu Protokoll gegeben hatte.

»Ich musste im Wald plötzlich pinkeln, und Maarten sagte, er würde auf mich warten. Warum, weiß ich nicht.«

»Und deine Schwester und Christiaan sind einfach weitergelaufen«, stellte Lex fest. »Hast du sie nicht gebeten, ebenfalls zu warten?«

»Ich dachte, das sei nicht nötig – weil wir sie ja schnell wieder einholen würden. Plötzlich konnten wir sie dann nicht mehr finden. Obwohl ihre Stimmen irgendwo zu hören waren.«

»Und ihr seid nicht auf die Idee gekommen zu rufen?«, wollte Lex wissen, der ganz steif dasaß.

»Das wäre uns kindisch vorgekommen«, erklärte Sander. »Wir hatten ja keine Angst oder so und waren fest überzeugt, wir entdecken die beiden jeden Moment oder finden zur Not den Weg zurück zum Ferienhof allein.«

Marjo presste ihre Hände so fest zusammen, dass die Knöchel weiß hervortraten.

»Wir haben uns noch einen Schokoriegel geteilt«, fügte Sander hinzu. »Angst hatten wir wirklich keine. Und dann war er da.«

28

»Du musst nicht weitererzählen, wenn du nicht willst. Ich will nur wissen, ob Maarten ... ob er Angst gehabt hat. Ob er ...«, stotterte Marjo.

»Es ging alles sehr schnell. Wirklich«, sagte Sander.

»Hat er ... nach mir gerufen?«, fragte Marjo mit erstickter Stimme.

Sander sah zur Seite und schüttelte den Kopf. Aber was er dann sagte, passte nicht zu seiner Körpersprache. »Ich weiß es nicht, ich bin weggerannt. Es tut mir furchtbar leid, dass ich Maarten im Stich gelassen habe.« Seine Augen wurden rot.

Alma konnte kaum atmen. »Ist schon in Ordnung, Liebling, das verstehen wir«, mischte sie sich rasch ein und sah flehend zu Marjo hinüber, die zwar nickte, aber kein Wort herausbrachte.

»Es muss sehr schnell gegangen sein, denn ich war noch nicht sehr weit weg, als der Mann mich einholte.«

»Warum hat er Maarten überhaupt getötet? Hat dieser Eelco jemals etwas darüber gesagt?«, fragte Lex heiser. Er war blass geworden.

»Nein. Ich habe ihn natürlich danach gefragt, aber dann wurde er immer sehr böse.«

»Er hat dich am Leben gelassen. Warum nicht Maarten, warum hat er Maarten nicht ebenfalls mitgenommen?«, fügte Lex leise hinzu. Alma sah Verzweiflung in seinen Augen, und ihr Herz zog sich zusammen. Sie schluckte heftig, um die aufsteigenden Tränen zu bezwingen.

Sander zuckte beinahe entschuldigend mit den Schultern. »Ich weiß es wirklich nicht. Womöglich wollte er nur einen Jungen.«

Eine lastende Stille breitete sich aus, in der nichts zu hören war außer dem Zischen des Grills und dem Zwitschern der Vögel. Der Kontrast war zu groß, dachte Alma. Die Kulisse stimmte nicht.

Niedergeschmettert ließ Marjo den Kopf hängen. »Es ist vielleicht besser, wenn wir ein anderes Mal zusammen grillen.« Sie sah Lex mit einem flehenden Blick an.

»Bleibt bitte«, warf Sander ein, der angespannt wirkte. »Wir haben so viel zu essen, das schaffen wir niemals allein.«

»Lass uns mal nachschauen, ob dein Vater nicht alles anbrennen lässt«, schlug Lex vor und bemühte sich um ein Lächeln, das seine Augen jedoch nicht erreichte.

Alma kniete vor Marjo nieder, nahm sie in die Arme und spürte, dass ihre Freundin am ganzen Körper zitterte. Sie wiegte die andere sanft hin und her.

»Es hört niemals auf«, hörte sie Marjos gedämpfte Stimme.

»Ich weiß«, sagte. »Ich weiß.«

Nach einer Weile machte Marjo sich los. »Du weißt, dass ich mich für dich freue, aber ...«

»Du findest es trotzdem nicht gerecht, wünschst dir, es wäre andersherum gewesen. Dass Maarten zurückgekommen wäre. Das verstehe ich. Wirklich, sehr gut sogar.«

»Danke, dass ... Nun, dass ich mit ihm reden durfte. Ich musste es einfach wissen.«

Sie sahen zu Sander hinüber, der den Grill wieder übernommen hatte, während Lex und Linc mit einem Bier in der Hand beim Feuer standen. Schweigend, wie es bloß Männer fertigbrachten, ohne sich zugleich unwohl zu fühlen.

»Wie ist es, ihn wiederzuhaben?«, wollte Marjo wissen.

»Er hat sich natürlich stark verändert. Manchmal erkenne ich ihn kaum wieder«, bekannte Alma zögernd.

»Ich frage mich ab und an, wie Maarten in diesem Alter wohl ausgesehen hätte.«

»Du würdest aber doch bestimmt spüren, dass es dein Sohn ist, oder?« Als sie Marjos Stirnrunzeln sah, schob sie rasch eine andere Frage nach: »Hättest *du* Sander wiedererkannt?«

»Ich ... Na ja, er hat sich sehr verändert, schon allein weil er älter geworden ist«, erklärte Marjo vorsichtig. »Warum fragst du?«

Alma schüttelte den Kopf. »Entschuldige, vergiss es. Ich mache mir einfach Sorgen um ihn, das ist alles. Wir wissen letztlich überhaupt nicht, was er alles durchgemacht hat. Er weigert sich standhaft, Näheres zu erzählen, und spricht sowieso nicht viel.«

»Was das angeht, hat er sich also wenig verändert.«

»In anderer Hinsicht dafür umso mehr. Er ist rot geworden, als er das Foto sah, ist dir das aufgefallen? Als Kind wurde er nie rot.«

Ohne nachzudenken, griff Alma nach dem Bild, das noch auf dem Tisch lag, und fuhr mit ihrem Zeigefinger über die Umrisse seines Gesichts. Die Polizei hatte damals sämtliche Fotos von diesen ersten beiden Tagen auf dem Ferienhof ausgewertet, ohne etwas Auffälliges zu finden.

Sander war zwar auf einigen Aufnahmen zu sehen gewesen, doch immer im Hintergrund.

Sie wollte das Foto gerade zurücklegen, als etwas ihre Aufmerksamkeit erregte. Mit zusammengekniffenen Augen betrachtete sie das Bild genauer und erkannte, was sie hatte stutzen lassen. Etwas war hier andeutungsweise zu sehen, was auf Marjos Foto fehlte, weil der Ausschnitt anders war. Sander hatte etwas in der Hand. Den Griff seiner Kamera.

Hatte er sie doch mitgenommen?

Mit einem Schlag wurde es Alma eiskalt. Sie erinnerte sich, dass Linc es ihm verboten hatte. Er solle sich an den Aktivitäten der anderen beteiligen, statt sie zu filmen, so seine Worte. Darauf legte er Wert. Nicht zuletzt deshalb war er als ehrenamtlicher Betreuer mitgefahren. Das vermutete sie zumindest, denn ausdrücklich gesagt hatte er es nie.

Wie aus weiter Ferne drang Marjos Stimme an ihr Ohr. »Alles in Ordnung? Du bist auf einmal so blass.«

»Ja, ja. Mir ist bloß heiß«, antwortete sie und fächerte sich mit der Hand etwas Luft zu.

»Soll ich dir etwas zu trinken holen?«

Alma nickte und rief sich die Einzelheiten ins Gedächtnis zurück.

Die Kamera hatte in Sanders Zimmer gelegen, als sie nach der langen, vergeblichen Suche am nächsten Morgen nach Hause gekommen war. Das glaubte sie zumindest – darauf geachtet hatte sie damals nicht.

Wie aber war die Kamera dorthin gekommen, wenn er sie doch heimlich mitgenommen hatte?

29

Alma brachte Bas ins Bett. Eigentlich war es in seinem Zimmer viel zu warm, und zudem machte er keinen müden Eindruck. Vielleicht musste sie langsam den Mittagsschlaf weglassen. Und ihn endlich trocken kriegen. Das Wetter wäre ideal dafür, ihn den ganzen Tag ohne Windel draußen herumlaufen zu lassen.

Manchmal ertappte sie sich bei dem Gedanken, wie schön es wäre, wenn er nie größer werden würde.

Iris saß mit Linc im Garten. Nach dem Grillen war sie mit einer großen Tasche voller Klamotten erschienen und hatte erklärt, sie habe sich mehr Sachen zum Anziehen aus ihrer Wohnung in Amsterdam geholt.

Sander war zu einer abendlichen Fahrradtour aufgebrochen, was ihr ganz und gar nicht behagte. So wusste sie nicht, wo er steckte. Dabei war es für einen Siebzehnjährigen völlig normal, sich ohne elterliche Aufsicht zu bewegen, aber es machte sie schrecklich nervös. Auch bei Iris war das so gewesen. Ich verschwinde schon nicht, hatte das Mädchen wieder und wieder versichert, wenn Alma sie nicht allein ausgehen lassen wollte. Kein Wunder, dass sie nach Amsterdam gezogen war. Dort konnte sie zumindest tun und lassen, was sie wollte, während ihre Mutter daheim Todesängste ausstand.

Sie verspürte keine Lust, sich zu Vater und Tochter zu

setzen, denn sie war sauer auf Linc. Ohne einen guten Grund dafür zu haben. Nachdem Marjo und Lex gegangen waren, hatte sie ihm das Foto gezeigt.

»Er durfte doch die Kamera nicht mitnehmen, oder?«, fragte sie und fügte hinzu, als Linc bloß schweigend nickte: »Wenn er sie trotzdem dabeihatte, wie ist sie dann in sein Zimmer zurückgekommen?«

»Ganz einfach, ich habe sie ihm weggenommen und sie später zurückgelegt.«

»Ohne mir etwas davon zu erzählen …«

»Entschuldige, darüber habe ich nun wirklich nicht groß nachgedacht. Und nach seinem Verschwinden erschien es mir sowieso völlig unbedeutend.«

Obwohl er recht hatte, wie sie widerwillig einräumte, ließ ihr der Gedanke keine Ruhe.

Um nicht jede Minute auf die Uhr zu sehen und nach Sander Ausschau zu halten, beschloss sie, die Sachen ihrer Mutter zu sortieren, die nach wie vor in Iris' Zimmer herumstanden. Auch wenn es eigentlich nicht das Wetter für eine solche Aktion war, es musste sein. Bei jedem Umzug – erst vom Bauernhof in eine kleine Wohnung, dann ins Pflegeheim – hatte die alte Dame sich notgedrungen von immer mehr Besitztümern getrennt.

Die Dinge, die sie behalten wollte, hatte Alma sich bereits vor längerer Zeit ausgesucht. Vieles war in den Secondhandladen gewandert, darunter die größeren Möbelstücke wie Sofa, Sessel, Esstisch und Stühle, das Bett und die massiven Schränke. In den Kartons befanden sich lediglich persönliche Unterlagen, Dokumente, Fotoalben sowie Schmuck und allerlei Erinnerungsstücke.

Das ganze Zimmer stand voll. Iris hatte recht: Man

konnte sich kaum noch bewegen – nur ein schmaler Durchgang führte von der Tür zum Bett und von dort zum Schrank, mehr nicht. Zum Glück war das Wetter zu schön, um viel drinnen zu sitzen, sagte sich Alma.

Iris hatte fast ihre gesamte Einrichtung nach Amsterdam mitgenommen. Den antiken Schrank, den sie zu Almas Entsetzen als Sechzehnjährige an einem regnerischen Nachmittag weiß angestrichen hatte, ebenso wie das Bett und den Schreibtisch.

»Willst du nicht ein paar Sachen hierlassen?«, hatte Alma sie gefragt und angeboten, ihr für das Zimmer in der Stadt Möbel bei Ikea zu kaufen. Das hätte sie gern getan, aber Iris beharrte darauf, ihre Möbel mitzunehmen. Sie werde in Zukunft ja eher selten zu Hause sein, hatte sie argumentiert. Nicht einmal Gläser, Töpfe, Geschirr und Besteck wollte sie sich kaufen lassen.

Und so war Alma allein zu Ikea gefahren und hatte ein Bett und einen Schrank für das verlassene Zimmer besorgt. Vielleicht würde Bas die Sachen später brauchen können.

Einige der Kartons waren geöffnet, woraus Alma schloss, dass sie bereits von Iris nach Verwertbarem durchsucht worden waren. Am liebsten hätte Alma alles unsortiert auf den Dachboden gestellt, doch der war auch so schon übervoll. Außerdem würde sie dann nie zum Sortieren kommen.

Mit einem Seufzer setzte sie sich auf den Boden und machte sich an den ersten Karton. Und hatte sofort einen Kloß im Hals, als sie obenauf ein winziges Kleidchen entdeckte, das ihre Mutter für sie aus grüner Wolle gestrickt und an den Rändern mit einer schwarzen Kante abgesetzt hatte.

Alma dachte an die Babysachen ihrer eigenen Kinder, die auch irgendwo aufbewahrt wurden, und wünschte sich, ihre Mutter hätte Sanders Rückkehr noch miterlebt. Sie war gestorben, ohne Gewissheit über seinen Verbleib zu haben. Obwohl sie wusste, dass es Unsinn war, stellte sie sich manchmal die Frage, ob ihre Mutter sich nicht deswegen ins Vergessen geflüchtet hatte.

Das nächste Stück, das ihr ins Auge fiel, war eine Jacke ihres Vaters. Sie presste die Nase in den Stoff und roch daran, aber der Geruch nach seinen Zigaretten, der früher all seinen Kleidungsstücken anhaftete, hatte sich ebenso verflüchtigt wie die meisten Erinnerungen. In ihrem Kopf tauchten ein paar Bilder auf. Wie sie hinter ihm auf dem Fahrrad saß, die Arme fest um seine Taille geschlungen, den Kopf gegen seinen warmen Rücken gelehnt. Wie sie zwischen ihm und ihrer Mutter im Bett lag. Sein Zwinkern fiel ihr ein, wenn sie beim Spielen schummelte. Seine Wut, als er dahinterkam, dass sie geraucht hatte. Sein regloses weißes Gesicht im Sarg.

Da war sie gerade erst fünfzehn gewesen.

Sie meinte Bas zu hören und hoffte für einen Moment, er könne nicht schlafen. Dann müsste sie mit ihm nach unten in den Garten gehen, um das letzte Tageslicht zu genießen, und käme weg vom zu Ende gegangenen Leben ihrer Mutter.

Das Sichten der Hinterlassenschaften stimmte sie traurig. Was blieb von ihr? Ein paar Fotos, ein bisschen Krimskrams und ein paar Dinge, die Alma weiterbenutzte, zum Beispiel den alten Brotkorb. Eines Tages würden ihre Kinder so dasitzen und ihre Habseligkeiten durchschauen, durchfuhr es sie plötzlich. Schluss damit, ermahnte sie sich, und legte das Kleid und das Sakko beiseite. Beides würde sie aufheben.

Alma erhob sich und trat ans Fenster.

Ihre Unruhe wollte einfach nicht nachlassen, und sie konnte sich nicht konzentrieren. Nicht bloß, weil Sander unterwegs war. Zu viel lastete ihr schwer auf der Seele. Der dumme Brief. Ylvas Besuch. Die fehlenden Filme.

Und am schlimmsten war dieses befremdliche Gefühl, wenn sie Sander betrachtete. Sie schaute sich um. In einem dieser Kartons befanden sich auch Fotoalben. Aus der Jugend ihrer Mutter würde sie kaum etwas entdecken. Die wenigen frühen Bilder, die es von ihr und ihren Geschwistern gab, hatten die Tanten an sich genommen, die darauf einen größeren Anspruch zu haben glaubten. Almas eigene Kindheit war gut dokumentiert.

Als sie sich erneut den Kartons zuwandte, fand sie schnell, was sie suchte, und nahm das erste Album heraus. Legte es vor sich auf den Boden und schlug es zögernd auf. Als täte sie etwas Verbotenes. Was erwartete sie sich davon?

Da waren zunächst Bilder von einer Urlaubsreise, die ihre Eltern mit einem anderen Paar unternommen hatten, als sie noch nicht verheiratet waren. Unglaublich jung sahen sie aus. Es erschien ihr fast unverantwortlich, sich in diesem Alter bereits mit so ernsten Dingen wie Heiraten und Kinderkriegen zu beschäftigen, aber so war es damals gewesen. Ihre Mutter hatte sich oft gewundert, wie schnell sich in dieser Hinsicht die Zeiten geändert hatten.

Rasch blätterte Alma weiter. Hochzeitsfotos. Ihre Mutter in einem grünen Kleid und ihr Vater in einem braunen

Anzug mit orangefarbenem Hemd. Im nächsten Album dann die Mutter mit dickem Bauch, anschließend Alma als Säugling. Fotografien von den Hochzeiten der Onkel und Tanten. Ferien in Südfrankreich am Meer. Die waren selten, weil ihr Vater den Hof nur ungern anderen Händen anvertraut hatte.

Schließlich, in einem weiteren Album, stieß sie auf das, wonach sie eigentlich suchte. Nach einem Bild von sich mit etwa elf Jahren. Es war ein Schulfoto aus der fünften Klasse, und sie betrachtete ihr Gesicht zwischen den vielen anderen. Dann fand sie eine Aufnahme, die sechs Jahre später gemacht worden war.

Ähnelten sich die beiden Mädchen auf den Fotos? Gab es Züge, die übereinstimmten? Hatte sie sich sehr verändert? Oder gar nicht?

Sie sah lange und genau hin. Ja, sie erkannte sich deutlich wieder. Die Nase vor allem, die hohe Stirn, die Augen.

Anschließend machte sie sich auf die Suche nach Fotos von Sander. Ihr fiel auf, dass es von ihren eigenen Kindern deutlich weniger Fotos gab als von ihr selbst. Warum hatte nach ihrem Vater niemand mehr wichtige Momente festgehalten?

Hatte es womöglich keine gegeben?

Irritiert rief Alma sich zur Ordnung. Natürlich gab es die: ihre Hochzeit mit Linc, die Geburt ihrer Kinder. Zumindest hatte ihre Mutter die vorhandenen Bilder alle fein säuberlich eingeklebt und beschriftet. Und häufig in den Alben geblättert, wie sie an den abgegriffenen Seitenrändern erkennen konnte. Das berührte etwas in Alma.

Sie selbst hatte nie Zeit gefunden, Fotos einzukleben, oder sich, besser gesagt, keine Zeit genommen. Zwar hatte sie das nach Sanders Verschwinden, als sie die Tagespflege auf ihrem Hof aufgab, nachholen wollen, es jedoch zu schmerzlich gefunden, sich das sorglose Glück von einst anzuschauen.

Neuere Bilder wurden ohnehin kaum noch gemacht. Alma wollte keine Familienfotos, auf denen einer fehlte.

Als sie jetzt das Album ihrer Mutter durchblätterte, stellte sie fest, wie erschöpft sie nach Sanders Geburt ausgesehen hatte. Bleich, mit dunklen Augenringen. Dabei war sie seinerzeit der Meinung gewesen, sie würde strahlen. Iris' Geburt hatte ihr nicht so viel abverlangt. Womöglich lag es daran, dass sie sich bei Sander vorher weniger geschont hatte, weil sie damals so lange gearbeitet hatte. Nicht wie bei Iris bis vier Wochen vor dem Termin, sondern bis wenige Tage vor der Geburt. So sah es nun mal aus, wenn man selbstständig war.

Ein paar Seiten weiter tauchte eine Aufnahme mit einer riesigen blauen Rutsche in einem Freizeitpark auf. Sander, klein, blond und mit einem zahnlosen Lächeln, glitt auf einer Matte herunter, sie neben ihm, seine Hand fest in ihrer. Kurz darauf war er plötzlich schneller geworden und seine Hand aus der ihren gerutscht, daran erinnerte sie sich noch. Er wurde viel zu schnell und flog über das weiche Polster am Ende auf den harten Boden. Ein blaues Auge und eine aufgeplatzte Augenbraue, die genäht werden musste, waren die Folge.

Die nächsten Fotos dokumentierten die Etappen seines Wachstums. Ihr fiel auf, wie selten er lachte. Das letzte Foto zeigte ihn am Geburtstag ihrer Mutter. Alma nahm ihr Handy und verglich den Sander von damals mit dem von heute.

Die Tür flog auf, und sie dachte, Bas sei aus seinem Bett geklettert. Aber es war Iris, die vor ihr stand.

»Was machst du in meinem Zimmer?«, fragte sie.

»Großmutters Sachen durchsehen, darum hast du mich schließlich gebeten. Und sprich ein bisschen leiser, Bas schläft«, flüsterte Alma und legte schnell das Handy weg.

Iris beugte sich über Almas Schulter. »Du sortierst ja gar nichts aus. Oder warum herrscht hier noch mehr Unordnung als vorher?«

»Ich muss erst mal alles sichten.« Alma seufzte und verkniff sich den Kommentar, dass mit einem so langen Aufenthalt der Tochter ja nicht zu rechnen gewesen war.

»Wo ist dein Vater?«, versuchte sie deshalb abzulenken.

»Nach Hause gegangen. Darf ich mal sehen?« Iris griff, bevor Alma reagieren konnte, nach einem der Alben und setzte sich damit aufs Bett. Mit einem nackten Fuß klopfte sie auf den Boden. »Mensch Mama, du hast ja ausgesehen«, stellte sie grinsend fest und hielt das Album hoch.

Alma erkannte sich in einem Schlabberpulli, einer Jeans mit extrahoher Taille samt Gürtel und mit Dauerwelle.

»So lief man in dieser Zeit herum«, protestierte sie. »Ich war eines der angesagtesten Mädchen in der Gegend.« Sie zog ein weiteres Album aus der Kiste. »Was machst du morgen?«

»Keine Ahnung.«

»Nimmst du Sander noch mal mit zum See?«

Sie blickte zu ihrer Mutter auf. »Er ist schon ein bisschen seltsam, oder?«

»Iris!«

»Er hat mit keiner Wimper gezuckt, als wir zu dem See gefahren sind.«

»Zu welchem See?«

»In dem Roel ertrunken ist.«

»Iris, musste das sein? Hättest du nicht an einen anderen See fahren können?«

»Da war Christiaan, und den wollte ich nicht vor vollendete Tatsachen stellen.«

»Hm. Wie ist es denn gelaufen, als ihr dort wart?«

Iris zuckte mit den Achseln. »Er hat kaum etwas gesagt.«

Obwohl Alma das nicht gemeint hatte, griff sie die Bemerkung auf. »Er muss sich langsam daran gewöhnen. Jahrelang hat er allein mit diesem Mann zusammengewohnt und weiß vielleicht nicht einmal, wie man ... sich einfach so unterhält.« Sie überlegte, wie sie eine Brücke zu dem Thema schlagen könnte, das ihr am Herzen lag. »Vielleicht hat er ja darum wieder gefilmt. Weil ihm das vertraut ist«, tastete Alma sich vor und musterte verstohlen ihre Tochter, die sich aber nichts anmerken ließ.

»Schau mal, das ist ja komisch«, sagte Iris in diesem Moment.

30

Iris wies auf das Album. »Hier fehlt ein Foto.«

»Na und?«

»Als ich das letzte Mal bei Oma war, klebte es dort noch. Wir haben uns nämlich die alten Bilder angeschaut. Sie mochte das, selbst wenn sie nicht mehr alle Leute wiedererkannte.« Iris deutete erneut auf die leere Stelle. »Und was dieses Foto betrifft, von selbst ist es nicht herausgefallen. Schau her, man sieht, dass es herausgerissen wurde.«

»Lass mal sehen.«

Iris verdrehte die Augen. »Du willst Kleberreste und kaputtes Papier sehen?«

»Großmutter hat viele Bilder beschriftet: Wo und wann und bei welcher Gelegenheit sie aufgenommen wurden. Steht da was?«

»Juli 2007.« Iris zog die Nase kraus.

»Sonst nichts?«

Iris schüttelte den Kopf.

»Das ist ein bisschen wenig, da fällt mir spontan nichts ein.«

Das Foto davor zeigte Iris an ihrem Geburtstag. Sie saß auf einem mit farbigen Girlanden und Ballons verzierten Stuhl und blickte missmutig in die Kamera. Ihr fünfzehnter Geburtstag, wenn man der Anzahl Kerzen Glauben schenken durfte. Sie fand das alles kindisch, erinnerte

Alma sich. Sie sei doch kein kleines Kind mehr, hatte sie sich beschwert.

Auf den folgenden Fotos waren Alma und Sander beim Spaziergang an einem Strand zu sehen, dick eingepackt in Jacke, Schal, Mütze und Handschuhe. Sie waren über Ostern für einen Kurzurlaub mit der Großmutter nach Texel gefahren, und es war bitterkalt gewesen, wie die Bilder bewiesen.

»Ich weiß es wirklich nicht«, erklärte Alma schließlich resigniert.

»Hier fehlen ebenfalls Fotos«, stellte Iris plötzlich fest. »Eins vom 27. März 2007 und eins vom 14. Oktober 2006.« Sie schlug die Seiten um und nannte weitere Daten. »Ist das in den anderen Alben auch so?«

»So weit bin ich noch nicht.«

»Gib mal eins her«, verlangte Iris und vertiefte sich sogleich darin. »Befindet sich diese Brosche eigentlich unter Omas Sachen? Und wenn ja, kann ich sie haben?« Iris deutete auf das Foto mit der golden eingefassten Perlmuttbrosche der Großmutter.

»Ich denke schon. In einem der Kartons müsste sich der ganze Schmuck befinden. In einer Schatulle, soweit ich mich erinnere.«

Iris stand auf und wühlte herum, bis sie das Gesuchte fand. »Die Brosche ist nicht dabei«, sagte sie enttäuscht.

Mit einem Seufzer erhob sich Alma. Es war immer die alte Leier, aber diesmal hatte Iris recht. Beim Zusammenpacken hatte sie damals nicht darauf geachtet, aber als sie jetzt genauer hinschaute, stellte sie fest, dass noch mehr fehlte: ein goldenes Armband, eine dünne Kette mit Anhängern, eine Weißgoldbrosche mit Blumen- und Wellenmuster und einer Perle in der Mitte. Ein altes Stück, das einst Almas Großmutter gehört hatte und oft getragen worden war. Außerdem vermisste sie einen Goldring in Rosettenform mit sieben Brillanten, ein Geschenk ihrer Großeltern an ihre Mutter, als sie den jungen Bauern heiratete.

Den Wert der fehlenden Stücke vermochte Alma zwar nicht zu benennen, doch darum ging es gar nicht in erster Linie. Was für eine dumme Sache. Sie würde in dem Pflegeheim, in dem ihre Mutter gestorben war, anrufen und nachfragen müssen.

31

Noch immer war Sander nicht zurück. Alma ging in den Garten und ließ sich in einem der Liegestühle nieder. Schwül war es. Die Hitze wollte einfach kein Ende nehmen. Ein Geräusch hinter ihr ließ sie zusammenzucken.

»Himmel, Linc, ich dachte, du bist schon weg.«

»Nein, ich habe drüben auf den anderen Stühlen gesessen.«

Wartete er ebenfalls auf Sander, genau wie sie?

»Möchtest du ein Bier?«

Sie schüttelte den Kopf.

»Früher haben wir ab und an gemeinsam eines getrunken«, meinte er und setzte sich neben sie.

»Ja, aber früher dachte ich auch, dass wir für alle Zeit zusammenbleiben würden.«

Sie sagte das ohne jeden Groll und überlegte wieder, ob sie ihre Sorgen Linc anvertrauen sollte. Nein, dafür war er inzwischen nicht mehr der richtige Ansprechpartner. Eine Erkenntnis, die sie trotz allem schmerzte, jedes Mal aufs Neue.

Linc stieß einen tiefen Seufzer aus. »Tut mir leid.«

»Manchmal denke ich, es wäre einfacher, wenn einer von uns fremdgegangen wäre.«

»Wie meinst du das?«

»Dann wüsste ich wenigstens genau, warum …«

»Warum wir uns getrennt haben?«, vervollständigte Linc den Satz.

Sie sah zur Seite, damit er ihre aufsteigenden Tränen nicht bemerkte. Ob er wohl noch Medikamente nahm, fragte sie sich, auch wenn es eigentlich nicht mehr ihr Problem war. Eine ganze Weile hatte sie ihm seine Depression übel genommen. Bis man ihr im Rahmen einer Paartherapie erklärte, dass Linc darauf nicht den geringsten Einfluss habe und viel Unterstützung von ihrer Seite brauche. Dazu wiederum war sie nicht in der Lage gewesen, weil sie alle Energie für sich und für die Suche nach Sander benötigte. Eher hätte sie selbst Hilfe gebraucht. Sanders Verschwinden, Lincs Depression, eins kam zum anderen und schlug Lecks in das Schiff ihrer Ehe, bis es schließlich unterging. Die Geburt von Bas hatte nichts daran ändern können.

Zwar war der Wunsch nach einer Trennung letztlich von ihr ausgegangen, doch handelte es sich im Grunde um einen Akt der Verzweiflung. Um ihn wachzurütteln. Dass er Medikamente nahm, würde sich positiv auf ihre Beziehung, ihre Situation auswirken, hatte sie gehofft, aber das war nicht der Fall gewesen. Immer weiter hatte er sich von ihr entfernt. Warum, wusste sie nicht. Irgendwann war er bloß noch physisch anwesend, aber nicht mehr erreichbar für sie gewesen.

Sie hatte geredet, geweint, gefleht, gedroht, nichts half. Ihr Therapeut, ein junger Spund von gerade mal dreißig und noch dazu der Ehemann von Sanders Maartje, versuchte ihr zu erklären, dass jeder Mensch anders mit einem Verlust umgehe und sie respektieren müsse, wenn Linc nicht darüber sprechen wolle. Sie hatte es weiß Gott versucht, doch irgendwann fand sie, dass sie so oder so allein dastand und es vielleicht besser wäre, ohne ihn weiterzumachen.

Linc hatte ihren Vorschlag, sich scheiden zu lassen, fast gleichmütig zur Kenntnis genommen. »Das war's dann wohl mit uns«, hatte sie gesagt und sich für diese Plattitüde geschämt, aber keine anderen Worte gefunden.

Der erhoffte Effekt war ausgeblieben. Linc protestierte nicht und bat sie auch nicht, ihren Entschluss noch einmal zu überdenken. Und schon gar nicht hatte er beteuert, dass er sie nicht verlieren wolle und sich deshalb ändern werde.

Nichts von alldem.

Im Grunde hätte sie es wissen müssen. Sogar in dieser Situation reagierte Linc so wie immer bei allen Konflikten: tatenlos.

Alma sah auf seine Hände. Ihretwegen hatte sie sich damals in Linc verliebt. Und sie waren das Erste, was sie von ihm wahrgenommen hatte. Nach einem Tag auf Skiern hatte sie mit ihren Freundinnen an einer Bar gesessen, als sich plötzlich zwei Hände vor ihre Augen schoben. Kühl, weich und wohlriechend.

»Rate, wer ich bin«, hörte sie eine Stimme.

Sie hatte keine Ahnung und sagte: »Mein Prinz auf seinem weißen Pferd.«

Daraufhin nahm er seine Hände runter und entschuldigte sich, dass er sich geirrt habe. Sie kamen ins Gespräch, und der Rest war Geschichte, wie man so schön sagte.

Alma hatte nie herausgefunden, ob er sie tatsächlich verwechselt hatte oder ob es bloß eine Flirtmasche gewesen war. Daran änderten selbst seine Beteuerungen nichts, es habe sich wirklich um einen *honest mistake* gehandelt. Egal, sie fand das Ganze sowieso eher spannend und irgendwie erregend. Und ganz sicher langweilte Linc sie nicht wie andere Männer zuvor – sie fand seine Unergründlichkeit anziehend.

Inzwischen hasste Alma sie.

Die Jahre hatten sie nämlich gelehrt, dass dahinter nichts Geheimnisvolles nach dem Motto *Stille Wasser gründen tief* steckte. Vielmehr vermutete sie, dass Linc Dinge vor ihr verbarg und sie nicht wirklich an sich heranließ.

Als sie jetzt seine Hände betrachtete, hätte sie am liebsten geweint. Kraftlos lagen sie in seinem Schoß. Dabei hatten diese Hände einst so vieles getan – die Nabelschnüre der Kinder durchtrennt, sie gestreichelt, das Haus umgebaut …

Hättest du doch gekämpft, wollte sie ihn anschreien. Warum hast du mich einfach losgelassen? Was ist mit dir geschehen?

Als Linc nicht weitersprach, ergriff Alma wieder das Wort. »Meine Großeltern mütterlicherseits waren sechzig Jahre lang miteinander verheiratet. Irgendwann habe ich meine Mutter mal gefragt, wieso die beiden zusammengeblieben sind, während andere sich trennten. Sie hat gelacht und mir Großmutters Rezept verraten. Sie hätten sich durchaus gelegentlich sattgehabt, aber nie gleichzeitig.«

»Ich habe dich nicht satt.«

»Trotzdem bist du nicht geblieben.«

»Du wolltest die Scheidung.«

Sie setzte zu einem Protest an, aber Linc kam ihr zuvor. »Damit meine ich nicht, dass es deine Schuld war. Ich hätte dich bloß unglücklich gemacht, wenn ich geblieben wäre.«

»Was ist mit uns passiert? Ich verstehe es einfach nicht.«

Er presste sich die Fingerspitzen gegen die Schläfen, als säße dort ein Schmerz. »Stell dir vor, du könntest eine Zeitreise in die Vergangenheit unternehmen, was würdest du anders machen?«

»Das weißt du doch.« Sie fühlte sich unbehaglich.

»Abgesehen von Sander. Würdest du etwas ändern?«

»Nein, ich glaube nicht. Du?«

Sie stellte die Frage, obwohl sie nicht wusste, ob sie die Antwort hören wollte. Aber zum ersten Mal seit Jahren führte er wieder ein richtiges Gespräch mit ihr. Redete wirklich mit ihr, und sie hätte eine Menge dafür getan, diesen Augenblick festzuhalten, selbst wenn die Unterredung vielleicht schmerzlich wurde.

»Manchmal wünsche ich mir, du hättest mich nie getroffen.«

»Oh.« Nicht: *Ich wünschte, ich hätte dich nie getroffen,* sondern: *Ich wünschte, du hättest mich nie getroffen.*

»Dann hätten wir nie Kinder gehabt«, warf sie ein.

Linc nickte, und Alma verstand gar nichts mehr. Sie war müde und verschwitzt und hatte plötzlich genug.

»Du sprichst in Rätseln. Warum sagst du nicht einfach klar und deutlich, was du meinst?«

»Dir geht es ohne mich besser. Ist das deutlich genug?«

Jetzt begriff Alma ihn noch weniger als vorher, schwieg aber. Wollte nicht länger kämpfen. Es gab Wichtigeres. Und am wichtigsten waren ihre Kinder.

Mit einem Seufzer setzte Linc sich auf. »Es tut mir leid.

Was willst du mit einem Kerl, der deinen Sohn nicht beschützen konnte?«

Ein paar Sekunden lang wusste sie darauf nichts zu erwidern. »Quäl dich doch nicht länger«, versuchte sie ihn schließlich zu trösten. »Er ist ja wieder da.«

Lincs einzige Reaktion bestand darin, seine Bierdose zu zerdrücken. »Ich gehe jetzt lieber.«

Vom Gartentor hörten sie ein Geräusch. Alma fuhr hoch. Ylva, dachte sie unwillkürlich. Die würde sie nicht in Ruhe lassen, das hatte sie im Gefühl.

Das Tor flog auf, und herein kam Sander, der verschwitzt und verstört wirkte.

»Was ist los?«

»Ich werde verfolgt.« Sein Brustkorb hob und senkte sich deutlich sichtbar.

»Jemand von der Presse?« Eilig stand Alma auf und lief zum Tor. Niemand zu sehen.

»Nein, glaube ich nicht. Er hatte keinen Fotoapparat oder so dabei.«

»Hat er dich angesprochen?«

Sander schüttelte den Kopf. »Ich denke mir das wirklich nicht aus.«

»Das unterstellt dir doch auch niemand«, gab sie erstaunt zurück.

»Er stand schon draußen, als ich los bin, ich habe mir aber nichts dabei gedacht. Später im Dorf tauchte er wieder auf und hat mich ganz auffällig fixiert. Es war, als wollte er, dass ich ihn bemerke. Verstehst du?« Er nahm die Mütze ab und fuhr sich mit der Hand durchs hochstehende Haar. Er wirkte angegriffen.

»Ist er ungefähr in deinem Alter, ein bisschen älter vielleicht, und blond?«

Verblüfft sah Sander sie an und nickte. »Kennst du ihn?«

»Christiaan«, stöhnte sie.

»Der Ex von Iris? Aber warum verfolgt er mich und verhält sich so komisch?«

»Ich weiß es nicht. Heute Morgen habe ich ihn auf der Weide stehen sehen. Ich bin zu ihm hin, und er hat gesagt, dass er hier sei, um uns zu beschützen.«

»Sitzt bei ihm vielleicht eine Schraube locker?«

Sie beschloss, Christiaans Aufenthalt in der Psychiatrie nicht zu erwähnen. »Ich rufe die Polizei an«, sagte sie stattdessen.

»Brauchst du nicht. Das nächste Mal haue ich ihm eine aufs Maul.«

32

Tag 9

Sander saß am Küchentisch, als Iris herunterkam. Sie widerstand dem Impuls, sich umzudrehen und wieder nach oben zu gehen, wünschte ihm einen guten Morgen und machte sich an der Küchentheke ein Frühstücksbrot.

»Wo ist Mama?«

»Sie wollte in Omas Pflegeheim. Es geht um verschwundenen Schmuck oder so was«, antwortete Sander. »Bas hat sie mitgenommen.«

Iris setzte sich ihm gegenüber. »Wie war der Grillabend?«

Sander zuckte mit den Schultern. »Ich hab ihnen halt erzählt, woran ich mich erinnere.«

»Das war sicher nicht leicht.«

»Ich lebe noch, ihr Sohn ist tot.«

»Das klingt ziemlich …«

»Wie denn?«

»Hart«, beendete sie den Satz und mühte sich mit ihrem Brot ab. »Maarten war schließlich dein bester Freund.«

»Ich war elf.« Er rutschte unbehaglich auf dem Stuhl hin und her, lehnte sich vor und schien nach Worten zu suchen. »Oft genug hab ich mir gewünscht, dass er mich getötet und Maarten mitgenommen hätte.«

Iris erschrak. »Im Ernst?«

Er rieb sich über das Gesicht. »Ich weiß es nicht. Manchmal ist alles so verdammt mühsam.«

Amen, dachte Iris.

Noch bevor sie fortfahren konnte, sagte Sander: »Triffst du deinen Ex eigentlich noch gelegentlich?«

»Christiaan? Nein. Wieso?«

Seine Stimme veränderte sich. »Dann hättest du ihn fragen können, warum er mich verfolgt.«

»Du lügst«, stieß sie erschrocken hervor.

»Warum sollte ich lügen?«

Sie zuckte mit den Schultern.

»Was ist mit dem Typ eigentlich los?«

»Dass du dich traust, mich das zu fragen«, fuhr sie ihn an, bedauerte ihre heftige Reaktion sofort. Abrupt stand sie auf und stellte ihren Teller in die Spülmaschine.

»Gehst du heute wieder schwimmen?«, erkundigte sich Sander.

»Warum, willst du mitkommen?«, fragte sie ziemlich schroff, doch Sander schien es nicht bemerkt zu haben.

»Vielleicht.«

»Es wundert mich, dass du da überhaupt noch hinwillst.«

Kurz huschte ein Schatten über sein Gesicht, den sie nicht einzuordnen wusste. Erneut überkam sie dieses unbestimmte Gefühl, das sie bereits am See verspürt hatte.

»Damals hast du gesagt, du willst nie mehr zu diesem See.«

»Daran kann ich mich nicht erinnern«, sagte Sander langsam.

»Komisch, dass du das nicht mehr weißt.«

Plötzlich war von draußen ein Kreischen zu hören. Sander richtete sich auf, und Iris rannte durch die Terrassentür ins Freie. Stennis, der Hahn, scheuchte Dennis, den halb verwilderten Kater, durch den Garten. Er schoss einen Baum hoch und blieb zitternd auf einem Ast sitzen. Iris gab sich alle Mühe, ihn herunterzulocken, aber ohne Erfolg. Hinter sich hörte sie Sanders Lachen.

»Das ist nicht witzig.«

»Weißt du noch das eine Mal, als du bei Oma in einem Baum gesessen und dich nicht mehr runtergetraut hast? Ich musste zum Nachbarn laufen, damit der mit einer Leiter kommt.«

»Das habe nun ich irgendwie vergessen.«

»Erinnerst du dich denn, wie du hinten auf Mamas Rad gesessen hast und mit einem Fuß in die Speichen geraten bist?«

»Ja.«

»Oder als Mama uns bei Glatteis mit dem Fahrrad in die Schule bringen wollte, du vorn und ich hinten, und wir umgekippt sind?«

»Nein.«

»Du warst es übrigens nicht, die in die Speichen geraten ist, sondern ich.«

Verblüfft sah Iris ihn an. Warum tat er das? Sollte das eine Retourkutsche sein für das, was sie vor ein paar Minuten wegen des Sees gesagt hatte?

Sander fuhr fort: »Weißt du noch, wie wir einmal zusammen im Bett von Mama und Papa geschlafen haben, als die beiden auf dem Dorffest waren? Sie haben gesagt, dass wir inzwischen alt genug seien, um allein zu Hause zu bleiben. Dir ist schlecht geworden, und du hast das ganze Bett vollgekotzt. Und ich hab's nicht mal gemerkt und einfach weitergeschlafen.«

»Ja.«

»Und auf der Rückfahrt aus dem Frankreichurlaub haben wir die ganzen Croissants vom Frühstück ins Auto gespuckt.«

»Stimmt.«

»Wie viele Erinnerungen hast du eigentlich an früher?«

»Keine Ahnung.«

»Bei mir sind es vierzehn. Nachdem Eelco mich mitgenommen hatte, habe ich meine Erinnerungen gezählt. Ich hatte Angst, sie zu vergessen. Die ganzen Jahre habe ich sie mir jeden Abend ins Gedächtnis gerufen. Nicht zu deutlich, sonst hätte ich euch zu sehr vermisst, aber ich bin sie durchgegangen wie eine Art Einkaufsliste.«

»Gehört der See auch zu den vierzehn?«

»Natürlich«, sagte Sander.

Hatte er kurz gezögert, oder bildete sie sich das ein?

»Echt? Als wir vor Kurzem dort waren, hast du das mit keiner Silbe erwähnt.«

»Was hätte ich denn sagen sollen?«

»Irgendwas, keine Ahnung.« Etwas in ihr mahnte sie, nicht weiter in ihn zu dringen.

Schweigend sahen sie einander an.

»Also?«, forderte sie ihn auf.

Vor dem Tor ertönte eine Hupe. »Ich muss los.«

»Wohin denn?«

»Weg, mit Papa.«

33

Der alte Landrover hatte keine Klimaanlage, und so fuhr Linc mit weit geöffneten Fenstern die Straße entlang.

Nach Sanders Verschwinden war das Dorf zu einem feindlichen Ort für ihn geworden, an dem er ständig an seinen Sohn und die ganze schreckliche Geschichte erinnert wurde. Aber Alma hatte nicht wegziehen wollen. Verständlicherweise.

Er hingegen wäre lieber irgendwohin gegangen, wo er so hätte tun können, als wäre nichts geschehen, wo man ihn nicht mit diesen mitleidigen oder verächtlichen Blicken betrachtete. Nach der Scheidung allerdings, als es ihm freigestanden hätte, das Dorf zu verlassen, kümmerte ihn das alles plötzlich nicht mehr. Er war gefühllos geworden. Mürbe. Womöglich waren ja die Psychopharmaka daran schuld.

Außerdem wusste er natürlich tief innen, dass die Gedanken an seinen Sohn durch einen Umzug nicht einfach verschwinden würden.

Das Tor war geschlossen. Bis vor ein paar Tagen hatte Alma es immer offen stehen lassen, jetzt traute sie sich das nicht mehr, wegen der Journalisten. Er hupte, stieg aus und öffnete das Tor. Almas Wagen konnte er nirgends entdecken. Dabei hatte sie nicht erwähnt, dass sie wegfahren wollte. Nun gut, das musste sie auch nicht, schließlich lebten sie getrennt und waren einander keine Rechenschaft schuldig.

Linc kurbelte die Fenster des Landrovers ganz runter, während er auf Sander wartete.

»Was haben wir eigentlich vor?«, erkundigte sich der Junge, nachdem er eingestiegen war.

Linc wendete den Wagen. »Lex helfen. Er legt Gärten an, und ich helfe ihm dann und wann. Vielleicht möchtest du dich ebenfalls ein bisschen beschäftigen – es wird gut bezahlt.«

»Findet Lex das okay?«

»Es war seine Idee.«

Schweigend fuhren sie weiter.

»Wie ist es, wieder zurück zu sein?« Linc war klar, wie einfältig seine Frage klang, doch ihm fiel nichts Besseres ein.

»Anders, als ich es mir vorgestellt habe«, räumte Sander ein.

»Besser oder schlechter?«

»Es ist, als würde jeder auf Zehenspitzen gehen.«

»Wir bemühen uns alle.«

»Das müsst ihr nicht. Ich bin nicht aus Zucker, sondern halte was aus. Zeigt sich eigentlich schon daran, dass ich die letzten Jahre überlebt habe.«

»Das Phantombild von Eelco und die Suche nach dem Autofahrer, der dich mitgenommen hat, haben bislang nichts ergeben.«

Linc warf Sander einen kurzen Blick zu, um seine Reaktion zu beobachten, aber der Junge schwieg, wandte den Kopf ab und schaute angelegentlich aus dem Seitenfenster.

»Und was Eelcos Unterschlupf betrifft, tappt die Polizei ebenfalls im Dunkeln«, fuhr Linc fort. »Meinst du, du könntest noch einmal hinfahren und versuchen, den Platz im Wald wiederzufinden?«

»Nein, für kein Geld der Welt.«

»Willst du denn nicht wissen, wer dieser Eelco war?«

»Das hat Iris mich bereits gefragt. Als ob ich nicht wüsste, wer er war. Immerhin hab ich jahrelang mit ihm zusammengelebt und kenne ihn durch und durch.«

»Er hat oder hatte Eltern. Vielleicht Geschwister. Wer weiß, womöglich sogar eine Familie. Menschen, die ihn geliebt haben und die noch immer nach ihm suchen, weil er eines Tages urplötzlich vom Erdboden verschwunden ist, genau wie du.«

»Ich gehe nicht zurück.«

»Und wenn ich dich begleite?«

»Warum solltest du das tun?«

»Um dich zu beschützen.«

»Soweit ich weiß, warst du damals auch in der Nähe, und das hat nicht gerade viel geholfen.«

Linc schien, als würde schlagartig alle Luft aus seiner Lunge gepresst. Winzige Insekten prallten gegen die Windschutzscheibe.

»Tut mir leid, so habe ich es nicht gemeint«, sagte Sander hastig.

»Du brauchst dich nicht zu entschuldigen. Du hast vollkommen recht. Ich war kein guter Vater, sonst hätte ich meinen Sohn vor alldem bewahren können.«

Und seine Strafe war noch lange nicht vorüber, setzte er im Stillen hinzu.

»Wie hättest du denn wissen sollen, dass Eelco ...«

»Es war Pech, sagen alle. Die Jungs sind zur falschen

Zeit am falschen Ort gewesen. Wie oft habe ich diese Worte gehört? Sicher, es ist nett gemeint, aber ich frage mich, ob es wirklich stimmt«, unterbrach Linc ihn.

»Ich verstehe dich nicht. Was meinst du damit?«

»Ob ihr tatsächlich zur falschen Zeit am falschen Ort wart. Wo hättet ihr denn sonst sein sollen?«

»Äh ...«

»Wenn die Leute das sagen, schwingt für mich immer mit, dass ihr nicht dorthin gehört habt und dass ich dafür hätte sorgen müssen, dass ihr nicht dort seid.« Er begann Schwachsinn zu reden, merkte Linc. »Entschuldige«, sagte er. »Ich hätte bei dir bleiben müssen. Ich hätte dich nicht alleinlassen dürfen, dann wäre das Ganze nicht passiert. Und es vergeht kein Tag, an dem mir das nicht unendlich leidtut.«

Er hatte es geahnt, gespürt.

Nicht ohne Grund war er schließlich mit ins Ferienlager gefahren. Etwas schien ihn damals zu warnen, dass Unheil drohe, dass Furchtbares geschehen würde. Zugleich war ihm bewusst, dass er nicht immer in der Nähe seines Sohnes bleiben durfte. Das wäre unsinnig gewesen.

Allerdings hatte er geglaubt, noch Zeit zu haben. Doch dann war ihm alles aus der Hand geglitten. Immer wieder redete er sich ein, keine Wahl gehabt zu haben, und zugleich war ihm klar, dass das nicht stimmte.

»Am Anfang, in den ersten Wochen, vielleicht sogar im ersten Jahr, war ich mir sicher, dass ihr kommen und mich holen würdet. Oft hat Eelco behauptet, dass ihr mich nicht mehr wollt, aber ich habe ihm keine Sekunde geglaubt. Immerhin hatte er mich einfach so mitgenommen. Daran hielt ich mich fest. Das habe ich ihm auch gesagt.

Trotzdem versuchte er, mir immer wieder weiszumachen, er habe mit euch Kontakt aufgenommen und ihr würdet mich nicht mehr wollen. Und dann musste ich daran denken, wie oft ich in mein Zimmer geschickt worden bin, weil ich was ausgefressen oder mich mit jemandem gestritten hatte. Ich war ja damals nicht ohne Grund bei Maartje zur Therapie. Irgendwann fing ich an zu glauben, dass etwas mit mir nicht stimmt. Vielleicht konnte Maartje mir nicht helfen und hatte euch das gesagt, aber mir nicht, und und ihr fandet es vielleicht doch angenehmer und praktischer ohne mich, habe ich gedacht.«

Mit wachsendem Grauen hörte Linc sich die Geschichte an. »Hast du das Alma auch erzählt?«

Traurig schüttelte Sander den Kopf. »Das könnte ich nicht, es würde ihr das Herz brechen.«

»Es scheint mir in der Tat ratsam, wenn du das ihr gegenüber nicht erwähnst.«

»Ja, sie weint ohnehin ziemlich viel. Sie denkt zwar, das merkt niemand, aber sie ist nicht gut darin, ihre Gefühle zu verbergen.«

»Sie hat immer weiter gesucht und gehofft.«

»Und du?«

Linc erschrak über die direkte Frage. »Ich auch«, log er und war froh, dass sie in diesem Moment ihr Ziel erreichten. »Wir sind da.«

Lex stand bei einem Yuppie-Paar, das dieses Haus im Wald vor Kurzem gekauft hatte, nachdem der Eigentümer, ein alter Junggeselle, gestorben war. Die jungen Leute, für die Geld scheinbar keine Rolle spielte, wollten der Hektik der Großstadt entfliehen und hatten alles darangesetzt, das heruntergekommene Gebäude nach ihrem Geschmack zu sanieren. Jetzt musste nur noch der Garten angelegt werden.

Als Linc dem stolzen Besitzer die Hand schüttelte, fühlte er sich ein wenig daran erinnert, wie er selbst in diesem Alter gewesen war. Wie er nach wie vor sein könnte, wäre Sander nicht verschwunden. Die Leute im Dorf sprachen nicht gerade wohlwollend über das Pärchen – in ihren Augen hatten die beiden das Haus ruiniert. Es war etwas Wahres daran, denn von dem alten Försterhaus war außer den Mauern kaum etwas übrig geblieben. Doch selbst die hatten teilweise riesigen Fensterfronten weichen müssen, vor denen keine Gardinen hingen. Wozu auch, denn Bäume versperrten den wenigen Passanten, die sich hierherverirrten, die Sicht auf das Gebäude. Ihn allerdings, dachte Linc, würde es hier abends und nachts allein gruseln.

Lex schien ehrlich erfreut, sie zu sehen, und erklärte ihnen sofort, was sie tun sollten. Die alten Koniferen standen im Weg und mussten entfernt werden. Keine leichte Aufgabe, denn die Wurzeln saßen tief im Boden. Linc trieb den Spaten in die Erde. Schmutz knirschte ihm zwischen den Zähnen, und bald tat ihm der Rücken weh. Er richtete sich auf und genoss ein paar Minuten die Sonne, die durch die Baumwipfel schien. Irgendwo hörte er ein Handy klingeln.

»Linc, dein Telefon«, rief Lex, der ein Stückchen entfernt arbeitete.

Nachdem er sich die schmutzigen Hände an der Hose abgewischt hatte, ging er hinüber zu der Stelle, wo seine Sachen lagen. Er nahm das Handy und schaute aufs Display. Eine unbekannte Nummer.

»Hallo?«

Fünf Minuten später war das Gespräch beendet. »Sie haben Eelco gefunden«, wandte er sich an Sander.

Der Junge wurde blass, und Lex, der auf dem Boden kniend ein Blumenbeet gestaltete, hielt mit seiner Arbeit inne.

»Einer der deutschen Polizisten hat seinen Urlaub damit verbracht, die Wälder der Umgebung zu durchwandern. Er kennt sich dort gut aus und ist auf die Hütte gestoßen. Dann brauchten sie bloß noch einen Leichenspürhund einzusetzen ... Die Beschreibung des Toten passt auf Eelco.«

»Na so was«, meinte Lex. »Alles in Ordnung, Sander?«, fragte er und warf einen Blick auf den Jungen, der große Schlucke aus seiner Wasserflasche trank.

»Er hatte leider keine Papiere oder so bei sich«, fuhr Linc fort. »Deshalb wissen wir noch nicht allzu viel. Sie wollen jetzt in der ganzen Gegend Nachforschungen anstellen, speziell Leute in den umliegenden Dörfern befragen, ob ihn jemand kennt oder vermisst.«

»Weiß Alma schon Bescheid?«, warf Lex ein.

Linc schüttelte den Kopf. »Das habe ich eben gar nicht gefragt. Besser, ich rufe sie gleich an.« Fragen über Fragen gingen ihm durch den Kopf, die er allesamt hätte stellen müssen. »Vorher fahre ich schnell bei Hans vorbei. Kannst du Sander später nach Hause bringen?«

Lex nickte. »Klar, mache ich.«

»Ist wirklich alles in Ordnung?«, erkundigte Linc sich daraufhin bei Sander, der bislang kein Wort gesagt hatte.

»Ich verstehe das nicht, er war so gut versteckt«, stieß er jetzt hervor. »Sie sollten ihn nicht finden.«

»Was sagst du da?«, hakte Linc in scharfem Ton nach.

»Ich hatte ihm versprochen, dass niemand sein Grab entdecken würde. Er wollte für immer dortbleiben.«

34

Linc stand vor dem Polizeigebäude und betrachtete das Haus, als stünde er Aug in Aug einem hungrigen Löwen gegenüber. Nie hätte er gedacht, dass er noch einmal freiwillig einen Fuß dort hinein setzen würde, und holte tief Luft, bevor er die Tür öffnete. Am Schalter erkundigte er sich nach Hans.

»Sagen Sie ihm einfach, dass Linc da ist, dann weiß er Bescheid.«

Ein wenig verwundert musterte ihn der Beamte, bevor er zum Hörer griff. »Hans kommt gleich«, beschied er seinen Besucher nach einem kurzen Telefonat.

»Dann warte ich draußen«, erklärte Linc, denn drinnen hielt er es keine Minute länger aus.

Vor der Tür schlug ihm erneut die Hitze entgegen, und er suchte Schatten unter einem großen Baum, der auf einem asphaltierten Platz stand. Nicht lange danach sah er Hans aus dem Gebäude kommen.

»Was kann ich für dich tun?« Hans freute sich ganz offensichtlich, Linc zu sehen.

Bei seinem Anblick musste Linc unwillkürlich an Iris' Worte denken, dass Hans mit seiner massigen Figur, den großen Pranken, den dichten Augenbrauen und den wilden Locken wie ein Knuddelbär aussehe.

»Ich wollte noch mal über den Anruf sprechen.«

»Mehr als das, was ich dir gesagt habe, weiß ich nicht. Dafür hättest du nicht herkommen müssen.«

Wie sollte er erklären, worüber er sich Sorgen machte?

»Wie geht es jetzt weiter?«

»Die Leiche wird obduziert, und die deutschen Kollegen hoffen auf Hinweise aus der Bevölkerung. Immerhin ist dieser Eelco laut Sander öfter einkaufen gegangen. Wahrscheinlich in den umliegenden Dörfern. Es muss also Leute geben, die ihn mit einer gewissen Regelmäßigkeit gesehen haben – und die sich vielleicht wundern, warum er nicht mehr auftaucht. Wir hoffen, dass er irgendwann als vermisst gemeldet wird. Ein pädophiler Sexualstraftäter dieses Namens findet sich in keiner Datenbank, das weißt du ja. Natürlich haben wir keine Ahnung, ob das überhaupt sein wirklicher Name ist.« Hans rieb sich über die Stirn, als hätte er Kopfschmerzen. »Es würde helfen, wenn ihr mit der Geschichte an die Öffentlichkeit geht. Wenn die Medien was dazu bringen ...«

»Wir haben doch bereits eine Pressekonferenz gegeben, und es gibt ein Phantombild.«

»Es würde helfen, wenn einer von euch sich interviewen ließe. Am besten Alma. Dann würde bestimmt wieder verstärkt über den Fall berichtet. Immerhin hat sie die Medien früher ständig einbezogen – vor allem um die Arbeit der Polizei zu kritisieren und schlechtzumachen.«

»Sie hat sie in der Tat benutzt, wenn du es so sehen willst. Das tun die Journalisten umgekehrt ja auch. Ich werde mit ihr sprechen. Vielleicht können wir ja einen Fernsehauftritt organisieren. Aber ohne Sander, das wäre nicht in seinem Sinne. Ein Termin, und zwar unter der Bedingung, dass wir anschließend wieder in Ruhe gelassen werden.«

Linc seufzte. Hans deutete das falsch. »Wir tun wirklich unser Bestes.«

»Ist das überhaupt so wichtig?«

»Was meinst du damit?«

»Müssen wir wirklich seine Identität herausfinden, alles bis ins Letzte aufdecken?«

»Jetzt verstehe ich dich nicht.«

»Sander hat behauptet, Eelco sei an einer Alkoholvergiftung oder so gestorben ist, aber nimm mal an ...«

»Ja?«

»Stell dir mal vor, er hat ihn getötet ...«

Hans nickte, doch seine Miene blieb ausdruckslos. Vermutlich eine unabdingbare Voraussetzung für einen Polizisten, überlegte Linc.

»Würde er dann angeklagt?«

»Seid ihr deshalb so zögerlich gewesen bei den Versuchen, Eelcos Leichnam zu finden und seine Identität zu ermitteln?«

»Sander hat genug mitgemacht.«

»Wir sind nicht blöd, Linc. Natürlich haben wir diese Möglichkeit ebenfalls erwogen. Was deine Frage angeht: Ich weiß es ehrlich gesagt nicht. Gehe aber davon aus, dass man ihm allerhöchstens Totschlag zur Last legen könnte. Und selbst dann bezweifle ich, dass ein Richter ihn angesichts der Umstände verurteilen würde.«

»Und die Presse?«

»Niemand vermag vorauszusagen, wie die reagiert. Selbst die Journalisten nicht. Habt ihr derzeit Ärger mit ihnen?«

»Es geht. Ab und zu kommt ein Anruf oder eine E-Mail. Wirklich aufdringlich sind sie nicht, nein. Bislang hat niemand vor unserem Haus gestanden, wie wir befürchtet hatten.«

»Falls sich das ändert, ruft uns an.«

»Du könntest aber noch etwas anderes für mich tun.«

»Und das wäre?«

»Sander kam gestern Abend völlig aufgelöst nach Hause. Angeblich hat ihn jemand verfolgt. Wir vermuten, dass es Christiaan war, der ehemalige Freund von Iris«, erklärte Linc und berichtete kurz von Almas Zusammentreffen mit ihm. »Mit dem Jungen stimmt etwas nicht. Vor ein paar Monaten war er für eine Weile in der Psychiatrie, weil er über einen Kommilitonen hergefallen ist.«

»Warum sollte er Sander verfolgen?«

»Keine Ahnung. Ich denke aber, dass ein Gespräch mit ihm dem Ganzen ein Ende bereiten würde.«

Hans nickte. »Ich schaue mal, was ich machen kann. Wie läuft es mit Sander?«

»Schwer zu beurteilen, wenn du keine Vergleichsmöglichkeiten hast. So etwas hat schließlich keiner von uns je erlebt. Wie auch? Außerdem lebe ich nicht mehr mit Alma zusammen, wie du weißt. Sander wohnt bei ihr.«

»Schade, ich hatte gehofft, er würde euch das eine oder andere erzählen, was für uns nützlich sein könnte.«

»Er will absolut nicht darüber reden. Wir halten es für eine gute Idee, zu einem Psychologen zu gehen, aber auch das verweigert er bislang. Und zwingen kann man ihn schlecht.«

Der Polizist stellt eine Tasse Tee vor ihr auf den Tisch. »Deine Eltern kommen gleich.« Er lässt seinen großen Körper auf den Bürostuhl sacken, der unter seinem Gewicht ein wenig quietscht. Mit einem Seufzer zieht er die Tastatur zu sich hin und beginnt zu tippen.

»Meine Eltern?«

»Ja, sie kommen dich abholen.«

»Warum? Muss ich nicht ins Gefängnis? Ich meine, in eine Einrichtung für Jugendliche oder so?« In einem Artikel hatte sie neulich gelesen, dass das Mädchen, um das es ging, in so einem Haus untergebracht worden war. So entstand ihr Plan.

»Nein, nein, du darfst wieder nach Hause. Aber das war das letzte Mal, junge Dame, beim nächsten Vorfall kommst du nicht so glimpflich davon.«

»Aber ich will nicht nach Hause«, bricht es aus ihr heraus.

Das Tippen verstummt. Die dicken Finger schweben über der Tastatur. Auf dem Tisch liegen Krümel. »Warum nicht?«

Wie soll sie einem Fremden das erklären? Sie sucht nach Worten. Immerhin sitzt sie einem Polizisten gegenüber, das ist ihre Chance. Sie hat diese Geschichte ein Dutzend Mal geübt. »Ich habe einen Bruder, er ist zehn, und … ich hasse ihn. Ich will nicht mehr mit ihm unter einem Dach wohnen.«

Der Polizist grinst von einem Ohr zum anderen. »Das geht wieder vorbei.«

»Nein, tut es nicht. Er lässt mich nie in Ruhe, ich …«

»Verstehe. Meine Schwester und ich waren früher auch wie Hund und Katze, aber heute bin ich froh, dass ich sie habe.«

Sie hasst seinen Tonfall. Er erinnert sie an den ihrer Eltern. »Mein Bruder ist anders. Ich weiß nicht, er ist irgendwie unheimlich. Einmal hat er meine Barbies verbrannt, dann hat er mich im Keller eingeschlossen, ein Huhn ertränkt. Er …«

Der Polizist reißt die Augen weit auf. »So, so, das klingt

für mich, als hätten deine Eltern alle Hände voll zu tun mit ihm.« Er beugt sich vor. *»Kann es sein, dass du zu Hause nicht genug Aufmerksamkeit bekommst?«*

Sie schnappt nach Luft. Das hier läuft in die völlig falsche Richtung. »Nein, nein, so meine ich das nicht ...«

»Du bist nicht das erste Mädchen, das auf diesem Stuhl sitzt. Ich kann inzwischen ziemlich gut einschätzen, was für ein Pflänzchen ich vor mir habe. Du trägst teure Kleidung, und bestimmt hast du keinen Grund, einen Bikini mitgehen zu lassen.«

Beschämt blickt sie auf ihre Füße. Im Kaufhaus hat sie erst einen Bikini in ihre Tasche gesteckt und ist dann auf den Ausgang zugelaufen, um den Alarm auszulösen. Es dauerte sogar eine Weile, bis jemand auf sie zueilte. Es wäre ihr also genug Zeit geblieben abzuhauen, und kurzfristig geriet sie in Versuchung, doch sie zwang sich, die Sache durchzuziehen.

»Kind!« Ihre Mutter taucht im Türrahmen auf, ihren Bruder im Schlepptau. »Was hast du angestellt?«

Der Polizist steht auf, reicht ihrer Mutter die Hand und stellt sich vor. »Ist Ihr Mann nicht mitgekommen?«

»Nein, nein, er ist beruflich für eine Weile im Ausland. »Brauchen wir lange? Das hier geht von der Zeit mit meinen Klienten ab, die habe ich heimschicken müssen.«

Sie wird auf ihrem Stuhl immer kleiner.

»Verdammt, was soll das? Wenn du einen Bikini willst, kannst du doch einfach fragen«, schimpft die Mutter.

Sie beißt sich auf die Lippe und schaut beharrlich nach unten.

»Ich denke, dass das Problem tiefer geht«, mischt sich der Polizist ein. »Gibt es bei Ihnen zu Hause Schwierigkeiten?«

Fassungslos schaut die Mutter ihn an. »Wie bitte?«

»Ihre Tochter hat angegeben, nicht mehr zu Hause wohnen zu wollen. Streiten sich Ihre Kinder oft?«

Ihrer Mutter bleibt vorübergehend der Mund offen stehen. »Hast du das deshalb gemacht?«, fragt sie schließlich und dreht sich zu ihr um. »Sag jetzt endlich was.«

Sie kämpft gegen die Tränen an. »Wir haben schon so oft darüber geredet. Immer ergreifst du für ihn Partei.«

»Das stimmt nicht.« Sie wendet sich wieder dem Polizisten zu. »Wir machen gerade eine schwierige Zeit durch. Der beste Freund unseres Sohnes ist kürzlich ertrunken, als er dabei war, und das hat ihn, wie Sie sicher verstehen, gewaltig aus der Bahn geworfen. Er wurde aufsässig, sogar aggressiv ... Nun, es war einfach furchtbar für ihn. Aber wir haben psychologische Hilfe eingeschaltet.«

»Das ist alles sehr bedauerlich.« Der Polizist sieht jetzt ihren Bruder an. »Ich verstehe, dass du viel durchgemacht hast, junger Freund. Trotzdem solltest du versuchen, etwas netter zu deiner Schwester zu sein. Versprichst du, sie weniger zu ärgern? Das macht sie nämlich sehr traurig.«

»Ich verspreche es«, antwortet er mit leiser Stimme.

Als der Polizist ihre Mutter in das benachbarte Büro bittet, setzt sich ihr Bruder neben sie. »Soll ich dir ein Geheimnis verraten?«

»Nein danke.« Sie dreht ihm den Rücken zu.

Er beugt sich vor und flüstert ihr etwas ins Ohr.

35

Linc öffnete das Tor und stellte das Auto auf dem Hof ab. Im Garten spielten Sander und Bas. Der Kleine wälzte sich über den Boden, und der Große tat so, als wollte er ihn fangen. Bas schüttete sich aus vor Lachen.

»Ich dachte eigentlich, du bist bei Lex.«

»Er hat mich früher zurückgefahren, mir ging es nicht so gut.«

»Verständlich. Und wo ist Alma?« Er brachte es nicht über die Lippen, *deine Mutter* zu sagen. Noch nicht.

»Zum Einkaufen.«

»Und Iris?«

»Sie ist mitgefahren.«

»Du bist ganz allein hier mit Bas?«, fragte Linc in scharfem Ton.

»Äh, ja«, gab Sander zurück.

»Noch mal!«, rief Bas.

»Stimmt etwas nicht?«, wollte Sander wissen.

»Wie kommt sie auf die Idee, euch hier allein zu lassen?« Er sagte es mehr zu sich als zu dem Jungen.

»Ist kein Problem, finde ich.«

»Doch, ist es«, beharrte Linc. »Bas, komm her zu mir.«

»Nein, ich will spielen.«

»Komm sofort her.«

Bas stand auf und wollte sich aus dem Staub machen.

Mit ein paar Schritten war Linc bei ihm und hielt ihn fest. Bas schrie laut und wehrte sich. In diesem Moment kam Alma heim.

»Was ist denn hier los?«, verlangte Alma zu wissen, als sie aus dem Auto gestiegen war.

»Du hast ihn mit Sander allein gelassen?«

Unsicher sah sie ihn an. »Ja, wieso? Ist das ein Problem?«

»Sag mal, geht's noch?«

»Bas fand es toll.«

»Was versteht ein so kleines Kind schon davon?«

Inzwischen war es Bas gelungen, sich aus dem väterlichen Griff zu befreien, und weinend stürzte er sich in Iris' Arme, die ihn daraufhin ins Haus trug, ihm ein Eis versprach und damit sein Gebrüll abrupt beendete.

Verwirrt stand Sander da und blickte von einem zum anderen.

»Geh mal rein«, forderte Alma ihn auf. Er tat es, ohne Widerspruch und ohne Fragen.

»Bist du jetzt völlig verrückt geworden?«, fuhr Linc sie an, nachdem Sander außer Hörweite war.

»Das könnte ich genauso gut dich fragen.«

»Du verstehst gar nichts.«

»Da hast du ausnahmsweise mal recht. Ich bin bloß kurz beim Einkaufen und muss bei meiner Rückkehr entdecken, dass du Bas im Würgegriff hältst.«

Linc atmete ein paarmal tief durch, um sich zu beruhigen. »Ich möchte einfach nicht, dass er mit Bas allein ist.«

»Warum nicht? Sie sind Brüder und sollten sich aneinander gewöhnen.«

»Wie gut kennen wir den Jungen, Alma?«

Die Falten auf ihrer Stirn vertieften sich. »Weißt du eigentlich, was du da sagst?«

Er ignorierte ihren Einwand. »Wir kennen ihn gar nicht«, sagte er stattdessen. »Und du würdest Bas doch keinem Fremden anvertrauen, oder?«

»Sander ist kein Fremder«, gab sie empört zurück und bedachte ihn mit einem eisigen Blick, von dem er sich diesmal aber nicht bremsen ließ. Dafür war seine Wut zu groß.

»Doch, ist er. Du weißt nicht, was er alles erlebt hat und welche Folgen das haben kann, jahrelang mit einem Irren zusammenzuleben.«

»Glaubst du im Ernst, dass Sander für Bas eine Gefahr darstellt?«, lachte sie ihn aus. »Komm, übertreib mal nicht.«

»Wir haben keine Ahnung, was dort genau abgelaufen ist. Und solange wir nicht mit ihm bei Maartje gewesen sind, sollten wir ihm nicht unseren Sohn anvertrauen.«

Alma verdrehte die Augen. »Vor ein paar Tagen war er allein mit Iris am See. Darf er mit ihr auch nicht mehr losziehen?«

Er stemmte die Hände in die Seiten. »Ich möchte, dass du meine Bedenken ernst nimmst.«

»Ich verstehe dich nicht. Seit Bas geboren wurde, hast du ihn kaum angeschaut, und nun auf einmal machst du dir Sorgen um ihn.«

Es war, als habe man ihm einen Schlag in den Magen versetzt. »Ihn kaum angeschaut?«, stieß er hervor.

»Wer ist denn nachts aufgestanden, um ihn zu füttern, wer kocht ihm sein Essen, wer kümmert sich, wenn er krank ist, wer spielt mit ihm, wer sorgt dafür, dass er trocken wird, wer …«

Linc hob die Hand, um ihren Wortschwall zu stoppen. »Als würdest du mich irgendetwas davon tun lassen. Sobald ich …«

»Jetzt auf einmal drängst du dich danach? Dabei bist du gar nicht dazu in der Lage.« Erschrocken über ihre eigenen Worte, schlug sie die Hand vor den Mund. »Entschuldige, so war das nicht gemeint.«

Vom Haus her ertönte Iris' Stimme. »Seid ihr langsam fertig mit streiten? Noch ein bisschen länger, und Sander flüchtet sich wieder in den Wald. Also echt.« Sie leckte an einem Eis. »Außerdem können die Nachbarn im Umkreis von einem Kilometer sich ebenfalls an eurem Gespräch ergötzen. So laut brüllt ihr.«

Als Alma an ihm vorbeiwollte, hielt er sie am Arm fest. »Es tut mir leid, okay?«

Aufgebracht befreite sie sich. »Was ist bloß los mit dir? Seit Sander zurück ist … Warum kannst du dich nicht einfach freuen?«

»Hör zu, ich bin nicht hier, um mich mit dir zu streiten. Die Polizei hat sich gemeldet, und da wollte ich schauen, wie es euch geht.«

»Prima, bis du gekommen bist. Auf dein Gemecker kann ich gut verzichten.«

Linc war außer sich. Er stützte sich mit vorgestreckten Armen an einem Baum ab, der im Laufe der Jahre schief gewachsen war. Zu viel Widerstand, dachte er und empfand Mitleid.

Etwas Kaltes berührte plötzlich seinen Hals. Erschrocken hob er den Kopf und sah Iris, die ihm ein Eis hinhielt.

»Zur Abkühlung.«

Dankbar nahm er ihr die Packung ab. »Wie geht es dir?

Wir sprechen so wenig in letzter Zeit – du kommst gar nicht mehr bei mir vorbei. Irgendwie werde ich das Gefühl nicht los, dass du mir ausweichst.«

»Du lädst mich ja nicht ein.«

Das stimmte nicht, aber darauf ging er nicht ein. »Du bist immer willkommen und brauchst nicht auf eine Einladung zu warten. Du kannst jederzeit mit mir reden, das weißt du doch.« Dass sie ihre Planung für die kommenden Wochen über den Haufen geworfen hatte, hatte ihn überrascht. »Bist du sicher, dass du den Sommer über hierbleiben willst? Du kannst ruhig nach Amsterdam fahren, zurück in dein eigenes Leben.«

»Nein, ich bleibe. Wie besprochen.«

Linc dachte an ihr Gespräch in Deutschland zurück. »Man darf seine Meinung auch mal ändern.«

»Es ist egal. Ich hatte gehofft, ich könnte das Ganze mit meinem Umzug hinter mir lassen, aber da habe ich mich getäuscht.«

»Aber in Amsterdam gefällt es dir doch?«

Sie schnaufte. »An manchen Tagen denke ich überhaupt nicht daran, was geschehen ist, dann fühle ich mich beinahe normal. Wenn ich allerdings erlebe, worüber sich andere junge Leute in meinem Alter aufregen, werde ich neidisch. Die Sorgen möche ich haben! Sie kommen sich so erwachsen vor und sind eigentlich noch Kinder. Große Kinder. Sie haben wirklich nicht den Hauch einer Ahnung.«

»Das tut mir leid für dich.«

»Es ist nicht deine Schuld.«

»Deine erst recht nicht.«

Eine Weile leckten sie schweigend an ihrem Eis, bis Linc

sich räusperte. »Deine Mutter hat nach den Filmen gefragt.«

Überrascht sah Iris ihn an.

»Mach dir keine Sorgen. Ich habe das geregelt.«

Sander kam in den Garten zurück, sah, dass Linc und Iris sich unterhielten. Kurz darauf erschien auch Alma.

Heimlich sah Linc zu ihr hinüber. In den letzten Jahren hatte er vor allem Almas helles Lachen vermisst und gehofft, es wieder einmal zu hören. Bislang vergeblich. Stattdessen fiel ihm auf, wie sie ständig mit nachdenklichem Blick Sander betrachtete.

»Deine Mutter sagt, du bist mit Sander am See gewesen.«

Sie zuckte mit den Schultern.

»Was war los? Ist es nicht gut gelaufen?«

»Doch, schon.«

Linc beschlich das Gefühl, als würde sie ihm mitzuteilen versuchen, dass sie etwas beschäftigte. Aber sie sagte nichts mehr.

Linc steckte sich den Eisstiel in die Hosentasche. »Hör zu«, begann er und packte sie am Arm. »Die Hälfte der Zeit habe ich keine Ahnung, was in deinem Kopf vorgeht. Trotzdem weiß ich sehr gut, dass du dich verantwortlich fühlst. Nach wie vor. Das brauchst du nicht. Du warst selbst noch ein Kind. Ein Kind, verstehst du?«

»Und du?«, brach es aus ihr heraus. »Du bestrafst dich doch seit Jahren selbst. Wann darfst du wieder glücklich sein?«

Er war an jedem Abend zu spät gekommen. Zu spät. Das würde er sich nie verzeihen, aber das behielt er für sich.

»Ich bin glücklich, wirklich. Zumindest auf eine gewisse Art«, fügte er hinzu, als Iris die Augen verdrehte. »Ihr macht mich glücklich.«

»Okay, ich muss jetzt gehen«, erklärte sie.

»Ja.«

»Dafür musst du mich allerdings loslassen.«

»Alles wird gut, mein Schatz. Versprochen. Mach dir keine Sorgen.«

36

Tag 10

Verhör von Sandra Schoonen durch Hans Valk

HV: Vielen Dank, dass Sie zu uns auf die Wache gekommen sind, um ein paar Fragen zu beantworten. Wir schätzen Ihre Mithilfe sehr.

SS: Ihr Kollege hat gesagt, dass Sie Fragen zu meinem Bruder Eelco haben?

HV: Das stimmt. Wann haben Sie ihn zum letzten Mal gesehen?

SS: Erst möchte ich wissen, was los ist.

HV: Wir haben Grund zu der Annahme, dass Ihr Bruder verstorben ist.

SS: Ist er tot oder nicht? So schwer kann das doch wohl nicht sein.

HV: Ein Zeuge sagt, dass er tot sei. Wir haben ihn allerdings noch nicht offiziell identifiziert.

SS: Wurde er ermordet?

HV: Nein.

SS: Okay. Sie machen es ganz schön geheimnisvoll.

HV: Also, wann haben Sie Ihren Bruder zum letzten Mal gesehen?

SS: Gesehen? Puh, dass dürfte schon ein paar Jahre her sein.

HV: Können Sie das etwas genauer eingrenzen?

SS: Äh, fünf oder sechs Jahre, denke ich.

HV: Gesehen oder gesprochen.

SS: Beides.

HV: Sie hatten keinen Kontakt mehr zu ihm?

SS: Er hatte mit niemandem Kontakt.

HV: Warum nicht?

SS: Keine Ahnung.

HV: Er hat keinen Grund angegeben?

SS: Nein. Mein Bruder bleibt lieber für sich. Er war mal verheiratet, dann kam die Scheidung. Seine Frau ist angeblich fremdgegangen. Man konnte mit ihm nicht richtig reden, hat sie gesagt. Danach zog er sich immer mehr zurück. Anfangs kam er noch ab und an vorbei, später nicht mehr. Dann verlor er auch noch seinen Job – er arbeitete als Monteur – und saß nur noch zu Hause rum. Schließlich ist er nach Deutschland gegangen.

HV: Was wollte er denn da?

SS: Was er sich dort erhoffte, meinen Sie? Er hatte etwas gegen die Gesellschaft ganz allgemein. Niemand würde ihn verstehen, jeder sei gegen ihn, so in der Art. Er träumte davon, frei und unabhängig als Selbstversorger in der Natur zu leben. In den Niederlanden sah er sich durch zu viele Regeln eingeschränkt. Deutschland biete ihm da mehr Möglichkeiten, meinte er. Ich habe lange nicht gewusst, dass er weg war. Erst als er mich noch einmal besuchte, hab ich davon erfahren.

HV: Sie hatten also bereits vor dem Umzug keinen Kontakt mehr mit ihm?

SS: Nein.

HV: Warum nicht?

SS: Das müssen Sie ihn fragen.

HV: Das geht nicht mehr.

SS: Ich würde Ihnen ja gerne helfen, aber ich weiß es wirklich nicht.

HV: Sie haben ihn nie danach gefragt?

SS: Er war erwachsen und mir keine Erklärung schuldig.

HV: Der Kontakt brach mehr oder weniger von einem Tag auf den anderen ab, sagen Sie. Hat es Streit gegeben?

SS: Nein. Können wir vielleicht über etwas anderes reden? Ich verstehe auch nicht ganz, worauf Sie hinauswollen.

HV: Wissen Sie wenigstens, wohin genau er gegangen ist? Hätten Sie ihn erreichen können?

SS: Nein.

HV: Fanden Sie das nicht merkwürdig?

SS: Mein Bruder ist beziehungsweise war generell merkwürdig.

HV: Er war nirgends gemeldet, weder in Deutschland noch in den Niederlanden. Er unterhielt hier lediglich ein Postfach und ein Bankkonto.

SS: Das ist gut möglich, ja, aber davon habe ich auch nichts gewusst.

HV: War er auf der Flucht vor den Behörden?

SS: Nein, nicht dass ich wüsste. Er wollte einfach nichts mehr mit der Gesellschaft zu tun haben, hatte keine Lust mehr auf das Gejammer der Leute.

HV: Was ihn jedoch nicht daran hinderte, Geld vom Staat zu beziehen.

SS: Ja, aber darf man das etwa nicht? Er bekam Sozialhilfe, weil er wegen seines Rückens nicht mehr arbeitsfähig war.

HV: Anfangs. Zu weiteren Untersuchungen ist er allerdings nicht erschienen, und die Unterstützung wurde gekürzt.

SS: Gut möglich. Hört sich auf jeden Fall ganz nach meinem Bruder an. Der hatte bestimmt keine Lust, wieder gesundgeschrieben zu werden und in einem Büro zu enden. Völliger Blödsinn, so was. Hätte er auch gar nicht gekonnt. Und ganz davon angesehen, hätte niemand einen so alten Kerl eingestellt.

HV: Alle sechs Monate hat er Geld von seinem Konto abgehoben, ohne eine EC-Karte zu verwenden.

SS: Ja, ich weiß noch, wie Eelco eines Tages fuchsteufelswild bei mir vor der Tür stand. Die Bank in unserem Dorf war geschlossen worden. Sparmaßnahmen, die soundsovielten. Wohin soll ich denn jetzt, fragte er. In die Stadt, hab ich ihm gesagt. Er schaute mich an, als wäre ich verrückt. Sie müssen sich das mal vorstellen. Ein Mann, der kein Problem damit hatte, ein Kaninchen zu häuten, fürchtete sich davor, in die Stadt zu fahren. Weil es ihm dort zu voll war. Ich bin also mit ihm zur Bank. Er hat das alles nicht kapiert. Eine Karte hatte er, das schon. Trotzdem hat er sein Geld weiterhin lieber am Schalter abgeholt. Aus alter Gewohnheit, denke ich.

HV: Bis vor fünf Jahren besaß Eelco ein Haus im selben Dorf wie Sie. Haben Sie in dort besucht?

SS: Manchmal.

HV: War er gastfreundlich?

SS: Wenn Sie unter gastfreundlich verstehen, dass er einen, sobald man zur Tür rein war, gefragt hat, ob man das Klo putzen könne, weil das Frauenarbeit sei – dann ja. Zum Essen oder so wurde man nie eingeladen. Nicht mal an seinem Geburtstag. Nachdem seine Frau ihn verlassen hatte, kam er eine Weile zum Essen zu mir. Sonst hätte es jeden Tag Fritten oder Pizza gegeben. Außerdem hab ich für ihn gewaschen und ab und zu bei ihm geputzt. Nicht dass ihm das was bedeutet hätte oder so.

HV: Ist Ihnen dabei irgendetwas aufgefallen?

SS: Aufgefallen?

HV: Im Haus.

SS: Abgesehen von der ständigen Unordnung? Wirklich, wenn es keine Frauen gäbe …

HV: Besaß er einen Computer?

SS: So was hat doch wohl jeder.

HV: Frau Schoonen, ich zeige Ihnen jetzt ein Foto.

SS: Wer ist das?

HV: Vor sechs Jahren ist der damals elfjährige Sander Meester während eines Ferienlagers verschwunden. Dieses Foto wurde kurz vor seinem Verschwinden aufgenommen.

SS: Ja, ja, ich kann mich erinnern.

HV: Dann wissen Sie wahrscheinlich auch, dass der Junge wieder aufgetaucht ist.

SS: Nein, das wusste ich nicht. Ich schaue seit Langem keine Nachrichten mehr. Viel zu viel Elend.

HV: Wir denken, dass Ihr Bruder Sander entführt hat.

SS: …

HV: Alles in Ordnung? Ihr Bruder hat Sander für eine Weile in seinem Haus versteckt …

SS: Unmöglich. Das hätte ich beim Saubermachen doch bemerken müssen.

HV: Haben Sie auch im Keller geputzt?

SV: Nein, was hätte ich da zu suchen gehabt?

HV: Durften Sie eine gewisse Zeit vielleicht einmal nicht ins Haus?

SS: Nein.

HV: Wie oft sind Sie dort gewesen?

SS: Weiß ich nicht mehr.

HV: Einmal in ein paar Monaten oder Wochen? Einmal pro Woche?

SS: Einmal in drei Monaten, würde ich schätzen. Von Eelco aus hätte ich überhaupt nicht zu kommen brauchen, ihm war es egal, wie es bei ihm aussah. Ich wollte das nicht. In einem Dorf tuscheln die Leute so schnell, wissen Sie ...

HV: Gab es Stellen im Haus, die für Sie verboten waren?

SS: Nein.

HV: Wir haben Eelcos altes Haus durchsucht, aber nichts gefunden, was auf Sanders Anwesenheit hinweist. Was nicht unbedingt etwas sagt. Immerhin wohnten danach andere Leute dort. Wir sind dabei, sie aufzuspüren. Allerdings gehen wir davon aus, dass Eelco vor seinem Auszug sämtliche Spuren gründlich beseitigt hat. Und deshalb ist es für uns von großem Interesse, ob sie vorher etwas bemerkt haben.

SS: Ich ...

HV: Möchten Sie ein Glas Wasser?

SS: Nein, nein, es geht schon.

HV: Es ist inzwischen eine ganze Weile her. Dennoch hoffen wir, dass Sie uns sagen können, wo Eelco an dem Abend war, als Sander verschwand.

SS: Wie soll ich mich denn daran erinnern? Ich weiß ja nicht einmal mehr, wo ich selbst gewesen bin.

HV: Wie sah sein Tagesablauf aus?

SS: Weiß ich nicht. Vor dem Fernseher sitzen, essen und schlafen, denke ich.

HV: Haben Sie ihn in den Tagen danach gesehen? War er verändert? Hat er den Kontakt mit Ihnen gemieden, war er nervös, schnell abgelenkt?

SS: Tut mir leid, das weiß ich alles nicht mehr. Selbst wenn er in einem Superman-Anzug und mit kahl geschorenem Kopf aufgetaucht wäre, hätte ich das nicht bemerkt. Ich war viel zu beschäftigt, die Kinder in die Schule zu schaffen, sie wieder abzuholen, Pausenbrote zu machen, staubzusaugen, die Wäsche zu waschen, Essen zu kochen …

HV: Sind Sie denn weiterhin zu ihm nach Hause gegangen?

SS: Ja, das sagte ich doch schon.

HV: Hat er die Angelegenheit in den Nachrichten vielleicht mit besonderer Aufmerksamkeit verfolgt?

SS: Wer nicht? Es wurde ja endlos lange darüber berichtet. Die armen Eltern …

HV: Hatte Ihr Bruder Freunde?

SS: Nein.

HV: Ist er nie mit Freunden etwas trinken gegangen oder war mit ihnen zum Angeln?

SS: Nein.

HV: Oder mal in die Kneipe?

SS: Nein. Unser Vater war ein Trinker. So wollte er nie werden.

HV: Bekanntschaften?

SS: Fragen Sie lieber seine Nachbarn. Die haben ihn bestimmt öfter gesehen als ich.

HV: Darum kümmern wir uns bereits.

SS: Sie verdächtigen den Falschen. Mein Bruder würde so etwas nie tun. Wirklich, ich finde es furchtbar, was dem armen Jungen passiert ist, ich darf gar nicht daran denken, dass eines meiner Kinder entführt wird. Eelco war komisch, aber die Güte in Person. Er hätte nicht mal gewusst, wie er so etwas angehen soll.

HV: Hat Eelco irgendwann mal den Namen Ernst de Vries erwähnt?

SS: Wen? Nein, der Name sagt mir nichts. Wer ist denn das?

HV: Sie sagen, dass sich seine Frau von ihm hat scheiden lassen, weil er nicht mit ihr geredet hat. War das der einzige Grund?

SS: Nun ja, so hat er es mir erzählt.

HV: Sie verließ ihn kurz nach der Anschuldigung, er habe eines Ihrer Pflegekinder missbraucht. Robbert Timmer.

SS: Das stimmte nicht. Eelco wurde nie für schuldig befunden oder wie immer das heißt.

HV: Eine Zeit lang durften Sie keine Pflegekinder mehr aufnehmen. Waren Sie ihm deshalb nicht böse?

SS: Woher wissen Sie das alles? Haben Sie mir nachspioniert? Dürfen Sie das?

HV: Bitte beantworten Sie meine Frage.

SS: Nein, weil falsch ist, was man ihm vorwarf. Eelco hat Kinder geliebt. Er hat mir geholfen, wo er nur konnte. Wenn ich abends mal wegmusste oder einkaufen wollte, dann war er zur Stelle, um aufzupassen. Nie wurde es ihm zu viel.

HV: Fanden Sie das nicht ein wenig, wie soll ich sagen, verdächtig? Für nichts hat er sich Ihren Aussagen zufolge interessiert, und ausgerechnet bei Kindern war er ganz anders?

SS: Er war eben verrückt nach Kindern. Er selbst hatte keine, obwohl er sich welche wünschte. Bloß seine Frau wollte nicht, diese nicht. Jetzt hat sie übrigens drei.

HV: Sie sind also der Meinung, dass der Junge gelogen hat.

SS: Natürlich! Die lügen doch alle. Ich kenne das von meinen Pflegekindern. Nicht eines, das keine Probleme gehabt hätte. Beide Elternteile von der Bildfläche verschwunden, die Väter oft unbekannt. Und wenn es Eltern gibt, schlägt der Vater gerne mal zu, oder die Mutter, oder beide. Oder der Vater nimmt Drogen, oder die Mutter, oder beide. Die Kinder werden geschlagen und ahmen das Verhalten ihrer Eltern nach, lügen und betrügen. Es ist traurig, aber so ist es. Manche lügen, weil sie es nicht anders kennen, um mehr Aufmerksamkeit zu bekommen, oder weil sie Fantasie und Wirklichkeit nicht auseinanderhalten können. Und Missbrauch ist bei diesen Kindern eher die Regel als die Ausnahme. Sie werden ja nicht ohne Grund in einer Pflegefamilie untergebracht … Mir reicht es hier. Das alles interessiert Sie doch gar nicht. Sie hören lediglich das, was Sie über meinen Bruder hören wollen. Und nicht das, was ich zu erzählen habe.

HV: Frau Schoonen, bitte setzen Sie sich wieder.

SS: Nein, ich gehe. Sie können mich nicht hier festhalten. Ich habe all Ihre Fragen beantwortet und möchte jetzt bloß noch eines wissen: Erfährt die Presse von dieser Angelegenheit? Ich will mit keinem reden. Die Leute sind uns schon beim letzten Mal auf die Nerven gegangen, und das brauche ich nicht noch mal.

HV: Die Presse wird zu gegebener Zeit informiert werden, ohne dass wir Ihren Namen nennen. Trotzdem ist es natürlich nicht ausgeschlossen, dass Journalisten und Reporter auf eigene Faust Nachforschungen anstellen.

37

Mit einem theatralischen Seufzer kam Iris durch die Gartentür herein. »Draußen ist es so heiß, dass man erstickt.« Sie wischte sich den Schweiß von der Stirn, goss sich ein Glas Wasser ein und trank es in einem Zug leer.

»Sei froh, dass es nicht regnet wie letztes Jahr – alle haben darüber gejammert. Jetzt scheint ununterbrochen die Sonne, und es ist auch wieder nicht recht«, erwiderte Alma.

»Ich wäre jetzt gern auf Terschelling. Da weht es immer ein bisschen, und ans Meer kann ich auch.«

»Warum fährst du dann nicht? Das lässt sich bestimmt noch arrangieren. Hier läuft doch alles.«

»Das klingt, als wolltest du mich loswerden.«

Alma reagierte nicht. Wenn Iris in einer solchen Stimmung war, hielt sie sich besser zurück.

»Ich hänge die Wäsche auf«, erklärte sie, nahm den Korb und ging nach draußen zur Wäschespinne. Iris folgte ihr.

»Warum verhältst du dich Papa gegenüber so merkwürdig?«

»Merkwürdig?«

»Na gestern. Das hat er nicht verdient.«

»Iris, dein Vater …«

»Was?«

»Nichts, schon gut.«

»Warum willst du eigentlich auf einmal Sanders Filme sehen und fragst Papa, ob er welche weggeschmissen hat?«

»Spionierst du uns nach?«

»Übertreib nicht so. Papa hat es mir erzählt.«

»Ich möchte sie einfach gerne sehen.«

»Jetzt auf einmal? Vorher hast du nie danach gefragt.«

»Jetzt schon.«

»Warum?«

»Muss ich dafür einen besonderen Grund haben?«, fragte Alma.

»Früher wolltest du jedenfalls nie.«

»Ich verrate ihn dir, weshalb, wenn du mir erzählst, warum du so wütend geworden bist, als Sander dich am See gefilmt hat.«

Obwohl sie den Grund inzwischen kannte, war sie neugierig, was ihre Tochter antworten würde. Gleichzeitig fühlte sie sich ein bisschen schuldig, weil sie nicht mit offenen Karten spielte.

Iris bedachte sie mit einem geringschätzigen Blick. »Du verhältst dich wirklich sehr merkwürdig.«

»Und du tust schrecklich geheimnisvoll.«

Genau wie Linc, dachte sie plötzlich und fragte sich, ob die beiden vielleicht etwas im Schilde führten. Allein wie sie gestern im Garten beieinandergestanden und geflüstert hatten. Sie verspürte den Drang, Iris in den Arm zu nehmen, aber etwas hielt sie davon ab. »Lieber Schatz, willst du mir nicht einfach erzählen, was mit dir los ist?«

»Wer sagt denn, dass etwas mit mir los ist?«

»Du bist meine Tochter. Ich sehe, dass dich etwas bekümmert, auch wenn du es zu verbergen versuchst. Und dann der Streit mit Sander, worum ging es dabei?«

»Sonst noch Wünsche?«

»Hör auf damit«, gab Alma mit schriller Stimme zurück. »Sobald es um dich geht, zeigst du mit dem Finger auf jemand anders. Meistens auf mich.«

Zu spät fiel ihr ein, dass sie sich mal wieder von ihrer Tochter hatte provozieren lassen. Iris wusste genau, wo sie ansetzen musste.

»Du hast mir das beigebracht und mich angehalten, nicht zu heulen, wenn andere Kinder mich wegen des Muttermals gehänselt haben. Ich dürfe mich nicht zur Zielscheibe machen lassen. Ich höre dich noch: *Wenn sie dich auslachen, lach mit. Wenn sie dich beschimpfen, sag, dass das nicht wehtut. Wer's sagt, ist es selber, da lachen alle Kälber. Oder du beachtest sie am besten gar nicht und gehst einfach weg. Dann hören sie von selbst auf«*, leierte Iris die Worte der Mutter herunter.

»Das stimmt ja auch. Aber jetzt bist du kein Kind mehr. Und ich habe nie behauptet, dass du nicht traurig sein darfst. Und was dein Muttermal betrifft, bist du für uns deswegen nicht weniger schön ...«

»Allein schon dass du das sagen musst«, unterbrach Iris sie. »Als hättest du darüber nachgedacht und bewusst den Entschluss gefasst, dass das Muttermal mich nicht hässlich macht.«

»Ich wollte damit nur sagen, dass manche Menschen schlicht dumm sind und es nicht lohnt, deswegen zu weinen. Die Scheidung, das Verschwinden deines Bruders ... das sind gute Gründe.«

»Ach ja? Ich habe dich damals nie auch nur eine Träne vergießen sehen. Stattdessen hast du dich in die Suche nach Sander gestürzt und die Presse ständig mit Informationen gefüttert, damit die Berichterstattung am Laufen blieb. Und dich für die Freilassung von Ernst eingesetzt.«

»Nicht dass ich mich rechtfertigen müsste – ich habe sehr wohl geweint. Nur nicht in deiner Gegenwart.«

»Papa habe ich noch nie so weinen sehen. Er war am Boden zerstört.«

»Jeder geht auf seine Art mit Trauer um. Ich konnte mir keinen Zusammenbruch erlauben. Ich musste Sander finden. Und den Psychopathen, der ihn sich geschnappt hatte. Ist das nicht verständlich?«

»Solche Dinge sind Aufgabe der Polizei.«

»Herrje.«

»Du hättest dich um uns kümmern müssen.«

»Dein Vater ist erwachsen. Und du ...« Alma schüttelte den Kopf.

»Ja?«

»Du hast mich nicht an dich herangelassen, hast ein Jahr lang geschwiegen, Iris. Ein ganzes Jahr.«

»Und du hast mir die Schuld gegeben.«

Alma zog scharf Luft ein. »Nein, das ist nicht wahr.«

»Wenn Christiaan und ich besser aufgepasst hätten, wäre Sander nie verschwunden. Das denkst du doch.«

»Iris, hör auf.«

»Gib es einfach zu.«

»So stimmt das nicht. Und ich weiß weder, was ich dazu sagen soll, noch habe ich eine Ahnung, was du hören willst«, sagte sie, und ihre Stimme klang verzweifelt.

»Warum findest du es so schlimm, Schwäche zu zeigen?«

»Also, Iris ...«

»Es ist so, du verabscheust das geradezu. Verachtest es.«

»Wie kommst du denn darauf?«

»Was hat Oma nach Opas Tod gemacht?«

»Wie? Was hat das damit zu tun?«

»Sie hat sich zusammengerissen und den Hof am Laufen gehalten. Du kennst es einfach nicht anders.«

»Wäre es dir lieber gewesen, wenn ich mich ganz meiner Trauer überlassen, mich im Haus eingeschlossen und den ganzen Tag im Bett verbracht hätte?«

»Nein, aber für uns da warst du auch nicht. Ständig auf Achse. Um ein Interview zu geben, mit der Polizei zu sprechen, beim Netzwerk für vermisste Kinder, um Geld zu sammeln, um ...«

»So bin ich nun mal.«

»Und ich bin auch so, wie ich bin.«

Alma seufzte. »Okay, du hast dich klar ausgedrückt.«

»Über all deinen Aktivitäten hast du uns vergessen«, fügte Iris hinzu.

»Jetzt bist du zu hart. Das habe ich nicht verdient.«

»Hab ich etwa so eine Scheißjugend verdient?«, brach es aus Iris heraus.

»Gut, wenn du darauf bestehst, dass alles allein meine Schuld ist, dann ...«

»Das habe ich nicht gesagt. Ich will nur, dass du zugibst, dass es anders hätte laufen können und du für mich hättest da sein müssen.«

»Und was hätte ich tun sollen?«

»Mich trösten! Kannst du dir das nicht selber denken?«

»Ich habe versucht, dich zu trösten, aber du hast dich mir entzogen. Der Einzige, den du noch an dich rangelassen hast, war dein Vater.«

»Ich hätte dich gebraucht.«

»Sander brauchte mich auch.«

»Er war aber nicht da, Mama. Ich schon. Warum entscheidest du dich immer für ihn und gegen mich? Das war schon immer so.«

»Das meinst du nicht ernst ...«

»Doch. Gib es wenigstens endlich zu. Jedes Mal, wenn Sander und ich Streit hatten, hast du für ihn Partei ergriffen.«

»Das ist nicht ...«

»Schon gut.« Iris stürmte davon, rannte zum Tor hinaus. Als Alma ihr hinterherschaute, sah sie Marjo dort stehen.

38

»Entschuldige, ich wollte gerade klingeln.« Marjo war die Situation sichtlich unangenehm.

Niedergeschlagen und zittrig ließ sich Alma in einen der Gartenstühle fallen. Die Wäsche würde sie später aufhängen.

»Nein, mir tut es leid, dass du dir das anhören musstest.«

»Halb so schlimm. Viel habe ich ohnehin nicht mitbekommen«, versuchte Marjo, sie zu beruhigen.

»Manchmal kommt es mir vor, als hätte ich nicht bloß meinen Sohn verloren, sondern auch meine Tochter.« Sie biss sich fest auf die Unterlippe, um nicht zu weinen.

»Das ist …«

Bedrückt schüttelte Alma den Kopf. »Ich hätte mir mehr Mühe geben und vor allem merken müssen, wie sehr sie mich damals eigentlich brauchte.«

»Man kann erst für andere sorgen, wenn man gut für sich selbst gesorgt hat. Du warst am Ende. Niemand nimmt es dir übel, wenn du todkrank bist und dich deshalb nicht um dein Kind kümmern kannst. Aber das hier … das ist vielleicht sogar noch schlimmer. Weil es nie vorbeigeht.«

»Aber ich …«

»Du hast dich tapfer geschlagen, wirklich.«

Alma rang sich ein Lächeln ab. »Iris hat mich früher nie

wirklich gebraucht. Selbst als Kind nicht. Sie war so eigensinnig. Wenn ich links sagte, ging sie nach rechts. Und umgekehrt. Ich habe mir immer eingeredet, dass es meine Aufgabe als Mutter sei, meiner Tochter ihre Eigenheiten zu lassen, anstatt sie nach meinen Vorstellungen zu formen. Inzwischen werde ich aber schrecklich neidisch, wenn ich in der Stadt andere Mütter mit ihren Töchtern sehe.«

Marjos Gesicht verdüsterte sich, und Alma hätte sich am liebsten geohrfeigt. »Entschuldige, ich bin furchtbar unsensibel. Ich rede ausschließlich über meine Probleme. Dabei hast du …«

»Nein, mach dir deshalb keine Gedanken«, unterbrach die Freundin sie. »Wir waren immer vollkommen ehrlich zueinander, und damit werden wir jetzt nicht aufhören.«

»Du bist eine Wahnsinnsfrau, weißt du das?«, sagte Alma gerührt.

»Ja, ja, stell mich ruhig auf einen Sockel.«

Alma scheuchte eine lästige Fliege weg, die ihren Kopf umschwirrte. »Iris hat mir ständig irgendwas übel genommen. Am Anfang dachte ich, es würde mit der Pubertät zusammenhängen, du weißt schon, sich von den Eltern absetzen, sich lösen, all die Dinge, die wir selbst durchmachen mussten … Aber sie verhielt sich zeitweilig richtiggehend feindselig. Bis heute kann ich ihr im Grunde nichts recht machen.« Sie seufzte. »Glücklicherweise läuft es jetzt zwischen Iris und Sander besser als früher. Es hat Tage gegeben, an denen ich ganz verrückt geworden bin. *Mama, Sander macht dies … Mama, Iris macht das …*«

»Kommt mir bekannt vor«, stimmte Marjo zu. »Und nie hätte ich gedacht, dass ich solche Streitereien eines Tages vermissen würde«, lächelte sie traurig.

»Du kannst dir gar nicht vorstellen, wie oft Iris mir vorgeworfen hat, ich hätte immer für Sander Partei ergriffen und nie für sie.« Und nach einer Weile: »Möglicherweise hat sie sogar recht.«

»Wegen deiner postnatalen Depression?«

Alma nickte langsam, dachte über Marjos Frage nach. »Vielleicht. Irgendwie hatte ich immer das Gefühl, dass ich bei ihm etwas gutmachen musste. Er hatte doch so einen schlechten Start. Und es heißt doch immer, die ersten Jahre sind für den Aufbau von Bindungen am wichtigsten. Ich weiß nicht …« Sie suchte nach Worten. »Iris ist immer alles leichtgefallen, Sander nicht. Sie hatte Freundinnen, wurde eingeladen, unternahm viel in der Gruppe. Sander fehlte das. Er blieb für sich, hielt sich abseits. Das ist mir natürlich aufgefallen, und ich habe mich gefragt, ob er meinetwegen so geworden ist. Ich denke, ich wollte seine Defizite dadurch ausgleichen, dass er zu Hause alles bekam. Und nach Roels Tod hatte ich erst recht das Bedürfnis, ihn zu beschützen. Das Ganze hat ihn sehr mitgenommen.« Nachdenklich schaute sie zum Tor, als würde sie dort Iris noch sehen. »Ich wusste es einfach nicht besser. Linc und ich sind beide Einzelkinder – von daher hatte ich keine Ahnung, wie das so läuft zwischen Geschwistern.«

»Lex hat keinerlei Kontakt mehr zu seinem Bruder«, sagte Marjo.

»Oh, warum das?«

»Sie haben immer nur gestritten, unentwegt. So zumindest hat es mir meine Schwiegermutter erzählt. Dabei sind die beiden keine zwei Jahre auseinander, wuchsen also mehr oder weniger gemeinsam auf und hätten viel gemeinsam unternehmen können. Das hielt ihre Mutter damals für einen Vorteil, aber es kam ganz anders. Sie waren einander spinnefeind, selbst als sie älter wurden. Wann immer sie sich auf einem Familienfest trafen, gerieten sie aneinander. Das hat die Stimmung immer verdorben. Und seit die Eltern tot sind, ist der Kontakt fast völlig abgebrochen. Eigentlich ganz. Wir hören nichts mehr von ihm. Nicht einmal an Maartens Geburtstag oder an seinem Todestag.«

»Wie furchtbar«, meinte Alma.

»Es lässt sich nichts erzwingen, wie man sieht.«

»Ich weiß.«

»Seine Freunde kann man sich aussuchen, seine Familie nicht.«

»Ich verstehe es einfach nicht.«

»Vielleicht sind sie einfach zu unterschiedlich?«, überlegte Marjo.

»So wie Lex und sein Bruder?«

»Bei ihnen ging es eher um Rivalität.«

»Um die Gunst der Eltern?«

»So etwas in der Art, ja.«

»Bei Iris und Sander war es richtige Feindschaft. Ich kann mich zum Beispiel erinnern, dass Sander einmal eine ihrer Puppen kaputt gemacht hat. Sie war außer sich vor Wut. Wütend war ich natürlich auch auf ihn, schließlich hat ihm das Spielzeug nicht gehört. Aber sie reagierte total hysterisch, ist richtig explodiert und hat immerzu auf ihn eingedroschen. Ohne Rücksicht auf Verluste. Auf den Kopf, überallhin. Als ich sie wegzuziehen versuchte, bekam ich auch einen Schlag ab. Sie konnte sich einfach nicht beruhigen. Sander würde immer in ihr Zimmer kommen und ihre Sachen durchsuchen. Natürlich hat er alles abgestritten. Alles Quatsch, und das langweilige Mädchenzeug interessiere ihn überhaupt nicht. Wem sollte ich denn da glauben? Schließlich hat Linc ein Schloss in ihre Tür eingebaut. Dabei war es in meiner Familie ganz normal, dass man immer einfach ins Badezimmer ging. Auch wenn meine Mutter oder mein Vater gerade unter der Dusche stand.«

»Mädchen ab einem gewissen Alter legen nun mal Wert auf ihre Privatsphäre. Sie haben keine Lust auf kleine Brüder, die heimlich in ihrem Tagebuch lesen.«

»Wenn sie wenigstens eins hätte.«

»Was meinst du damit?«

Alma wurde rot. »Dann würde ich es vermutlich lesen, weil ich hoffe, sie dann besser zu verstehen. Nicht aus purer Neugier oder um sie zu kontrollieren«, fügte sie eilig hinzu, als sie den Ausdruck auf Marjos Gesicht sah. »Wie war es denn bei Daan und Maarten?«

»Sie waren entweder beste Freunde oder größte Feinde. Und eine Weile hat Daan es Maarten verübelt, dass wir seinetwegen umgezogen sind.«

Die Familie hatte den Wohnort gewechselt, weil der jüngere Sohn in der Schule von seinen Klassenkameraden drangsaliert und am Ende zum Prügelknaben wurde. Wenn er geschubst wurde, wehrte er sich nicht, sondern fing an zu weinen. Ein ideales Opfer. Nichts half. Weder Gespräche mit den Kindern noch mit Eltern und Lehrern oder mit dem Direktor.

Maarten verlor seine Fröhlichkeit, zog sich zurück. Kam täglich heulend nach Hause, reagierte sich dort durch Wutausbrüche ab und ging am nächsten Morgen mit Bauchschmerzen in die Schule. Nachdem sie sich zwei

Jahre mit der Situation herumgeschlagen hatten, reichte es Marjo und Lex. In der Hoffnung, dass Maarten ein neuer Anfang gelingen würde, beschlossen sie umzuziehen und setzten darauf, dass ihre Kinder auf dem Land behüteter aufwachsen könnten. Marjo war selbst in einem Dorf aufgewachsen und dachte gern an ihre Kindheit zurück.

»Es war auch nicht wirklich fair von Daan, denn für ihn hat sich gar nicht so viel verändert. Er ging ja schon nicht mehr in die Grundschule und sah seine Freunde in der Stadt weiterhin jeden Tag. Und natürlich hat er auch gemerkt, dass der Umzug Maarten guttat.«

»Ich war froh, als ihr hergezogen seid und Sander in Maarten einen neuen Freund fand.«

»Ich erinnere mich, dass Maarten einmal mit blauen Flecken auf den Armen nach Hause kam und ich schon dachte, er sei wieder malträtiert worden. Wie froh war ich zu hören, dass er sich die beim Spielen geholt hatte. Zum ersten Mal habe ich mich über blaue Flecken gefreut.«

»Sander hatte auch immer welche. Ich will gar nicht wissen, was die beiden so getrieben haben.«

»Bestimmt nicht bloß den Marienkäfern von Blatt zu Blatt geholfen, denke ich mir.«

»Oh Gott, die Geschichte mit dem Huhn ...«

»Mit welchem Huhn?«

»Das war ...« Alma stockte kurz. »Das passierte, kurz bevor Roel ertrank. Er und Sander haben ein Huhn gefangen und es mit Steinen beworfen. Als es tot war, haben sie es gerupft. Wirklich furchtbar.«

»Wie seid ihr dahintergekommen?«

»Eine Frau hat sie beobachtet. Wir waren außer uns,

Linc noch mehr als ich. Ich dachte, so sind Jungs eben, oder?«

Marjos Blick war skeptisch.

»Von meinem Vater weiß ich, dass er Frösche aufgeblasen hat, indem er ihnen einen Strohhalm in ihren ...«

»Hör auf.« Marjo wedelte abwehrend mit ihrer Hand. »Ich muss noch essen.«

»Wie dem auch sei. Sander hat hinterher behauptet, Roel habe ihn dazu angestiftet. Er habe nicht als Feigling dastehen wollen, hat Sander gesagt. ›Sonst ist Roel nicht mehr mein Freund, und dann habe ich gar keinen mehr.‹ Schlimm, oder?«

»Haben wir so etwas als Kinder auch gemacht, dieses Erpressen? Daan und Maarten haben mich damit früher auf die Palme gebracht. *Wenn ich dein Feuerwehrauto nicht haben darf, spiele ich nicht mehr mit dir.* Und jedes Mal sind sie damit durchgekommen.«

Während sie Marjo zuhörte, fügten sich Bruchteile aus den Gesprächen mit Ylva und Marjo wie Puzzleteile zusammen. Die blauen Flecken von Roel und die von Maarten. Das Bettnässen von Roel. Jungenstreiche.

Bevor die Unruhe, die sie ergriffen hatte, eine klare Gestalt annehmen konnte, drang Marjos Stimme erneut an ihr Ohr.

»Endlich balgte er sich und tobte herum, spielte Fußball und war ganze Tage nur draußen. Als er zum ersten Mal völlig verdreckt heimkam, hätte ich vor Glück am liebsten geheult. Noch ein Jahr zuvor hatte er sich nach der Schule für den Rest des Tages in seinem Zimmer eingeschlossen. Wir haben dem Himmel gedankt, dass wir auf die Idee gekommen waren, die Stadt zu verlassen. Und nie hätte ich geglaubt, dass ich diese Entscheidung eines Tages zutiefst bereuen würde. Wenn wir nicht umgezogen wären ...«

»Es gibt kein Wenn, sagst du doch immer.«

»Ich weiß. Trotzdem male ich mir manchmal aus, wie es hätte sein können. Dann stelle ich mir vor, dass es doch eine Parallelwelt gibt, in der er nach wie vor am Leben ist. Wir haben lediglich die Gefahren der Stadt gesehen und nie damit gerechnet, dass ausgerechnet hier ...«

»Es war einfach unglaubliches Pech.«

Das Telefon klingelte. Die Polizei. Man hatte Eelcos Schwester gefunden.

39

Alma hupte ungeduldig.

»Ja, ja«, knurrte Linc und schloss die Tür ab.

»Lass dir ruhig Zeit«, sagte Alma sarkastisch, nachdem er eingestiegen war.

»Hans läuft uns schon nicht weg«, erwiderte er gelassen, aber ein Blick auf Almas Gesicht verriet ihm, dass sie seine Wortwahl für wenig glücklich hielt.

Linc konnte immer noch kaum glauben, dass es tatsächlich gelungen war, Eelcos Identität festzustellen. Und das weniger als einen Tag nach Entdeckung seines Leichnams. Nicht nur das: Man hatte sogar eine Schwester gefunden und bereits mit ihr gesprochen.

Was sich allerdings einem bizarren Zusammentreffen von Zufällen verdankte.

Eelco hatte bei einem Bekannten eine Garage gemietet, um sein Auto dort dauerhaft unterzustellen. Nachdem er nicht erschienen war, um wie vereinbart die fällige Halbjahresmiete zu bringen, hatte der Eigentümer der Garage das Auto einfach am Straßenrand abgestellt. Was wiederum die Hausbesitzer von gegenüber störte und sie veranlasste, die Polizei auf einen Wagen mit niederländischem Kennzeichen hinzuweisen, der dort nichts zu suchen hatte. So war die Sache in Gang gekommen.

Wie üblich fuhr Alma, wenn sie gemeinsam unterwegs

waren. Genau wie früher vor der Scheidung, daran hatte sich nichts geändert.

Stumm saßen sie nebeneinander. Ganz anders als früher bei seinen Eltern, dachte Linc. Auch sie konnten schweigend nebeneinandersitzen, doch das war ihm immer als beneidenswert erschienen. Als stilles Einverständnis. Ein Lächeln oder eine Berührung reichten zur Verständigung. Bei seinen Eltern hatte die Stille nichts von einer Flucht gehabt oder von einem Rückzug. Nie hatte er sich unwohl gefühlt oder sich gefragt, ob er etwas falsch gemacht hatte oder ob sie böse mit ihm waren.

Aus purer Verzweiflung schaltete er das Radio ein. Probierte eine ganze Reihe unterschiedlicher Sender und entschied sich für einen mit klassischer Musik. Keine zehn Sekunden später schaltete Alma wieder auf Pop.

»Bist du okay?«, fragte sie ihn nach einem Seitenblick. »Nimmst du deine Medikamente noch?«

»Mach dir keine Sorgen.«

»Ich kann nicht anders.«

»Also, ich bin in Ordnung. Ich möchte bloß dieses Gespräch so schnell wie möglich hinter mich bringen«, erklärte Linc. Er war nervös, ohne wirklich zu wissen, warum. »Und wie geht's dir?«

Mit einem Stirnrunzeln musterte Alma ihn.

»Was ist?«

»Gütiger Himmel, Linc, wir reden miteinander wie zwei Bekannte, die sich lange nicht gesehen haben und sich den Konventionen entsprechend höflich nach dem Wohlergehen des anderen erkundigen.«

Linc ließ sich nicht ablenken. »Und: Bekomme ich nun eine Antwort oder nicht?«

»Prima.«

»Ganz sicher?«

Alma seufzte. »Sag einfach, was du wissen willst.«

»Ich hatte mehr … Begeisterung bei dir erwartet, jetzt wo Sander zurück ist.«

»Ich mache mir Sorgen um ihn, das ist alles.«

Linc glaubte ihr kein Wort, doch Almas fest zusammengepresste Lippen signalisierten ihm, dass sie nicht weiter darüber sprechen wollte.

Rechts vor ihnen tauchte das Polizeigebäude auf. Geschickt parkte Alma das Auto, und sie stiegen aus. Sie ging voraus, er trottete hinterher. Bereits in den ersten Jahren ihrer Beziehung war sie ihm immer vorausgeeilt, aber damals hatte er eine Lösung dafür gefunden und sie an die Hand genommen.

Hans stand rauchend vor der Tür. Sobald er seine Besucher entdeckte, warf er die Zigarette weg, hielt ihnen die Tür auf und führte sie in sein Büro im ersten Stock. Dort war es stickig.

Jedes Mal, wenn Linc hier gewesen war, hatte er gefürchtet, zu viel preiszugeben. Mit dem Ergebnis, dass er beinahe nichts sagte. Was ihn in den Augen der Polizei wahrscheinlich seinerzeit verdächtig machte. Gerade in zu großer Redseligkeit lag die Gefahr. Ein Moment der Unachtsamkeit, und sein sorgfältig errichtetes Lügengebäude würde zusammenstürzen.

»Ist er es?«, wollte Alma wissen, sobald sie sich gesetzt hatten.

»Solange Eelcos Identität nicht offiziell bestätigt ist, müssen wir mit Spekulationen vorsichtig sein«, erklärte Hans.

»Aber?«

»Wir haben mit Eelcos Schwester gesprochen, Sandra. Bruder und Schwester hatten seit Jahren keinen Kontakt mehr, schon bevor Eelco nach Deutschland gegangen ist. Sie gibt an, nichts zu wissen. Was die Entführung von Sander angeht, bin ich geneigt, ihr zu glauben. Bloß gibt es da noch etwas. Sandra hatte Pflegekinder im Haus, und Eelco soll einen der Jungen missbraucht haben. Konnte ihm offenbar nicht nachgewiesen werden, und seine Schwester ist von seiner Unschuld völlig überzeugt.«

»Und jetzt?«

»Wir werden jeden befragen, der Eelco gekannt hat«, erwiderte Hans, doch man merkte ihm eine gewisse Skepsis an. »Es sind eine Menge Fragen offen«, fuhr er fort. »Eelco wohnte zum Zeitpunkt der Tat zweihundert Kilometer von hier entfernt. Wenn er einen Jungen entführen wollte, warum hat er das nicht in seiner näheren Umgebung getan? Warum so weit weg?«

»Vielleicht weil es unauffälliger war«, meinte Linc.

Hans nickte. »Möglich. Allerdings lehrt die Erfahrung, dass die meisten Pädophilen nicht so umsichtig vorgehen. Sie operieren meist in einem Radius von wenigen Kilometern um ihren Wohnort. Aus diesem Grund werden wir auch Ernst erneut befragen. Schließlich könnte es sein, dass die beiden sich kannten und Ernst den Jungen an Eelco verkauft hat.«

»Sander spricht immer nur von einem Mann, nicht von zweien.«

»Er war erst elf, als man ihn mitgenommen hat. Ein unvorstellbares Trauma für ihn. Und bestimmt stand er Todesängste aus. Dann stellt sich natürlich die Frage, ob er erst bei Ernst war oder im Kofferraum gleich zu Eelco gebracht wurde, wie er sich zu erinnern meint.«

»Von Ernst?«

»Könnte sein.«

»Dann müsste er ihn ja damals im Wald gesehen haben, aber er hat niemals einen zweiten Mann erwähnt, sondern immer nur von Eelco gesprochen.«

»Es war dunkel«, gab Hans zu bedenken. »Vielleicht hat er ihn nicht genau gesehen oder die Erinnerung verdrängt.«

Lincs Gehirn arbeitete auf Hochtouren, während er den Überlegungen lauschte, die Hans anstellte. Es gab jede Menge Ungereimtheiten, und das war Hans offensichtlich auch klar.

»Wir wissen bislang nicht genau, was geschehen ist – das müssen wir erst herausfinden. Deshalb möchte ich auch Sander noch einmal zu diesem Abend befragen.«

»Wann?«

»Das teile ich euch rechtzeitig mit. Zuvor will ich ein paar Dinge geklärt haben.«

Spielte er damit auf Eelcos Todesursache an? Linc nickte, während Alma nachdenklich vor sich hin starrte und sich auf die Lippe biss. Linc kannte sie gut genug, um zu wissen, dass sie etwas auf dem Herzen hatte.

40

Tag 11

Iris schaute aus dem Fenster. Da stand er wieder. Im Licht des Vollmonds war deutlich zu erkennen, wie er breitbeinig und mit den Händen in den Hosentaschen auf der Weide stand. Er unternahm nicht den geringsten Versuch, sich zu verstecken.

Ganz ohne Zweifel wollte er gesehen werden. Aber von wem, fragte sie sich.

Seit einer Stunde verharrte er dort unbeweglich. Genau wie gestern und vorgestern. Wie lange er das bereits trieb, wusste sie nicht. Seit sie ihn besucht hatte vielleicht? Seit ihre Mutter ihm an jenem Morgen begegnet war, war sie selbst jede Nacht aufgestanden, um nach ihm zu schauen, aber nie zu ihm hinausgelaufen.

Jetzt stand er wieder da. Konnte er sie sehen? Wahrscheinlich schon, auch wenn sie das Licht in ihrem Zimmer nicht angeschaltet hatte.

Genau wie in den Nächten zuvor war es drückend warm, und es würde lange dauern, bis sie wieder in den Schlaf fand. Ihre Gedanken hielten sie wach, versuchten ihr etwas mitzuteilen, aber sie bekam es nicht zu packen.

Plötzlich fasste sie einen Entschluss. Schnell schlüpfte sie in Shorts und T-Shirt, zog ihre Chucks an und schlich leise die Treppe hinunter. Es war so still im Haus, dass sie glaubte, das Atmen der anderen hören zu können. Hoffentlich wurde Bas nicht wach, denn wenn er zu quengeln begann, würde ihre Mutter aufstehen und nach ihm schauen. Zumindest früher hatte sie bei diesen Gelegenheiten immer einen Blick in ihr Zimmer geworfen – als würde sie ständig damit rechnen, sie könnte wie durch Zauberhand ebenso verschwinden wie Sander.

Iris durchquerte den Garten, atmete die Luft ein, die nachts so viel frischer war als tagsüber, und kletterte über das Mäuerchen, hielt sich dabei am Efeu fest. Das quietschende Tor wollte sie lieber nicht öffnen. Noch ein Sprung über den Graben, ein kurzes Stück auf der Weide.

Unsicher lief sie auf ihn zu. Sie hatten einander die ganze Zeit nicht aus den Augen gelassen. Zumindest glaubte sie, dass es so war. Genau sehen konnte sie es in der Dunkelheit nicht.

»Was tust du hier?«
»Wache halten.«
»Das habe ich mir fast gedacht. Und wen bewachst du?«
»Deinen Bruder.«
»Warum?«
»Irgendjemand muss es machen.«
»Ich bin schließlich auch noch da.«
»Du bist ein Mädchen.«
»Was willst du damit sagen?«
»Lass uns das nicht jetzt diskutieren.«
»Beobachtest du ihn den ganzen Tag?«
»So lange wie möglich.«
»Und wann schläfst du?«

»Gar nicht. Tagsüber manchmal«, erklärte er achselzuckend.

»Chris, das nützt alles nichts, und das weißt du selbst. Hat er dich bemerkt, was glaubst du?«

»Ich denke schon. Immerhin hat er mir die Polizei auf den Hals gehetzt.«

»Die Polizei?« Iris fragte sich, warum ihr niemand davon erzählt hatte.

»Einer kam zu mir und hat mich aufgefordert, mich von Sander fernzuhalten.«

»Dann bin ich ausnahmsweise mal einer Meinung mit der Polizei.«

Christiaan antwortete nicht. Iris sah hinauf in den Sternenhimmel, und je länger sie nach oben blickte, umso mehr Sterne entdeckte sie. Ein Schauer lief ihr über den Rücken, obwohl ihr nicht kalt war.

»Geh wieder rein«, sagte Christiaan.

»Und du?«

»Ich bleibe einfach hier.«

Sie seufzte tief. »Und dann?«

Fragend sah er sie an.

»Wie lange willst du hier herumstehen?«

»So lange wie nötig.«

»Nötig für was?«

»Bis ich weiß, was ich tun muss.«

»Wir haben damals einen Entschluss gefasst – uns blieb keine andere Wahl.«

Christiaan schüttelte den Kopf. Sie stand so dicht vor ihm, dass sie ihn riechen konnte. Von diesem Duft bekam sie noch immer weiche Knie. Auf dem Traktor hatte sie wenigstens sitzen können.

»Jetzt ist alles anders. Sander ist wieder da.«

»Und was nützt es dann überhaupt?«

»Was, wenn Sander alles erzählt?«

»Das hätte er dann doch längst getan, meinst du nicht?«

»Fragst du dich nicht, warum er schweigt?«

»Nein«, log sie. »Alle sind jetzt glücklich und zufrieden.«

»Und wir zwei?«

»Wir?«

»Dürfen wir nicht glücklich sein?«

Sie ging davon aus, dass er kein *wir* im eigentlichen Sinne meinte. Keines, das sie beide zusammen bezeichnete.

»Ich bin nicht unglücklich«, erklärte sie.

»Das ist nicht dasselbe. Und das weißt du genau.« Er streckte seine Hand aus und berührte ihre Wange.

»Ich kann nicht«, sagte Iris.

»Du musst dich entscheiden. Es war falsch, was wir getan haben.«

»Ich ...«

»Obwohl ich es für dich getan habe, gehe ich daran zugrunde. Du fehlst mir. In den letzten Jahren habe ich alles versucht, um dich zu vergessen, aber es ist mir nicht gelungen. Der Gedanke, dass du ohne mich in Amsterdam bist, hat mich verrückt gemacht. Ich quäle mich mit Bildern, wie du mit anderen Männern zusammen bist. Wie du sie anlachst, mit ihnen redest, mit ihnen schläfst. Mit mir hast du nie ...«

Bevor er seinen Satz beenden konnte, küsste sie ihn. Sanft, behutsam, tastend. Sein Mund war ihr so unendlich vertraut, und dennoch war alles neu. Er legte ihr eine Hand in den Nacken und zog sie dichter an sich heran. Trotzdem war er es, der den Kontakt als Erster unterbrach.

»Wenn wir zusammen sein wollen …«, fing er mit heiserer Stimme an.

Sie spürte seinen Atem auf ihrer Haut. »Das können wir …«

»Dann darf nichts zwischen uns stehen.«

»Das muss es auch nicht. Warum kannst du das nicht für mich tun?«

»Das Gleiche könnte ich dich fragen«, spielte er den Ball zu ihr zurück. »Was belastet denn sonst unser Gewissen?«

»Nichts«, rief sie frustriert aus.

»Schweigen ist jedenfalls falsch. Es gibt mehr als genug Menschen, die im Zweiten Weltkrieg …«

»Ach komm, das war etwas völlig anderes«, sagte sie und unterdrückte einen Fluch.

So war das jedes Mal. Gerade hatte sie noch gedacht und gehofft, es bestünde wenigstens eine kleine Chance, dass sie weiterkämen, und dann lief es wieder auf diesen Punkt hinaus. Er war so verdammt prinzipientreu. Nur dass man mit Prinzipien schwer leben konnte. Sie wärmten einen nicht, wenn es kalt war, und sie sorgten nicht dafür, dass man sich vor lauter Lachen den Bauch halten musste.

Im Grunde hatte Christiaan recht. Warum sagten sie nicht, wie es gewesen war? Weil es nichts nützen würde – weil sich an den vergangenen Jahren ohnehin nichts mehr ändern ließ. Und vor allem hatte sie Angst, Angst vor den Konsequenzen.

Ihre Eltern würden ihr das nie verzeihen.

41

Christiaan wandte den Blick von ihr ab und sah zum Haus hinüber. »Wie ist er denn so?«

»Er verhält sich wirklich okay, um ehrlich zu sein. Auch mit Bas kommt er gut klar. Mir gegenüber ist er freundlich – und sogar wenn ich ihm blöd komme, was nicht gerade selten passiert, bleibt er nett und höflich.«

»Und was treibt er so? Wie verbringt er seine Zeit?«

»Er macht nicht viel. Sitzt meist im Haus, ab und zu geht er raus. Eine Runde Fahrrad fahren oder zum Supermarkt.«

»Kürzlich ist er in der Stadt gewesen. Ich habe ihn beobachtet, wie er zur Post gegangen ist und aus einem Schließfach einen braunen Umschlag entnommen und eingesteckt hat.«

Überrascht sah sie ihn an. »Hast du dich auch bestimmt nicht getäuscht?« Wozu brauchte Sander wohl ein Schließfach?

»Ich bin mir völlig sicher. Schon deshalb, weil er mich bemerkt hat und plötzlich ziemlich erschrocken wirkte. Und dann ist er rasch weitergelaufen.«

»Falls er den Umschlag nicht weggeworfen hat, müsste er irgendwo in seinem Zimmer liegen«, überlegte sie.

»Iris, versprich mir, dass du dich da nicht einmischst«, warnte er, und seine Stimme klang düster.

Sie antwortete nicht, genoss für einen Moment die Dunkelheit, die sie beruhigend einhüllte und nichts Bedrohliches hatte. In Amsterdam, wo nachts immer Menschen auf der Straße waren und beinahe überall Licht brannte, fühlte sie sich selten so geborgen. Vermisste gerade diese dunklen Stunden, in denen alles möglich schien – in denen es sie nicht einmal überraschen würde, wenn Kobolde über die Felder zögen oder Elfen durch die Lüfte schwebten. Auch der Wind fehlte ihr, der ungehindert über die offene Landschaft strich und Gerüche nach Gras, Schlamm und stehendem Wasser mit sich führte.

Diese Sehnsucht befremdete sie. Als Teenager hatte sie sich nichts sehnlicher gewünscht, als von hier fortzukommen. Sogar Amsterdam fand sie zeitweise nicht weit genug weg.

Zischend stieß sie Luft aus. »Geh nach Hause, Chris. Leg dich schlafen.«

Er beugte sich vor, und sie sagte sich, sie sollte sich jetzt umdrehen und wieder nach drinnen gehen, aber sie konnte es nicht. Er hatte nach mehr geschmeckt, nach so viel mehr. Darum wehrte sie sich nicht, als er sie aufs Gras legte, das überraschend kalt war und sie an ihren nackten Beinen kitzelte, und hinderte ihn nicht daran, ihr Shorts und Slip nach unten zu streifen. Immer mehr Sterne erschienen am Himmel, während sie sich schweigend bewegten. Zärtlich, behutsam und liebevoll. Sie klammerte sich an ihm fest, versuchte, jeden Moment in ihrem Gedächtnis festzuhalten. Für alle Zeiten zu speichern. Womöglich waren das da hoch über ihnen gar keine Sterne, sondern glückliche Momente, die Menschen erlebt hatten und die als funkelnde Lichter für die Ewigkeit bewahrt wurden.

Christiaan küsste sie und legte sich neben sie. »Ich habe mir immer gewünscht, für dich der Erste ...«

»Tut mir leid«, unterbrach sie ihn, bevor er den Satz beenden konnte.

»Macht nichts. Ich habe auf dich gewartet.«

Seine Worte stimmten sie hoffnungsvoll. Sie bedeuteten, dass er sich genau wie sie gewünscht hatte, es möge eine Zukunft für sie geben.

»Wahrscheinlich gibt es in Delft einfach keine Mädchen«, neckte sie ihn.

»Keine wie dich zumindest«, erwiderte er, und sie merkte, dass er lächelte. »Nicht im Entferntesten.« Er nahm ihre Hand, und so lagen sie da. Mit jedem Schlag ihres Herzens durchströmte die Seligkeit ihren Körper.

Christiaan rollte sich auf die Seite, stützte den Kopf in die Hand und sah sie an. »Und was beschäftigt dich sonst noch?«

»Wie kommst du darauf, dass es da etwas gibt?«

»Ich kenne dich immerhin schon ein Weilchen.«

»Warum durfte ich dich nicht besuchen?«

»Weil ich nicht begriffen habe, dass du mit mir zusammen sein wolltest.«

»Ich liebe dich.«

»Wie kannst du mich lieben?«

Sie zuckte mit den Schultern. »Ich tue es einfach, das war schon immer so und wird auch immer so sein.«

»Ich habe jemanden verletzt.«

Es war ihre Schuld, dass es ihm zeitweilig so schlecht gegangen war. Jener Abend hatte alles verändert, denn ihr Plan hatte eine regelrechte Katastrophe ausgelöst.

»Wie ist es in dieser Anstalt gewesen?«

»Schlimm. Ich hatte das Gefühl, nicht dorthin zu gehören. Was natürlich genau genommen sogar stimmte.«

»Aber sie haben dich entlassen. Das heißt, es geht dir besser.«

»Dieser Meinung sind die Ärzte, ja.«

»Und du selbst?«

»Manchmal frage ich mich, ob sie mich nicht für immer wegschließen sollten.«

»Rede nicht solchen Unsinn«, protestierte Iris.

»Ich würde mir wünschen, niemals ...«

»Weiß ich, mir geht es genauso«, antwortete Iris und richtete sich auf.

»Was machst du?«

»Ich gehe einen Schlafsack holen. Bin gleich wieder da.« Nach ein paar Schritten drehte sie sich um und fügte vorsichtshalber hinzu: »Warte hier.«

Als würde sie ernstlich befürchten, er könnte sich auflösen so wie die Kobolde und Elfen, die sie manchmal zu sehen glaubte.

42

Verhör Ernst de Vries durch Hans Valk, in Anwesenheit des Anwalts Jaap de Graaff

EdV: Wann werde ich entlassen?

HV: Deswegen bin ich nicht hier.

EdV: Ich bin unschuldig, und Sie haben es versaut. Ich verlange Schmerzensgeld.

HV: Noch mal, deswegen bin ich nicht hier.

EdV: Ich muss gar nicht mit Ihnen reden.

HV: Haben Sie denn etwas zu verbergen?

EdV: Fangen Sie jetzt nicht an, solche Spielchen mit mir zu spielen.

JdG: Zeigen Sie sich lieber kooperativ, Ernst.

HV: Je schneller Sie unsere Fragen beantworten, desto schneller kommen Sie hier raus.

EdV: Na gut. Was möchten Sie wissen?

HV: Kennen Sie Eelco Molenaar?

EdV: Nein.

HV: Denken Sie gründlich darüber nach. Ihre Antwort kam arg schnell.

EdV: So. Schon passiert, aber ich kenne ihn immer noch nicht.

HV: Wir haben Ihren Computer, Ernst.

EdV: Ja, und?

HV: Wir kommen ganz schnell dahinter, ob Sie lügen.

EdV: Irgendetwas sagt mir, dass Sie nichts auf meinem Computer gefunden haben. Sonst würden Sie nicht hier sitzen. Warten Sie mal, hat dieser Eelco Molenaar etwa Sander entführt? Ja, das muss es sein, oder?

HV: Haben Sie beide zusammengearbeitet?

EdV: Ich kenne diesen Eelco nicht, das habe ich inzwischen mehrfach gesagt. Sie können mir das nicht noch einmal in die Schuhe schieben, no way! Ich hab nichts getan.

HV: Eelco wohnte zum Zeitpunkt der Entführung zweihundert Kilometer entfernt. Was könnte er hier zu suchen gehabt haben?

EdV: Woher soll ich das wissen?

HV: Sie wussten immerhin, dass es in dieser Gegend einen Ferienhof gibt, zu dem regelmäßig Kindergruppen fahren. Hatten Sie beide vielleicht abgesprochen, dass Sie die Beute einfangen und sie dann bei ihm abliefern?

JdG: In meinen Augen wurden diese Fragen bereits ausreichend von meinem Mandanten beantwortet.

HV: Was haben Sie an jenem Abend gemacht?

EdV: Ich habe über den Polizeifunk gehört, dass ein Junge vermisst wird, und beschlossen, bei der Suche zu helfen. Aber das habe ich alles schon gesagt. Ich war nicht einmal in der Nähe dieses Hofs, sondern ziemlich weit weg. Außerdem konnte ich ja gar nicht wissen, dass die eine Nachtwanderung planten, oder?

HV: Und wenn Sie helfen wollten, warum haben Sie sich dann nicht auf dem Ferienhof gemeldet?

EdV: Ich war dort, und man hat mich in die Richtung geschickt, in die ich dann auch zum Suchen gegangen bin.

HV: Ja, so haben Sie es damals ebenfalls erzählt. Leider kann sich niemand an Sie erinnern.

EdV: Es ist die Wahrheit, aber Sie hören mir ja einfach nicht zu. Sie nehmen nur das wahr, was zu Ihrer Theorie passt.

HV: Ein Pädophiler in der Nähe von Kindern, ja, das finden wir in der Tat verdächtig.

EdV: Ich hab nichts damit zu tun.

HV: Das können Sie leicht behaupten, jetzt, wo Eelco tot ist. Er kann schließlich nicht mehr seine Sicht der Dinge erzählen – Sie können ihm also getrost alle Schuld in die Schuhe schieben.

43

»Hast du was vor?«, wandte Linc sich an Sander, der im Garten einen Ball hin und her kickte.

»Nein.«

»Magst du dann vielleicht mitkommen?« Er hielt den Autoschlüssel in die Höhe. »Du darfst auch fahren.«

»Wohin?«

»Überraschung.«

»Aber ich kann nicht fahren.«

»In ein paar Monaten wirst du achtzehn und möchtest bestimmt den Führerschein machen. Da ist es gut, vorher ein bisschen zu üben. In irgendeiner kleinen Nebenstraße. Das merkt kein Mensch.«

Sander versetzte dem Ball einen letzten Tritt, sodass er im Gebüsch landete, und schlenderte hinüber zum Auto.

Unterwegs sprachen sie kaum. Linc wusste nicht, worüber er mit einem Jungen reden sollte, der im Grunde ein Fremder für ihn war. Musik füllte die Stille.

»Konntest du dort eigentlich auch so was hören?«

»Ja, Eelco hatte ein Transistorradio. Einen Fernseher natürlich nicht. Er meinte, da würde nichts als schädlicher Mist laufen.«

»Ja, das hast du erzählt.«

Kurz darauf hielt er am Straßenrand, stieg aus und bedeutete Sander, auf dem Fahrersitz Platz zu nehmen.

Ringsum befanden sich Weiden, und es wehte ein angenehm frischer Wind. Linc hoffte, er würde die Hitze in seinem Kopf ebenfalls ein wenig lindern, damit er wieder in der Lage war, klar zu denken.

Obwohl er inzwischen seit einiger Zeit in einem Reihenhaus im Dorf lebte, hatte er sich nicht daran gewöhnt. Er fühlte sich eingeengt, meinte, nicht frei atmen zu können.

Außerdem schlief er kaum noch, seit Sander zurück war.

Immer wieder hielt er sich vor Augen, dass er es nicht tun musste, dass er eine andere Wahl treffen konnte. Die Frage war einerseits, ob er mit einer Lüge dauerhaft würde leben können, und andererseits, ob er ein Recht hatte, das Leben seiner Familie völlig durcheinanderzubringen.

Der Preis wäre Almas Glück. Oder das von Iris. Eine unmögliche Wahl. Schließlich hatte das Gespräch mit Iris den Ausschlag gegeben.

Linc setzte sich auf den Beifahrersitz und erklärte Sander die grundlegenden Dinge, die er wissen musste, um ein Auto zu steuern. »So, und jetzt probier es mal«, forderte er ihn anschließend auf.

Sander startete den Motor und ließ die Kupplung kommen, trat gleichzeitig auf das Gaspedal. Das Auto machte einen Satz nach vorn und kam ruckelnd zum Stehen.

»Und gleich noch einmal«, sagte Linc.

Er stellte sich vor, dass jeder Vater davon träumte, seinem Sohn solche Sachen beizubringen. Fahrradfahren. Fußballspielen. Autofahren. Lernen zu leben.

Nach ein paar Versuchen hatte Sander den Dreh raus. Mit fünfzig zuckelten sie die Straße entlang. Der Himmel war strahlend blau, hier und da unterbrochen von weißen durchsichtigen Schlieren.

»Du bist ein Naturtalent. Man könnte glatt denken, du wärst bereits öfter gefahren.«

»Es macht Spaß«, erwiderte Sander und schaltete knarrend in den nächsten Gang. »Gleichzeitig ganz schön kompliziert, bis man es richtig draufhat«, fügte er hinzu.

»Halt hier an.« Linc wies auf eine Einbuchtung.

Schlingernd steuerte Sander nach rechts, und gerade als Linc dachte, dass sie im Graben landen würden, kam der Wagen zum Stehen. Sie wechselten die Plätze.

»Danke, das war super«, sagte Sander. Die Schweißflecken auf seinem T-Shirt zeigten, wie sehr er sich konzentriert hatte.

»Wir sollten bald mal wieder üben.« Linc sah in den Spiegel und wendete, doch anstatt nach links in Richtung Dorf abzubiegen, hielt Linc sich rechts.

»Wohin fahren wir?«, erkundigte sich Sander.

»Ich will dir etwas zeigen.«

»Und das wäre?«

»Das siehst du gleich.«

»Können wir das nicht ein anderes Mal machen?«, wandte der Junge ein. »Sonst wird Mama unruhig, und das möchte ich nicht. Sie gibt es zwar nicht zu, aber ich weiß, dass sie sich gleich Sorgen macht, wenn ich länger wegbleibe.«

»Sie weiß, dass du bei mir bist«, beruhigte Linc ihn. »Hast du deine Meinung, was Maartje angeht, eigentlich geändert?«

»Nein. Wie gesagt: Die Sache ist geschehen und lässt sich nicht ändern.«

»Ist das der einzige Grund, weshalb du nicht darüber reden willst?«

»Was sollte es noch geben?«

»Ich glaube, du brauchst Hilfe. Hilfe, die wir dir nicht bieten können.«

»Und ich wüsste nicht, was das bringen sollte. Passiert ist passiert. Fertig.«

»Nicht alle denken so.«

»Du auch nicht?«

»Nach Sanders … nach deinem Verschwinden bin ich auf Wunsch von Alma, der Familie und von Freunden bei einem Psychologen gewesen. Ein einziges Mal.« Die Paartherapie verschwieg er.

»Bloß einmal?«

»Der Psychologe füllte ein Glas zur Hälfte mit Wasser und hob es in die Höhe. Ich erwartete einen Vortrag, dass für manche Menschen das Glas halb voll, für andere hingegen halb leer sei und dass das etwas darüber aussage, wie man die Welt betrachtet und mit Menschen umgeht. Stattdessen wollte er mir etwas ganz anderes erklären. Man habe, sagte er, kein Problem damit, eine halbe Minute in dieser Position zu verharren. Aber bereits nach fünf Minuten beginne die Schulter zu schmerzen. Müsste man das Glas gar eine Stunde lang hochhalten, bekäme man einen Krampf und so heftige Schmerzen, dass man es wahrscheinlich fallen ließe. Würde. Damit versuchte er, mir zu sagen, dass es einem mit Geheimnissen genauso ergeht. Man muss sie loswerden, damit sie nicht zu einer übermäßigen Belastung werden.«

»Geheimnisse?« Fragend sah Sander ihn an.

»Oh, ich habe Probleme gemeint«, korrigierte Linc sich.

»Findest du, dass er recht hatte?«

»Ja.«

»Aber du bist trotzdem nicht mehr hingegangen.«

Linc schüttelte den Kopf.

»Warum nicht?«

»Vielleicht weil ich überzeugt war, diesen Schmerz verdient zu haben.«

»Oh. Ich hab das vorgestern nicht so gemeint. Dass du bei mir hättest sein müssen.«

Nachdenklich trommelte Linc mit den Fingern auf dem Lenkrad herum. »Man setzt ein Kind in die Welt. Aber erst später, wenn es geboren ist, begreift man, dass es unglaublich viel Unheil in der Welt gibt, vor dem man sein Kind behüten möchte. Ich kann mich gut erinnern, wie du als Baby nächtelang auf meinem Bauch geschlafen hast. Du hast viel geweint, vor allem nachts, und Alma war sehr erschöpft. Erst gab ich dir eine Flasche, dann legte ich dich auf meinen Bauch, und so verbrachten wir den Rest der Nacht. Alma konnte schlafen und du auch. In diesen Momenten war ich überglücklich und habe gewusst, dass es nichts Schöneres gibt auf der Welt. War mir ganz sicher, dass ich dich ebenfalls glücklich machen könnte. Ich sehe uns noch so daliegen. Hatte keine Ahnung, was uns erwarten würde. Die Vorstellung, dass ich dich ...« Seine Stimme brach.

»Ist schon in Ordnung«, unterbrach Sander ihn.

»Wer hätte gedacht, dass das Böse gar nicht so fern war?«, murmelte Linc mehr zu sich.

Sander konzentrierte sich auf das Radio, drehte am Knopf, bis er etwas gefunden hatte, das ihm zusagte. House-Musik. Er summte sie begeistert mit, während Linc mit leisem Bedauern feststellte, dass er für manches langsam zu alt wurde.

Der Wald kam in Sicht. Verschiedene Grüntöne leuchteten hell in der Sonne, ein beinahe hypnotisierender Anblick. Der Parkplatz war fast völlig leer, und Linc stellte sein Auto ab. Selbst der Wald schien in der Hitze zu flimmern. Er wusste nicht, ob das Brummen, das er vernahm, eine reale Ursache hatte oder lediglich in seinem Kopf existierte. Hätte er nur Wasser mitgenommen, dachte er. Sein Mund war staubtrocken, das Schlucken fiel ihm schwer, und der Schweiß brach ihm bereits aus, wenn er bloß daran dachte, was er vorhatte.

In all den Jahren war er nur selten hierhergekommen – dreimal, um genau zu sein.

»Das kommt mir bekannt vor«, erklärte Sander, nachdem er ausgestiegen war.

»Hier ganz in der Nähe liegt der Ferienhof.«

Plötzlich hielt der Junge inne. »Gehen wir dorthin?«

»Nein, wir gehen lediglich daran vorbei.«

»Ich möchte lieber nicht in die Nähe.«

Linc blieb stehen. »Keine Sorge, das musst du auch nicht. Ich habe es dir schließlich versprochen. Vertrau mir.«

Er winkte dem Jungen, ihm zu folgen.

Zögernd setzte Sander sich in Bewegung.

44

Tag 12

Das ist das letzte Mal, schwor Alma sich, als sie durch das Gefängnistor trat. Ihre Tasche gab sie gleich ab, fragte jedoch, ob sie Briefe mit reinnehmen dürfe. Natürlich wollte der Beamte sie vorher sehen. Widerwillig reichte sie ihm die Briefbogen, und ohne Gemütsregung las er sie, bevor er sie ihr zurückgab. Sie nickte dem Mann, den sicher nichts mehr überraschte, kurz zu und betrat den Besucherraum.

Das letzte Mal. Wirklich. Schließlich war sie Ernst zu nichts verpflichtet. Sie war beinahe genauso nervös wie bei ihrem ersten Besuch. Ihr war klar, dass Linc etwas ahnte, denn er hatte sie während des Gesprächs mit Hans so merkwürdig angesehen. Trotzdem konnte sie es ihm nicht sagen und Hans genauso wenig. Es war eine Sache, die sie allein erledigen musste – wenn sie Ernst in die Augen sah, würde sie erkennen, ob er log.

Sie schrak auf, als die Gefangenen hereingeführt wurden.

»Sie sehen müde aus«, sagte Ernst, nachdem er sich gesetzt hatte.

»Schlecht geschlafen«, erklärte Alma.

»Sicher wegen der Hitze. Meine Mutter klagt bereits seit Wochen darüber.«

Lügner, dachte sie. Vor Jahren hatte die Mutter den Kontakt abgebrochen, das wusste sie. Was stimmte überhaupt von seinen Geschichten?

»Warum sind Sie gekommen? Sie waren doch erst letzte Woche hier? Nicht dass ich was dagegen hätte – so viel Besuch kriege ich ja nicht ...«

Sie massierte sich die Schläfen. Seit dem Morgen quälte sie ein hämmernder Kopfschmerz, der nicht aufhören wollte. Obwohl sie einige Aspirin geschluckt hatte, von denen ihr allerdings bloß zusätzlich übel geworden war. Nach belanglosem Geplauder stand ihr also absolut nicht der Sinn.

»Haben Sie mir diese Briefe geschickt?«

Sie zog das letzte Schreiben aus ihrer Tasche und legte es auf den Tisch. Ernst nahm das Blatt in die Hände, und seine Augen weiteten sich.

»Nein. Warum sollte ich Ihnen so etwas schicken?«

Um mich krank zu machen, dachte sie. Männer wie du tun nichts lieber als das. Und hier hast du mehr als genug Zeit für so etwas. Irgendwoher musst du dir schließlich deinen Kick holen, wenn du schon keine Fotos von nackten Kindern anschauen kannst.

»Wegen dem, was drinsteht! Das könnten Sie geschrieben haben.«

»Nein ...«

Sie entzog ihm den Brief so heftig, dass er einriss. »Hier«, sie tippte mit dem Finger auf das Papier. »Sehen Sie: *Ich kenne die Wahrheit, aber die habe ich Ihnen nie erzählt, es tut mir leid.* Das trifft voll und ganz auf Sie zu. Sie waren an jenem Abend im Wald, das stimmt, doch alles andere, was Sie da angeblich gesucht haben, ist gelogen.«

Ernst schüttelte den Kopf.

Alma spürte, wie ihre Frustration wuchs. Vielleicht packte sie die Sache ja falsch an. »Ich werde Ihnen nicht böse sein, das schwöre ich«, versuchte sie es anders. »Sagen Sie es mir. Damit ich die Wahrheit erfahre. Das wollen Sie doch. Sonst hätten Sie mir diese Briefe nicht geschickt. Warum verraten Sie mir nicht einfach, was passiert ist? Jeden Monat habe ich Sie besucht und bin heute eigens gekommen, um Sie um diesen Gefallen zu bitten. Erzählen Sie es mir endlich. Ersparen Sie mir, dass ich Sie anflehe.«

»Ich weiß wirklich nicht, wovon Sie sprechen.«

Eine sengende Hitze breitete sich in ihrem Brustkorb aus, und am liebsten hätte sie ihn mit bloßen Händen erwürgt. So etwas wie Blutdurst überkam sie, und sie meinte, einen metallischen Geschmack im Mund zu spüren.

»Ich schwöre es Ihnen, Ernst: Wenn Sie jetzt nicht die Wahrheit sagen, gehe ich auf der Stelle und komme nie wieder«, drohte sie.

So hatte sie noch nie mit ihm gesprochen.

Er wischte sich über die Nase. »Ehrlich, ich weiß davon nichts. Ich schwöre es Ihnen – und auch, dass ich Sie nie belogen habe.«

Alma glaubte ihm. Was sollte sie jetzt tun? Sie war davon überzeugt gewesen, Ernst stecke in der Sache mit drin. Sie sah, wie sich sein Mund bewegte, ohne dass sie seine Worte wahrnahm. In ihrem Kopf brach ein enormer Tumult los, ihr Blickfeld trübte sich. Heftig blinzelte sie dagegen an und umklammerte mit beiden Händen die Tischkante, um nicht umzufallen. Kalter Schweiß brach ihr aus, dann hörte sie wie aus weiter Ferne eine Stimme. Vor ihr tauchte ein Gesicht auf. Jemand führte ihr einen

Becher Wasser an die Lippen, und sie trank. Langsam begannen ihre Sinne wieder normal zu reagieren.

»Himmel, ich dachte, Sie werden ohnmächtig«, sagte Ernst.

Neben ihr stand ein Aufseher. »Geht's wieder?«

»Ja, ja, ich danke Ihnen. Es war wohl die Hitze.«

»Immer viel trinken«, riet der Mann, kehrte zurück zur Wand und lehnte sich mit dem Rücken dagegen, um weiter den Raum im Auge zu behalten.

»Ich möchte, dass Sie glücklich sind«, fuhr Ernst fort. »Das bedeutet mir sehr viel.«

Nachdem sie das Gefängnis verlassen hatte, stieg sie in ihr Auto und blieb dort eine Weile sitzen, um zur Ruhe zu kommen. Ihre Gedanken drehten sich nach wie vor im Kreis. Als ihr Handy klingelte, begann sie hektisch in ihrer Tasche zu wühlen.

Es dauerte eine Weile, bis sie begriff, wer dran war: Ylva. Wie kam diese Frau an ihre Handynummer?

»Langsam, Ylva, ich verstehe gar nichts.«

»Ich will wissen, ob du darüber nachgedacht hast?«, hörte sie die gehetzte Stimme von Roels Mutter. Ich muss wirklich dringend mit Sander sprechen.«

»Darüber haben wir doch eingehend diskutiert«, erwiderte Alma und klang dabei gereizter, als sie tatsächlich war. Dann eben auch noch eine Auseinandersetzung mit Ylva.

»Sonst wende ich mich an die Presse.«

»Meinst du diese Drohung genauso ernst wie die, zur Polizei zu gehen? Da bist du auch nie gewesen.«

»Ich ...«

»Lass uns in Ruhe. Ich habe mir die Filme angeschaut,

und es ist nichts Schlimmes darauf zu sehen. Gar nichts«, erklärte Alma schroff und drückte das Gespräch weg.

Oben an der Treppe belauscht Iris das Gespräch zwischen ihren Eltern. Sie hat abgewartet, bis ihr Vater aus dem Ausland zurück ist, um ihren Eltern zu erzählen, was Sander ihr auf dem Polizeirevier zugeflüstert hat. Das Gespräch dort verlief nicht gerade so wie erhofft. Noch immer dreht sich ihr Magen um, wenn sie sich daran erinnert.

Zu dritt holten sie den Vater vom Flughafen ab. »Ich muss euch was erzählen«, sagte sie, sobald sie zu Hause waren. Sander war noch zum Fahrradfahren gegangen.

»Mein Gott, bist du schwanger?«, scherzte ihre Mutter.

»Es geht nicht um mich, sondern um Sander. Als wir bei der Polizei waren, hat er mir erzählt, es sei seine Schuld gewesen, dass Roel ertrunken ist.«

»Was sagst du da?«, stieß ihre Mutter hervor und lachte ungläubig.

»Er hat gesagt, er habe Roel ertrinken lassen.«

»Rede keinen Unsinn, warum sollte er so etwas behaupten?«

»Was weiß ich – vielleicht, weil es die Wahrheit ist?«

»Da hast du bestimmt etwas falsch verstanden«, wandte ihre Mutter ein.

Heftig schüttelte sie den Kopf, und ihre Eltern wechselten einen Blick. Was sollte denn das jetzt wieder, schienen sie stumm zu sagen, während Iris die Arme vor der Brust verschränkte.

»Iris, das ist nicht lustig«, ermahnte ihr Vater sie.

»Deshalb erzähle ich es ja!«

»Wenn es wahr ist«, erwiderte ihre Mutter, »warum

kommst du dann erst jetzt damit? Immerhin sind bereits zwei Wochen vergangen ...«

»Ich wollte, dass Papa dabei ist.«

»Was ist das denn jetzt wieder für ein Blödsinn? Papa ist nicht mal eine Stunde wieder da, und du musst gleich mit so was anfangen.«

Iris hatte daraufhin weggeschaut und mit den Schultern gezuckt. Wie sollte sie ihrer Mutter erklären, dass ihr in Gegenwart des Vaters eher geglaubt wurde? Unmöglich.

Als habe er geahnt, dass über ihn gesprochen wurde, kam Sander herein und brachte einen Schwall kalte Luft mit.

»Ich dachte, du wolltest Fahrrad fahren?«

»Viel zu kalt«, sagte Sander und schüttelte sich.

Erneut tauschten ihre Eltern einen Blick. Wer fängt an, las sie daraus.

»Ich habe Papa und Mama erzählt, was du zu mir über Roel gesagt hast«, platzte Iris unvermittelt heraus. Das brachte ihr einen mahnenden Blick ihrer Mutter ein.

Beschämt sah Sander zu Boden. »Du hast es versprochen.«

»Ich habe gar nichts versprochen.«

»Es tut mir leid«, flüsterte Sander.

»Was sagst du da? Es war ein Unfall, oder?« Panik lag in der Stimme ihrer Mutter.

»Ich habe Roel ertrinken lassen, es war meine Schuld. Ich konnte ihn nicht retten.« Tränen strömten ihm über die Wangen, und die Mutter ging auf ihn zu, schloss ihn in die Arme.

»Mein Schatz, darüber haben wir doch schon gesprochen. Du konntest gar nichts machen.«

»Ich bin schuld, ich hab den Fußball mitgenommen ...

Und ich war's, der ihn ins Wasser geschossen hat. Das habe ich euch nie erzählt.«

Entsetzt verfolgte Iris die Szene. Das lief völlig in die falsche Richtung. Auf dem Polizeirevier hatte Sander ganz anders geredet.

»Mir hast du gesagt, du hättest ihn absichtlich ertrinken lassen – hättest ihn retten können, wenn du gewollt hättest«, schrie sie ihm ins Gesicht.

»Iris!«

»Es stimmt, ich lüge nicht.«

»Sie hat recht, es ist meine Schuld«, schluchzte Sander fast unhörbar, das Gesicht an die Schulter seiner Mutter gedrückt. »Wenn ich den Fußball nicht ins Wasser geschossen hätte, wäre nichts passiert. Roel wollte den Ball mit einem Stock rausholen und ist dabei in den See gefallen. Ich hab mich nicht getraut, euch das zu sagen. Weil ich solche Angst hatte, dass ihr böse auf mich sein würdet.«

Die ganze Zeit über hatte ihr Vater geschwiegen.

»Papa, ich lüge nicht.«

Es war nicht mehr als ein Flüstern, und dann stürmte sie wütend davon.

Eigentlich hatten sie essen gehen wollen, um die Rückkehr ihres Vaters zu feiern, aber Iris weigerte sich jetzt mitzukommen und schloss sich in ihrem Zimmer ein. Sie hörte, wie Sander ebenfalls in sein Zimmer ging. Wenig später begann der Streit zwischen ihren Eltern unten im Wohnzimmer.

»Er ist anders als andere, Alma.«

»Natürlich ist er anders, überleg doch mal, was er alles mitgemacht hat. Er musste mit ansehen, wie sein bester Freund ertrunken ist.«

»Nicht nur ...«

»*Bloß weil er gern allein ist und Fußball verabscheut? Weil er nicht so ist wie du?*«

»*Das ist nicht fair. Warum sollte Iris lügen?*«

»*Warum sollte Sander lügen? Sie werden sich mal wieder gestritten haben, so wie immer. Komm schon, Linc, du glaubst doch hoffentlich nicht allen Ernstes, dass er in der Lage wäre ...*«

Den Rest kann Iris nicht verstehen, ihn sich aber durchaus denken.

»*Ich weiß es nicht.*«

»*Du weißt es nicht? Nun, ich schon!*«

»*Mein Gefühl sagt mir ...*«

»*Ja, nehmen wir dein Gefühl als Richtschnur. Denkst du nicht, dass ich es merken würde, wenn etwas mit ihm nicht stimmen würde? Ich bin seine Mutter und bin tagtäglich mit ihm zusammen.*«

»*Genau deshalb! Ich habe dich am Telefon so oft sagen hören, dass er sich in der Schule geprügelt hat, dass er zu Hause frech wird ...*«

»*Das gehört schließlich dazu ...*«

»*Nach dem, was er erlebt hat, ja, ja. Mach endlich die Augen auf. Iris hat ganz offensichtlich große Angst vor ihm. Sie saß, verdammt noch mal, bei der Polizei, weil sie nicht mehr hier wohnen will. Das finde ich mehr als bedenklich.*«

»*So bedenklich, dass du dich veranlasst gesehen hast, augenblicklich zurückzukommen.*«

»*Das war ein Schlag unter die Gürtellinie, Alma. Ich habe dich nach dem Drama mit Roel gefragt, ob ich zurückkommen soll.*«

»*Du hättest nicht erst fragen, sondern einfach herkommen sollen. Ich war hier mit den beiden Kindern allein.*«

»Also ist es meine Schuld?«

Iris erschrickt, als sie ein Geräusch neben sich hört. Sander.

»Du lauschst.«

»Und was machst du hier?«, faucht sie ihn an.

»Du hast den Test nicht bestanden.«

»Welchen Test?«

»Meinen Test.«

»Verpiss dich«, sagt sie, aber eine schreckliche, dunkle Angst kriecht in ihr hoch.

»Ich töte euch alle. Dich auch. Willst du wissen, wie?«

»Nein, lass mich in Ruhe.«

»Schau her.« Ohne ihre Antwort abzuwarten, stellt er die Kamera an. Das Bild auf dem Monitor ist dunkel, dann erkennt sie im schwachen Licht, das vermutlich von der Kamera stammt, den Flur.

»Was soll das?«

»Sei still. Sieh einfach hin.«

Eine der alten Holzdielen knarzt. Sander scheint stehen zu bleiben und läuft erst weiter, als kein Geräusch mehr zu hören ist. Er öffnet die Tür zum Schlafzimmer ihrer Eltern. Im Bett sieht man zwei formlose Buckel, die größer werden. Sander zoomt ihre Mutter heran, die auf dem Rücken liegt, einen Arm über dem Kopf und den Mund ein wenig geöffnet. Dann kommt ihr Vater ins Bild. Er schläft auf der Seite, die Decke weit über die Ohren gezogen. Nur ein Büschel Haare ist zu sehen. Plötzlich dreht er sich um, und die Kamera schwenkt zur Seite. Ihr Vater schläft weiter.

Sander tritt ans Fußende des Bettes und legt die Kamera auf eine Truhe, die dort steht. Dann erscheint er selbst im Bild und streckt den Daumen hoch. Erst jetzt sieht sie, was er in der anderen Hand hält. Ein Messer.

Ihr Herz beginnt zu rasen, und in ihrem Kopf dreht sich alles. Sie beruhigt sich damit, dass ja nichts passiert ist – schließlich sitzen ihre Eltern unten im Wohnzimmer.

Sander stellt sich neben seine Mutter, hebt das Messer hoch über den Kopf und lässt es heruntersausen. Kurz bevor er sie berührt, hält er inne. Das wiederholt er ein paarmal. Am Anfang lacht er, doch dann verändert sich sein Gesichtsausdruck. Er scheint etwas von sich abzuschütteln und tritt aus dem Bild, nimmt die Kamera und verlässt das Zimmer, zieht die Tür hinter sich zu.

»Bist du irre? Warum machst du so was?«, fragt Iris schockiert. Sie fühlt sich gar nicht gut.

»Wenn du Papa und Mama das erzählst, sage ich einfach, dass ich einen Horrorfilm nachspielen wollte. Du weißt ja selber, dass ich Regisseur werden möchte.«

Verständnislos blickt Iris ihn an.

»Halt lieber deinen Mund, Iris. Wenn du ihnen irgendwas verrätst, dann mache ich es eines Tages wirklich. Und nicht nur bei unseren Eltern, auch bei dir. Du hast ja selbst gesehen, wie leicht das geht«, stellt er emotionslos fest.

45

Von heftigen Zweifeln geplagt, blieb Alma im Auto sitzen. Ein Verdacht hatte sich in ihrem Kopf eingenistet und nahm immer mehr Raum ein. Wie ein Saatkorn, das aufgeht und Früchte trägt. Aber es war eine Frucht des Bösen, die sie mit Stumpf und Stiel ausreißen musste.

Schatten auf ihrem Glück. Da konnte sie sich noch so sehr bemühen, ihnen keine Beachtung zu schenken, sich in Erinnerung zu rufen, dass Sander wieder zu Hause war und sonst nichts zählte. Trotzdem stand sie jetzt vor dem Reihenhaus von Marjo und Lex – war, einem Impuls folgend, vom Gefängnis aus hierhergefahren. Sie musste mit jemandem sprechen. Die Frage war nur, wie viel sie preisgeben durfte und ob es fair war, sich bei Marjo Rat zu holen. Schließlich würde die Freundin ihren rechten Arm dafür hergeben, könnte sie an Almas Stelle sein.

Sie fuhr zusammen, als jemand auf das Dach klopfte. Es war Marjo auf ihrem Fahrrad.

»Wolltest du zu mir? Ich war schnell beim Einkaufen«, sagte sie durch das geöffnete Fenster.

Da Alma keine Lust verspürte, vor den Ohren der Nachbarn ihre Sorgen auszubreiten, folgte sie Marjo nach drinnen und setzte sich auf einen Barhocker.

»Gibt es Neuigkeiten?«, fragte Marjo und räumte weiter ihr Einkäufe weg.

»Nein.«

»Als ich dich im Auto sitzen sah, sahst du so besorgt aus. Du warst völlig in Gedanken versunken, nicht mal mein Winken hast du bemerkt.«

»Ich weiß gar nicht, wo ich anfangen soll.«

»Am Anfang«, lachte Marjo.

Ohne Vorwarnung kamen ihr die Tränen. Die Freundin erschrak und schlang die Arme um sie. Dann riss sie ein Tuch von der Küchenrolle ab und reichte es ihr.

»Ich bin eine fürchterliche Mutter«, schluchzte Alma.

»Was ist denn das jetzt wieder für ein Unsinn?«

Alma putzte sich die Nase. »Ich habe etwas Schreckliches getan.«

»Es bleibt unter uns«, versicherte Marjo und setzte sich ihr gegenüber.

Alma holte tief Luft, bevor sie zu reden begann. »Sander … Mit ihm fühlt es sich nicht so an, wie ich mir das vorgestellt habe.«

Marjo reagierte wie erwartet. Verblüffung und Unglauben standen ihr im Gesicht geschrieben, und sie suchte nach Worten. »Ich … Nun, ich weiß nicht, was ich dazu sagen soll. Beim Grillen hast du zwar so etwas angedeutet, aber ich dachte …«

»Findest du, dass er Sander ähnelt?« Alma konnte es nicht verhindern – sie klang verzweifelt.

»Er ist fast erwachsen, ein junger Mann! Kinder verändern sich schnell …«

»Ich habe mir Fotos angeschaut, die kurz vor seinem Verschwinden gemacht wurden, und sie mit dem Sander von heute verglichen. Ich bin mir einfach nicht sicher. Er ähnelt ihm, das schon. Manche Gesichtszüge stimmen überein, andere aber nicht. Außerdem habe ich Bilder von mir nebeneinandergelegt, auf denen ich elf beziehungsweise siebzehn war. Ich war gut wiederzuerkennen. Und Iris ebenfalls ... Na ja, bei ihr ist es wegen des Muttermals nicht so schwierig. Kennst du die Fotos von Madeleine McCann, dem Mädchen aus England, das während eines Urlaubs in Portugal verschwunden ist? Man hat außerdem Computerbilder von ihr veröffentlicht, wie sie heute aussehen würde, also etwa mit sechs Jahren. Da sieht sie auch ganz anders aus ...« Sie sprach ohne Pause, konnte kaum aufhören und hatte Angst vor dem, was Marjo sagen würde.

»Du darfst nicht nur nach Fotos gehen, Alma. Du sprichst schließlich mit ihm, hörst, dass er bestimmte Dinge weiß, die nur er wissen kann, oder? Und dann sein kleiner Finger ...«

Alma versuchte, sich an die Dinge zu erinnern, über die sie gesprochen hatten – aber das war gar nicht so viel.

Trotzdem sagte sie: »Ja, ja, stimmt schon«, und stieß einen tiefen Seufzer aus. »Ich weiß es einfach nicht. Er ist mein Sohn, aber warum fühle ich das dann nicht?«

»Hör zu, warum sollte sich um Himmels willen ein fremder Junge für Sander ausgeben? Und woher soll er all die Dinge über euch wissen? Das ist doch absurd.« Marjo sah sie mitfühlend an.

Es klang ganz logisch, natürlich. Wenn das nicht Sander war, wer war dieser Junge sonst? In diesem Fall hätten sie einen Fremden im Haus. Und das anzunehmen wäre lächerlich und völlig abwegig. Alles wird gut, alles wird gut, alles wird gut. Alma schluckte gewaltsam die Tränen hinunter.

»Entschuldige, ich weiß, wie verrückt das klingt. Das sage ich mir selbst immer wieder und frage mich, woher meine Zweifel rühren. Eine Antwort finde ich nicht. Überhaupt sind im Moment so viele Dinge rätselhaft.«

»Was denn zum Beispiel?«

Alma fing an zu sprechen, redete sich alles von der Seele, was sie belastete. Erzählte von Christiaan, der das Haus beobachtete und behauptete, sie seien nicht sicher, und der Sander verfolgte. Berichtete von den merkwürdigen Briefen, die sie erhielt, von Ylvas Besuch und ihrem Brief und von den Filmen, die sie angeschaut hatte.

Zwar habe sie bislang nichts wirklich Befremdliches entdecken können, fügte sie hinzu, aber über den Zeitraum von einem halben Jahr fehlten einige Filme. Auch ihr Gespräch mit der Polizei erwähnte sie – die Verwunderung von Hans und seinen Kollegen, dass Eelco, der zweihundert Kilometer entfernt vom Tatort wohnte, an jenem Abend ausgerechnet in diesem Wald gewesen sein sollte.

Als sie schließlich ein wenig atemlos schwieg, merkte sie, dass es Marjo sehr schwerfiel, das alles nachzuvollziehen.

»Ich weiß, das sind lediglich Vermutungen, nichts Handfestes«, räumte sie ein. »Vielleicht sehe ich ja Gespenster und verknüpfe Dinge, die gar nicht zusammengehören ... Aber es kommt immer mehr hinzu und fügt sich zu dem anderen.« Sie stand auf und nahm das gerahmte Bild in die Hand, das Sander und Maarten zeigte. »Wie dieses Foto.«

Marjo runzelte die Stirn. »Was ist mit dem Foto?«

»Auf dem Abzug, den du Sander geschenkt hast, hat er seine Kamera in der Hand.«

»Ich verstehe das Problem nicht.«

Alma erklärte ihr, dass Sander die Kamera überhaupt nicht hatte mitnehmen dürfen. »Ich habe Linc darauf angesprochen, und er behauptet, ihm die Kamera wieder abgenommen und in sein Zimmer gebracht zu haben. Ohne je ein Wort darüber zu verlieren. Irgendwie beschäftigt es mich, dass er nie etwas davon gesagt hat. Warum, weiß ich nicht, aber es ist so. Klar, wir hatten nach seinem Verschwinden andere Dinge im Kopf ...«

Marjo seufzte. »Ich kann mich tatsächlich erinnern, dass er die Kamera dabeihatte.«

»Und ich weiß langsam nicht mehr, was ich denken und tun soll. Ich kann ja wohl schlecht zu Sander sagen, ich sei mir nicht sicher, ob er ...« Ihre Kehle war plötzlich wie zugeschnürt, und mühsam schluckte sie. Der Gedanke, den sie nicht ausgesprochen hatte, war einfach zu schrecklich.

»Und ein DNA-Test?«, schlug Marjo behutsam vor.

Alma sah ihre Freundin verzweifelt an. »Würdest du das tun? Damit würden wir ihm letztlich das Gefühl vermitteln, ihm nicht zu trauen. Stell dir vor, du wärst verschwunden, kämst nach Jahren zurück nach Hause, und deine Eltern würden dich erst wirklich willkommen heißen, wenn deine Abstammung zweifelsfrei bewiesen wäre.«

»Da hast du sicher recht, aber du könntest es heimlich veranlassen. Im Internet werben diese Firmen schließlich mit absoluter Diskretion. Bestimmt wurde ihm in dem deutschen Krankenhaus Blut abgenommen. Könntest du nicht nachfragen ...« Sie ließ den Satz in der Luft hängen.

Nachdenklich biss Alma sich auf die Lippe. All ihre Sinne waren angespannt. War es das, was sie wollte? Sie schlug die Hände vors Gesicht. »Ich brauche einfach mehr Zeit.

Schwör mir, dass du niemandem von unserem Gespräch erzählst.«

»Natürlich nicht.«

Sie stand auf, wollte Marjo danken und sich verabschieden, doch die Freundin hielt sie zurück.

»Warte kurz. Wo wir gerade über diese Dinge gesprochen haben ... Es gibt da etwas, das mich beschäftigt. Allerdings weiß ich nicht genau, wie ich es dir erzählen soll.«

Für eine Weile herrschte Schweigen im Raum, dann endlich begann Marjo mit ihrer Geschichte. »Beim Grillen neulich hat Sander erzählt, er und Maarten hätten sich einen Schokoriegel geteilt, aber im Mageninhalt von Maarten wurde keine Schokolade gefunden.«

Dass Marjo solche Details aus dem Obduktionsbericht kannte, überraschte Alma nicht. Sie hatte den Eindruck, man würde ihr die Luft abdrücken.

»Das muss nichts bedeuten«, fügte Marjo schnell hinzu. »Wahrscheinlich verwechselt er etwas oder wollte uns beruhigen. Vielleicht hat er ja von Eelco einen Schokoriegel bekommen, als er im Kofferraum lag, und das dann durcheinandergebracht.«

Schon wollte Alma erleichtert zustimmen, als ihr siedend heiß ein weiteres Detail einfiel, das nicht stimmte.

In dem Gespräch mit Marjo und Lex hatte Sander behauptet, er und Maarten hätten im selben Zimmer geschlafen. Alma war sich ganz sicher, dass das nicht der Wahrheit entsprach. Alle, mit denen sie am Abend des Unglücks sprechen konnte, hatten berichtet, die beiden Jungs hätten zusammenbleiben wollen, seien aber so spät auf dem Ferienhof eingetroffen, dass nur noch zwei Betten in zwei verschiedenen Zimmern übrig waren.

Sie versuchte, ihre Unruhe zu verbergen, was ihr aber nur schlecht gelang. »Entschuldige, ich wollte dich nicht zusätzlich nervös machen«, drang Marjos Stimme an ihr Ohr.

»Nein, nein, ist schon in Ordnung«, versicherte sie rasch, obwohl es ganz und gar nicht den Tatsachen entsprach. »Wirklich.« Sie tat, als würde sie auf ihre Uhr schauen. »Jetzt muss ich langsam los – jemand vom Pflegeheim meiner Mutter will bei uns vorbeikommen.«

Als sie sich verabschiedeten, wagte sie es nicht, Marjo in die Augen zu schauen.

46

Ihr Herz spielte verrückt. Iris musste darauf vertrauen, dass Sander noch eine Weile draußen blieb. Seit Christiaan ihr von dem großen braunen Umschlag erzählt hatte, den er gesehen haben wollte, suchte sie nach einer Möglichkeit, sich unbemerkt in Sanders Zimmer umzusehen. Schwierig, da er so selten das Haus verließ. Jetzt aber war ihre Chance gekommen, denn er spielte Fußball mit Bas.

Wie lange, das wusste sie nicht, und somit war Eile geboten.

Da ihre Mutter von dem Besuch bei Ernst noch nicht zurück war, brauchte sie eigentlich nicht besonders leise zu sein. Dennoch schlich sie auf Zehenspitzen die Treppe hinauf. In Sanders Zimmer hing ein Geruch nach getragenen Socken in der Luft, aber den bemerkte sie schon nach ein paar Sekunden nicht mehr.

Sie zog die Hausschuhe aus, um kein Geräusch zu machen, und sah sich um. Wo sollte sie anfangen? Wo würde sie selbst etwas verstecken, was andere auf keinen Fall entdecken durften? Zuerst schaute sie unter der Bettdecke nach, dann unter der Matratze und unter dem Bett. Nichts. Auch im Schreibtisch fand sie nichts. In einer Zimmerecke entdeckte sie seinen Rucksack, der jedoch abgesehen von einer zerdrückten Coladose leer war.

Hin und wieder spähte sie aus dem Fenster, um sicherzugehen, dass Sander nach wie vor mit dem Kleinen beschäftigt war.

Ihre Mutter hatte neue Kleidung und Schuhe für ihn gekauft, die Tüten und Kartons lagen noch unten im Kleiderschrank. Alle leer. Als Nächstes nahm sie sich die Schubladen vor und durchwühlte widerwillig seine Unterhosen und Socken. Es kostete sie einige Überwindung, das Resultat war gleich null.

Frustriert ließ sie die Blicke durchs Zimmer schweifen. Irgendwo musste der Umschlag doch sein, den er laut Christiaan auf der Post in seine Tasche gesteckt hatte. So viele Möglichkeiten gab es hier eigentlich nicht.

Sie überprüfte das Versteck, in dem Sander früher seine DVDs in Sicherheit gebracht hatte, fand jedoch wie erwartet nichts. An der Rückseite der Heizung klebte auch nichts.

Entmutigt ließ sie sich aufs Bett fallen. Wo war dieser verdammte Umschlag? Was enthielt er? Warum war Sander in die Stadt gefahren, um ihn abzuholen?

Als sie sich nach ihren Hausschuhen bückte, die sie vor dem Bett abgestellt hatte, sah sie etwas unter dem Schrank hervorlugen. Sie tastete danach. Papier. Vorsichtig zog sie daran. Es war der braune Umschlag. Ein Triumphgefühl überkam sie. Sein Name stand darauf und die Nummer eines Postfachs. Mit zitternden Fingern zog sie den Inhalt heraus. Sie hörte nichts außer dem Geräusch ihres klopfenden Herzens.

In diesem Moment öffnete sich die Tür.

Erschrocken richtete sie sich auf. Mit ein paar Schritten war Sander neben ihr, riss ihr den Umschlag aus den Händen. Etwas fiel auf den Boden. Fotos. Bevor sie genau erkennen konnte, was darauf zu sehen war, hatte Sander sie bereits wieder eingesammelt. Beim Anblick seines wutentbrannten Gesichts wich sie bis zur Wand zurück.

»Was machst du da?«

»Ich ...«

»Was fällt dir ein, mir nachzuspionieren? Steckt dein blödsinniger Exfreund dahinter?«

»Es tut mir leid ...«

»Dass ich dich erwischt habe, klar.«

Reumütig senkte Iris den Kopf, bis ihr einfiel, dass Angriff die beste Verteidigung war. »Und was bitte versteckst du da drin?«

»Das geht dich einen Scheißdreck an.«

»Was hast du zu verbergen?«

»Wie oft soll ich's dir sagen, dass dich das nichts angeht?«

Trotz seines empörten Geschreis wollte Iris entschlossen nach dem Umschlag greifen, doch Sander hob blitzschnell die Hand hoch über den Kopf.

»Wenn du nichts zu verbergen hast, brauchst du dich doch nicht so anzustellen«, sagte sie daraufhin in einer ruhigen Gelassenheit, die sie selbst überraschte. Oder lag es daran, dass sie die Konsequenzen ihrer Dummheit noch nicht überblickte?

Schnelle Schritte auf der Treppe kündigten die Ankunft ihrer Mutter an.

»Du hältst den Mund.« Sander sah sich um und schob den Umschlag unter die Matratze.

Das erhitzte Gesicht ihrer Mutter erschien in der Türöffnung. »Was ist denn hier los? Ich habe euch bis nach draußen schreien hören.«

»Nichts«, sagte Iris.

»Das war dann allerdings ganz schön viel Lärm um nichts.«

Iris packte die Gelegenheit beim Schopf, flüchtete sich aus Sanders Zimmer in ihr eigenes und schlug ihrer Mutter, die ihr folgen wollte, die Tür vor der Nase zu. Ließ sich aufs Bett fallen. Was für ein Wirbel.

»Iris, was ist los? Ich verlange eine Erklärung«, hörte sie ihre Mutter rufen, die ihren Worten durch energisches Klopfen Nachdruck verlieh. Allerdings ging sie nicht so weit, ohne Aufforderung hereinzukommen.

»Lass mich in Ruhe.«

»Wenn du mir nichts erzählst, kann ich dir auch nicht helfen.«

Wie oft hatte sie diesen Satz schon gehört? So oft jedenfalls, dass sie sich nicht mehr darüber aufregte. Ein wenig später bekam sie mit, wie Sander und ihre Mutter in gedämpftem Ton miteinander sprachen. Was genau sie sagten, war nicht zu verstehen.

Auf dem Rücken liegend, starrte sie an die Decke.

Zwar war sie erwischt worden, aber ganz umsonst war die Aktion nicht gewesen. Selbst wenn sie vielleicht nie erfahren würde, was sich in dem Umschlag befand – sie hatte jetzt etwas, womit sie sich Sanders Schweigen erkaufen konnte. Egal ob er den Inhalt vernichtete oder ihn an anderer Stelle versteckte. Allein das Wissen um den Umschlag mit den Fotos reichte aus, ihn unter Druck zu setzen. Zum ersten Mal seit seiner Rückkehr fühlte sie sich etwas ruhiger.

Sie schloss die Augen und versuchte, sich die Fotos ins Gedächtnis zu rufen. Vergeblich.

Da sie nicht nach unten gehen mochte, sich aber schrecklich langweilte, holte sie die Schachtel mit Christiaans Briefen unter dem Bett hervor. Eines der wenigen persönlichen Dinge, die hiergeblieben waren. Weil sie in Amsterdam ganz neu, praktisch bei null beginnen wollte.

Von draußen drang Lärm herein. Sie schaute aus dem Fenster.

Sander spielte wieder Fußball mit Bas. Die Klingel am Eingang zum Hof wurde betätigt, und Iris beobachtete, wie ihre Mutter zum Tor ging und eine ältere Frau mit kurzem grauem Haar und schrecklichen Sandalen hereinließ. Sie sah aus, als würde sie im Gesundheitswesen arbeiten. Praktisch, nüchtern.

Neugierig blieb Iris am Fenster stehen.

Ihre Mutter und die Besucherin reichten sich zur Begrüßung die Hand. Aus den Augenwinkeln beobachtete sie, wie Sander der Frau den Rücken zudrehte und mit langen Schritten im Schuppen verschwand. Bas begriff nicht, was vor sich ging, und rannte hinterher.

Eine merkwürdige Reaktion von Sander, fand sie.

Iris legte die Briefe aufs Bett und lief rasch nach unten. Ihre Mutter und die Frau saßen jetzt am Küchentisch. Sie streckte die Hand aus und stellte sich vor.

»Angenehm. Jorien van Slooten.«

»Frau van Slooten arbeitet in Omas Pflegeheim«, erklärte ihre Mutter. An ihrem Gesicht war deutlich abzulesen, dass ihr das Auftauchen der Tochter nicht sonderlich passte.

»Ich will nicht länger stören«, erklärte Iris deshalb und verließ die Küche.

Im Garten angekommen, sah sie gerade noch, wie Sander auf dem Fahrrad davonfuhr und sich am Tor ein letztes Mal umblickte.

Während Iris krampfhaft nach einem möglichen Grund für die Eile suchte, mit der er sich aus dem Staub machte, war ihr, als würde ein Schalter in ihrem Kopf umgelegt.

Vor ihrem inneren Auge tauchte eines der Fotos auf, die aus dem Umschlag gefallen waren.

47

Tag 13

»Was hast du vor?«, erkundigte sich Alma bei Sander.

»Ich will kurz weg.«

»Und wohin?«

»Muss ich wirklich über jeden einzelnen meiner Schritte Rechenschaft ablegen? Ist das bei euch immer so? Eelco hat mich zumindest in dieser Hinsicht in Ruhe gelassen«, brach es aus ihm heraus.

Erschrocken sah Alma ihn an. »Entschuldige, ich wollte dir nicht das Gefühl geben, dass du …«

»Ich fühle mich hier wie in einem Gefängnis«, erwiderte Sander verärgert. »Jeder Schritt wird überwacht.«

»So habe ich es nicht gemeint«, entschuldigte Alma sich. »Ich mache mir einfach Sorgen, das ist alles.«

»Brauchst du aber nicht«, sagte Sander grob.

»Mütter sind nun mal so.« Alma gab sich Mühe, locker zu bleiben.

Seit sie Sander mitgeteilt hatten, dass Eelcos Leichnam entdeckt worden war, waren sie dem Thema aus dem Weg gegangen. Besonders Sander. Alma war beunruhigt, weil sich Hans nicht meldete. Das mit der Autopsie konnte doch nicht so lange dauern!

»Ich will doch nur wissen, wie es dir geht. Die Nachricht, dass man Eelco gefunden hat, war wohl ein ziemlicher Schock für dich, oder?«

»Ist mir egal.«

Das schien seine Standardantwort zu sein. »Die Polizei, Hans meine ich, würde gerne noch einmal mit dir sprechen«, bereitete sie ihn vorsichtig vor.

In seinen Augen tauchte ein argwöhnischer Blick auf. »Warum?«

»Es bestehen da wohl ein paar Unklarheiten. Hans sagt, Eelco habe zum Zeitpunkt deiner Entführung rund zweihundert Kilometer von hier entfernt gelebt. Sie finden es merkwürdig, dass er trotzdem angeblich an jenem Abend in diesem Wald gewesen ist, so weit weg von seinem Wohnort.«

Gespannt beobachtete sie ihn.

»Und ich soll wissen, warum?«

»Du bist dir ganz sicher, dass es Eelco war dort im Wald?«

»Wer sonst? Ich werde ja wohl wissen, bei wem ich die letzten Jahre verbracht habe.«

»Es war dunkel in der Nacht. Hatte er eine Kapuze auf oder eine Kappe? Wie gut hast du sein Gesicht gesehen?«

Die Falte über Sanders Nasenwurzel vertiefte sich. »Worauf willst du hinaus?«

»Die Polizei denkt, dass Ernst dich mitgenommen und später an Eelco verkauft haben könnte.«

Für einen kurzen Moment schien es, als würde die Information ihn schockieren, doch schnell kehrte sein verärgerter Gesichtsausdruck zurück.

»Das sollen sie ruhig allein herausfinden.« In seinen verdrossenen Ton mischte sich jetzt ein Hauch von Verzweiflung. »Ich meine, ich war elf, es war ein furchtbares Erlebnis ... Ich weiß es einfach nicht mehr so genau.«

»Könnte es denn ein anderer Mann gewesen sein?«

Sanders Miene verzog sich. »Wie gesagt, ich weiß es nicht, ich weiß es einfach nicht. Können wir das Thema bitte beenden? Scheißkram.«

Alma berührte ihn ganz leicht am Arm, versuchte, ihn zu beruhigen, zu besänftigen, aber er riss sich los.

»Es ist irre heiß. Ich gehe schwimmen. Soll ich Bas mitnehmen?«

Erschrocken sah Alma ihn an. »Äh, lieber nicht. Er muss bald seinen Mittagschlaf halten. Müde genug ist er«, schwindelte sie.

Sander runzelte die Stirn. »Was ist, warum schaust du mich so an?«

»Nichts, entschuldige. Keine Ahnung. Vielleicht bin ich übermüdet.«

Sie nahm Bas auf den Arm und ging nach oben, um ihn fürs Bett fertig zu machen. Eine gute Gelegenheit, ihre Gefühle unter Kontrolle zu bekommen. Was war nur los mit ihr? Warum reagierte sie plötzlich so panisch darauf, dass Sander mit Bas schwimmen gehen wollte?

Der Gedanke, dieser Junge könnte nicht ihr Sohn sein, ließ sie nicht los. Und dennoch wehrte sie sich dagegen. Weil es nicht nur bedeuten würde, dass sie einen Betrüger im Haus hatten, sondern dass der richtige Sander, ihr Sander, nach wie vor vermisst wurde. Das konnte und durfte nicht sein. Nein, Marjo hatte recht: Warum sollte sich ein Wildfremder als Sander ausgeben? Das führte doch zu nichts.

Sie war einfach mit ihrem Latein am Ende.

Vor lauter Sorgen schlief sie kaum noch, lag wach und grübelte. Über Sander, der nicht mit der Sprache rausrückte. Über Iris, über Christiaans sonderbares Verhalten und über Linc. Alles war so merkwürdig, so verwirrend. Sie musste diese Zeit einfach irgendwie durchstehen, machte sie sich Mut. Danach würde alles wieder gut.

Bas protestierte nicht, als sie ihn ins Bett legte. Sie sang ihm ein Liedchen vor und wartete anschließend im Flur, bis sie von drinnen nichts mehr hörte. Ihr Blick fiel auf Iris' Zimmertür, die einen Spalt offen stand. Die Kartons. Die musste sie wirklich wegräumen, dachte sie und trat seufzend ein. Obwohl sie keine Lust dazu verspürte und sich viel lieber in einen Gartenstuhl legen und schlafen würde.

Auf dem Nachttisch lagen Briefe. Trotz aller guten Vorsätze konnte sie es sich nicht verkneifen, einen Blick darauf zu werfen. Gleich beim ersten Blatt, das sie zur Hand nahm, traf es sie wie ein Schlag in den Magen, und sie sank aufs Bett. Die Handschrift. Es war dieselbe wie bei den rätselhaften, an sie gerichteten Schreiben – und dieselbe wie in dem Brief an Ylva.

Christiaan hatte sie geschrieben. Was um Himmels willen hatte das zu bedeuten? Ihre Gedanken überschlugen sich.

Christiaan, es war die ganze Zeit Christiaan gewesen.

Erneut überlegte sie, was er ihr mitteilen wollte, und erneut wusste sie nicht weiter. Warum sagte er nicht einfach, worum es ihm ging? Zorn begann sich in ihr aufzubauen und suchte vergeblich ein Ventil.

Eines war sicher: Die Antworten fand sie nicht, wenn sie hier sitzen blieb. Mit dem Brief in der Hand stürmte sie die Treppe hinunter und hinaus in den Garten. Sie stieß das Tor auf und sah sich um. Er musste hier irgendwo sein. Linc hatte ihr zwar erzählt, er sei auf der Wache gewesen und die Polizei habe Christiaan wegen seiner Nachstellungen verwarnt, doch das störte ihn offensichtlich nicht.

Sie fand ihn wie üblich an seinem Platz unter dem Baum auf der Weide vor. Ihre Wut verlieh ihr Flügel.

Er erhob sich, sobald er sie sah, aber sie boxte ihn so heftig vor die Brust, dass er ein Stück nach hinten taumelte. Aufgebracht wedelte sie mit dem Brief und schrie: »Was hat das zu bedeuten? Du warst es, der mir diese anonymen Briefe geschickt hat. Mir und Roels Mutter!«

Christiaan war viel größer als sie. Er schien irgendwie erleichtert, nickte. Wirkte ein wenig benommen.

»Warum das alles?«

»Damit Sie erfahren, was in der Nacht passiert ist.«

Kurz verschlug es Alma die Sprache. »Was in der Nacht passiert ist?«, wiederholte sie schließlich stumpf. »Ich begreife nicht, was du damit meinst?«

»Die Nacht, in der Sander verschwunden ist.«

»Ja, das habe ich verstanden«, gab sie zurück. »Aber warum erst jetzt? Und warum schickst du mir ausgerechnet jetzt solche Briefe? Du hättest doch auch einfach mit mir reden können.«

Christiaan wandte den Blick ab. »Das steht mir nicht zu. Ich habe gehofft, dass Sie von sich aus die Wahrheit entdecken.«

»Die Wahrheit?« Wovon redete er? »Und wie soll ich die entdecken?«

»Ich habe Ihnen Hinweise gegeben.«

»Christiaan, hör jetzt sofort auf mit dem Unsinn. Ich will wissen, wovon du sprichst. Sie schrie fast. Gleichzeitig schnürte ihr Verzweiflung die Kehle zu.

Zwei Wochen war es inzwischen her, dass ihre Welt im Bruchteil von Sekunden durch ein einziges Telefonat auf den Kopf gestellt worden war. Zum Positiven. Warum hatte sie das Gefühl, dass jetzt alles kurz davor stand, in einen Abgrund zu stürzen?

In der letzten Zeit war so viel geschehen, was sich ihrem Verstehen entzog, und sie hatte sich dafür entschieden, das zu ignorieren. Aber das hatte sie nun davon.

Dreh dich um und geh weg. Was du nicht weißt, macht dich nicht heiß. Diese Redewendungen passten perfekt auf ihre Situation. Es waren nicht nur die Briefe. Auch ihr eigenes Gefühl Sander gegenüber sagte ihr, dass irgendetwas nicht stimmte. Dass so vieles nicht stimmte, und zwar ganz und gar nicht. Sie fluchte. Noch vor nicht ganz fünf Minuten hatte sie sich eingeredet, alles würde schon gut werden.

»Es steht mir nicht zu«, wiederholte Christiaan, ohne dass er sich zu näheren Erklärungen bequemte.

Alma konnte sich nicht mehr zurückhalten, explodierte. Ihr reichte es. Sie fing an zu schreien, zu toben und zu drohen.

»Rede jetzt endlich«, herrschte sie ihn an und versetzte ihm einen weiteren Stoß. Nichts. Noch einen. »Verdammt noch mal, Christiaan.« Sie verpasste ihm eine Ohrfeige. Erst erschrak sie selbst darüber, doch dann war sie vor allem erstaunt über das Gefühl der Erleichterung, das sie plötzlich durchströmte. Wieder und wieder schlug sie auf ihn ein: auf seine Brust, seinen Kopf, seine Schultern. Bis

Christiaan sich plötzlich wehrte und sie zurückstieß. Alma stolperte und fiel auf ihr Hinterteil.

Kalt sah er auf sie hinunter. »Fragen Sie doch Iris. Ihretwegen ihr durfte ich nichts sagen. Für sie habe ich geschwiegen.« Dann drehte er sich um und ging fort.

48

Verhör August Mengelberg durch Caspar Schultze

CS: Ich danke Ihnen, dass Sie gekommen sind, Herr Mengelberg. Sie haben Eelco Molenaar gekannt?

AM: Gekannt ist zu viel gesagt. Er hatte eine Garage von mir gemietet.

CS: Sie haben auf Ihrem Grundstück eine Reihe von Schuppen zu Garagen umgebaut?

AM: So ist es.

CS: Seit wann hatte Herr Molenaar diese Garage gemietet?

AM: Etwa seit fünf Jahren, denke ich. Ja, fünf oder sechs Jahre. Wenn Sie es ganz genau wissen wollen, kann ich es für Sie heraussuchen.

CS: Danke. Und vor Kurzem ist er den Verpflichtungen seines Mietvertrags nicht mehr nachgekommen?

AM: So offiziell ging es zwischen uns nicht zu, junger Mann. Ich bekam einfach alle halbe Jahr Geld von ihm, und das war's. Aber letzte Woche ist er nicht aufgetaucht, und da hab ich das Auto einfach aus der Garage geschleppt.

CS: Und auf der Straße abgestellt. Warum haben Sie Herrn Molenaar nicht noch etwas Zeit gegeben?

AM: Er war zu spät dran.

CS: Sie kennen sich doch schon lange.

AM: Es gibt eine Warteliste. Ich hatte bestimmt zehn andere Interessenten.

CS: Von denen Sie sicher eine höhere Miete verlangen.

AM: Das ist nicht verboten, soweit ich weiß. Wie gesagt: Wir hatten keinen Vertrag, und das bedeutet, dass Herr Molenaar in all den Jahren denselben Betrag bezahlt hat.

CS: Wissen Sie, wo er wohnte?

AM: Nein.

CS: Nie nachgefragt?

AM: Nein, er kam mit dem Geld vorbei, und das war's.

CS: Das letzte Mal, als Sie ihn gesehen haben, hat er sich da über seine Gesundheit beklagt?

AM: Nein. Warum? Ist er tot?

CS: Ja.

AM: Sagen Sie mal, worüber reden wir hier eigentlich?

CS: Das darf ich Ihnen leider nicht sagen.

AM: Ich dachte, ich bin hier, weil ich das Auto auf die Straße geschleppt habe.

CS: Das ist nicht verboten. Nicht gerade anständig, aber kein Delikt. Hat Herr Molenaar allein gewohnt?

AM: Woher soll ich das wissen?

CS: Hat er nie von einem Sohn gesprochen zum Beispiel?

AM: Nein. Ich wusste nicht mal, wo er wohnte, ob allein oder mit jemandem zusammen. Ich kümmere mich nur um meine eigenen Angelegenheiten.

CS: Ich danke Ihnen für Ihre Mitarbeit, Herr Mengelberg.

AM: Warten Sie mal, junger Mann, nicht so schnell. Ich hab kürzlich mit meiner Schwester gesprochen, sie besitzt einen Handwerkerladen im Dorf. Eelco ist bei ihr etwa alle sechs Monate aufgekreuzt, um allerlei Dinge zu kaufen. Beim letzten Mal, als er bei ihr war, hat er plötzlich mehr Sachen gekauft.

CS: Mehr Sachen? Zum Beispiel?

AM: Das müssten Sie meine Schwester fragen, die weiß immer alles von jedem – so aufdringlich, wie sie ist. Ich hab bloß mit halbem Ohr zugehört, weil es mich nicht interessierte. Die Leute müssen selber wissen, was sie tun. Leben und leben lassen, ist meine Devise. Allerdings glaube ich mich zu erinnern, dass sie von zwei Overalls sprach und von einem zweiten Paar Holzschuhe in einer anderen Größe.

CS: Und normalerweise hat er niemals Dinge für zwei Personen gekauft?

AM: Ich denke nicht. Aber noch mal: Wenn Sie es genau wissen wollen, fragen Sie meine Schwester. Die wird Ihnen mehr als bereitwillig alles erzählen. Kann ich jetzt gehen?

49

Linc nippte an seinem heißen Kaffee und warf einen Blick durchs Fenster nach draußen. Hinter ihm räkelte sich Bas auf dem Sofa und sah sich gebannt einen Zeichentrickfilm an. Auf der anderen Straßenseite lief eine Frau hin und her. Sie war dünn und eher unscheinbar, ihre unprofessionell wirkende Dauerwelle hatte eine gelbgraue Farbe. Aus dem Ausschnitt ihres schlecht sitzenden Kleides lugte der BH hervor, ihre Tasche hielt sie fest an den Körper gepresst.

Eindeutig jemand, der nicht gerade auf der Sonnenseite lebte.

Ab und zu schaute sie herüber. Da Linc keine Gardinen aufgehängt hatte, schauten oft vorbeigehende Passanten völlig ungeniert herein. Nicht dass es viel zu sehen gegeben hätte. Kahle Wände, ein Sofa, einen Couchtisch, einen Esstisch, den er nie benutzte, und einen Schrank. Alles secondhand gekauft – er legte auf so was keinen Wert.

Den Vorgarten allerdings musste er sich dringend einmal vornehmen, denn dort stand das Unkraut kniehoch.

Linc sah, wie die Frau die Straße überquerte und auf seine Haustür zukam. Da die Klingel nicht funktionierte, ging er in den Flur, um zu öffnen.

»Sind Sie Linc Meester?« Ein Augenpaar mit einem ungewöhnlichen Grau schaute ihn verängstigt an.

Linc Leighton, wollte er sie schon korrigieren, aber es spielte keine Rolle, und so nickte er.

»Ich bin Sandra Schoonen.« Sie nannte ihren Namen mit einer Eindringlichkeit, als müsste es bei ihm augenblicklich klingeln.

Dann fiel es ihm ein. »Sie sind die Schwester von Eelco Molenaar, richtig?«

Zu sagen, er sei überrascht, dass sie auf seiner Türschwelle stand, wäre eine leichte Untertreibung gewesen. Was wollte sie hier?

»Darf ich reinkommen?«

»Natürlich«, antwortete Linc und ging ihr voraus ins Wohnzimmer, deutete auf einen der Stühle am Esstisch. »Setzen Sie sich. Darf ich Ihnen etwas zu trinken anbieten?«

»Nein, nein«, sagte Sandra und fuhr sich nervös mit der Zunge über die Lippen. Sie saß auf der Stuhlkante, die Tasche verkrampft auf dem Schoß. »Verzeihen Sie bitte, dass ich Sie so überfalle, aber Ihre Frau – Verzeihung, Ihre geschiedene Frau – war nicht zu Hause. Niemand war da. Also bin ich in den Ort gefahren und habe nachgefragt, wo Sie wohnen. Wissen Sie, ich muss Sie sprechen. Ich …« Kurz hielt sie inne und gab sich dann einen Ruck. »Dürfte ich ein Foto von Sander sehen?«

Linc stutzte, aber seine Intuition riet ihm, ihren ungewöhnlichen Wunsch einfach wortlos zu erfüllen. Es schien ihr wichtig zu sein, und vermutlich würde sie erst reden, wenn sie ein Foto gesehen hatte. Also zeigte er ihr einen Schnappschuss auf seinem Handy, der in Deutschland auf dem Polizeirevier gemacht worden war.

»Erlauben Sie?« Mit zitternden Händen griff sie nach

dem Telefon, betrachtete das Bild, und eine tiefe Falte erschien auf ihrer Stirn. Seufzend gab sie ihm das Handy zurück. »Darf ich rauchen?«

Linc nickte und stand auf, um eine Untertasse zu holen, und beobachtete seine Besucherin. Es kam ihm vor, als würden sie die vertrauten Bewegungen des Drehens und Ansteckens beruhigen.

Nach einem ersten tiefen Zug räusperte sie sich. »Ich hab die Polizei angelogen, hab das für meinen Sohn getan. Ich ... Nein, so kann ich nicht anfangen.« Verwirrt schwieg sie.

»Lassen Sie sich Zeit.«

»Es tut mir leid, aber dieser Junge ist nicht Ihr Sohn«, fiel sie plötzlich mit der Tür ins Haus.

Linc wusste nicht, wie er reagieren sollte. Steif blieb er sitzen. Er kannte dieses Gefühl – als würde die Welt um ihn herum stillstehen.

»Woher wissen Sie das?«, brachte er schließlich heraus.

Umständlich drückte sie ihre Zigarette aus. Offenbar brauchte sie Zeit, um ihre Emotionen unter Kontrolle zu bringen. Aus ihrer Tasche zog sie ein Foto und schob es ihm hin.

»Harjan war zwölf, als er mir weggenommen wurde. Er ist kein schlechter Junge. Wirklich nicht.«

»Einen Burschen, der eine ganze Familie zum Narren hält, könnte man meinetwegen ruhig eine Weile wegsperren.« Seine Stimme klang heiser. Schwach. Genau wie er selbst.

»Ich glaube nicht, dass er Böses im Schilde führt. Er ist auf der Suche nach einer Familie. Nach einem Vater und einer Mutter, die ihn lieben. Nach Geborgenheit,

Wärme und Frieden«, sagte sie. »Alles Dinge, die er nie hatte.«

»Woher kennen Sie ihn, wer ist er?«

Sie drehte sich eine neue Zigarette, steckte sie aber nicht an. »Er und sein zwei Jahre älterer Bruder Robbert kamen zu mir, als er neun Jahre alt war. Ihren Vater haben die beiden kaum gekannt, ihre Mutter saß immer mal wieder wegen Prostitution und Drogenhandel im Gefängnis. Jedes Mal kamen die Söhne in eine neue Pflegestelle. Ich war die vierte oder fünfte, glaube ich. Es lief bei mir etwas besser als bei den anderen, aber auch nicht optimal. Das lag vor allem an Robbert. Er hatte schon zu viel mitgemacht, war zu oft abgelehnt worden. Deshalb wollte ich ihn auch nicht wegschicken. Die Frau beim Jugendamt hatte mir erzählt, dass er aufgrund der vielen Wechsel unter Verlust- und Bindungsängsten leide oder wie immer Sie das nennen wollen. Er war unfähig, sich an irgendwelche Spielregeln zu halten. Mit dem Resultat, dass er immer wieder weggeschickt worden war. Seht ihr, niemand will mich, so stellte er es dann dar.«

»Was heißt das konkret?«

»Er hat Geld gestohlen, andere Kinder gemobbt, war ein Quertreiber, hatte eine große Klappe, schwänzte die Schule und vieles mehr. Ich habe alles darangesetzt, dass es bei mir nicht so lief. Harjan war ganz anders. Viel lieber, sanfter. Hilfsbereit.«

»Aber am Ende sind Sie doch gescheitert.«

Fragend sah sie ihn an.

»Robbert wurde ihnen weggenommen.«

»Ja, als man Eelco des Missbrauchs beschuldigte, wurden beide Jungs abgeholt. Robbert hatte sich stark verändert. Wurde stiller und stiller. Es war schrecklich. Doch erst als die Schule sich bei uns meldete, schöpften wir Verdacht, mein Bruder könnte ihn missbraucht haben. Robbert hatte … gewisse Dinge mit Klassenkameraden angestellt, die ein Junge in seinem Alter eigentlich nicht kennen sollte. Ich wusste mir nicht anders zu helfen, als das Jugendamt zu informieren. Dort vermutete man, dass Eelco auch Harjan missbraucht habe, was mein Bruder allerdings beharrlich abstritt.«

»Sie haben der Polizei gegenüber erklärt, dass die Beschuldigungen nicht zutreffend gewesen seien.«

»Das war dumm, ich weiß. Ich bin in Panik geraten.« Flehend sah sie ihn an. »Eelco ist nie verurteilt worden. Der Scheißkerl ist einfach so davongekommen. Später, als alles vorbei war, hat mir mein eigener Sohn erzählt, dass Eelco ihn ebenfalls missbraucht hat. Damals war mein Sohn sechs.«

»Warum haben Sie ihn nicht angezeigt?«

»Nachdem ich gesehen hatte, was dadurch bei Robbert ausgelöst wurde? Wie man ihn in die Mangel genommen hat?«

»Glaubte man ihm nicht?«

»Das schon, denke ich. Aber Eelco hatte einen cleveren Anwalt eingeschaltet. Der hat Robberts Leben vollständig von innen nach außen gedreht, sodass es gegen ihn sprach. All die Male, die er gelogen hatte … Wer sagte denn, dass er jetzt nicht ebenfalls log? So argumentierte er, säte Zweifel. Dann all die Untersuchungen durch Psychologen, die Befragungen durch die Polizei und so weiter. Manchmal gewann ich den Eindruck, Robbert sei derjenige, der sich verteidigen musste. Ich war bei den Verhören anwesend, das erlaubte man mir. Und ich wollte meinem eigenen Kind nicht das Gleiche zumuten, er schien mir viel zu jung dafür. Gerade mal halb so alt wie Harjan. Außerdem hat er selbst darum gebeten, dass wir Eelco nicht anzeigen. Nur vergessen, sonst nichts. Das war sein Wunsch. Und da dachte ich eben, dass man wirklich besser alle Energie in die Verarbeitung des Ganzen stecken sollte.«

»Trotzdem haben Sie den Kontakt zu Eelco weiterhin aufrechterhalten?«, fragte Linc ungläubig.

»Nein, das war auch eine Lüge. Danach gab es keinerlei Verbindung mehr. Außerdem wusste ich genau, wo er lebte, denn er hat mir immer wieder geschrieben. Geflohen. Ich habe ihn gehasst – niemals hätte ich geglaubt, dass mein eigener Bruder ... Niemals. Ich würde meine Hand für ihn ins Feuer gelegt haben. Heute weiß ich, dass man niemandem vertrauen kann. Niemandem. Mit eingezogenem Schwanz ist er abgehauen, der schmierige Dreckskerl.«

»Hatten Sie keine Angst, dass er andere Kinder ...«

»Natürlich, aber was hätte ich denn machen sollen? Polizei und Justiz hatten immerhin bereits versagt. Denen gebe ich die Schuld. Und mir selbst natürlich. Eelco hat mein Vertrauen enttäuscht, mein Kind missbraucht. Und ich konnte meinen Sohn nicht beschützen. Können Sie sich vorstellen, wie verraten ich mir vorgekommen bin? Während ich bei ihm war, um zu kochen und zu putzen, befriedigte er mit meinem und den mir anvertrauten Kindern seine abartigen Triebe. Einfach nur widerlich. Zum ersten Mal in meinem Leben habe ich gespürt, wie es sich anfühlt, jemanden am liebsten ermorden zu wollen.« Sie stockte.

»Und warum haben Sie das alles nicht neulich der Polizei erzählt?«

»Um meinen Sohn zu schützen. Er hat eine tolle Freundin, eine gute Stelle. Ich wollte nicht, dass sein Leben ein weiteres Mal aus der Bahn gerät.«

»Und trotzdem sind Sie hier.«

Ein kleines Lächeln umspielte ihren Mund. »Mein Sohn hat, vielleicht durch seine Erlebnisse, ein sehr feines Gespür entwickelt. Er merkt sofort, wenn etwas nicht in Ordnung ist, und hat so lange auf mich eingeredet, bis ich ihm alles erzählt habe. Er hat mich beruhigt. Er könne es inzwischen durchaus aushalten, die Sache öffentlich zu machen, meinte er, und ich müsse unbedingt der Polizei die Wahrheit sagen. Es sei meine moralische Pflicht. Da hat er natürlich recht. Ich schäme mich jetzt, dass ich das nicht sofort getan habe. Ich war so ...«

»Sie meinen, dass Sie nicht sofort von dem Missbrauch erzählt haben?«, unterbrach Linc sie.

»Ja, das auch. Aber vor allem das von Harjan. Darum wollte ich zuerst mit Ihnen sprechen, weil ich irgendwie noch immer hoffte, meine Vermutungen würden sich als falsch erweisen. Deshalb habe ich Sie um ein Foto gebeten.«

Verständnislos sah Linc sie an. Nach wie vor verstand er nicht wirklich, wie das alles zusammenhing.

»Nach meinem Gespräch mit der Polizei bin ich misstrauisch geworden. Es ist nämlich folgendermaßen: Vor ein paar Monaten stand Harjan bei mir vor der Tür. Sagte, er habe Eelco in seinem alten Haus nicht angetroffen, und erkundigte sich, wo er jetzt wohnte. Ich erzählte ihm also, dass er nach Deutschland gezogen ist und hin und wieder herkommt, um in der Stadt Geld abzuholen.«

»Warum hat er nach Eelco gefragt?«

»Keine Ahnung, er ließ sich darüber nicht aus, und ich wollte es gar nicht wissen. Es interessierte mich nicht.«

Verwundert hob Linc die Augenbrauen.

»Sagen wir es so: Ich vermutete etwas. Nämlich dass es ihm darum ging, eine offene Rechnung zu begleichen. Immerhin war er inzwischen älter und erwachsener geworden. Meinen Segen hatte er.« Sie sah Linc offen in die Augen. »Allerdings ist mir keinen Moment lang in den Sinn gekommen, er würde ihn töten. Ich dachte, er würde ihn zur Rede stellen, ihn vielleicht verprügeln – so was in der Art, mehr nicht.«

Linc nickte. Nicht weil er ihr unbedingt glaubte, sondern weil er ihren Bericht nicht unterbrechen wollte.

»Wie ich schon sagte, bekam ich nach wie vor Briefe von meinem Bruder. Er bedaure zutiefst, was er getan habe, und ob wir ihm nicht vergeben könnten. Er wisse, dass es falsch war, und sei in den Wald gezogen, um gar nicht mehr erst in Versuchung zu geraten. Und er hoffe, dort Ruhe zu finden. Wirklich widerlich. Er wolle mich wiedersehen, schrieb er, mich um Verzeihung bitten. Und beteuerte außerdem, er habe sein Leben geändert, sich gebessert. Ständig bat er um ein Treffen, wenn er in der Gegend war. Denn jeweils am 1. Februar und am 1. September tauchte er auf, um Geld abzuheben. Ich weiß es von einer Freundin, die in der Stadt bei der Bank arbeitet. Ich vermute, dass Harjan ihm dort aufgelauert hat.«

»Und ihn bei dieser Gelegenheit überredete, ihn mitzunehmen.«

»Das dürfte nicht ganz einfach gewesen sein.«

»Er ist kein kleiner Junge mehr.«

»Wenn Sie es genauer wissen wollen, müssen Sie Harjan fragen. Ich habe keine Ahnung, und es ist mir auch egal. Hauptsache, der Scheißkerl ist tot. Hoffentlich schmort er in der Hölle. Manchmal ist die Welt ohne gewisse Menschen besser dran, finden Sie nicht auch? Man darf das zwar nicht laut sagen, aber es ist doch so.«

Linc erschrak über ihre Worte. Es war, als würde sie in seine Seele schauen, in der sich die tiefen, dunklen Geheimnisse wie Altersflecken manifestierten.

50

Linc zwang sich zur Ruhe, denn noch hatte er nicht alle Antworten zusammen. Außerdem beabsichtigte er nicht, ihr ebenfalls seine Geheimnisse zu offenbaren. Der Grundsatz Quid pro quo, dass einer, der etwas gibt, dafür eine Gegenleistung erhält, galt in diesem Fall nicht.

»Ein paar Monate nachdem ich mit Harjan gesprochen hatte, traf ein neuer Brief ein. Eelco schrieb, dass der Junge bei ihm wohne. Das sei seine Chance, alte Sünden wiedergutzumachen, für seine Schuld zu büßen. Er war völlig berauscht von dem Gedanken. Ich fand es, nun ja, merkwürdig, war mir nicht sicher, was Harjan im Schilde führte. Aber umbringen, nein, die Idee ist mir wie gesagt nie gekommen. Außerdem hätte er das leicht anders machen können, ohne monatelang bei Eelco zu wohnen, oder? Erst als die Polizei mir mitteilte, dass mein Bruder tot ist ...«

»Durchaus möglich, dass er eines natürlichen Todes starb.«

»Ich weiß, deshalb hab ich ja den Mund gehalten. Eigentlich wollte ich der Polizei sowieso nichts sagen. Mir ist es sowieso egal, wie er gestorben ist«, fügte sie hinzu. »Tut mir leid, wenn Sie mich deswegen für einen fürchterlichen Menschen halten. Doch dann fragte mich die Polizei, ob ich was von dem Jungen wüsste, der bei ihm gelebt hat, Ihrem Sohn, wie sie sagten, und da fiel es mir wie Schuppen von den Augen. Plötzlich kapierte ich, dass Harjan sich als Sander ausgegeben hat und dass er deshalb überhaupt zu Eelco gegangen ist. Mein Bruder war Teil seines Plans. Und darum bin ich zu Ihnen gekommen.«

»Statt zur Polizei zu gehen.«

»Ja, weil ich nicht weiß, was ich tun soll, und zunächst ein Foto von Sander sehen wollte, das meinen Verdacht bestätigte oder eben nicht. Außerdem finde ich, Sie sollten als Erster die Wahrheit erfahren. Darauf haben Sie schließlich ein Recht.«

Linc schüttelte den Kopf. »Das stimmt so nicht ganz, oder?«

Peinlich berührt schaute Sandra zur Seite. »Ich kann es nicht ändern, tut mir leid. Ich liebe meine Pflegekinder, Harjan eingeschlossen, und ich bringe es nicht fertig, ihn der Polizei auszuliefern. Immerhin bin ich nicht unschuldig daran, dass alles so gekommen ist.«

»Lebt die Mutter der beiden noch?«

»Nein, sie ist an einer Überdosis gestorben. Übrigens war es Harjan, der sie gefunden hat. Man wollte ihn anschließend wieder in einer Pflegefamilie unterbringen, aber er ist abgehauen. Verschwand einfach von der Bildfläche, erschien nicht mehr in der Schule. Robbert landete auch auf der Straße und starb irgendwann wie seine Mutter an einer Überdosis. Unendlich traurig, das Ganze.«

»Keine weiteren Angehörigen?«

»Nein, niemand. Die Mutter hatte keine Geschwister, und die Großeltern brachen schon früh mit der Tochter. Inzwischen leben sie wahrscheinlich nicht mehr. Und selbst wenn … Harjan könnte an der Supermarktkasse neben ihnen stehen, und sie würden einander nicht erkennen. Wirklich schrecklich. Diese Jungs hatten nie eine Chance im Leben.«

»Und Sie haben nichts von seinen Plänen gewusst, dass er …?«

»Dass er sich als Ihr Sohn ausgeben wollte? Wo denken Sie hin? Das hätte ich ihm ganz sicher ausgeredet.«

»Entschuldigen Sie, ich musste es einfach wissen.«

»Es tut mir wirklich leid für Sie …« Sie suchte nach Worten. »Ich stelle es mir furchtbar vor, nicht zu wissen, was mit dem eigenen Kind geschehen ist. Ob es noch lebt oder tot ist.«

Wie jedes Mal, wenn irgendwer dieses Thema anschnitt, verschloss Linc sich.

»Sie haben viel Erfahrung mit Kindern – gerade mit solchen, die eine Menge mitgemacht haben«, lenkte er ab. »War Harjan eine Gefahr für andere?«

Sandra wirkte peinlich berührt. »Nein, nein, bestimmt nicht. Robbert eher. Seinetwegen hätte ich das Jugendamt eigentlich früher informieren müssen. Meine beiden eigenen Kinder und ein Pflegekind, das kurz nach der Geburt zu mir gekommen war, fühlten sich in seiner Gegenwart nie sicher, wie sie mir später erzählten. Ununterbrochen seien sie auf der Hut gewesen.«

»Was hat er denn gemacht?«

»Robbert neigte zu Gewalttätigkeit. Hat geschlagen, getreten, gekratzt und sie darüber hinaus psychisch fertiggemacht. Sie seien hässlich, dumm, debil. Lauter solche Dinge.« Als würde sie spüren, was Linc bewegte, fuhr sie fort: »Am Anfang war es ganz offensichtlich, und ich bin dazwischengegangen. Dadurch schien es besser zu werden. Zu spät merkte ich, dass er einfach klammheimlich weitermachte und die anderen sich bloß nicht trauten, ihn zu verpetzen. Lügen konnte er nämlich wie kein Zweiter. Dass ich davor die Augen verschlossen habe, nehme ich mir noch heute übel. Ich hab immer nur den bedauernswerten Jungen gesehen, dem ich helfen wollte, und ihm dabei viel zu viel durchgehen lassen.«

»Okay, ihm muss man wenigstens teilweise seine schwierige Kindheit zugutehalten. Aber haben Sie je Kinder erlebt, die grundlos böse waren. Einfach so?«

Die Frage war ihm beinahe gegen seinen Willen entschlüpft. Als er sah, wie sich ihr Gesicht verdüsterte, wünschte er, er hätte sie nie gestellt.

»Einfach böse?«

»Ja, ohne erkennbaren Grund.«

Sandra dachte kurz nach. »Nein, das glaube ich nicht. Die Kinder, die ich kenne, waren anfangs ein unbeschriebenes Blatt und wurden durch das Versagen der Erwachsenen in eine falsche Richtung gelenkt. Sie konnten nichts dafür, selbst Robbert nicht.«

»Falls er eine normale Familie gehabt hätte, dann wäre er Ihrer Meinung nach ganz normal geworden? Unauffällig?«

Sie nickte. »Na ja, vielleicht. Allerdings werden auch nicht alle Kinder, die aus Problemfamilien stammen, so wie er. Ich hatte einige, die sich großartig entwickelt haben. Und sein Bruder war völlig anders als er, obwohl er ähnliche Erfahrungen machen musste.«

Offensichtlich merkte sie nicht, wie widersprüchlich ihre Aussagen letztlich waren, doch Linc stand nicht der

Sinn nach einer längeren Diskussion. Es bestätigte ihn in der Überzeugung, zu der er gelangt war.

Desgleichen verkniff er sich eine weitere Frage, die ihm auf der Zunge lag. Was ist mit einem Kind, das in einer liebevollen Familie aufwächst, das alle Aufmerksamkeit bekommt, das weder verwahrlost noch verwildert ist – könnte ein solches Kind sich trotzdem zu einer Gefahr für andere entwickeln?

Lieber nicht, dachte er. Er hatte ohnehin schon zu viel gesagt und stand kurz davor, den Boden unter den Füßen zu verlieren. Und das durfte nicht passieren. Die letzten Tage hatten ihn ungemein viel Energie gekostet, und wenn er nicht aufpasste, würde er bald nicht mehr in der Lage sein, den Schein der Normalität aufrechtzuerhalten. So zu tun, als hätte er alles unter Kontrolle.

Wie lange er das wohl noch aushielt, überlegte er. Und wie ließ sich dieses Chaos entwirren?

Als Bas vom Sofa rutschte und auf seinen Schoß kletterte, überflutete ihn eine Woge der Wehmut. Er sehnte sich nach der Zeit zurück, als Sander klein gewesen war und er noch Träume für seinen älteren Sohn gehegt hatte.

Sein Telefon klingelte. Es schaute auf das Display. Iris. Mit zunehmender Verwunderung hörte er, was sie ihm mitteilte. Seine eigensinnige Tochter hatte auf eigene Faust Nachforschungen angestellt. Was ihn vor eine weitere Aufgabe stellte. Er wünschte, er hätte Sander niemals mit in den Wald genommen. Dann wäre nichts von alldem geschehen. Nun stand er vor riesigen Problemen und hatte keine Idee, wie er sich daraus befreien konnte.

Ist sie die Einzige, die ihn durchschaut? Wenn sie bei ihren Freundinnen mit dem Thema beginnt, erzählen nach und nach alle von ihren schrecklichen Geschwistern. Sie sind sich alle einig: Sie haben Scheißschwestern und -brüder. Sie ärgern einen, sie schlagen, sie treten, sie leihen sich, ohne zu fragen, Kleidung, sie machen alles kaputt. Doch sie hat nicht das Gefühl, dass sie vor ihren Geschwistern Angst haben. Keiner. Warum ist es dann bei ihr so?

Christiaan weiß alles. Ihn hat sie ins Vertrauen gezogen. Seine erste Reaktion war, dass sie es ihren Eltern erzählen müsse, aber sie hat ihn schwören lassen, dass er seinen Mund hält. Niemand würde ihr glauben.

Sie steht auf dem Heuboden auf dem Hof seiner Familie und schaut nach unten, wo Christiaan mit einem Gabelstapler einen Strohballen nach dem anderen nach oben hievt. Sie ist gerne bei ihm. Hier fühlt sie sich zumindest sicher.

Er legt den Strohballen oben ab, sie zieht ihn nach hinten. Eine schwere, schmutzige und anstrengende Arbeit, die sie trotzdem herrlich findet. Auch beim Heueinfahren hat sie geholfen. Ihre Freundinnen erklärten sie für verrückt, als sie sich mit einem Bauernsohn anfreundete. Doch das macht ihr nichts aus. Sie ist gerne auf dem Hof, weil hier Ruhe in ihrem Kopf herrscht.

»Iris, bist du hier?«

Sie versteift sich. Die Stimme von Sander.

Der Gabelstapler stoppt. »Sie ist auf dem Heuboden«, sagt Christiaan.

Behände klettert Sander über die Leiter nach oben.

»Was willst du?«

»Du sollst nach Hause kommen, sagt Mama.«

»*Ich hab sie angerufen und ihr erklärt, dass ich zum Essen bei Christiaan bleibe. Wir sind noch lange nicht fertig.*«

»*Oma hat sich angemeldet, und Mama will, dass du dabei bist. Weil Oma dich schon eine ganze Weile nicht mehr gesehen hat.*«

Iris flucht. »*Okay, ich komme gleich.*«

»*Der nächste Ballen*«, *ruft Christiaan.*

»*Entschuldige*«, *antwortet Iris, tritt wieder an den Rand und zieht den Strohballen nach hinten. Es kostet sie einiges Ziehen und Zerren, ihn auf einen anderen Ballen zu wuchten. Sander schaut ihr zu.*

»*Ich komme gleich, hab ich gesagt.*«

»*Ich warte auf dich.*«

»*Brauchst du nicht.*« *Sie hat nicht die geringste Lust, sich allein mit ihm auf den Heimweg zu machen. Vielleicht kann sie ja Christiaan bitten, ebenfalls mitzukommen, und ihn bei dieser Gelegenheit ihrer Oma vorstellen.*

Aber Sander bleibt zu ihrem Ärger einfach stehen. Sie will gerade etwas sagen, als sie Christiaans Stimme hört: »*Jetzt sind es zwei.*«

»*Okay.*«

Sie zieht den ersten Strohballen auf den Heuboden und wartet ab, dass Christiaan den anderen über den Rand schiebt. Sander läuft nach vorn, um ihn zu packen, und sie lässt ihn gewähren. Da sieht sie, dass er ihn wieder zurückschiebt. Wie angewurzelt steht sie da, ist nicht in der Lage, einen Laut von sich zu geben. Es scheint eine Ewigkeit zu dauern, dann schlägt der Strohballen auf dem Boden der Scheune auf. Oder stammt das Geräusch von etwas anderem?

»*Iris, was machst du denn da? Pass auf!*«, *hört sie Christiaan von unten schreien.*

Mit großen Augen schaut sie zu Sander, der ihr noch immer den Rücken zukehrt. In Gedanken stößt sie ihn über den Rand, doch als sie sich in Bewegung setzt, tritt er von der Kante zurück, als könnte er ihre Gedanken lesen.

»Ups«, *sagt er.*

»Das hast du absichtlich getan.« *Ihre Stimme zittert.*

»Er war zu schwer für mich. Ich hab ihn nicht halten können.«

Auf der Leiter sind Christiaans Fußtritte zu hören. Sein Kopf taucht auf. »Alles okay? Was sollte das eben? Um Haaresbreite wäre mir das Ding auf den Kopf gefallen.« *Dann sieht er Sander dastehen, und seine Miene wird eisig.*

»Sander ...«, *kommt sie ihm zuvor, aber Christiaan unterbricht sie.*

»Du hast den Ballen nach unten gestoßen, oder? Hast du eine Ahnung, wie schwer die Dinger sind? Ich hätte mir das Genick brechen können.« *Christiaan steigt jetzt ganz auf den Heuboden. Er überragt Sander um beinahe zwei Köpfe. Die Fäuste hat er geballt.*

»Ich hab bloß helfen wollen, und dabei ist mir das blöde Ding weggerutscht. Es ging so schnell, dass ich keine Zeit mehr hatte, Vorsicht zu rufen. Entschuldige.«

Mit zwei Schritten ist Christiaan bei ihm, packt ihn am T-Shirt und schüttelt ihn heftig. »Hau ab.«

»Das werde ich Mama erzählen.«

»Du wirst gar nichts erzählen.« *Christiaan hebt seine Faust, Sander fällt hin. Plötzlich sitzt der andere auf ihm und will ausholen, doch Iris hält ihn im letzten Moment zurück.*

»Tu's nicht«, *keucht sie.*

»Er hat es verdient.«

»Ich weiß, aber man wird dir die Schuld geben. Lass es lieber«, bittet sie ihn. »Nicht dass ich dich am Ende nicht mehr besuchen darf.« Das wirkt, und Christiaan lässt sich von Sander, der sich langsam erhebt, wegziehen.

»Ich gehe nach Hause.«

»Und du hältst die Klappe«, droht ihm Christiaan erneut.

Über Iris' Wangen rollen die Tränen, und sie verbirgt ihr Gesicht in Christiaans Overall. »Du hättest sterben können.«

»Es hat nicht viel gefehlt, stimmt.« Er flucht.

Sie denkt an die vielen Gelegenheiten, bei denen Sander ihr zugezischt hat, nur ja vorsichtig zu sein, sonst ... An die Angst, die in seiner Nähe in ihr aufsteigt. An das Erlebnis im Badezimmer. An die Szene in der Küche, als er mit einem Messer in der hocherhobenen Hand so tat, als wollte er es der Mutter, die gerade abwusch, in den Rücken stechen. Oder daran, wie er sie in die Rosenbüsche stieß, wie er ihre neuen Schuhe in den Regen stellte, und daran, dass er sie nie mit ihrem Namen anspricht, sondern immer nur »die« sagt. Auch die Liste der »Verurteilten«, die irgendwann in ihrem Zimmer lag, fällt ihr wieder ein. Sie stand darauf, und Mama und Papa. Als sie damit zu ihren Eltern gegangen ist, hat er sich irgendwie herausgeredet. Wie, weiß sie nicht mehr. Nicht vergessen hat sie hingegen, dass er ihr einmal etwas ins Trinken geschüttet hat, sodass sie sich später nicht mehr erinnern konnte, wie sie in ihr Zimmer gekommen war. Oder die Sache mit dem Brötchen, von dem ihr so schlecht geworden war, dass sie sich unaufhörlich übergeben und ins Krankenhaus gebracht werden musste. Dort erklärte man ihr, sie habe irgendein Gift verschluckt, vermutlich Mäusegift.

Ständig ist sie auf der Hut und vom vielen Aufpassen und Vorsichtigsein bereits ganz erschöpft.

Inzwischen schläft sie bloß noch, wenn die Tür abgeschlossen ist. Papa hat auf ihren Wunsch ein Schloss angebracht. Wegen Sander und nicht weil sie allein sein will, wie sie behauptet. Zum Glück unterstützte Papa sie, indem er erklärte, dass Mädchen ihre Privatsphäre brauchen.

Es ist idiotisch: Jahrelang war sie überzeugt, dass alle Brüder so seien. Einfach entsetzliche Nervensägen. Erst als sie öfter ihre Freundinnen zu Hause besuchte, begriff sie, dass normale Rivalität zwischen Geschwistern anders abläuft. Natürlich wurde auch dort schikaniert, gekämpft und geschimpft, aber zugleich ging man füreinander durchs Feuer. Andere Brüder weinten, wenn es Streit gab, statt wie Sander zu lachen. Sie hatten Angst vor Strafe und drohten nicht damit, ihre Schwestern oder Brüder zu ermorden.

»*Ich sage doch, dass er gefährlich ist.*«

An ihrer Wange kann sie spüren, wie heftig Christiaans Herz pocht. Ihr selbst geht es nicht besser.

»*Wir müssen ihm eine Lektion erteilen, Iris, und uns endlich wehren.*«

»*Ja*«, *sagt sie mit erstickter Stimme.* »*Aber wie?*«

»*Ich hab da eine Idee.*«

51

Was war die beste Strategie? Wie konnte sie ihre Tochter dazu bringen, die Wahrheit über diesen Abend zu erzählen? Iris konnte schweigen wie ein Grab. Ein ganzes Jahr lang, wenn es sein musste. Vielleicht war sie ja sogar nach Amsterdam gezogen, um nicht mit ihr reden zu müssen. Alma versuchte, sie auf dem Handy zu erreichen, doch sie meldete sich nicht. Nicht dass sie die Sache am Telefon hätte besprechen wollen.

Sie schaute auf den Küchentisch, auf dem sie die anonymen Briefe ausgebreitet hatte.

Die Tür flog auf, und wie ein Wirbelsturm kam Iris hereingefegt. »Mama, wir müssen reden, ich, ich bin in Großmutters Pflegeheim gewesen und …«

»Was hattest du denn da zu suchen?«, fragte Alma sichtlich überrascht.

»Was ist denn das?«, gab Iris, die die Briefe entdeckt hatte, nicht weniger überrascht zurück.

»Briefe von Christiaan.«

Hastig griff das Mädchen danach, ließ sich auf einen Stuhl fallen und fing an zu lesen. Ihr Gesichtsausdruck schwankte zwischen Erschrecken und Verärgerung.

»Ich verstehe wohl nicht richtig. Christiaan soll dir diese Briefe geschickt haben? Wann und vor allem warum? Und woher willst du überhaupt wissen, dass sie von ihm sind? Er hat mir null davon erzählt ...« Niedergeschlagen schwieg sie.

So ruhig sie konnte, berichtete Alma, was sich soeben draußen abgespielt hatte.

»Ich glaube es ja wohl nicht. Er hat mir versprochen ...«

»Jetzt sag endlich, was an diesem Abend geschehen ist, Iris.« Almas Stimme spiegelte die ganze Palette der Emotionen wider, die sie aufwühlten: Wut, Verzweiflung, Entsetzen. Sie war völlig verwirrt.

Mit Tränen in den Augen sah Iris sie an. »Ich kann nicht. Du würdest mich hassen.«

Es waren nicht einmal so sehr die Worte, die Alma erschreckten, als vielmehr die Tatsache, dass Iris weinte. Iris zeigte nie derartige Schwächen.

»Ich kann dich nicht hassen, du bist schließlich meine Tochter.«

»Egal. Du könntest mich sowieso niemals so sehr hassen, wie ich mich selbst hasse.«

Es tat ihr in der Seele weh, sie so reden zu hören. »Iris ...«

Resigniert zuckte die Tochter mit den Schultern, wischte sich mit der Hand über die Nase. »Christiaan und ich hatten uns etwas ausgedacht. Wir wollten Sander die Kamera wegnehmen und nach Möglichkeit den Film dazu. Das sollte ihn dazu bringen, endlich mit seinen miesen Späßen aufzuhören. Ich habe es dir nie erzählt, weil du mir sowieso nicht geglaubt hättest ... Stell dir vor, er hat versucht, Christiaan so einen schweren Strohballen auf den Kopf zu werfen. Wir waren in der Scheune, Christiaan hievte mit dem Gabelstapler die Ballen nach oben, ich zog sie nach hinten und schichtete sie auf. Plötzlich kam Sander zu mir und hat einen über den Rand wieder nach unten gestoßen. Hast du eine Ahnung, wie schwer die Dinger sind? Es hätte Christiaan leicht das Genick brechen können.«

»Ich ...«

»Bitte erspar mir den Kommentar, dass er es bestimmt nicht absichtlich getan hat. Du hast immer alles als Unfall oder Missgeschick hingestellt. Wenn du meine Geschichte hören willst, dann ...« Iris' Stimme überschlug sich inzwischen.

Versöhnlich hob Alma die Hand. »Okay, ich habe verstanden.«

»Sander und seine Scheißkamera, nie sah man ihn ohne das Ding. Und ich war mir sicher, dass er alles gefilmt hatte. Wir hatten keinen ausgeklügelten Plan, wollten ihm bloß einen Denkzettel verpassen. Irgendwann. Dass es an jenem Abend geschah, war eher zufällig. Es ergab sich, weil wir bei der Nachtwanderung Sander und Maarten ins Schlepptau nehmen sollten. Von einer Exkursion mit seinem Geschichtskurs wusste Christiaan, dass es in der Nähe einen alten Bunker aus dem Zweiten Weltkrieg gibt. Und so kamen wir auf die Idee, Sander dort einzusperren. Christiaan hat deshalb Maarten beiseitegenommen, ihm weisgemacht, wir würden eine Überraschung für Sander planen, und ihn gebeten, uns zu helfen. Er müsse bloß in den Bunker laufen, dann Sander rufen und schnell wieder herauskommen. Das hat er auch getan. Anschließend ist Christiaan rein, hat sich Sanders Kameratasche geschnappt, ist schnell raus, und ich habe die Tür mit einem Stock verriegelt.«

Iris stand auf, um sich ein Glas Wasser zu holen. Sie

trank einen Schluck und setzte sich wieder. Ihre Finger spielten mit dem Glas.

Alma hörte mit wachsendem Entsetzen zu. Trotzdem beherrschte sie sich, sagte nichts und wartete, dass Iris erneut das Wort ergriff.

»Erst haben wir uns die DVD in der Kamera vorgenommen, aber auf der war nichts Besonderes zu sehen. Daraufhin legten wir eine andere ein, die in seiner Tasche steckte.« Iris schluckte. »Es war entsetzlich, echt entsetzlich. Und plötzlich war Sander wieder da. Er hatte wohl die ganze Zeit über gerufen und geschrien, wir sollten ihn rauslassen, aber wir waren völlig abgelenkt durch den grauenvollen Film. Deshalb haben wir auch nicht gemerkt, dass Maarten ihm inzwischen die Tür geöffnet hatte. Vermutlich weil ihm aufgegangen war, dass es gar keine Überraschung gab. Sander stürzte sich voller Wut auf Christiaan. Die Kamera fiel auf den Boden, und Maarten hob sie auf. Dann rannten die beiden Jungs weg. Das war das Letzte, was ich von ihnen gesehen habe.« Tränen strömten über ihr Gesicht. »Das alles hatten wir nicht geplant. Wir wollten ihm bloß die Kamera abnehmen, den Film ...«

Entsetzt starrte die Mutter sie an.

»Sag was.«

Alma schlug eine Hand vor den Mund, um nicht loszuschreien. Sie zählte bis zehn. Und noch mal bis zehn. Nein, es half nichts.

»Es ist meine Schuld, ich weiß«, flüsterte Iris.

Nein, hätte Alma gerne gesagt und der Tochter versichert, dass es allein die Schuld eines Pädophilen war. Schließlich konnte sie ja nicht ahnen, dass sich an jenem

Abend ein Sittenstrolch im Wald herumtrieb. Aber nichts von alldem kam ihr über die Lippen.

»Sag bitte etwas«, flehte Iris. »Es hätte nichts geändert, wenn ich es dir damals gleich gestanden hätte. Nichts konnte Maarten und Sander wieder zurückbringen.«

»Du rechtfertigst dich auch noch?«, stieß ihre Mutter hervor.

Beschämt senkte Iris den Kopf. »Ich weiß nicht, was ich sonst noch sagen könnte. Es tut mir alles so leid.«

»Du hast mehr als genug gesagt, allerdings sechs Jahre zu spät!« Ihre Worte waren wie ein Peitschenhieb.

In diesem Moment brach sich die Wut, die sich beim Zuhören in Alma aufgestaut hatte, ungehindert Bahn. Erst später, viel später, sollte sie erkennen, dass ihre Tochter ebenfalls gelitten hatte. Dass sie damals ein Mädchen von gerade mal fünfzehn Jahren war und von ihrem Bruder ständig terrorisiert wurde. Und dann sollte Alma endlich begreifen, dass es bloß deshalb so weit kommen konnte, weil sie Iris nie geglaubt hatte, weil sie damals versagte und es versäumte, Iris zu beschützen. Und dass ihre Tochter das Einzige war, was sie noch hatte.

Alma griff nach dem Glas, das vor ihr stand, und schmiss es mit voller Wucht gegen die Wand hinter Iris, fegte anschließend alles andere vom Tisch und warf die Stühle um.

Mit großen Augen starrte Iris sie an, erhob sich und war fort, bevor die Mutter zur Besinnung kam.

Zitternd hielt Alma inne. Jetzt erst fiel ihr ein, dass sie ihre Tochter nicht noch einmal gefragt hatte, warum sie im Pflegeheim gewesen war und was sie mit Christiaan auf diesem entsetzlichen Film gesehen hatte.

52

Wie eine Irre trat Iris in die Pedale und stieß leise Flüche aus. Tränen rannen ihr übers Gesicht, und so bemerkte sie das Schlagloch zu spät. Obwohl sie den Lenker noch herumriss, konnte sie nicht mehr ausweichen. Das Rad rutschte unter ihr weg, und sie landete unsanft auf der Straße. Kämpfte gleichermaßen mit Wut, Schmerz und einem Gefühl der Erniedrigung. Was am schlimmsten war, vermochte sie nicht zu sagen. Mit einem Zipfel ihres T-Shirts wischte sie sich über das blutende Knie. Das Blut floss weiter.

Auch das noch. Sie stieß eine Verwünschung nach der anderen aus. Sinnlos. Wichtiger wäre es, sich zu beruhigen, den Aufruhr in ihrem Kopf niederzuringen, sonst würde sie Christiaan den Kopf abreißen.

Stöhnend hob sie ihr Rad auf und fuhr weiter. Als sie ihr Ziel beinahe erreicht hatte, bemerkte sie vor sich zwei Radfahrer, die in einem Abstand von vielleicht fünfzig Metern hintereinander herfuhren. Sander vornweg, Christiaan hinter ihm. Sie sah, wie Sander sich kurz umdrehte, als wollte er sich vergewissern, dass der andere ihm folgte. Ein merkwürdiges Gefühl überkam sie.

An der Kreuzung waren die beiden aus ihrem Blickfeld verschwunden. Verunsichert hielt sie an. Wohin jetzt? Die beiden waren schneller als gedacht. Unsicher spähte sie in alle Richtungen. Die getrockneten Tränen erzeugten ein unangenehmes Spannungsgefühl auf ihrer Haut, Shorts und Shirt klebten ihr am Körper. Ihr Gefühl riet ihr, sich weiter geradeaus zu halten. Es war der Weg zum Ferienhof.

Erneut beschleunigte sie, fuhr im Stehen bis zum Waldrand. Dort hielt sie kurz an und lauschte, doch außer dem Rauschen des Windes in den Bäumen, dem leisen Rascheln der Blätter und dem Zwitschern der Vögel war nichts zu hören. Etwas langsamer setzte sie ihre Fahrt fort. Hier im Schatten war es um einiges kälter. Nach etwa zwei Kilometern war sie kurz davor umzukehren.

Die beiden mussten in eine andere Richtung gefahren sein.

Gerade wollte sie wenden, als eine Bewegung rechts von ihr ihre Aufmerksamkeit erregte. Ein rotes T-Shirt leuchtete für den Bruchteil einer Sekunde zwischen den Bäumen auf, bevor es wieder im dichten Grün verschwand.

Rasch bog Iris auf den holprigen Pfad ein, der nach zweihundert Metern an einem Holzzaun endete. Zwei Herrenfahrräder lagen auf dem Boden. Sie warf ihres dazu und eilte zu Fuß weiter.

Sie rief nach Christiaan, aber es kam keine Antwort. Hatten sie vielleicht den Weg verlassen, um querfeldein zu gehen? Niedergetretene Pflanzen zeigten ihr, dass hier jemand eine Abkürzung durchs Unterholz genommen hatte, und sie beschloss, der Spur zu folgen.

Je mehr sie sich dem Ort näherte, an dem es passiert war, desto stärker verkrampfte sich ihr ganzer Körper. Seit jenem Abend war sie nie wieder in diesem Waldstück gewesen. Und obwohl sie sich sagte, dass es helllichter Tag und sie kein Kind mehr war, schnürte Angst ihr die Kehle zu.

Stimmen drangen an ihr Ohr. Sie hielt kurz inne, um die Geräusche zu orten, und lief dann auf eine kleine Lichtung zu. Das hohe Gras reichte ihr bis an die Waden.

Tief in ihrem Inneren hatte sie geahnt, sie würde auf Sander und Christiaan treffen. Trotzdem klopfte ihr Herz heftig, als sie die beiden dort stehen sah. Zwar drehte Christiaan ihr den Rücken zu, schien sie jedoch gehört zu haben.

»Geh nach Hause, Iris. Das hier geht dich nichts an.«

»Das stimmt nicht, und das weißt du genau.«

»Was willst du von mir?«, fragte Sander.

»Erkennst du mich nicht?«, wollte Christiaan wissen.

»So eine hässliche Visage vergisst man nicht so schnell. Auch wenn ich meist bloß deinen Hinterkopf zu Gesicht bekommen habe, weil du mit dem Mund an Iris festgeklebt hast.«

Christiaan ballte die Fäuste. »Du hast dich kein bisschen verändert«, zischte er. »Nach wie vor so ein Ekelpaket wie früher.«

»Natürlich habe ich dich in den letzten Tagen gesehen. Warum verfolgst du mich?«

»Irgendjemand muss dich schließlich in die Schranken weisen.«

Die Worte schienen Sander zu verwirren. »Wovon redest du?«

»Halt mich nicht für blöd.«

»Was willst du von mir?«

»Dass du dich zurückhältst.«

»Und wenn ich es nicht mache? Dann sorgst du dafür, dass ich es tue? Willst du mir immer und überallhin nachlaufen?«

»Wenn es sein muss.«

»Du bist verrückt.«

»Und du bist gefährlich.«

»Wie heißt es so schön: Um einen anderen wirklich zu verstehen, muss man so sein wie er«, erwiderte Sander. »Ich bin gefährlich, und du warst im Irrenhaus.«

»Ich war nicht immer so. Der Abend, an dem du verschwunden bist, hat alles verändert.«

Es war Zeit einzugreifen, beschloss Iris. Sie musste ihm sagen, was sie herausgefunden hatte.

»Christiaan, komm mit, wir gehen nach Hause. Wir müssen uns unterhalten.«

»Von meiner Seite gibt es nichts mehr zu sagen – es sei denn, du hast deine Meinung geändert.« Er wandte den Blick von Sander ab und sah sie kurz an.

»Meine Mutter hat herausgefunden, dass die Briefe von dir stammen. Außerdem weiß sie inzwischen von mir, was an diesem Abend geschehen ist. Alles«, erklärte Iris und merkte zu ihrer Verwunderung, dass ihr Zorn auf Christiaan verraucht war.

»Worüber redet ihr da überhaupt?«, fragte Sander.

»Du solltest Schauspieler werden.«

»Ich kann mich nicht mehr an alles erinnern. Im Wald mit Eelco ...«

»Wie kannst du vergessen haben, was du angerichtet hast?«

Sie trat dicht neben Christiaan und wollte seine Hand nehmen, doch er wehrte sie ab.

»Geh nach Hause, Christiaan«, sagte nun auch Sander. »Und lass mich in Ruhe.«

»Man sollte dich wegsperren.«

»Mich? Bin ich es etwa, der Tag und Nacht wie ein Bekloppter herumschleicht? Ich will, dass du damit aufhörst, sonst ...«

»Sonst was?«, provozierte Christiaan ihn.

»Chris, lass es.«

Der Schweiß lief ihm in Strömen über die Stirn. »Ich hätte das schon viel früher tun müssen. Er muss gestoppt werden, Iris. Begreifst du das denn nicht?«

»Jetzt hör mal zu, du Arschloch. Du hörst auf, mir nachzuschleichen, oder ich schalte die Polizei ein.«

»Schau an, da haben wir wieder den echten Sander. So kennen wir ihn schließlich.« Christiaan ging auf ihn zu, bis er kaum zwanzig Zentimeter von ihm entfernt war, und tippte ihm mit dem Zeigefinger auf die Brust. »Wir wissen, was *du* für ein Arschloch bist.«

Sander schlug Christiaans Hand zur Seite. »Fass mich nicht an.«

»Na, komm schon.«

In diesem Moment holte Sander aus und erwischte sein Gegenüber am Kinn. Christiaans Kopf kippte nach hinten, und taumelnd stolperte er ein paar Schritte zurück, verlor aber nicht das Gleichgewicht. Er warf sich nach vorn, bohrte den Kopf in Sanders Magengrube und brachte ihn auf diese Weise zu Fall. Stürzte sich dann auf ihn und schlug immer wieder auf den am Boden Liegenden ein, bearbeitete seinen Kopf und die Magengegend mit den Fäusten. Vergeblich versuchte Sander, ihn abzuwehren.

»Hör auf«, rief Iris voller Panik. Die dumpfen Schläge klangen grässlich. Vergeblich zog und zerrte Iris an Christiaan herum. Wie eine lästige Fliege schüttelte er sie ab, und ihr blieb nichts anderes übrig, als tatenlos zuzusehen. Endlich gelang es Sander, sich zu befreien und sich keuchend aufzurichten. Beschwörend streckte er eine Hand aus, während er sich mit der anderen abstützte. Blut rann ihm aus der Nase und einer Augenbraue und tropfte auf sein verschmutztes Shirt.

»Du hättest nie zurückkommen sollen«, stieß Christiaan hervor.

»Was faselst du jetzt wieder, Mann?«, gab Sander zurück.

»Chris, er weiß gar nicht, was du meinst«, warf Iris ein.

»Und wovon redest du?«

»Chris, verdammt noch mal, hör endlich zu«, schrie sie ihn an. »Halt einfach für fünf Minuten deine Klappe, und ich erkläre es dir. Das da ist nicht Sander.«

53

»Ihr seid doch alle beide total durchgeknallt«, meinte Sander.

»Halt du das Maul«, fuhr Iris ihn an. »Dir steht sowieso nicht das geringste Recht zu, hier groß herumzutönen. Du bist ein Lügner und Betrüger.«

»Was? Wenn er nicht Sander ist, wer dann?«, fragte Christiaan verblüfft.

Unsicher stand er auf den Beinen und wischte sich den Schweiß von der Stirn. Blessuren von der Prügelei schien er nicht davongetragen zu haben, auch wenn er Blut auf Armen und Beinen hatte.

»Sein richtiger Name lautet Harjan.«

Sander wurde bleich und presste die Lippen zu einem Strich zusammen. Trotzdem versuchte er, seine Rolle weiterzuspielen.

»Du hast mich von Anfang an gehasst. Ich weiß noch das eine Mal, als du …«, erklärte er in eisigem Ton.

»Lass gut sein, ich weiß Bescheid. Du kannst uns Hunderte angeblicher Jugenderinnerungen auftischen – sie sind samt und sonders gestohlen. Ich muss zugeben, dass du es ziemlich perfekt inszeniert hast. Allerdings ist dir ein großer Fehler unterlaufen. Du hast dich so verhalten, als wäre mein Bruder ein ganz normaler Junge gewesen. Aber das war er ganz und gar nicht.«

Sander schüttelte den Kopf. »Ich hab keine Ahnung, wovon du sprichst.«

»Die Fotos haben mich draufgebracht, verstehst du?«

Gnadenlos brannte die Sonne auf die Lichtung herab, und Iris legte die Hände schützend vor die Augen.

Sie fuhr, an Christiaan gewandt, fort: »Vor ein paar Monaten ist meine Oma gestorben, und die Kartons mit ihren Sachen stehen jetzt in meinem Zimmer. Beim Durchblättern ihrer Fotoalben ist mir aufgefallen, dass ein paar Bilder fehlten. Dann hast du mir von einem braunen Umschlag erzählt, den ich daraufhin gesucht und gefunden habe. Als ich ihn öffnete, fielen Fotos heraus, doch bevor ich sie mir genauer anschauen konnte, kam Harjan herein. Der Groschen fiel bei mir endgültig, als jemand vom Pflegeheim bei uns auftauchte, um mit meiner Mutter über einige vermisste Schmuckstücke von Oma zu sprechen.« Sie drehte sich erneut zu Harjan um. »Vom Fenster meines Zimmers habe ich beobachtet, wie du bei ihrem Anblick reagiert hast. Als wärst du auf frischer Tat ertappt worden. Und als du auch noch abgehauen bist, war mir klar, dass du eine Begegnung mit der Frau vermeiden wolltest. In diesem Moment wurde mir klar, wie du es angestellt hast. Dass du nicht Sander bist, hab ich schon vorher geahnt. Weil du nichts mit dem See anfangen konntest, in dem Roel ertrank. Nur konnte ich dieses Gefühl lange nicht einordnen.«

Als keiner etwas sagte, atmete sie so tief ein, dass es fast schmerzte.

»Dann bin ich zu dem Pflegeheim gefahren und habe dein Foto herumgezeigt. Eine alte Dame aus dem Nachbarzimmer hat dich wiedererkannt und mir erzählt, dass du bei einer Putzkolonne gearbeitet hast. Seitdem frage ich mich, wie genau das alles abgelaufen ist. Hast du angefangen, nach Sander zu fragen? Oder hat Oma von ihm erzählt? Hat sie dich für ihren Enkel gehalten? Leicht möglich, dass sie dich mit ihm verwechselt hat. Auf dem Fahndungsbild seht ihr zwei euch verdammt ähnlich. Hast du sie ausgehorcht, oder war das gar nicht nötig? Eine verwirrte alte Frau wie sie ... Wie auch immer, du hast sie hinters Licht geführt, genau wie mich und alle anderen.«

Die ganze Zeit über hatte sie gefürchtet, dass der vermeintliche Sander erzählen könnte, was in jener Nacht geschehen war. Wenn sie jetzt an die Gespräche zurückdachte, fiel ihr auf, dass er nie konkret geworden war. Stets hatte er sich vage geäußert und mehrdeutige Formulierungen verwendet, die so oder so zu verstehen waren und meist ihre Worte bestätigten oder einfach wiederholten. Erstaunlich clever.

Ungläubig starrte Christiaan ihn an. »Stimmt das, was sie sagt?«

Statt zu antworten, wandte Harjan sich an Iris. »Willst du deiner Mutter das Herz brechen?«

»Das erledigst du ganz allein.«

»Was ist dir mein Schweigen wert?«

Verwirrt sah Iris ihn an. Was wollte er damit sagen?

»Ich bin nicht der Einzige, der Geheimnisse hat, oder?«, entgegnete der Junge.

Christiaan hob drohend die Faust. »Jetzt reicht's.«

»Stopp, Chris. Warte«, hielt Iris ihn zurück, und an Harjan gewandt, hakte sie nach: »Was meinst du genau?«

»Ich bin bereit, meine Geschichte der Polizei zu erzählen. Aber dann wäre ich nicht der Einzige, der untergeht. Falls ich überhaupt belangt werde, denn aufgrund meiner traumatischen Kindheit darf ich sicher auf Milde und therapeutische Unterstützung hoffen.«

Iris' Gedanken überschlugen sich. Er wusste etwas, nur was? »Was willst du?«

»Abhauen.«

»Bist du jetzt völlig bescheuert?«, rief Christiaan empört aus.

»Das ist der Preis für mein Schweigen.«

»Fall nicht darauf herein, Iris. Er ist ein Lügner.«

»Ich will erst wissen, was er zu sagen hat.«

»Es ist keine schöne Geschichte, und vermutlich wünschst du dir hinterher, du hättest sie nie gehört.«

»Schlimmer als das hier kann es kaum werden.«

Harjan grinste. »Das denkst auch bloß du.«

Über ihr Rückgrat lief ein Frösteln, und sie straffte die Schultern. Es gab keinen Weg zurück. »Erzähl.«

Und das tat er.

Mit jedem Satz, den er sagte, spürte sie, wie sie kleiner wurde. Etwas in ihr wollte sie glauben machen, dass er log, doch warum sollte er? Verzweiflung drohte sie zu überfluten, die Welt ringsum geriet ins Wanken. Ihr einziger Halt war Christiaans starker Arm, der sie umfasst hielt, und dankbar lehnte sie sich gegen ihn.

Als Harjan mit seinem Bericht zu Ende war, schwiegen sie lange. Nur zögerlich kamen die Fragen – Fragen, auf die Harjan keine Antworten wusste. Wie auch?

Er hatte recht, schoss es ihr durch den Kopf. Diesmal hatte er nicht gelogen. Manche Dinge sollte man wirklich besser nicht wissen, dachte sie. Aber jetzt war es zu spät.

Ausdruckslos sah sie Christiaan an, der forschend ihren Blick suchte.

»Gebt mir einen Tag Vorsprung«, drängte Harjan.

»Was soll ich meiner Mutter sagen?«

»Ich schreibe ihr einen Brief. Dass ich nicht Sander bin und den Betrug nicht länger durchhalten konnte.«

»Und ansonsten schweigst du?«

»Du hast mein Wort – gib du mir deins.«

Sie nickte. »Wer bist du?«

»Das weißt du doch.«

»Ich kenne lediglich deinen Namen, was nicht gerade viel ist. Erzähl mir zumindest, wie es abgelaufen ist, das bist du mir schuldig.«

»Und du musst mir glauben, dass ich niemandem wehtun wollte«, beteuerte er und berichtete, wie er diese Stelle im Pflegeheim bekommen hatte und dass zu seinen Pflichten neben dem Putzen der Küche das Verteilen der Mahlzeiten am Wochenende gehört habe. So lernte er Iris' Großmutter kennen, die ihn mit Sander anredete.

»Sie hat zu mir gesagt: Bist du wieder da? Und als ich sie fragte, was sie meint, da hat sie mir die ganze Geschichte von der Entführung erzählt. Und immer wieder betont, wie sehr sie mich vermisst habe und wie sehr sie sich nun freue, dass ich zurück bin. Das machte mich neugierig, und deshalb bin ich am Nachmittag, nach meiner Arbeit, noch einmal zu ihr gegangen.«

»Und hast vorgegeben, Sander zu sein?«

Er nickte. »Sie hat mir alles erzählt, mit mir Fotoalben angeschaut und Erinnerungen an meine Kindheit ausgekramt.«

»Die du dann verwendet hast. So wie deine Erinnerung

an ihren fünfundsiebzigsten Geburtstag«, warf Iris ein. »Zwei Wochen später sind wir mit ihr zum Essen gegangen, im Juli. Das Foto von der Feier fehlte.«

»Ich bin von da an öfter zu ihr gegangen. Mal war sie besser drauf, mal schlechter, aber meistens hat es gereicht, irgendetwas Neues über Sander zu erfahren. Irgendwann entdeckte ich im Internet das aktuelle Fahndungsbild und bemerkte, dass wir uns tatsächlich ähneln. Ja, und da kam mir eben diese Idee.«

»Ziemlich gewagt, finde ich.«

»Das haben schon andere vor mir gemacht«, sagte er mit einem beinahe verlegenen Lachen. »Weiß ich aus dem Internet. Über einen Fall wurde sogar ein Film gedreht ...«

»Und Eelco?«, unterbrach Iris ihn.

»Er war der Bruder von einer meiner Pflegemütter.«

»Und?«

»Was willst du wissen?«

»Wie passt er in die Geschichte?«

»Nun, ich hatte gehört, dass er im Wald lebte. Das war geradezu ideal, verstehst du? Ich brauchte ihn, um eine plausible Geschichte erzählen zu können. Deshalb bin ich freiwillig zu ihm und wohnte eine Zeit lang bei ihm. Dort hab ich mir auch die Spitze meines kleinen Fingers abgeschnitten.«

»Hast du ihn umgebracht?«

»Er hat bekommen, was er verdiente. Belassen wir es dabei.«

Entsetzt sah sie ihn an, hinderte Christiaan jedoch trotzdem daran, erneut auf ihn loszugehen. »Lass es gut sein«, sagte sie.

»Aber ...«

»Eelco war ein Pädophiler«, erklärte Harjan. »Okay? Er hat mich und meinen Bruder missbraucht. Was soll's? Letztlich habe ich der Welt einen Dienst erwiesen, indem ich ihm ein bisschen mehr Methanol in sein illegales Gebräu getan habe. Was weißt du mit deinem perfekten Leben schon von solchen Dingen?«

Wenn du wüsstest, dachte Iris, sagte aber nichts.

»Ich bin hergekommen, um mir euren Hof anzusehen. Den Wald, das Ferienlager ... Nur von Roel wusste ich nichts.«

»Eine Frage habe ich noch.«

»Ja?«

»Warum hast du das alles gemacht?«

»Meinen Vater habe ich kaum gekannt. Das Einzige, woran ich mich erinnere, sind die Schläge. Meine Mutter war drogenabhängig, und seit meinem vierten Lebensjahr lebte ich mit meinem Bruder in wechselnden Pflegefamilien. Ich weiß nicht ... Irgendwie wollte ich nicht länger anders sein, sondern ganz normal.«

54

Linc war nicht zu Hause, auch auf seinem Handy konnte sie ihn nicht erreichen. Und Iris war verschwunden. Sie hatte gehofft, Linc könnte ihr etwas über diesen Film sagen, von dem Iris gesprochen hatte.

Erschüttert betrachtete sie das Chaos in der Küche. War das wirklich sie gewesen? Die stets so beherrschte Alma? Vorsichtig stieg sie über die am Boden liegenden Sachen, um sich ein Glas Wasser zu holen. Dann ging sie nach oben. Sie wollte sich ein sauberes T-Shirt anziehen.

Gehetzt sah sie sich um. Wo könnte Linc die DVD versteckt haben? Hier oder bei sich zu Hause? Dass er sie vor ihr verbarg, davon war sie fest überzeugt. Schließlich hatte er die Kamera mitsamt dem grauenvollen Film aus dem Wald zurückgebracht. Er musste sie an der Stelle gefunden haben, wo Maarten ermordet worden war.

Natürlich könnte er diesen und womöglich noch andere vernichtet haben. Dann blieb ihr nur, nach so vielen Jahren des Schweigens die Wahrheit aus ihm oder Iris herauszukriegen. Nach so vielen Jahren.

Aber darauf wollte sie nicht untätig warten. Ratlos und tief unglücklich ließ sie sich aufs Bett fallen, um nur wenige Sekunden später wieder aufzuspringen. Rastlos begann sie zu suchen. Zwischen den Hosen, Pullovern und Socken im Schrank, unter dem Bett, unter der Matratze.

Danach die gleiche Prozedur in den anderen Schlafzimmern. Sogar bei Bas suchte sie. Klopfte verzweifelt gegen die Wände, ob sich nicht irgendwo ein Hohlraum befand.

Nachdem sie oben nichts gefunden hatte, rannte sie die Treppe hinunter, wäre vor lauter Hast beinahe gefallen. Setzte ihre Suche im Erdgeschoss fort, schaute in alle Schubladen. Kehrte selbst in der Küche das Unterste zuoberst, obwohl sie dort jeden Tag zugange war. Kletterte sogar auf die Arbeitsplatte, um auf den Schränken nachzuschauen.

Nichts, überhaupt nichts.

Der Dachboden kam ihr in den Sinn. Aufgeregt lief sie wieder nach oben und stieg auf den fensterlosen Speicher, wo es erstickend heiß und stockdunkel war. Sie hängte die mitgebrachte Taschenlampe an einen eigens für diesen Zweck vorgesehenen Haken und blickte sich um. Durch das Licht wurde es noch wärmer. Sie zog ein paar Kartons zu sich heran und untersuchte den Inhalt. Blätterte sogar Bücher durch, als würde sie erwarten, dass Linc die Seiten ausgeschnitten hatte, wie man das manchmal in Filmen sah. Sie inspizierte Schachteln mit Brettspielen, fand jedoch nichts. Dafür stiegen Erinnerungen an verregnete Sonntagnachmittage in ihr hoch, die sie energisch wegschob. Keine Zeit.

Je länger sie suchte, umso panischer wurde sie.

Diese ganze Unternehmung war sinnlos, das wusste sie, und dennoch brachte sie es nicht fertig, mit der Suche aufzuhören. Erst als ihr der Schweiß in Bächen über Stirn und Rücken rann, verließ sie den Dachboden und taumelte Richtung Bad, wo sie sich auf die kühlen Fliesen legte.

Denk nach, Alma, denk nach.

Aber das Einzige, was ihr in den Sinn kam, war die Erkenntnis, dass sie dringend mit einem Staubwedel an der Decke entlangwischen müsste, um die vielen Spinnweben zu entfernen. Sie schloss die Augen und versuchte sich zu konzentrieren. Es gab keinen Raum im Haus, den sie nicht regelmäßig betrat. Beim Aufräumen, Wegräumen, Saubermachen, Packen. Und normalerweise war sie es, die alles Verlorengegangene wiederfand.

Immer. Früher oder später.

Der Keller wäre noch eine Möglichkeit, überlegte sie. Oder die ehemaligen Ställe. Die Scheune. Der Schuppen. Oh Gott, der Film konnte überall versteckt sein. Wer weiß, ob Linc ihn nicht irgendwo auf dem Grundstück vergraben hatte.

Plötzlich sprang sie einer Eingebung folgend auf und eilte die Treppe hinunter in den Garten.

Erneut traf die Hitze sie wie ein Keulenschlag und machte sie ganz benommen. Sie blinzelte ein paarmal, um das Schwindelgefühl zu vertreiben. Der Pizzaofen. Schnell lief sie darauf zu – ihr selbst kam es vor wie in Zeitlupe. Sie steckte ihre Hand in die Feuerstelle und tastete die rauen Steine ab, die Seitenwände, den Abzug, schob ihre Finger in jeden Spalt. Und plötzlich war da etwas anderes, etwas aus Pastik. Sie zerrte daran und hielt kurz darauf eine kleine Hülle in den Händen.

Ihr stockte der Atem. Endlich. Sie sah sich um, als würde sie erwarten, Linc hinter sich stehen zu sehen. Zu ihrer Überraschung fand sie zwei DVDs. Ihr zitterten die Hände, ihr Körper bebte. Sie schwitzte, und sie war schmutzig, voller Staub und Ruß.

Wie ein Voyeur fühlte sie sich, als sie Sanders Zimmer

betrat. Hier herrschte das Chaos. Die Bettdecke hing zur Hälfte auf dem Boden, überall lagen Kleidungsstücke, leere Chipstüten und zerdrückte Coladosen herum.

Die Kamera stand einfach so auf dem Schreibtisch.

Sie ignorierte das Durcheinander und setzte sich auf den Schreibtischstuhl, schaltete mit vor Aufregung schweißfeuchten Fingern die Videokamera ein und legte die erste DVD ein. Sie war froh, sich den Film auf dem Display anschauen zu können, denn wie das mit Fernseher oder PC funktionierte, wusste sie nicht. Ein Spruch von Iris kam ihr in den Sinn. Sie könne einer Kuh bei der Geburt helfen, wisse aber nicht, wie man ein Kabel anschließt.

Ihr Herz klopfte zum Zerspringen, und sie schluckte mühsam, bevor sie auf Play drückte. Die Kamera machte ein seltsames Geräusch, und für einen Augenblick befürchtete sie, alles gelöscht zu haben. Das war ihr früher mit mehreren ihrer Lieblingskassetten passiert.

Auf dem kleinen Display tauchte jetzt ein Weg auf, der über eine Weide führte. Es wehte ein starker Wind, und am Horizont zogen dunkle Wolken vorbei. Sander saß auf seinem Rad und schwenkte die Kamera von rechts nach links und von oben nach unten. Sie hörte, dass er sang, ohne jedoch das Lied zu erkennen. Ab und zu drehte er die Kamera zu sich hin und schnitt Grimassen.

So ging es eine ganze Weile, und nichts Dramatisches ereignete sich. Alma wusste nicht einmal zu sagen, wo er sich gerade befand. Die wenigen Häuser, die am Rand auftauchten, verrieten ihr auf die Schnelle nichts.

Sie wollte gerade erleichtert aufatmen, als das Bild plötzlich schwarz wurde und eine neue Szene begann.

55

Dem dunklen Himmel nach zu urteilen vermutete sie, dass es sich um denselben Tag handelte wie vorher. Sie schaute auf das eingeblendete Datum. Es war der Tag, an dem Roel ertrunken war.

Sander rannte durch den Wald. Keuchend. Im Hintergrund war eine zweite Stimme zu hören. Dann flog mit einem Mal ein Fußball durchs Bild. Lautes Lachen ertönte. Statt der Bäume kam jetzt der See ins Bild, die Kamera schwenkte zu Roel. Dann wurde sie auf ein Stativ gestellt, und man sah, wie die Jungs mit dem Ball herumkickten. Endlos lange, wie es Alma schien, doch sie zwang sich zur Geduld.

Roel schoss den Ball ins Wasser. Sie hörte Sander schimpfen: »Blödmann. Arschloch.«

»Wie kriegen wir den Ball jetzt wieder raus?«, fragte er.

»Reg dich ab«, meinte Roel. »Ist schließlich nicht dein Ball.«

»Aber du kannst nicht schwimmen, oder?«, gab Sander gehässig zurück. »Und ich denke gar nicht dran, in das eiskalte Wasser zu steigen.«

»Warum hast du eigentlich ausgerechnet hier Fußball spielen wollen?«

Sander gab keine Antwort, sondern lief auf den Steg. »Such mal einen langen Stock«, befahl er.

Roel tat offenbar, was sein Freund von ihm verlangte, denn kurz darauf war er mit einem Ast in der Hand zu sehen. Er kniete sich hin, um nach dem langsam abtreibenden Ball zu angeln. Plötzlich war ein Klatschen zu hören.

Vor Schreck zuckte Alma zusammen, und das Herz schlug ihr bis in den Hals.

Roel kam wieder an die Oberfläche und streckte verzweifelt Arme und Hände nach dem Steg aus, doch er erreichte die Bretter nicht, an denen er sich vielleicht hätte hochziehen können. Panisch rief er um Hilfe, ohne dass Sander reagierte. Stattdessen rannte er zu seiner Kamera, nahm sie vom Stativ und filmte den vergeblichen Kampf seines Freundes, zoomte sogar Roels Kopf heran, der ständig unterging und wieder auftauchte.

Es war entsetzlich. Die Todesangst auf dem Gesicht des Jungen ließ Alma das Blut in den Adern stocken.

Eine kurze Zeit ragte seine Hand noch über die Wasseroberfläche hinaus, bevor sie langsam versank. Und dann war da nichts mehr. Bloß eine spiegelglatte Wasserfläche. Nichts erinnerte an das Drama, das sich hier abgespielt hatte.

Sander legte die Kamera zur Seite und sprang ins Wasser. Allerdings nicht um einen Rettungsversuch zu unternehmen. Schnell kletterte er wieder heraus und stand zitternd auf dem Steg.

Alma erreichte mit letzter Not das Badezimmer und spuckte ihren Mageninhalt in die Toilette, umklammerte dabei mit beiden Händen die kalte Keramikschüssel. Doch ihre Übelkeit war nichts gegen den Schmerz, der ihr das Herz zerriss.

Am liebsten hätte sie immer weiter gekotzt, um alles loszuwerden, was sie quälte, aber das war ein frommer Wunsch. Sander. Plötzlich erinnerte sie sich daran, wie er sich zum ersten Mal übergeben musste und sich nicht recht traute. »Spuck es einfach aus«, hatte sie zu ihm gesagt. »Danach geht es dir gleich ein bisschen besser.«

Tränenüberströmt, elend und zitternd richtete sie sich auf, betätigte die Spülung und hielt ihr Gesicht unter den Wasserhahn. Sich anzuschauen wagte sie nicht. Mit weichen Knien schleppte sie sich zurück in Sanders Zimmer.

Sie war noch nicht fertig.

Sie schluchzte noch einmal laut auf, bevor sie den Rest der Tränen entschlossen unterdrückte. Sie durfte keinen Kummer spüren, das hatte sie nicht verdient. Der Film war in der Zwischenzeit weitergelaufen. Sander rannte wieder durch den Wald, blieb kurz bei einem Baum stehen, auf dem ein Vogel saß, und imitierte dessen Pfeifen. Ganz harmlos, als wäre nichts geschehen.

Wie es weiterging an diesem furchtbaren Samstag, daran erinnerte Alma sich, als wäre es gestern gewesen. Sie war gerade auf dem Weg zu ihrer Mutter, als sie der Anruf eines Nachbarn erreichte. Sie solle sofort zurückkommen. Mit Roel sei etwas Schreckliches passiert. Nein, mit Sander nicht, hieß es.

Als sie nach einer halsbrecherisch schnellen Fahrt zu Hause ankam, wimmelte es auf dem Hof bereits von Polizisten. Sander duschte gerade, und so erfuhr sie von einer Nachbarin, dass eine Autofahrerin ihn hysterisch heulend und triefend nass am Straßenrand aufgelesen habe. Erst nach einer Weile sei es ihr gelungen, etwas aus ihm herauszubekommen. Sie hatte sofort die Polizei informiert, die Roel schließlich zusammen mit der Feuerwehr tot aus dem See barg.

Sander gab damals zu Protokoll, sie hätten Fußball gespielt, und bei dem Versuch, den Ball aus dem Wasser zu fischen, sei Roel in den See gefallen. Zwar sei er gleich hinterhergesprungen, habe den Freund jedoch nicht packen und ans Ufer ziehen können.

Ihre zwiespältigen Gefühle von damals, Entsetzen und Erleichterung, waren ebenfalls nicht vergessen. Obwohl er schwimmen konnte, fand Alma es nicht unbedingt gut, dass Sander sich als Rettungsschwimmer versucht hatte. Wie leicht hätte er dabei ebenfalls ertrinken können.

Wieder und wieder hatte sie sich gesagt, dass es nichts geändert hätte, wenn sie an jenem Nachmittag zu Hause geblieben wäre. Sander und Roel waren so oft allein losgezogen. Zu seiner Oma wollte Sander nicht mit, und Iris war schließlich auch noch da.

Nachdem sie sich vergewissert hatte, dass auf dem Film nichts Besonders mehr zu sehen war, drückte sie auf Stopp. Das flaue Gefühl im Magen wollte einfach nicht weggehen, und sie schluckte wütend. Ihr war schrecklich schwindlig – hoffentlich fiel sie nicht in Ohnmacht.

Sie zögerte kurz, legte aber dann die zweite DVD ein.

Ein paar Sekunden dauerte es, bevor sie etwas erkennen konnte. Es handelte sich eindeutig um eine Abend- oder Nachtaufnahme. Plötzlich tauchte Maartens Gesicht auf. Bleich und mit vor Angst weit aufgerissenen Augen.

»Wo sind sie?«, flüsterte er. »Sind sie hinter uns hergelaufen?«

Sander schwenkte die Kamera herum. »Ich weiß nicht.«

In der Stille, die nun folgte, war lediglich das Rauschen des Windes in den Bäumen sowie das hastige Atmen der Kinder zu hören.

»Danke, dass du mich befreit hast«, hörte sie Sander sagen. »Aber Scheiße, was war das eben eigentlich?«

»Keine Ahnung. Angeblich eine Überraschung für dich, bei der ich ihnen helfen sollte. Ich wusste ja nicht, dass sie dich einsperren wollten. Warum haben sie überhaupt die Kamera genommen?«

»Egal. Ich gehe jedenfalls nicht zurück zu dem Loserpärchen.« Offenbar hatte Sander die Lampe der Kamera angeschaltet, denn mit einem Mal wurde Maartens Gesicht angeleuchtet. »Wir laufen allein zum Ferienhof zurück.«

»Weißt du denn, in welche Richtung wir müssen?«

»Hast du etwa Schiss?«, wollte Sander wissen und machte ein unheimliches Geräusch.

»Hör auf.« Maarten lief los, hielt jedoch gleich wieder an. »Hast du das gehört?«

»Nein, ich höre nichts.« Sander lachte leise. »Sieht aus, als hättest du echt Angst. Richtigen Schiss. Du glaubst doch hoffentlich nicht an Christiaans Geschichte, dass hier der Geist eines ermordeten Mädchens herumspukt?«

»Und wenn es stimmt?«

»Das mit dem Geist?«

»Nein, dass ein Mädchen in diesem Wald ermordet wurde.«

»Alles Unsinn. Das hat er bloß gesagt, um uns Angst einzujagen. Komm, wir gehen.«

Das Bild wurde schwarz. Die nächste Einstellung zeigte eine Lichtung, die nur durch den im Bild nicht sichtbaren

Mond ein wenig erhellt wurde. Vermutlich die Stelle, wo man Maarten gefunden hatte. Ein Rascheln war zu hören und der Laut eines Tieres. Beides verursachte ihr eine Gänsehaut. Auf der anderen Seite sah man unvermittelt eine Gestalt zwischen den Bäumen. Alma beugte sich vor und kniff die Augen zusammen, vermochte aber trotzdem nichts zu erkennen. Sie drückte ein paar Knöpfe, konnte das Bild aber nicht heranzoomen.

»Maarten, hier bin ich.«

Der Junge lief in Richtung der Kamera, die jetzt offensichtlich irgendwo abgestellt worden war, denn Sanders Rücken kam ins Bild. Sie redeten etwas, das Alma nicht verstand. Dann beobachtete sie, wie Sander den Arm hob und mit irgendetwas auf Maarten einschlug, der daraufhin zu Boden stürzte.

Alma glaubte zu erkennen, dass Maarten sich die Hände schützend über den Kopf hielt, bevor ihn der zweite Schlag traf. Sie konnte es nicht länger mit ansehen und schloss die Augen. Außer dem Rauschen der Bäume war nur undeutlich ein dumpfes Geräusch zu hören.

Kein Schreien, kein Weinen, kein Betteln.

Mit einem Mal verstummte das Geräusch.

In sich zusammengesunken blieb Alma sitzen. Sie fühlte sich sterbenselend. Sie hatte ein Monster zur Welt gebracht. Als er geboren wurde, hatte sie nichts als überströmende Liebe für ihn empfunden. Er schien ihr das Schönste und Liebste zu sein, was sie je gesehen hatte. Und sie war davon überzeugt gewesen, dass die Welt heller geworden war, weil es ihn gab.

Während ihrer Ausbildung hatte sie einmal einem Arzt assistieren müssen, der einen Häftling operierte. Er war von einem Mitgefangenen durch einen Messerstich ins Herz lebensgefährlich verletzt worden. Der Arzt tat alles in seiner Macht Stehende, um dem Mann das Leben zu retten. Das verstand sie nicht – immerhin war der Mann verantwortlich für Entführung und Ermordung zweier Mädchen im Alter von acht und neun Jahren. Er bekam nur, was er verdiente, so dachte sie damals.

Iris hatte recht gehabt. Genau wie Linc. Die ganze Zeit über waren die beiden überzeugt gewesen, dass mit Sander etwas nicht stimmte. Sie hingegen hatte alle Warnungen in den Wind geschlagen und sich geweigert, die Wahrheit zu sehen. Es war alles ihre Schuld.

Sie hatte sich dem nie stellen können. Es gab Gründe für Sanders Verhalten, darauf hatte sie immer beharrt. Dass Roel ertrunken war. Vielleicht jedoch, dämmerte ihr jetzt, wollte sie auch der Frage ausweichen, ob sie ihn erst zum Monster gemacht hatte. War sie dafür verantwortlich? Womöglich durch ihre Depression nach der Entbindung, als sie ihn ertränken wollte. Sie hatte ihn während des ersten Lebensjahrs, in dem Bindungen von entscheidender Bedeutung waren, nicht genug geliebt.

Alma öffnete wieder die Augen und sah auf dem Display, wie Sander sich umschaute. Hörte, was er hörte. Eine Stimme. Sie schien von der Seite zu kommen, wo die Kamera stand. Sander fiel hin. Erneutes Geraschel, dann tauchte eine Gestalt auf. Alma hielt den Atem an, und eine eisige Faust schien nach ihrem Herzen zu greifen. Von namenlosem Entsetzen erfüllt, starrte sie den Mann an. Sie wollte weinen, schreien, schimpfen und saß wie gelähmt da. Warum konnte sie sich nicht einfach die Finger in den Schädel bohren und sich die Bilder aus dem Kopf reißen?

Das schrille Klingeln des Telefons riss sie aus ihrer Apathie. Linc, vielleicht war es Linc. So schnell wie möglich rannte sie die Treppe hinunter. Kurz spielte sie mit dem Gedanken, sich die Stufen hinunterzustürzen. Ein Genickbruch erschien ihr in diesem Moment als Wohltat. Um nie wieder diese Bilder sehen zu müssen, die sich in ihr Gehirn gebrannt hatten und sie marterten.

Aber es war nicht Linc, der anrief.

»Marjo, ich kann jetzt nicht telefonieren«, stammelte sie heiser.

»Alma, hör zu. Linc war gerade hier und hat mich gebeten, auf Bas aufzupassen. Das ist ja auch kein Problem, nur …«

»Du sollst auf Bas aufpassen? Warum das?«

»Darum geht es ja. Er hatte einen Brief dabei, den ich dir geben soll. Bevor ich ihn aufhalten konnte, war er schon wieder weg.«

»Was?«, stieß sie hervor.

»Er sah gar nicht gut aus, Alma. Ich fürchte, dass er sich etwas antun will.«

56

Liebe Alma, liebe Iris, lieber Bas,

wenn ihr diesen Brief lest, lebe ich nicht mehr. Aber ich fürchte, nach dem Lesen wird sich die Trauer, die ihr vielleicht deswegen empfindet, auf ein Minimum reduzieren.

Alma, du kommst gut ohne mich klar. Das hast du in den letzten Jahren bewiesen, als ich dir von keinerlei Nutzen mehr war.

Iris, dich hätte ich gerne eines Tages zum Altar geführt. Aber wie ich dich einschätze, wirst du eher nicht heiraten und falls doch, dann nicht in der Kirche. Mein lieber Schatz, es tut mir leid, dass ich nicht der Vater gewesen bin, den du verdient hättest. Und dass ich dich nicht beschützen konnte. Erst als es zu spät war, habe ich versucht, den Schaden einigermaßen zu begrenzen.

Und du, kleiner Bas, bist zum Glück noch viel zu klein, um dich an mich zu erinnern. Glaub mir, du bist ohne mich besser dran.

Iris weiß es bereits, aber du nicht, Alma: Sander ist nicht Sander. Sein Name lautet Harjan, und er war ein Pflegekind von Eelcos Schwester Sandra. In der

Zwischenzeit habe ich Hans bereits eingehend informiert – er wird euch die ganze Geschichte erklären. Falls er es nicht schon getan hat.

Harjan weiß, was mit Sander geschehen ist. Ich habe es ihm an dem Tag erzählt, als wir zusammen Autofahren geübt haben. Er sollte erfahren, warum ich mit Sicherheit wusste, dass er nicht Sander sein konnte. Es ging nicht anders. Ich musste euch beschützen und wusste nicht, was er vorhatte. Wenn ich ihn demaskierte, musste ich gleichzeitig die Wahrheit über mich gestehen.

Wir einigten uns auf einen Deal. Harjan sollte Sander bleiben, damit du, Alma, glücklich würdest. Mein liebste Iris, ich weiß, welche Angst du durchlebt hast, weil Sander vermeintlich zurückgekommen war. Du hast dein eigenes Leben in Amsterdam, weit weg von ihm. Außerdem wusste ich, dass dieser Sander dir nie ein Leid zufügen würde, was du natürlich nicht wissen konntest. Meine Hoffnung war, dass du es selbst irgendwann merken würdest.

Erinnerst du dich noch an die Gespräche, die wir in unserem Hotel in Deutschland geführt haben? Du warst in heller Panik, drängtest mich, Mama von den Filmen und von Roel zu erzählen. Ich versuchte dich zu beruhigen, sagte, dass du inzwischen älter seist und dein eigenes Leben in Amsterdam hättest, weit weg von Sander. Aber deine Angst blieb: um Bas, um Mama. Darum hast du deine Pläne für den Sommer geändert, meine mutige, starke Iris, bist auf dem Hof geblieben, um aufzupassen.

Dennoch hast du mir versprochen, vorläufig weiterhin zu schweigen. Ich denke, du wusstest, dass das ganze

Land über uns herfallen würde, falls die bösen Sachen über Sander ans Licht kämen. Deshalb verabredeten wir abzuwarten, wie sich die Dinge entwickelten. Und es lief doch gut, oder?

Ich hatte eine perfekte Lösung gefunden. Zumindest glaubte ich das. Bis Iris mich anrief, Alma, und mir erklärte, sie wisse über Sander beziehungsweise Harjan Bescheid. Ihr Anruf kam in dem Augenblick, als Sandra bei mir saß, um mich darüber aufzuklären, wer als Sander bei uns lebte. Da habe ich erkannt, dass das Spiel aus war. Ich kann nicht behaupten, dass ich sehr traurig darüber bin, denn so lange schon sehne ich mich danach, dass endlich Ruhe herrscht in meinem Kopf. Und damit meine ich nicht die Gleichgültigkeit, die mir diese Scheißmedikamente bescheren. Was ich mir wünsche, ist vollständige, allumfassende Ruhe.

Von Anfang an wusste ich, dass es nicht Sander war, der in unsere Mitte zurückkehrte, denn ich habe meinen Sohn, unseren Sohn, in jener Nacht im Wald getötet. Es gibt seitdem keine Stunde, keine Minute, keine Sekunde, in der mich der Gedanke an das, was ich getan habe, nicht gequält hätte.

Im Gegensatz zu dir, Alma, und ich meine das nicht vorwurfsvoll, war mir Sanders Verhalten immer suspekt. Mehr noch: Er hat mir Angst eingejagt. Ich hatte gehofft, Maartje würde die Ursachen herausfinden, aber wie wir wissen, brachten die Therapiesitzungen so gut wie keine Erkenntnisse. Inzwischen weiß ich, dass Sander nicht bloß ein raffinierter Lügner war.

Tut mir leid, Alma, das so sagen zu müssen: Wir haben einen Psychopathen in die Welt gesetzt.

Seitdem habe ich es mir immer und immer wieder vor Augen gehalten: Sander war trotz seines jungen Alters ein kaltblütiger Mörder. Zugleich aber auch ein Kind. Ich hätte ihn bei der Polizei anzeigen müssen ... Ärzte hätten ihn behandeln, ihm helfen können. Dann würde er noch leben, hätte vielleicht eine Zukunft gehabt.

Im Nachhinein begreife ich nicht, wie wir so lange ignorieren konnten, dass mit unserem Sohn etwas nicht stimmte. Er war nicht normal, war immer anders. Anders als Iris, anders als die Kinder in Kindergarten und Schule. Ich erinnere mich gut, dass mir die Kindergartenleiterin während eines Elterngesprächs erzählte, er würde gerne quälen. Es mache ihm Spaß, anderen Kindern wehzutun, und er lache noch darüber.

Damals glaubte ich, und sie übrigens auch, dass er lediglich seine Grenzen ausprobierte. Testete, wie weit er gehen konnte. Bloß war es das nicht. Inzwischen weiß ich, dass er völlig unfähig war, Mitleid zu empfinden. Es war nicht einmal seine Schuld – die Fähigkeit fehlte bei ihm einfach.

Später habe ich viel darüber gelesen. Anfangs allerdings haben wir uns alles schöngeredet. »Nicht jedes Kind braucht unbedingt Freunde.« »Sander ist gerne allein, er mag Fußball spielen nicht, dafür liebt er die Natur. Das ist schließlich nicht verboten.«

Irgendwie habe ich zunächst auch nicht mehr wissen wollen. Ich meine, solche Dinge passieren in den USA. Nicht hier. Wir leben schließlich in den Niederlanden. Erst als Iris mir diverse Geschichten erzählte, wurde ich stutzig und begann mir Sorgen zu machen. Sie waren nie ein Herz und eine Seele, trotzdem konnte ich nicht darüber hinwegsehen. Gleichzeitig dachte ich jedoch, dass Iris auch nicht ganz ohne war und ihn bestimmt selbst gelegentlich bis aufs Blut gereizt hat. Genauso wie uns. Das machte uns blind für das, was sich vor unseren Augen abspielte.

Also wurde weiter beschönigt, weiter herumgepfuscht.

Erst als Iris uns erzählte, Sander habe ihr gegenüber damit geprahlt, dass er Roel absichtlich ertrinken ließ, beschloss ich, ihn mehr im Blick zu behalten. Das war auch der Grund, weshalb ich mit zu diesem Wochenende auf den Ferienhof gefahren bin. Insbesondere die geplante Nachtwanderung bereitete mir Bauchschmerzen. Nicht dass ich ernstlich befürchtet habe, es würde etwas passieren – immerhin waren sie zu viert.

Dann erreichte mich der Anruf, dass sie sich verirrt hätten. Bevor ich nachfragen konnte, wurde die Verbindung unterbrochen, und ich ging davon aus, dass sie alle zusammen waren. Erst nachdem ich Iris und Christiaan gefunden hatte, begriff ich, dass Iris mir sagen wollte, Sander und Maarten hätten sich verlaufen. Also schickte ich Iris und Christiaan zum Ferienhof zurück, damit sie die anderen Erwachsenen alarmierten, und machte mich direkt zu Fuß auf die Suche.

Nach etwa einer Viertelstunde hörte ich Stimmen und folgte dem Geräusch. Dann entdeckte ich Sander und Maarten. Ich wollte gerade rufen, als ich sah, wie Sander Maarten niederschlug. In Gedanken habe ich den Film Hunderte Male abgespielt. Ich hätte schreien, auf ihn zustürmen müssen, um Maarten zu retten – ich konnte es nicht. War außerstande, mich zu bewegen oder einen Laut von mir zu geben. Es war, als wäre das, was ich da miterlebte, gar nicht real.

Dann, als Maarten reglos dalag, kam ich zu mir, bin zu Sander gerannt, der sich inzwischen auf den Boden geworfen hatte. Unsanft zog ich ihn hoch, und sofort begann er, mir wieder eine seiner unsäglichen Geschichten zu erzählen. Ein Mann sei plötzlich bei ihnen aufgetaucht und habe das getan … Ich schrie ihn an, dass ich alles gesehen hätte, und plötzlich ließ er die Maske fallen. Sie werden dir nie glauben, sagte er. Dein Wort wird gegen meins stehen. Und ich erzähle der Polizei, dass du Maarten befummelt und anschließend getötet hast.

Ich weiß nicht, was in diesem Moment in mich gefahren ist, jedenfalls habe ich ihn geschlagen. Und zwar so fest, dass er mit dem Kopf auf den Stein fiel, mit dem er Maarten getötet hatte, und sich nicht mehr rührte. Im ersten Moment dachte ich, er würde bloß so tun als ob, aber als ich seinen Puls fühlte, merkte ich, dass er nicht mehr atmete. Er war tot.

Daraufhin geriet ich in Panik. Noch heute verstehe ich nicht, was ich damals gemacht habe und warum. Sanders Geschichte über einen Mann kam mir in den Sinn, deshalb zog ich Maarten die Hose nach unten. Und dann sah ich die Kamera auf dem Stativ. Ich packte schnell alles zusammen, warf mir Sander über die Schulter und bin weg. In der Nähe gibt es einen Kanal mit einer Abwasserleitung. Dort habe ich Sander und den Rucksack versteckt. Um zu verhindern, dass sie ihn bei der zu erwartenden groß angelegten Suche fanden, habe ich seine Jacke an einer anderen Stelle auf den Boden geworfen. Die Kamera habe ich bei mir behalten. Schließlich bin ich zurückgelaufen, habe den anderen erzählt, ich hätte Maarten gefunden, und sie zu der Stelle geführt.

Die Kamera legte ich später in Sanders Zimmer. Mit einer leeren Disc. Das schien mir das Klügste. Die bespielten DVDs nahm ich an mich, damit niemand sie fand. Eine leere Kamera hätte nur Fragen aufgeworfen. Iris hatte mir direkt im Wald erzählt, was vorgefallen war. Alma, hätten wir bloß gewusst, dass Sander Roels Ertrinken gefilmt hat – bestimmt wären wir rechtzeitig eingeschritten, und alles wäre ganz anders gekommen.

Iris musste mir versprechen, nichts von ihrem Plan zu erzählen. Ich wollte nicht, dass sie in die Sache reingezogen und ihr Leben oder das von Christiaan dadurch zerstört würde. Sei ihr nicht böse.

Liebe Iris, es tut mir leid, dass ich dir nie erzählt habe, was an diesem Abend geschehen ist. Du hast lediglich gewusst, dass ich die DVDs versteckt habe, damit Sanders Gräueltaten nicht ans Licht kamen. Ich hätte dich nicht unnötig leiden lassen dürfen, dir gestehen müssen, dass ich deinen Bruder getötet habe. So glaubtest du immer an die Geschichte von dem unbekannten Mann, der Maarten ermordet und Sander mitgenommen hat.

Es fällt mir schwer, das alles aufzuschreiben. Keine Nacht geht ohne Albtraum vorüber. Seit Jahren schlafe ich nicht mehr. Tagsüber ist es mir einigermaßen gelungen, die Bilder zu verdrängen oder mir einzureden, es sei so das Beste gewesen, aber nachts wimmeln die Zweifel in meinem Kopf umher wie Ameisen. Und immer wenn meine Schuldgefühle übermächtig wurden, habe ich mir den Film von Maartens Ermordung angesehen. Absichtsvoll gefilmt von Sander. Das war gewissermaßen für mich die Rechtfertigung, doch im Grunde habe ich mich selbst betrogen. Es ist unverzeihlich, was ich getan habe. Die DVDs befinden sich übrigens im Pizzaofen.

Alma, ich hoffe, du erkennst eines Tages, dass ich nicht in böser Absicht gehandelt habe. Es war ein Unfall.

Später, viel später, habe ich Sanders Körper im Wald vergraben. Hans kennt den genauen Ort – ich habe ihm in einer E-Mail alles beschrieben, damit ihr Sander beerdigen könnt.

Vergebt mir
   Linc

57

Alma stand vor den Gräbern von Sander und Linc. Sie hatte Vater und Sohn zusammen bestatten lassen, auch wenn es niemanden gab, der das verstand. Für sie jedoch war es logisch. Nun hatten sie endlich Ruhe.

Sie hegte keinerlei Groll gegen Linc – sie glaubte ihm, dass es ein Unfall gewesen war. Wenn sie jemandem etwas übel nahm, dann sich selbst. Sie hatte alle Zeichen ignoriert und sich blind gestellt. Im Gegensatz zu Linc, der zumindest sein Bestes getan hatte, um für seinen Sohn da zu sein.

Zum letzten Mal war sie vor einem Jahr hier gewesen, um Abschied zu nehmen. Hans hatte Linc gefunden, erhängt an einem Baum dicht bei der Stelle, wo Sander begraben lag. Das Seil war nicht neu gewesen – ein Zeichen dafür, wie lange Linc sich bereits mit Selbstmordgedanken trug.

Nach dem Begräbnis hatte Alma den Hof verkauft und war in einen anderen Landesteil gezogen, wo niemand sie kannte. Nicht weil sie neu anfangen wollte. Das ging gar nicht.

Ihre Scham war viel zu groß, um offen über das Geschehene zu reden. Selbst mit Iris nicht. Mit ihr hatte sie kaum noch Kontakt. Oder besser gesagt: gar keinen. Mit Recht machte die Tochter ihr heftige Vorwürfe, dass es überhaupt so weit gekommen war, und Alma hatte keine Ahnung, ob sich das je wiedergutmachen ließ.

Als Mutter hatte sie versagt. Es war ihr fast ein Rätsel, dass sie weiterhin für Bas sorgen durfte.

Aus dem Augenwinkel heraus behielt sie ihren Sohn im Blick, der zwischen den Gräbern herumrannte und einen Schmetterling zu fangen versuchte. Er erinnerte sich praktisch nicht mehr an seinen Vater, und der Besuch auf dem Friedhof bedeutete ihm nichts. Aber der Tag würde kommen, an dem er die Wahrheit würde wissen wollen. Alma zweifelte nicht daran, dass er sich dann ebenfalls von ihr abwenden würde. Bis dahin dauerte es noch eine ganze Weile, und sie wollte die Zeit mit ihm genießen. Auch wenn ihr das schwerfiel. Nichts war mehr einfach für sie, das ganze Leben nicht. Sie war überzeugt, nicht länger ein Anrecht auf Glück zu haben, das hatte sie verspielt.

Die jahrelang gehegte Vermutung, dass ein Pädophiler Sander mitgenommen oder ermordet hatte, war grässlich und quälend gewesen, war wie ein bösartiges Geschwür in ihr gewachsen. Nie wäre ihr in den Sinn gekommen, es könnte Schlimmeres geben. Doch sie hatte sich getäuscht. Das hier war ungleich grauenvoller. Zu wissen, dass *ihr* Kind für den Tod von zwei anderen Kindern verantwortlich war, das drückte sie zu Boden wie nichts vorher, ließ sie manchmal fast zusammenbrechen.

Marjo hatte sie die Wahrheit selbst gestanden – ein Erlebnis, das sich unauslöschlich in ihr Gedächtnis eingegraben hatte. Das Gespräch mit Ylva hatte sie, auch wenn das feige sein mochte, der Polizei überlassen.

Die Kirchturmuhr schlug zweimal. Das Geräusch schmerzte sie in den Ohren. Der Wind fegte heulend durch die Grabreihen und ließ sie schaudern. Sie wickelte sich fester in ihre dünne Jacke. Wie anders war der Sommer im letzten Jahr gewesen.

Was uns nicht umbringt, macht uns stärker. An diesen Ausspruch von Friedrich Nietzsche musste sie häufig denken. Nur gelang es ihr nicht, dem zuzustimmen.

»Mama, gehen wir jetzt? Ich hab Hunger«, rief Bas.

Er hatte den Schmetterling endlich gefangen. Ohne mit der Wimper zu zucken, riss er ihm die Flügel aus.

Dank

Marjolein und Melissa: für eure Unterstützung, den kritischen Blick und die wertvollen Anregungen.

Gerard: für deine unablässige Ermutigung.

Jedem im Verlag Cargo/De Bezige Bij, der einen Beitrag, welchen auch immer, zu diesem Buch geleistet hat.